THE DOMINANT

Du même auteur chez

addictives

Dark Ride
Last Ride
Vicious Ride

Du même auteur chez

Luv

À corps brisés

« La victoire obtenue par la violence équivaut
à une défaite, car elle est momentanée. »
Mahatma Gandhi

Aux êtres qui me sont chers…
À toi, mon amour.

1

Gabriel

Le téléphone de voiture résonne dans l'habitacle. Je me penche pour appuyer sur un bouton et prendre la communication.

– Monteiro, j'écoute !

– Nous l'avons localisée, monsieur.

Un rictus étire mes lèvres.

– Où ça ?

– Dans un bar-brasserie, Le Select. Elle est accompagnée, monsieur.

Que voulez-vous que ça me foute !

– Tout s'est déroulé comme prévu ?

– Parfaitement, monsieur. Tout a été orchestré selon vos directives. Nous n'avons eu aucune difficulté à lui transmettre l'invitation.

– Comment ?

Je m'en tape, en réalité ! Peu m'importent les moyens, l'important est que le but soit atteint !

– Nous sommes passés par Steven Marshal, l'un de vos nouveaux employés. Il est entré en contact avec la personne qui travaille avec elle, en insistant sur le fait qu'il était très important qu'elle soit à cette soirée, continue mon interlocuteur. Tout le monde a un prix, monsieur, vous aviez raison.

J'inspire profondément, extirpe la photo de ma poche intérieure. Avec la vague conscience de faire ce geste des dizaines de fois par jour depuis un mois. Depuis que je sais ce qui se trame dans l'ombre contre nous.

Sophia...

Je caresse son visage du bout des doigts.

Elle est au bras de son père. Fière. Élégante. Dans une belle robe rouge qui met en valeur son corps sculptural. Et si lui m'inspire une bouffée de ressentiment, proche de la haine, elle, avec sa beauté latine, ses yeux immensément bleus, ses longs cheveux noirs, sa peau mate, ses lèvres pleines et sensuelles, éveille un intérêt indéniable.

Je vais adorer jouer avec toi, belle Sophia.

Oh que oui !

Me servir d'elle pour abattre son père promet d'être une réelle jouissance !

Enzo Rinaldi n'aurait pas dû s'en prendre à ce qui m'appartient. J'ai été un jour dépossédé de tout, cela ne se reproduira plus jamais ! Je préserverai le patrimoine de ma famille, dussé-je y laisser la vie ! Depuis que ce plan a germé dans mon esprit, je ne pense qu'au moment où elle sera toute à moi, soumise à mon bon vouloir. Pour ensuite devenir la clé ! La clé de mon avenir. De l'avenir de ma boîte. De l'avenir de ma famille. Le *pass* qui m'ouvrira les portes de l'empire Rinaldi, qui mettra ce connard à genoux avant qu'il ne le fasse.

Je m'éclaircis la voix.

– Merci, Bradford.

– Je vous en prie, monsieur Monteiro, à votre service.

Je coupe la communication.

– Vous avez entendu, Bruce ?

– Oui, monsieur.

– Conduisez-moi au Select.

– Tout de suite, monsieur.

Mon chauffeur et garde du corps pianote quelques secondes sur l'écran digital, puis il met son clignotant, s'insère lentement dans la circulation. La limousine glisse silencieusement sur l'asphalte.

Je plante ma canine dans ma lèvre inférieure alors qu'un sourire m'échappe.

À nous deux, Enzo Rinaldi…

2

Sophia

Matthew et moi sommes attablés au Select, un bar proche de la boîte de nuit, privatisée pour l'occasion, où doit se dérouler la soirée M.A.G. – un consortium spécialisé dans la vente de spiritueux, entre autres choses, d'après ce que m'a dit Matthew. Soirée à laquelle Steven, la nouvelle conquête de mon meilleur ami, nous a gracieusement invités ; ce qui sera pour moi l'occasion de faire sa connaissance.

J'en suis à mon troisième mojito. Je bois trop. Trop vite ! Je vais certainement le regretter demain au réveil, mais c'est trop bon ! L'alcool commence à se répandre dans mes veines. Plus les minutes passent, plus je ris pour tout et n'importe quoi. La moindre grimace de Matt me fait rouler sous la table. Il est « hôtesse d'accueil » – selon ses propres termes – dans la galerie que je possède à Chelsea, et prend un malin plaisir à déclencher mon rire en caricaturant certains de nos clients.

Nous nous sommes connus sur les bancs de la School of Visual Arts de Manhattan, l'une des écoles les plus prisées en matière d'art et de dessin, et plus jamais quittés. Jusqu'à travailler ensemble. Nous nous complétons parfaitement : j'ai l'œil pour débusquer des merveilles et lui sait les mettre en valeur.

Je ris tellement que j'ai mal aux abdos.

Matt prend ma main, soudain sérieux.

– C'est bon de t'entendre rire. J'ai l'impression de faire un bond en arrière de deux ans et de te retrouver. Un autre ?

– Et comment !

Je tends mon verre avec un grand sourire. Il lève le bras pour faire comprendre au serveur de nous resservir : Mojito pour moi, Martini dry pour lui. L'euphorie a du bon ; je ne suis plus capable de penser, et c'est très bien comme ça ! Ce soir, je vais profiter. Enfin, essayer, car parfois l'alcool me rend triste et nostalgique.

Matt me désigne de la main.

– Tu es contente du résultat ?

– Très !

Je réprime un fou rire en repensant à nos délires dans la cabine d'essayage, aux gros yeux de la vendeuse qui pensait que nous étions en train de nous faire des choses inavouables, en nous entendant glousser, alors que mon meilleur ami ne faisait que m'aider à enfiler cette robe qui me colle comme une seconde peau : rouge, avec un bustier orné de milliers de strass.

– Tu es toujours très élégante, mais là, je dois dire que tu as fait le bon choix. Cette robe est magnifique. Et te va divinement bien.

J'ai une petite grimace.

– Je m'y connais pour cacher la misère.

Il serre mes doigts.

– Tu es plus forte que tu ne le crois, Soph. Tu es une

battante, tu m'en donnes la preuve chaque jour.

Ai-je le choix?

– Lorsque je suis à la galerie, je joue un rôle, Matt, une comédie. J'oublie celle qui est en moi, qui souffre. Je prends de la distance, je deviens une autre, celle que j'aimerais être, mais que je ne peux plus être. Je ne sais pas si tu comprends ce que j'essaie de te dire.

– Je comprends très bien. Je sais que tu réussiras à tirer un trait sur ton passé. Un jour, un autre homme te fera oublier cette histoire, qui ne sera plus qu'un mauvais souvenir. Ce n'est pas ta faute.

J'ai soudain les larmes aux yeux.

– Je sais.

– Silvio était un connard!

– Je sais, soupiré-je. Mais je ne peux pas m'empêcher de culpabiliser. J'aurais dû…

– Ce type a un gros problème d'ego, m'interrompt-il, alors je t'interdis de culpabiliser, OK? Tu as bien fait de le virer. Quand je pense à ce qu'il t'a fait pendant tout ce temps, j'ai des envies de meurtre. Je t'en veux de ne pas m'en avoir parlé.

– Je sais, réitéré-je, en lui faisant un petit sourire contrit. Je ne pouvais pas me confier. J'avais… je ne sais pas, j'avais peur, j'étais terrifiée. Je pensais que personne ne me croirait. Il était tellement… tellement avenant, sympathique avec tout le monde. Le genre « gendre idéal ».

– Tu parles! Un connard dans toute sa splendeur!

– Peut-être, mais je l'aimais.

Je me suis laissé embobiner par sa belle gueule, son charisme, sa position sociale – il est l'un des plus jeunes avocats de sa génération, promis à un grand avenir –, sans me rendre compte de sa personnalité trouble, manipulatrice, de son caractère impulsif et dominant. Je suis rapidement devenue dépendante. J'étais complètement sous son emprise, jusqu'à ce qu'il soit trop tard. J'étais amoureuse de lui à en crever. Et j'ai bien failli en crever.

Il m'a frappée.

Une seule et unique fois, parce que j'avais mis une robe trop courte pour l'accompagner à un cocktail. Une robe parfaite, mais indécente à son goût, alors qu'il disait continuellement qu'il aimait que je me mette en valeur, que je me fasse belle pour lui. Il disait aimer mon corps, qu'il trouvait parfait, les regards d'envie des autres hommes sur moi. Ça flattait son ego, lui donnait de l'importance ; ses collègues l'enviaient. J'étais son faire-valoir. Lorsque nous revenions de dîners, de soirées mondaines où il aimait se montrer, s'il avait vu des hommes me parler et s'intéresser à moi, il se comportait de façon encore plus possessive que d'habitude, en me répétant que j'étais à lui, rien qu'à lui. Puis il avait cette façon de s'excuser aussitôt, de se faire pardonner d'avoir été quelque peu excessif, en me gâtant, et cela marchait : je lui pardonnais. Je lui ai toujours tout pardonné, je l'aimais tellement !

Oui, il m'a frappée, une seule et unique fois. Au visage. Une claque monstrueuse, inattendue, complètement injuste, car si la robe n'était pas à son goût, il s'est bien gardé de le dire. Une claque d'une telle violence que je n'ai pu l'éviter ; elle a éclaté ma lèvre. Et là, j'ai su qu'il y en aurait certainement beaucoup d'autres. Que ce n'était que le début. J'étais dans l'incompréhension la plus totale, j'avais peur. Je ne le reconnaissais plus. Silvio était devenu, en une fraction de seconde, un étranger. Alors, pour ne pas envenimer sa colère, je n'ai pas répliqué, je ne me suis pas défendue. Au contraire, je l'ai apaisé du mieux que j'ai pu, et quand enfin il s'est écroulé sur le lit, pour s'endormir aussitôt, j'ai pris mes affaires et je suis partie. Pour ne plus jamais revenir.

Pourquoi est-ce que ça a dérapé cette nuit-là ? Pourquoi était-il à ce point en colère contre moi ? Qu'avais-je fait de mal ?

Je n'en sais rien, je n'ai pas compris. Cette question m'a hantée pendant des mois, jusqu'à ce que je comprenne, avec l'aide de ma psy, que ce n'était pas moi le problème, mais lui.

Il avait franchi une ligne de non-retour, pour moi, ce n'était pas acceptable. J'avais supporté beaucoup de choses, son caractère de merde, ses sautes d'humeur, ses colères, son égoïsme, sa jalousie maladive, mais qu'il lève la main sur moi a été la goutte qui a fait déborder le vase.

Il était plus que temps que j'ouvre les yeux sur la réalité de sa personnalité, de notre relation. J'étais amoureuse, mais j'ai réagi à temps, Dieu merci, notre vie commune n'a duré que six mois ! Je ne sais pas dans quel état je serais aujourd'hui si je ne l'avais pas quitté. Comme toujours après ses colères injustifiées, il a cherché à se faire pardonner avec des excuses bidon, des cadeaux dont je n'ai pas voulu. Puis sont arrivées les menaces. Mais là encore, je n'ai pas cédé. J'étais partie, je l'avais quitté et regagné mon appartement que, heureusement, j'avais conservé.

L'arrivée de nos consommations m'empêche de me laisser aller plus avant dans des souvenirs que je préférerais aujourd'hui chasser de mon esprit. Je m'en suis sortie ! Je suis sortie de cette relation abîmée, mais pas brisée. Abîmée, certes, mais plus forte, plus téméraire, plus regardante quant à mes fréquentations, plus méfiante aussi. J'ai compris la leçon, je ne referai pas les mêmes erreurs.

Le serveur s'incline en déposant mon verre sur la table.

– De la part du monsieur, là-bas.

Il me désigne du menton un type assis au bar. Seul. L'intensité de son regard me déstabilise un instant. Je lui fais un léger signe de tête en remerciement, auquel il me répond en levant son propre verre, un sourire aux lèvres.

Matt a suivi notre petit manège.

– Nom de Dieu ! Voilà qui est intéressant !

– Mmm…

– Quoi ? Tu l'as vu ?

– Oui. Il est pas mal, rétorqué-je, pour aussitôt m'en désintéresser.

– Pas mal ? Tu plaisantes ! Tu l'as bien regardé ? Il est canon, ce mec !

– Je te le laisse ! Le genre brun ténébreux, imbu de lui-même, arrogant et sûr de lui, j'ai donné, merci !

Pourtant, je dois reconnaître que Matt a raison. Tout en aspirant mon Mojito par petites gorgées, je ne peux m'empêcher de le contempler. Châtain clair, les cheveux souples dans lesquels il ne cesse de passer la main, des yeux visiblement très clairs, de belles lèvres ; des traits fins, racés, harmonieux, une courte barbe impeccablement taillée. Distingué. Bien sapé.

Un putain de canon !

Un mâle alpha dans toute sa splendeur !

La testostérone exsude de chacun des pores de sa peau, et je réitère : merci, mais non merci !

Matt est tellement survolté qu'il bafouille :

– Putain, c'est un dieu vivant ! Et ces yeux, *mamma mia* ! J'aimerais qu'un mec me dévore du regard comme ça, chérie. Comme s'il… putain, comme s'il n'avait qu'une envie : me foutre à poil et me baiser, ajoute-t-il en se penchant, tout en baissant la voix, en roulant des yeux, m'arrachant un rire. Visiblement, tu lui plais, ajoute-t-il.

Je fronce les sourcils face à ce regard pénétrant qui, effectivement, continue de me déshabiller sans aucune retenue.

– C'est plutôt cavalier comme attitude, non ? Je hais ce genre de type qui ne doute de rien, qui se croit tout permis sous prétexte qu'ils ont une belle gueule, de la prestance. Très certainement beaucoup de fric, si j'en crois la qualité de ses fringues.

– C'est parce qu'il le peut, chérie. Avec cette belle gueule, comme tu dis, aucune femme ne doit refuser une invitation, quelle qu'elle soit, si tu vois ce que je veux dire.

– Je vois très bien, espèce d'obsédé, me moqué-je.

Il se redresse en mettant une main sur son cœur.

– Moi ? Bon, ouais, OK, j'avoue, je suis accro au sexe.

– Tu ne m'apprends rien, Matt, je te connais par cœur, je connais tes travers. Tous tes travers.

C'est à son tour de rire.

– Tu devrais profiter de la vie, chérie, plutôt que de te morfondre dans ton coin. Ton corps a des besoins que tu te forces à ignorer, mais qui te rattraperont tôt ou tard.

Plutôt tard que tôt… pensé-je aussitôt.

Je ne suis pas prête à refaire confiance à un homme. Et pour ce qui est de baiser, aucun n'a encore su réanimer mon corps, ni me tenter suffisamment pour me donner envie de lui.

– Je vis très bien sans sexe. Contrairement à toi, crois-je

bon de souligner.

– Que tu dis ! Avant, tu étais aussi portée que moi sur les beaux mecs.

– Je ne dis pas le contraire, mais aujourd'hui, j'ai mûri. Les coups d'un soir ou les relations éphémères ne m'intéressent plus.

– La belle Sophia Rinaldi rêverait-elle du prince charmant ? Parce que permets-moi de te dire qu'il n'existe pas, chérie, dit encore Matt.

Ça, je ne le sais que trop !

– Il n'y a pas de mal à se faire du bien, continue cet obsédé qui me tient lieu de meilleur ami et collègue.

– Changeons de sujet, veux-tu ? Parle-moi plutôt de Steven, vous vous êtes rencontrés comment ?

Il se recule pour se carrer dans sa banquette, tandis qu'un sourire s'épanouit sur son visage.

– Il est tombé du ciel ! Dès qu'il a franchi la porte de la galerie, j'ai senti qu'il se passait quelque chose. Il a fait le tour des toiles, puis il s'est immobilisé devant l'une des miennes. Je me suis avancé, nos yeux se sont croisés, pour ne plus vouloir se lâcher. J'en ai encore des frissons. C'est fou, j'avais l'impression de le connaître, de tout savoir de lui, sans l'avoir jamais vu. Il te plaira, j'en suis sûr.

– Je n'en doute pas. Si ce garçon te plaît, si tu es bien avec lui, s'il est gentil avec toi, alors il n'y aura aucun problème. En revanche, s'il te fait du mal, il me trouvera en travers de son chemin.

Matt se met à rire, puis il s'empare de ma main.

– Ma belle amazone. Que ferais-je sans toi ?

– Et moi sans toi ? réponds-je, attendrie.

– Il est encore en train de te mater.

– Qui ça ?

– Le Casanova, Soph, soupire-t-il. Pas la reine d'Angleterre !

Je reporte mon attention sur le beau brun qui, effectivement, semble toujours autant subjugué par ma personne.

– Il ne te quitte pas du regard, c'est fou. Il est comme aimanté.

– Pff, n'importe quoi !

Le bellâtre me sourit. Malgré moi, j'ai un coup au cœur. Des milliers de petites fléchettes me traversent de part en part, pour venir se loger dans mon ventre ; dans cette petite zone qui ne demande qu'à renaître. Je dois reconnaître que son sourire est diablement attirant, alliant une forme de douceur à une certaine… dangerosité. Un sourire carnassier, mais tout en subtilité. Avec la lueur profonde de ses iris, le cocktail n'en est que plus attractif.

Je m'en détourne, plus attirée que je ne le devrais, mais souvent, trop souvent, je me perds dans la contemplation de son visage. Nos iris se croisent. Je comprends, à la lumière fugace qui traverse les siens, qu'il le sait parfaitement, que c'est exactement ce qu'il recherche. Et qu'il s'en amuse. Quant à Matt, il ne cesse de parler de sa nouvelle conquête dont il est déjà accro. J'espère que cette histoire ne va pas trop vite. Que cette fois-ci il est tombé sur quelqu'un de bien. Matt a lui aussi souffert de relations destructrices ; son petit cœur tout mou, trop mou, comme le mien, quoi qu'il en dise, en a pâti.

– C'est très gentil de sa part de nous inviter. Après tout, vous ne vous connaissez pas depuis longtemps.

– Une petite semaine, rétorque Matt avec un clin d'œil. Mais je dois dire qu'il est charmant, attachant. Comme tu pourras en juger par toi-même.

– Il te plaît vraiment, à ce que je vois.

– Beaucoup !

Son regard dérive.

– Eh ho ! Arrête de l'imaginer dans ton pieu et réponds-moi ! Cette soirée ?

– Comment le sais-tu ?

– Je te connais, Matt, tu as ce petit regard malicieux qui ne trompe pas.

Je crois le voir rougir.

Oh mon Dieu, c'est plus grave que je ne le pensais. Il est mordu.

– Tu n'as toujours pas répondu à ma question.

– Hmmm ?

Je pouffe.

– La soirée, Matt ?

– Oh, euh… oui, bien sûr, enchaîne-t-il, comme s'il sortait d'un rêve érotique, ce qui est sans doute le cas. La boîte de Steven a été rachetée par ce grand groupe dont je t'ai parlé, M.A.G., et le big boss, un Britannique, Duncan MacAllen, se présentera à eux lors de cette soirée d'inauguration où sont conviés tous les employés, ainsi que le gratin, je suppose. Par la même occasion, puisqu'il se retire des affaires, il désignera celui qui dirigera dorénavant l'empire MacAllen. Chacun des employés pouvait inviter deux personnes, donc voilà, Steven a pensé à nous. On va faire la fête, se bourrer la gueule aux frais de la princesse, et s'envoyer en l'air.

– Parle pour toi ! grogné-je. Moi, je me contenterai de boire et danser.

– Tu pourrais inviter le BG, dit-il, en me désignant le casanova.

– Je ne crois pas, non ! rétorqué-je d'un ton ferme.

Il lève les mains.

– Comme tu veux ! C'est toi qui décides, ma belle ! Je te laisse quelques minutes, je vais voir où en est Steven.

Avant que j'aie le temps de protester, il est déjà debout.

Je le suis des yeux tandis qu'il se dirige vers la sortie, ne pouvant m'empêcher de sourire en le voyant tortiller du cul outrageusement. Il aime provoquer, jouer de ses atouts, de ses penchants ; nul en le regardant ne peut ignorer où vont ses préférences sexuelles. Il en joue, en abuse même, tout en assumant. Je me surprends à penser que je n'aurais pas ce courage. Le rejet dont il est l'objet au sein de sa propre famille l'a endurci. Aujourd'hui il se moque de ce que les gens pensent, et pour ça, pour ce courage, je ne l'en aime que plus. Matt est un homme exceptionnel ! Je me répète sans doute, mais je ne sais pas où je serais à l'heure qu'il est sans sa présence, son soutien de tous les instants.

– Mademoiselle ?

Je sursaute. Lève la tête pour découvrir ce beau brun, qui tout à l'heure m'a offert un verre, debout à côté de ma table.

Il me désigne la chaise de Matt.

– Vous permettez ?

Il est encore plus beau de près.

Ses yeux sont si clairs, on les dirait presque transparents. Verts, d'une couleur surréaliste. Je me contente de le regarder, un peu subjuguée, je dois le dire, par l'apparition. Sans attendre ma réponse, il prend place.

– Votre petit ami prend des risques. Si vous étiez à moi, je ne vous laisserais pas seule. Ne serait-ce qu'un instant.

Sa voix est chantante, avec un léger accent, que je serais bien en peine de définir.

Italien, peut-être…

À cette hypothèse, un sourire se dessine sur mes lèvres. Je connais très bien les Italiens, mon père l'est : macho, dragueur, beau parleur… je sais parfaitement comment ils fonctionnent et cet homme assis en face de moi semble répondre parfaitement à ces critères.

Casanova… parce qu'il le peut, évidemment !

– Ce n'est pas un peu cliché comme phrase ?

– Peut-être, mais c'est ce que je pense, et ce que vous m'inspirez, rétorque-t-il, en me fixant avec intensité.

Un frisson me parcourt l'échine. Ce type est une bombe atomique à lui tout seul. Hautement radioactif.

– Alors la question ne se pose pas. Puisque je ne serai jamais à vous, rétorqué-je.

Il lève un sourcil.

– En êtes-vous si sûre ? Si je vous demandais, là, maintenant, d'abandonner votre amant et de passer la soirée avec moi, que répondriez-vous ?

– Que vous êtes fou !

Il se passe la main dans les cheveux, s'adosse, l'air très sûr de lui.

– Toutes les femmes rêvent d'une petite pointe de folie pour égayer leur quotidien. Je peux être très surprenant, vous faire vivre des choses extraordinaires.

Quelle arrogance !

Il ne doute de rien, comme je l'avais pressenti.

– Je n'en doute pas un seul instant, monsieur, mais je ne suis nullement intéressée. Ma vie me convient parfaitement telle qu'elle est. Merci.

Il passe ses doigts sur sa barbe naissante, l'air rêveur.

– Je veux bien croire qu'avec votre physique, votre vie est tout sauf sordide ou ennuyeuse, mais laissez-moi quand même vous surprendre. Vous verrez, vous ne le regretterez pas.

Je le contemple quelques secondes sans rien dire. Il pose les coudes sur la table, se penche, pour plonger ses magnifiques yeux verts dans les miens.

– Je ne m'étais pas trompé, vous avez les yeux les plus incroyablement bleus qu'il m'ait été donné de croiser. Vraiment magnifiques !

Je prends le parti d'en rire.

– Peut-être que ce genre de baratin fonctionne avec d'autres, mais en ce qui me concerne, il me laisse de marbre.

Ses sourcils se froncent alors qu'un léger sourire narquois distend ses lèvres.

– Vous n'aimez pas les compliments ?

– Non.

– Dites-moi ce que vous aimez et je me ferai un plaisir de répondre à tous vos désirs.

Je ris de nouveau et je fais comme lui : je pose mes coudes sur la table, me penche, jusqu'à sentir son souffle sur mes lèvres. Son odeur me séduit, un mélange subtil de parfum haut de gamme et de whisky. Nos bouches sont si proches que je pourrais l'embrasser en me penchant juste un peu plus. J'ai la satisfaction de le voir se troubler ou, en tout cas, il joue merveilleusement la comédie car je ne suis pas naïve au point de penser qu'il est déjà à mes pieds, et que je pourrais faire ce que je veux de lui. Pas un homme comme lui.

– Des promesses ? Déjà ? Alors que vous ne me connaissez pas ? Vous prenez des risques, monsieur.

– Toujours lorsqu'une femme me plaît. Et vous me plaisez. Beaucoup.

– Alors je ne vous dirai rien. Je vous laisserai le découvrir par vous-même. Je ne vais certainement pas vous simplifier la tâche, je suis persuadée que vous n'apprécierez même pas.

– Vous êtes très intuitive, mademoiselle, j'aime les complications, c'est vrai, et quand je veux quelque chose, je fais tout pour l'obtenir.

– Quelque chose ?

– Ou quelqu'un.

– Me rabaisseriez-vous au rang d'objet, monsieur ?

Il se racle la gorge, se passe de nouveau la main dans les cheveux.

– Loin de moi cette idée, je me suis mal exprimé. Pardonnez-moi.

– Vous vous exprimez très bien au contraire, et j'ai parfaitement compris comment vous fonctionnez. Alors je vous le répète, je ne suis pas intéressée.

Il me surprend en se saisissant de ma main, la retient alors que je veux lui échapper, pour la porter à ses lèvres. Délicatement. Son regard, insistant, ne quitte pas un instant le mien.

– Passez la soirée avec moi, insiste-t-il.

J'ai l'impression d'être au XVIIIe siècle, de me faire draguer par Casanova en personne. J'avoue que cet exercice me séduit, mais ce n'est pas pour autant que j'ai envie de lui céder. Je ne suis pas prête pour cela, même s'il est hautement attirant, qu'il a tout de l'idéal masculin ; qu'il est sans conteste l'homme le plus charismatique, le plus dangereux que j'ai jamais approché. D'une dangerosité différente de Silvio, mais tout aussi dévastatrice.

Punaise ! Vais-je toujours tomber sur le même genre d'homme ?

– Je ne suis pas libre, finis-je par répondre.

– Une autre fois, alors ?

– Peut-être. Si le destin nous remet en présence l'un de l'autre.

– Je m'arrangerai pour qu'il me soit favorable, soyez-en persuadée.

Son regard énigmatique m'arrache un faible soupir.

Je me mettrais des baffes. Comment ce dragueur de pacotille peut-il me faire de l'effet ? Il a ce petit quelque chose dans l'œil, dans sa façon de m'observer, dans son attitude, qui m'attire indiscutablement. Peut-être pour me mesurer à lui, pour le contrer, lui rabattre sa suffisance. Peut-être aussi pour un challenge personnel, je ne sais pas. Ce que je sais, en revanche, c'est que je me surprends à prendre plaisir à ce petit jeu de la séduction, et à l'envie irrésistible de l'attirer dans mes filets.

– Sophia ? Tout va bien ?

Le beau ténébreux se lève après avoir toisé Matt des pieds à la tête, qui, nullement impressionné, lui renvoie son regard.

– Je vous rends votre place, monsieur. Permettez-moi de vous dire que vous avez beaucoup de chance.

Les deux hommes s'affrontent quelques instants. Je me retiens de rire devant cet étalage de manœuvres d'intimidation typiquement masculines.

– Vous ne m'apprenez rien, lance Matt, remplissant à merveille son rôle de petit ami possessif.

– Mademoiselle, je serais très heureux que nos chemins se croisent à nouveau. Et cette fois-ci, je vous fais la promesse de ne pas vous laisser m'échapper.

Pardon ?

Il s'éloigne, se retourne avant de franchir la porte du bar. Le regard incendiaire qu'il me lance fait s'envoler mes battements cardiaques. J'ai envie de me frotter les yeux ou de me pincer pour revenir sur terre.

– Waouh, quel mec !

– À qui le dis-tu ! Il semble tout droit sorti d'un manuel d'histoire, bien élevé, un peu précieux, intimidant.

– Intéressant, ou pas ?

Je prends le temps de la réflexion.

– Il est indiscutablement séduisant, attirant, sûr de lui, arrogant, mais tout en subtilité et mystère, avec une petite pointe de fragilité, de retenue, ce qui fait, je dois le reconnaître, un mélange détonnant. J'avais presque envie de le secouer ou de le provoquer pour le faire sortir de sa réserve.

Je m'éclaircis la voix, encore sous le charme de cette rencontre. J'ai un sourire en repensant à la façon dont il a traité mon meilleur ami.

– En tout cas, le fait que je sois accompagnée ne l'a pas dérangé. Il t'a traité comme quantité négligeable. Un aristo, non ? Et son accent ? Tu as reconnu son accent ? À ton avis, il vient d'où ?

Matt s'esclaffe.

– En tout cas, il a su piquer ta curiosité. Remarque, je te comprends, il est canon. Bordel, je suis heureux, ça fait longtemps que je ne t'ai pas vu rayonner de la sorte !

– Contente-toi de répondre à ma question, Matt.

Son rire s'amplifie.

– Je ne sais pas. Italien ?

– C'est ce que je me suis dit, mais il y a autre chose. Bref, oublions cet apollon que je ne reverrai sans doute jamais. Alors, qu'a dit Steven ?

Il regarde sa montre, pose quelques billets sur la table.

– Il nous attend à l'entrée.

Nous nous levons, et il me serre contre lui.

– À nous la soirée de folie ! Tu me suis ?

Je lui fais un baiser sur la joue.

– Oui, Matt, je te suis.

3

Sophia

En apercevant Steven, Matt serre ma main. Je le regarde attentivement. Serait-il anxieux ? À son regard fixe, à la tension de ses mâchoires, je comprends qu'il crève de trouille, et que ce type l'intéresse vraiment. À la légère pression sur ses doigts, il tourne la tête vers moi.

– Ça va bien se passer, bébé, murmuré-je.

Il me fait un clin d'œil.

Je suis tout à fait rassurée lorsque je surprends le regard de Steven sur lui alors que nous approchons. Si nous n'avions pas été en pleine rue, avec certainement beaucoup de ses collègues autour de nous, je crois qu'il aurait sauté sur Matt pour l'embrasser à pleine bouche. Son attitude est sans équivoque lorsque leurs yeux se rencontrent, et ça me fait chaud au cœur. Au premier regard, Steven me plaît. Blond, les cheveux très courts, les yeux noisette, le regard franc, il a cette petite touche de douceur un peu féminine qui me séduit aussitôt.

Il me tend la main, que je serre avec effusion.

– Bonsoir Steven. Je suis ravie de faire votre connaissance.

– Le plaisir est partagé, Sophia. Matthew m'a beaucoup parlé de vous.

Je fronce les sourcils.

– Oh, il a fait ça ? Matt ?

– Je lui ai un peu parlé de nous, de toi, de… enfin…

Je le pousse de l'épaule avant qu'il ne devienne aussi rouge que ma robe.

– Je plaisante, bébé. Pas de problème.

– En tout cas, il n'avait pas menti, vous êtes superbe.

– Merci. Je dois admettre que vous n'êtes pas mal non plus.

– Bon, euh… si je dérange, je peux partir, bougonne mon meilleur ami, que contredit la petite note d'ironie de sa voix.

Il est heureux. Très heureux, même !

– Mais non, enfin ! Viens par là !

J'entoure ses épaules, et Steven en fait de même.

– Allons-y ! clame ce dernier. J'ai hâte de voir le visage de mon nouveau boss.

Matt passe ses bras autour de nos tailles, nous serre contre lui, le visage radieux.

– C'est parti !

À peine les portes de la boîte de nuit franchies, nous sommes happés par la musique, et l'ambiance survoltée. Il y a déjà un monde fou ! Nous sommes obligés de jouer des coudes pour rejoindre une banquette en coin où nous attendent certains des collègues de Steven. Après les présentations, il m'invite à m'asseoir. Aussitôt, mon voisin de droite me tend un verre de whisky.

– Salut, moi c'est Tobias. Tu fais partie de MacAllen ?

Je le remercie, trempe mes lèvres dans le breuvage ambré,

corsé, très agréable. Bien que ce ne soit pas mon alcool préféré, je le trouve plutôt bon.

– Non, pas du tout. Je suis ici en invitée.

– Tu es avec Steven ?

– Oui. Ainsi qu'avec mon meilleur ami, Matthew.

Je lui désigne Matt, assis à ma gauche, qui, en grande conversation avec Steven, un grand sourire plaqué sur le visage, ne fait déjà plus du tout attention à moi.

Tobias se penche pour les regarder.

– Je vois.

S'il sort un truc sur Matt et Steven, je me le fais. Je n'aime pas du tout l'expression de son visage, et j'espère que Steven n'aura pas d'ennuis à cause de lui. Je sais que dans certaines entreprises, le fait d'être homosexuel est mal vu.

J'ai un sursaut lorsqu'il pose sa main sur mon genou.

– Tu es donc libre ?

Je me saisis de son index, soulève sa main pour la poser sur sa propre cuisse.

– Je ne suis pas accompagnée, mais cela ne veut pas dire que je suis libre.

Il se rapproche. Son haleine chargée de whisky vient caresser mes narines, m'obligeant à reculer.

– Allez, *babe*…

« Babe » ? Sérieux ?

Je déteste ce genre de type qui considère qu'une femme n'est bonne qu'à écarter les cuisses, qu'à se soumettre à leur bon plaisir, sans avoir fait le moindre effort. Je ne suis pas ce genre de femme. Je ne l'ai jamais été, même si par le passé je m'amusais à séduire les hommes de façon… un peu compulsive je l'avoue, j'ai toujours décidé quand, et surtout qui ! J'ai besoin d'être tentée, enivrée, captivée. Ce n'est certainement pas un type de son espèce qui me tentera, me donnera l'envie de passer la nuit avec lui ; encore moins de renouer avec le plaisir.

– Je ne suis pas votre « *babe* ». Maintenant, si vous voulez bien m'excuser.

Je me lève, mettant fin à la conversation.

– Vous venez, les garçons ? On va danser ?

Matt lève la tête, semblant surpris de me trouver là.

OK, j'ai compris, je dérange…

– Quoi ?

Je me penche pour lui souffler à l'oreille, ignorant le regard insistant de Tobias sur mes fesses :

– Rien. Amuse-toi ! Je vais faire un tour.

Je me dépêche de m'éclipser avant que ce connard de Tobias ne revienne à la charge.

Je traverse les différentes salles, ignorant les regards insistants des hommes sur moi. Une femme seule attire, j'en ai l'habitude. Je connais ces regards, je sais que je suscite les convoitises mais là, pour le moment, ce n'est pas la présence d'un homme que je recherche. Je prends la direction d'un petit patio indiqué par des pancartes placardées un peu partout, où j'espère trouver un peu de quiétude.

Je pousse la porte. J'exhale un profond soupir en sentant l'air frais sur mon visage. Je ferme un instant les paupières pour me laisser envahir par le calme ambiant, malgré la présence de quelques fumeurs qui, comme moi, apprécient à sa juste valeur la paix après le brouhaha de l'intérieur. Je soupire d'aise. Fais quelques pas, en regardant le magnifique ciel étoilé, sans faire véritablement attention où je mets les pieds, lorsque soudain, un corps percute le mien. Un juron m'échappe en sentant un liquide glacé, ainsi que plusieurs glaçons, inonder mon bustier, dégouliner entre mes seins.

– Putain de merde!

Un rire me répond. Diablement sexy.

– J'espère que vous aimez le whisky.

Tout en continuant de jurer en maudissant tous les hommes de la création, je me contorsionne pour extraire les glaçons. Ma peau se hérisse – à moins que ce ne soit l'attraction que je ressens pour cet homme –, bien malgré moi. Je lève les yeux. Lentement. Ma salive se fige. Son costume trois pièces de couleur sombre met sa plastique irréprochable en valeur, le rend encore plus éblouissant, encore plus intimidant, encore plus attirant; sa chemise blanche ouverte dévoile un triangle de peau hâlée, ses lèvres pleines et humides attirent les miennes. Déraisonnablement. Je résiste à la tentation de tendre la main pour toucher sa joue, effleurer sa bouche, passer mon pouce sur sa lèvre inférieure légèrement ourlée par une petite moue ironique. Je croise son regard. Un air chargé d'électricité crépite aussitôt entre nous. Il fronce les sourcils, semblant surpris lui aussi.

Le temps s'est arrêté; mon cœur manque plusieurs battements.

Je ne peux me détourner de son visage, complètement captivée, subjuguée, tandis qu'une onde de chaleur me traverse.

Comment est-ce possible?

Comment cet homme que je ne connais ni d'Ève ni d'Adam, que je rencontre pour la deuxième fois, et qui a le don de me mettre hors de moi peut-il m'inspirer de telles pensées?

De tels désirs ? Un tel attrait ? Un désir que je n'ai pas ressenti depuis une éternité. Un désir qui me donne envie de me soumettre à tout ce qu'il voudra de moi. C'est si fort, si inattendu que je laisse échapper un gémissement.

L'éclair d'étonnement qui traverse son regard, si semblable au mien très certainement, me fait reculer. Deux bras puissants se referment sur moi quand mon talon se bloque entre deux dalles.

Son rire, à nouveau, met mes nerfs à vif.

– Je vous fais tant d'effet que ça ?

Je me raidis, cherchant à lui échapper. Je déteste la suffisance transpirant de chacune de ses paroles, cette sorte de masque d'invulnérabilité plaqué sur son visage, comme si, comme si… tout lui était dû, ou que rien ni personne ne lui résistait, jamais. Ce qui est très certainement le cas. Il doit faire partie de ces types qui font se pâmer toutes les femmes dès qu'il entre quelque part. S'il croit qu'avec moi ce sera le cas, il va en être pour ses frais.

Je me cambre, les mains sur ses pectoraux que je sens se contracter à mon contact, devenir durs sous mes doigts, pour mettre de la distance entre nous, pour ne pas me laisser troubler, ni envahir par des émotions contradictoires : l'envie soudaine de le frapper, ou de l'embrasser voracement.

– Pas du tout ! Vous êtes… vous êtes…

Plus aucun son ne sort de ma bouche lorsqu'il se penche pour effleurer ma joue, comme s'il me respirait.

– Oui ? Je suis ?

Sa voix est si rauque, si vibrante de désir que le souffle me manque.

– Un type extrêmement mal élevé. Et pour votre gouverne, je n'aime pas le whisky.

– C'est bien dommage, car lui vous aime.

Il se redresse, me lâche si subitement que je chancelle sur mes talons hauts, soudain privée de son soutien. Il tend aussitôt la main pour me retenir. Un grand frisson me parcourt le corps alors que ses yeux incendiaires me dévorent, pour s'arrêter sur ma poitrine. Les pointes de mes seins se dressent instantanément, torturées par l'alliance du froid et du chaud : la fraîcheur du whisky, associé au feu de ses iris, qui s'assombrissent davantage tandis qu'il se rapproche lentement, dangereusement, sans cesser une seule seconde de m'observer. Je recule face à la dangerosité qui émane de toute sa personne, avec le sentiment d'être son prochain festin, une proie dont il ne fera qu'une bouchée, pour me retrouver rapidement le dos contre le mur.

– Ne vous ai-je pas dit que le destin nous ferait nous retrouver ?

– Avez-vous la prétention de commander aux éléments ?

– Non. D'habitude, je provoque la chance. Dans votre cas, c'est différent. Je vous veux. Maintenant.

Ce type est fou !

Je le toise, avec toute la froideur dont je suis capable.

– Certainement pas. Pour qui vous prenez-vous ?

– Pour quelqu'un qui vous fait de l'effet, Trésor.

J'aimerais fuir, mais j'en suis incapable. Mes jambes sont comme en coton, m'obligeant à m'accrocher à ses épaules pour ne pas vaciller une fois de plus. Certainement toutes ces vapeurs de whisky ! Je ne suis plus moi-même, mais partagée entre accepter sa proposition, ou le virer avec perte et fracas.

– Osez dire que vous n'avez pas envie de moi. C'est marqué sur votre visage.

Son souffle, à nouveau, balaie mon cou. Lorsque ses lèvres chaudes en aspirent la peau tendre, mes yeux se ferment d'extase. Il met tant le feu à mon corps que je pourrais lui demander de me baiser, là, maintenant. Le besoin s'en fait si impérieux que s'il dure, je serai prête à tout pour pouvoir l'accueillir en moi. Le feu de la tentation rampe sous ma peau, allume des milliers de flammèches incandescentes dans mon ventre.

Je ne contrôle plus rien, je succombe, entrouvre les lèvres, lorsqu'une voix nous interrompt.

– Monsieur Monteiro ?

Nous tournons la tête en même temps, surpris de trouver quelqu'un si près de nous.

– Pardonnez-moi, monsieur. C'est bientôt à vous, reprend une magnifique blonde.

Le parfait modèle de la secrétaire modèle : chignotée, distinguée, alors que je dois ressembler à un épouvantail avec mes mèches rebelles et mon bustier imbibé d'alcool.

– Dans combien de temps ?

– Tout de suite, monsieur.

– J'arrive. Donnez-moi quelques instants.

– Mais… monsieur…

– Débrouillez-vous ! Gagnez du temps ! Je ne vous paye pas pour vous tourner les pouces. Maintenant, laissez-nous !

– Bien, monsieur.

Après m'avoir toisée des pieds à la tête, elle s'éloigne.

Il glisse sa main le long de ma nuque.

– Je veux vous revoir.

– Je ne crois pas que ce soit une bonne idée, asséné-je, en repoussant de toutes mes forces ce qu'il éveille en moi.

Sa main se crispe.

Nous nous affrontons. Subitement, il capitule. Son regard s'adoucit, devient plus caressant, mais paradoxalement, il me déstabilise d'autant plus.

– Laissez-moi au moins vous faire parvenir une robe, en dédommagement de celle-ci.

Quoi ? Mais certainement pas ! Pour qui me prend-il, nom de Dieu ? Ce type est un cliché à lui seul.

– Ce ne sera pas la peine.

Son sourcil droit se lève. Il s'amuse, à n'en pas douter.

– En tous les cas, le style mouillé vous va bien.

– Quoi ?

Je regarde mon bustier, collé sur ma poitrine.

C'est ni plus ni moins que comme si j'étais nue.

Je retire d'un coup sec l'élastique maintenant mes cheveux, les partage en deux pour les ramener vers l'avant.

Je me redresse.

– C'est mieux comme ça ?

J'ai la satisfaction de le voir passer sa langue sur ses lèvres, semblant subjugué par mon geste, captivé par la cascade de boucles serpentant sur ma peau nue.

– Non, certainement pas ! Mais c'est plus convenable, en effet. Je dois y aller.

Il fait un pas, se retourne.

– On se voit plus tard ?

Son sourire met le feu à mon corps, si vibrant de désirs,

de promesses, qu'il me coupe le souffle. Après un léger signe de tête et un dernier regard enflammé, il tire la porte d'une poigne virile, et sort du patio.

Je reste un long moment contre le mur.

Notre première rencontre m'avait déjà charmée, cette deuxième encore plus. Cet homme est… tout ce que j'aime : charmant, charmeur, charismatique, mystérieux, beau comme ce n'est pas permis. Je me secoue. Il doit avoir une quantité de groupies collées à ses basques, et que l'embarras du choix. Dans quelques minutes, je mettrais ma main à couper qu'il ne se souviendra même pas que j'existe.

Tout en traversant la foule compacte pour rejoindre Matt, je repense à cet homme. Pour la première fois depuis huit mois, un homme a su m'intriguer suffisamment pour m'intéresser. Pour la première fois depuis huit mois, j'ai senti le désir charnel s'épanouir dans mon corps. Mon cœur s'emballe déjà à l'idée de le revoir… un jour, peut-être, si le destin le décide ainsi.

4

Sophia

Je m'assois à côté de Matt, pose la tête sur son épaule. Il me jette un coup d'œil surpris et m'enlace.

– Ça ne va pas ?

La musique est tellement forte qu'il est obligé de crier. Je me contente de sourire ; je n'ai pas envie de parler. Pas tant que je n'aurai pas réfléchi sereinement à la situation. De toute façon, il n'y a pas grand-chose à dire : j'ai eu du désir pour un parfait inconnu dont j'ignore tout, sauf le nom : Monteiro.

Soudain, la musique s'arrête, m'extirpant de mes réflexions. Un roulement de tambour se fait entendre.

– C'est le moment ! nous crie Steven en se mettant debout, visiblement excité.

Nous suivons le mouvement. Je me penche vers lui pour crier :

– Qu'est-ce qui se passe ?

– Nous allons enfin voir à quoi ressemble notre nouveau P.-D.G.

– Tu ne l'as pas rencontré ?

– Non. Personne ne l'a encore vu.

– Que c'est excitant ! clame Matt en enlaçant nos doigts.

Les employés MacAllen se regroupent au bord de la piste, tandis que des gardes du corps se postent au pied de l'immense escalier en fer menant vers les zones VIP.

La voix du DJ résonne dans les haut-parleurs :

– Mesdames et messieurs, je vous demande d'applaudir M. Duncan MacAllen !

Il a un geste ample du bras, alors qu'un homme, les cheveux grisonnants, très distingué, se poste en haut de l'escalier. Il regarde la foule à ses pieds, puis entame une lente descente à pas précautionneux, sous les applaudissements. L'un des gardes du corps l'aide à gravir les quelques marches menant à une petite estrade. De près, il paraît un peu plus vieux que je ne l'aurais pensé de prime abord. Âgé, mais doté d'une prestance imposante, qui force le respect.

Il lève la main, pour réclamer le silence. Peu à peu, les voix et les sifflets se taisent. Un petit sourire apparaît sur ses lèvres.

– Mesdames et messieurs, chers collaborateurs…

Son accent britannique, prononcé, me surprend. Je me penche vers Steven pour lui souffler à l'oreille :

– MacAllen est bien une marque de whisky irlandaise ?

– Oui, mais le big boss est d'origine écossaise.

Il me fait signe d'écouter la suite du discours.

Plus les minutes passent, plus mon cœur s'emballe. Pourquoi ? Je me le demande. Je cherche le beau brun dans la foule. Pourquoi cette femme est-elle venue le chercher ? Qu'a-t-il à voir avec cette soirée ? Est-il un proche collaborateur de M. MacAllen ? Je scrute tous les visages masculins, m'attendant à tout moment à prendre son regard vert translucide en pleine face, en train de me dévorer comme il sait si bien le faire. Un désir inassouvi prend naissance entre mes cuisses, que je me force à dompter tandis que l'envie de le revoir, de croiser de nouveau sa route se fait de plus en plus impérieuse. J'essaye de me concentrer sur le discours de M. MacAllen : modernité, restructuration, embauches, diversification vers la vente de spiritueux, dans le domaine des communications… Tout ça me paraît riche de promesses.

Je tape du pied, impatiente.

Allez, allez, venez-en au fait !

– Toutes ces nouvelles directions ne sont dues qu'à une seule et unique personne, alors si vous avez des remarques, des doléances, c'est sur lui qu'il faudra taper…

Il rit et l'auditoire rit avec lui.

– Il a voulu moderniser, créer, dépoussiérer, mettre de la valeur ajoutée à cette vieille maison MacAllen qui a plus de cinq cents ans d'existence, tout en conservant la qualité de nos produits, évidemment, et je suis à cent pour cent avec lui. Même si j'ai eu quelques difficultés au début, comme tout dinosaure qui se respecte.

Les rires fusent à nouveau.

Il lève la main, pour demander le silence.

– Il a su me convaincre, me faire voir les choses à sa manière. Je m'en remets entièrement à lui, en étant intimement persuadé qu'il est celui qu'il faut à la tête des whiskies

MacAllen et, plus largement, à celle de M.A.G. Cet homme est mon rayon de soleil depuis qu'il est entré dans ma vie, je veux parler de…

Il ménage son petit effet. Je suis comme tout un chacun suspendue à ses lèvres.

– Mon petit-fils ! reprend-il d'une voix forte. Je vous demande d'accueillir comme il se doit Gabriel, mon digne héritier.

Dans un geste théâtral, il tend le bras vers le haut de l'escalier, que des spots illuminent. La foule suspend son souffle. Un homme avance, mais son visage demeure dans l'obscurité. Il fait un pas. Marque un temps d'arrêt. Je suis captivée. Les roulements de tambour font accélérer mon cœur, au fur et à mesure qu'il descend, puis son visage apparaît. En pleine lumière. Et je manque m'évanouir.

Nom de Dieu de merde !

– Mesdames et messieurs, Gabriel Monteiro-MacAllen, mon petit-fils, et votre nouveau P.-D.G. !

Les applaudissements et les sifflets de la foule en délire retentissent, alors que Gabriel – puisque c'est là son prénom ! – monte les marches de l'estrade pour prendre son grand-père dans ses bras. Ce moment est tellement intense en émotion, l'amour qui les lie tellement évident, que j'en ai les larmes aux yeux. Les deux hommes s'enlacent et s'embrassent quelques secondes, puis se parlent à voix basse, tandis que la foule scande leurs noms.

Puis Gabriel prend le micro que lui tend son grand-père pour nous faire face. Son sourire, éblouissant, met encore plus le feu à mon corps, me donne furieusement envie de lui.

J'observe les visages autour de moi pour remarquer que

toutes les femmes, sans exception, semblent sous le charme. Il scrute la foule, pour soudain s'arrêter sur moi, me donnant le sentiment qu'il ne cherchait que moi. Un sourire étire ses lèvres, ses iris ne me lâchent pas une seule seconde, deviennent incandescents. Nous communiquons, à distance, comme si nous étions seuls, que rien d'autre n'existait que cette attraction que nous avons l'un pour l'autre. Certaines personnes commencent à s'interroger, se tournent vers moi, parlementent, certainement pour savoir qui je suis, et ce que je représente pour lui. Notre connexion est soudain interrompue par une femme qui monte sur l'estrade pour lui tendre un bouquet. Il s'en empare, l'embrasse. Elle engage la conversation en posant sa main sur son bras. Jeune, blonde, des jambes interminables, des atouts indéniables.

Dragueur, beau parleur… tombeur… séducteur…

Je ne peux m'empêcher de ressentir une petite pointe de déception face à son attitude sans équivoque, parfaitement consciente de ne pas être la seule femme qu'il séduira ce soir, ou tentera de séduire.

J'écoute son discours : heureux de l'accueil… blablabla… il espère que l'antenne américaine mettra tout en œuvre pour se dépasser et crever les plafonds des ventes… blablabla… implications de tous les instants… (j'imagine qu'il parle des femmes ! Et je suis sûre qu'il sera entendu et obtiendra le meilleur, voire plus !), en me laissant, bien malgré moi, pénétrer par sa voix charmeuse, rauque à souhait.

Charmeur… séducteur… peut-être même menteur et bonimenteur !

Je me désintéresse du reste qui est un charabia technique de parfait technico-commercial. Ce que je peux dire, c'est qu'il maîtrise parfaitement son sujet, tout en sachant vraisemblablement galvaniser les foules.

– Bonne soirée à tous !

Des applaudissements me ramènent sur terre. Aussitôt, la musique explose.

– Ça va ? s'inquiète Matt en posant une main sur mon épaule.

– Oui, oui, très bien ! On va danser ?

Sans les attendre, je prends la direction de la piste de danse, en me forçant à ne pas regarder vers l'escalier menant aux loges VIP. Je me déchaîne en entendant les premières notes de « Sexy Bitch » de Akon mixé par David Guetta en personne, en chantant à tue-tête. Après un instant d'étonnement, Matt et Steven en font de même. Le rythme me transcende. La musique m'a toujours aidée, même dans les pires moments. Lorsque David enchaîne avec LMFAO et son « Sexy and I know it », les cris fusent. Les yeux fermés, je laisse parler mon corps. Pour la première fois depuis longtemps, j'ai envie du regard des hommes sur moi.

De son regard à lui.

Je tourne sur moi-même. Malgré la violence que je m'impose pour ne pas succomber, je le cherche dans la foule, pour le découvrir en haut, à droite des marches, appuyé contre la barrière métallique, un verre à la main. Il m'observe. Ne semble rien voir d'autre, ni personne d'autre que moi. L'envie de le séduire, de jouer avec lui se fait plus forte : je remonte ma robe, dévoilant le haut de mes bas, une mince bande de chair nue. Ses mâchoires se contractent. Il passe ses doigts sur son menton, tout en continuant de me dévorer d'un regard hypnotique et ravageur.

Lorsqu'un type vient l'accoster, il se tourne pour lui parler, mais très souvent, ses yeux reviennent se souder aux miens. Je continue mon petit manège, en ne dansant que pour lui, en jouant de mes atouts, le voyant se troubler de plus en plus. J'aime ce petit jeu de la tentation, ce regard de convoitise sur moi ; j'aime l'idée de piquer sa curiosité, de lui donner envie de moi, même s'il est hors de question que je cède à cette trop forte attraction. Je ne suis pas prête. Pas encore. Je crois entendre Matt dans ma tête : le plaisir, Sophia, juste pour le plaisir. Même pour ça je ne suis pas prête.

Je ne sais ce qu'il lit sur mon visage, mais ses yeux se voilent, et soudain, il disparaît.

Quelques minutes plus tard, deux hommes, certainement ses gardes du corps, viennent m'accoster.

– Madame. M. Monteiro vous prie de le rejoindre dans le carré VIP.

Pardon ? Il veut me voir ? Moi ?

– Vas-y, qu'est-ce que tu risques ! Il ne va pas te manger, se moque Matt, ne comprenant visiblement pas mes hésitations.

Oh et puis zut, pourquoi pas ! Je verrai bien où cela me mène.

Ma décision prise, j'embrasse mon meilleur ami sur la joue.

– Je t'appelle demain. Je vous suis, messieurs, dis-je aux gardes du corps.

Je le regarde une dernière fois avant de monter les marches, entourée des cerbères. Il lève le pouce avec un grand sourire engageant. Je redresse les épaules, bien décidée à ne pas me laisser impressionner par ce casanova, par les quelques cocktails qu'il ne manquera pas de m'offrir, ou par tout ce tralala dispendieux. Pourtant, je ne peux empêcher mon cœur de tressaillir lorsque je le vois avancer vers moi, après que mon escorte s'est écartée, me laissant seule face à son regard hypnotique. Ses extraordinaires prunelles se soudent aux miennes, étincellent, tandis qu'un sourire ravageur éclaire son visage pourtant toujours empreint d'un certain sérieux, d'une certaine froideur.

Il prend ma main dans la sienne, la porte à ses lèvres pour s'y attarder, un peu plus qu'il ne faudrait, tout en ne cessant de m'observer. La lueur qui traverse son regard m'interpelle : son intérêt est évident, son impatience à peine voilée, comme s'il… comme s'il me désirait plus que tout, m'attendait depuis une éternité. Et je ne peux m'empêcher de penser : pourquoi moi ? Alors qu'il peut avoir n'importe quelle autre femme.

– Merci d'avoir accepté mon invitation, Sophia.

– Vous connaissez mon prénom, m'étonné-je.

– J'ai mes sources.

– Et cela vous rend fier ?

Il se redresse, sans pour autant lâcher ma main. Un immense sourire, ironique cette fois-ci, transforme son visage, le rendant encore plus attirant.

– Très !

Le mien est un peu crispé. Je n'aime pas particulièrement ce genre de procédé qui tient plus d'un besoin de contrôle que d'un véritable intérêt.

– J'aurais pu tout aussi bien vous le dire si vous me l'aviez demandé.

– C'est plus drôle ! Et ça fait toujours son petit effet. Je vous prouve par là même que vous m'intéressez.

– Comment avez-vous fait ?

Il approche pour souffler à mon oreille, faisant se hérisser ma peau.

– C'est un secret. Mais si vous êtes gentille, je vous le révélerai.

Je me recule pour mettre de la distance entre nous.

– Gardez vos secrets, je ne suis nullement intéressée. D'ailleurs, je crois que je vais vous laisser. C'était une erreur. Bonsoir.

Il retient ma main alors que je lui tourne le dos pour les planter là, lui et sa suffisance. Lui et son orgueil mal placé. Lui et la putain d'attraction qu'il exerce sur moi.

– Non ! murmure-t-il en se collant à moi.

Lorsque son souffle balaie mes épaules, pour remonter lentement le long de ma nuque, un intense frisson parcourt mon corps. Je me fais violence pour rester droite, pour ne pas laisser échapper un soupir.

Respire, Sophia, respire…

– Acceptez au moins de prendre un verre, ajoute-t-il rapidement. S'il vous plaît.

Je succombe à ses yeux translucides, rendus encore plus brillants par les lumières de la boîte.

– D'accord, mais tout sauf un whisky.

Il rit et ce simple son me donne l'irrésistible envie de mordre ses lèvres à pleines dents ; de les embrasser pour sentir à nouveau leur dureté, leur impériosité, leur exigence contre les miennes.

Il met sa main sur mon ventre, m'arrachant un léger frémissement.

Bordel de merde, ressaisis-toi, Sophia ! Les beaux parleurs, les arrogants, c'est fini pour toi, non ? N'as-tu pas décidé de tirer un trait sur ce genre de gars ? me sermonne ma jumelle raisonnable, qui se fait aussitôt gifler par la démoniaque qui ne demande qu'à passer à l'acte.

Sa main, à mi-chemin entre ma hanche et mon ventre, son souffle chaud sur ma nuque me transportent. J'attends qu'il pose ses lèvres sur ma peau, mais il n'en fait rien, il se contente de me humer. Ce type sait tenter une femme, l'amener à la reddition, c'est le moins que je puisse dire. Quand enfin il pose ses lèvres au creux de mon cou, je suis obligée de me tenir à ses hanches pour ne pas tomber. Un soupir lui échappe, alors que je me fais violence pour ne pas gémir.

– Bordel, Sophia, vous êtes délicieuse. J'ai envie de vous goûter, encore et encore. Partout.

J'aimerais hurler « oui, ne t'arrête pas, j'en veux encore ! », mais, en entendant sa voix, ses mots susurrés, j'entrouvre les paupières, complètement perdue.

Je reprends pied dans la réalité, me raidis. Le moment de félicité est passé.

– Certainement pas ! dis-je sèchement après avoir échappé à ses bras et m'être retournée.

– Je sais être persuasif.

– Et moi, affreusement têtue. Vous n'aurez pas le dernier mot, je peux vous l'assurer.

– On parie ?

– Les relations humaines ne sont pas un jeu, monsieur Monteiro.

Il caresse mon bras nu du bout des doigts. Des milliards de petits frissons naissent sous ma peau, mes muscles intimes se contractent.

– Pour ma part, je pense que si, et je m'amuse beaucoup, en assumant un passé que je ne peux changer. Vous devriez en faire de même.

Pourquoi parler du passé ? Et pourquoi maintenant ? Sait-il tout de moi ?

Je me raidis.

– Le passé nous marque, quoi que nous fassions, répliqué-je.

– Nous débattrons de ce sujet quand vous voulez, mais pas maintenant, répond-il, après m'avoir longuement contemplée. Venez vous rafraîchir, je pense que vous en avez grand besoin, et moi aussi, termine-t-il avec un clin d'œil.

Ce type est fou.

Diablement attirant, mais fou.

Je voudrais le questionner, l'amener à se livrer, comprendre pourquoi lorsqu'il a parlé du passé il paraissait si troublé. Ce qu'il cache, au fond de lui. Quelles sont ses blessures secrètes car il en a, comme tout un chacun, j'en suis persuadée, j'en ai l'intuition. Je sais repérer les souffrances, les reconnaître, d'autant mieux que je suis passée par là. Quelle que soit son attitude frondeuse, quelle que soit l'énergie qu'il déploie à donner le change, à jouer au type sûr de lui, à qui rien ne résiste, je sais qu'il a souffert. Son regard, son magnifique regard, si profond, en est encore marqué, semblant par moments si torturé qu'il me fait froid dans le dos.

Je le laisse m'entraîner vers les buffets. Il met d'autorité un cocktail entre mes mains.

– Buvez !

– Avez-vous également décidé de m'enivrer ?

Il balaie mon corps d'un œil gourmand, passe sa langue sur ses lèvres.

– Ai-je une chance d'y parvenir ? Et je ne parle pas d'alcool.

Encore une fois l'envie de le provoquer me taraude.

– Je ne peux encore me prononcer, nous venons à peine de faire connaissance. Seriez-vous d'un naturel impatient, monsieur Monteiro ?

Il se penche, pour souffler :

– Depuis que j'ai goûté à vos lèvres, depuis que je vous ai tenue contre moi, je ne pense qu'à ça.

Comment cela, *à ça* ?

J'ai le sentiment que sa prochaine répartie pourrait être : « enlève ta culotte ! » Et je me crispe imperceptiblement.

Une fois de plus, un raclement de gorge s'élève derrière nous, le faisant se redresser, grommeler, sans pour autant ôter la main qui était encore négligemment posée sur ma hanche.

– Monsieur Monteiro, le journaliste vous attend pour l'interview, dit la blonde de tout à l'heure.

La réponse claque comme un coup de fouet.

– J'arrive. Merci.

Il s'empare d'autorité de ma main, m'embrasse ensuite le bout des doigts, avec cette sorte de hauteur guindée et ce cynisme qui semblent être sa signature, alors que le feu couve dans ses iris, une autre de ses particularités, et non la moindre. La glace et le feu ; le yin et le yang. Un cocktail détonnant et ravageur.

– Je dois encore vous abandonner, soupire-t-il. Attendez-moi !

Je n'ai pas le temps de répondre qu'il est déjà loin.

Je me retrouve à nouveau perdue au milieu de gens que je ne connais pas, qui continuent de me regarder comme une bête curieuse, le cœur, le corps, en déroute. Il m'approche, met le feu à mon être pour ensuite me laisser en plan, en me demandant de l'attendre.

Mon tempérament méditerranéen se rebelle.

Si je veux être honnête, je suis partagée entre l'envie de le fuir pour échapper à ce qu'il m'inspire, ce qu'il déclenche, à l'espèce de fascination qui m'anime depuis que je l'ai rencontré, et celle de me laisser tenter et happer. Mon instinct me souffle de prendre de la distance, de me barrer pendant qu'il en est encore temps, alors que mon corps le réclame.

Qui écouter : la raison ou les sensations ? L'esprit, ou le corps ?

J'ai le sentiment de devoir faire un effort surhumain pour m'éloigner.

N'en pouvant plus de ces questions sans réponse, je fais la seule chose qui me semble logique dans cette situation : je redescends les marches métalliques pour rejoindre Matt et Steven. La foule s'écarte devant moi en continuant de me regarder avec curiosité. Il est vrai qu'ils m'ont vue avec le futur big boss des whiskies MacAllen, qui plus est beau comme un dieu ; je fais certainement des envieuses. Au souvenir de ses mains sur moi, de ses lèvres contre les miennes, mon corps s'embrase, mais je refoule ces sensations au tréfonds de mon esprit pour ne plus y penser. En tout cas, pour me forcer à ignorer ce qui continue de grandir dans mon ventre en repensant à sa queue contre mes fesses. Je retrouve les garçons sur la piste, occupés à danser comme des fous, visiblement éméchés. J'avoue que si je veux continuer à m'amuser et faire la fête avec eux, je vais devoir vider des seaux d'alcool, car le plaisir s'est enfui. Mon esprit revient sans cesse caresser le souvenir et l'image de ce beau brun aux yeux verts translucides, me mettant les nerfs en pelote.

Il faudrait surtout que tu baises ! tonne mon double

démoniaque. *Depuis le temps que je te le dis !*

Qu'a-t-il de plus que les autres ? Je me le demande, mais pour la première fois depuis longtemps, un homme suscite mon intérêt, ce qui réjouira mon meilleur ami qui, pour l'instant, n'a d'yeux que pour son nouvel amant.

Il me serre la main lorsque j'arrive près d'eux, m'interroge du regard. Un regard auquel je réponds par une grimace.

Plus tard, Matt, pas maintenant, s'il te plaît, je ne sais plus où j'en suis.

Je m'approche de mon meilleur ami, pour lui crier à l'oreille :

– Je rentre. Je suis fatiguée.

– Ah bon, déjà ? Et ton Adonis ? Où est-il ?

– Envolé !

– OK, je vois. Tu veux que l'on te raccompagne ?

– Non, je vais prendre un taxi. Je ne voudrais pas gâcher ta soirée, tu as l'air de bien t'amuser.

– Je crois que je suis amoureux, me glisse-t-il en pouffant.

Aussitôt, mon cœur se serre.

Je ne veux pas qu'il souffre, il a déjà pris tellement de coups, mais qui suis-je pour l'empêcher de mener sa vie comme il l'entend ? Et peut-être que cette fois-ci, il a rencontré la bonne personne. Je le lui souhaite en tout cas.

– J'en suis heureuse pour toi, réponds-je, en le serrant dans mes bras. Steven est sympathique, mais fais attention à toi, je ne voudrais pas que…

– Je sais, maman, ne t'inquiète pas pour moi. Allez, file ! réplique-t-il, en me mettant une claque sur les fesses.

Après un dernier baiser sur sa joue, je fais demi-tour pour prendre le chemin de la sortie, lorsque mes yeux rencontrent ceux d'un homme, très brièvement, mais suffisamment pour que je le reconnaisse.

Putain de merde, que fait-il ici ?

Est-ce qu'il m'a vue ? Reconnue ?

Évidemment ! crie une petite voix dans ma tête.

Je baisse la tête, accélère le pas, l'urgence chevillée au corps, il me faut fuir cet endroit devenu malsain depuis que Silvio est entré dans mon champ de vision. Un frisson me parcourt l'échine avant de sentir une main enserrer mon bras, et je sais, avant même de me retourner à qui elle appartient.

– Où cours-tu si vite ? On pourrait croire que tu as vu le diable en personne. Je te fais donc si peur ?

Je me redresse, prête à en découdre, bien décidée à ravaler mes angoisses, à ne pas lui montrer qu'effectivement, il me fait peur. Je le sais capable de tout s'il est en colère, si je le brave. Je l'ai malheureusement appris à mes dépens.

Ce type est un porc.

Un immonde porc ! Un porc sans aucun respect pour les femmes. Un être machiavélique, un démon habillé en Ralph Lauren. Retourner la situation, me faire passer pour immature ou écervelée, était ce qu'il savait faire de mieux, jusqu'à me faire douter de moi, me faire perdre toute confiance. Constamment. Ce type m'a fait tellement de mal, alors qu'il disait m'aimer, que j'en tremble.

– Que fais-tu là ?

– La même chose que toi. Je suis ravi de te revoir. Pas toi ?

– Lâche-moi ou je fais un scandale, grincé-je, en le toisant avec toute la révulsion qu'il m'inspire.

Il s'approche de mon visage, et assène durement :

– Crie, ma belle. Dans ce brouhaha, personne ne t'entendra.

Je regarde fébrilement autour de moi pour constater

qu'effectivement, personne ne fait attention à nous. Il est si près de moi que nous donnons l'apparence d'un couple occupé à discuter ou à se draguer. Ses doigts affermissent leur emprise, m'arrachant un gémissement de douleur.

– Viens avec moi. Nous avons encore des choses à nous dire.

– Certainement pas ! Plutôt crever !

Je combats mon envie de crier, de déclencher un esclandre qui ne pourrait que me nuire, car il renverserait la situation en sa faveur. Il est très fort à ce jeu-là, très persuasif.

– Un problème, Sophia ?

Nous nous retournons en même temps.

Gabriel…

Je pourrais fondre en larmes de soulagement tant je suis heureuse de le voir.

En voyant la main de Silvio sur mon bras, ses mâchoires se serrent.

– Lâchez-la immédiatement ! ordonne-t-il.

Silvio le toise, alors que des curieux regardent déjà dans notre direction. Certains ont leur smartphone en main, et j'ai peur que demain nous ne nous retrouvions à l'affiche de certains magazines à sensation.

– Te mêle pas de ça, mec ! C'est entre cette femme et moi !

– Cette femme, comme vous dites, est mon invitée ! tonne Gabriel, en s'avançant, jusqu'à quasiment le toucher.

Je vois dans ses yeux, qu'une lueur de tueur traverse, qu'il meurt d'envie de lui foutre son poing dans la gueule, et Silvio ne s'y trompe pas. Il recule d'un pas, mais soutient son regard. La tension entre les deux hommes devient palpable. Il en faudrait peu pour qu'ils se sautent dessus et se battent comme des chiffonniers.

– Vous ne savez pas qui je suis ! siffle mon ex, menaçant.

– Non, et je m'en cogne royalement ! Venez, Sophia, dit Gabriel en saisissant ma main, tout en s'emparant de son portable dans lequel il marmonne.

– Tu ne sais pas à quoi tu t'exposes, mec ! gronde l'autre qui, visiblement, n'a aucune envie de céder.

Il serre mon poignet tellement fort que des larmes envahissent mes yeux. Des larmes que je ravale courageusement. Je ne veux plus jamais paraître faible face à cet homme. Je tire sur ses doigts qui brutalisent ma chair, en tournant mon poignet dans tous les sens. Tout à sa prise de bec avec Gabriel, la vigilance de Silvio à mon encontre s'émousse.

– Tu ne me fais pas peur, *mec* ! C'est où tu veux, quand tu veux ! répond Gabriel d'une voix tranchante.

Visiblement, il s'amuse de la situation, et une bagarre serait loin de lui déplaire. Serait-il un bad boy, sous des dehors civilisés ? Un vrai dur ? Je crois que oui !

Je profite d'un moment de flottement de la part de Silvio pour lui planter mon talon dans le pied. Gabriel m'attire aussitôt à lui, et m'immobilise contre sa poitrine d'une poigne de fer. Il jette un coup d'œil sur le côté, fait un signe de tête. Ses gardes du corps, venant de nous rejoindre, s'approchent aussitôt de Silvio et l'obligent à reculer.

– Monsieur, suivez-nous, s'il vous plaît.

Silvio capitule, mais au regard qu'il me lance, je sais qu'il n'en restera pas là. Qu'il ne sortira réellement de ma vie que lorsqu'il l'aura décidé.

Il tend le bras dans ma direction.

– Je n'en ai pas fini avec toi, Sophia ! crie-t-il, avant que les gardes du corps ne le forcent à gagner la sortie.

Mon corps se couvre de frissons d'appréhension. Chancelante, je me laisse un instant aller contre Gabriel. Aussitôt, son corps contre le mien, ses mains sur moi, dont la chaleur traverse l'étoffe de ma robe, le contact de ses cuisses dures et musclées, le fait qu'il se serait battu pour moi s'il l'avait fallu, déclenchent des réactions qui me bouleversent, contre lesquelles je ne suis plus en état de lutter. L'adrénaline pulse encore dans mes veines, la surprise, la peur, puis le soulagement d'avoir quelqu'un pour me protéger, me donnent furieusement envie de cet homme. J'ai un mouvement incontrôlable : je me presse contre lui. Sa respiration s'accélère. Je reprends aussitôt mes esprits.

Je me dégage d'un mouvement brusque et lui fais face, les poings serrés, comme si finalement, tout était sa faute.

– Un « merci » m'aurait suffi ! persifle-t-il, avec à nouveau cette lueur d'ironie au fond des yeux. Venez !

– Je vais me débrouiller seule ! Je pense que vous en avez assez fait.

Il approche, saisit mon poignet avant que je ne lui échappe, ce que je m'apprêtais à faire.

– Je vous raccompagne chez vous, et il est inutile de refuser. Avez-vous un vêtement à récupérer au vestiaire ?

J'ai le sentiment soudain que toute volonté de rébellion a déserté mon corps. Je ne suis plus qu'une poupée de chiffon entre ses doigts qui brûlent ma peau. Pourtant, ce contact n'a rien à voir avec celui de Silvio ; ici, nulle menace, juste une douceur réconfortante. Je me secoue mentalement pour échapper aux idées contradictoires qui envahissent mon cerveau. Je plonge la main dans mon bustier pour récupérer le ticket placé près de mon sein, le lui tends.

– Il est juste un peu mouillé, je pense que ça ira !

Il me surprend en éclatant de rire, faisant une fois de plus vibrer quelque chose au fond de mon corps. Quelque chose de chaud, de tendre, de foutrement agréable. D'excitant.

Il se penche, murmure :

– Vous êtes décidément pleine de surprises, mademoiselle Rinaldi. Si naturelle, si rafraîchissante, ajoute-t-il d'une voix douce. Je n'ai jamais rencontré une femme telle que vous.

Je réponds d'une petite révérence, bien décidée, contre toute lucidité, à continuer notre petit jeu, au risque de me brûler les ailes.

– Merci, monsieur Monteiro. J'apprécie le compliment à sa juste valeur.

– Venez, votre carrosse est annoncé, ajoute-t-il, avec un sourire en coin.

– Seriez-vous un prince charmant déguisé en homme d'affaires ?

– J'ai bien peur que non.

Une lueur fugace traverse son magnifique regard que, cette fois-ci, je suis bien en peine de comprendre.

– Pourquoi dites-vous cela ? Je pense au contraire que…

– C'est parce que vous ne me connaissez pas, m'interrompt-il. Maintenant, venez !

Il remonte la file d'attente du vestiaire en passant devant tout le monde, m'entraînant dans son sillage. C'est étrange parce que personne ne s'en offusque.

Être connu a du bon ! Et être un beau gosse fait le reste !

Il remet mon ticket avec un autoritaire « mademoiselle, s'il vous plaît ». La fille devient rouge comme une pivoine, et sur un bégayant « tout de suite, monsieur Monteiro », elle s'enfuit pour chercher ma veste. Lorsqu'elle revient, la couleur de ses joues a viré au coquelicot. Je souris sous cape en remarquant sa petite moue de dépit, ses yeux rivés sur moi lorsque Gabriel s'en empare pour ensuite m'attirer un peu à l'écart et m'aider à l'enfiler, continuant ce rôle de parfait gentleman qu'il semble vouloir endosser pour moi ce soir. Le frottement du cuir sur mes bras nus hérisse ma peau, sa promiscuité fait à nouveau courir un délicieux frisson le long de mon dos. Ses mains s'attardent sur mes épaules, seulement quelques secondes, mais suffisamment pour me donner une conscience aiguë de ce qu'il déclenche en moi.

Je lui jette un regard par-dessus mon épaule. Le désir mordant de ses magnifiques prunelles translucides braquées sur moi achève de me subjuguer. Il est si tentant, si éblouissant. Être beau comme ça devrait être interdit. Je me demande soudain ce que cache cette beauté sulfureuse, dangereuse, cette façade apparente de bienséance. Je cligne plusieurs fois des paupières comme au sortir d'un mauvais rêve, tout en prenant conscience que je devrais fermer la bouche pour avoir l'air moins cruche.

– Quelque chose ne va pas ?

Sa voix rauque, enchanteresse, m'enveloppe, me donne envie de me plaquer contre lui, pour rechercher son soutien et sa protection.

– Sophia ?

– Oui, pardon ?

– Nous y allons ?

J'acquiesce silencieusement. Il place une main dans mon dos, me guide vers la sortie, sous les regards curieux et les salutations auxquelles il répond de bonne grâce, de façon détachée, en parfait habitué à tous ces ronds de jambe ainsi qu'à la condescendance que lui confère son rang social.

– Bonne fin de soirée, monsieur Monteiro… madame, nous dit le vigile lorsque nous passons devant lui.

Je me contente d'un sourire, alors que Gabriel répond d'un signe de tête. Il attache le bouton de sa veste griffée, me désigne la voiture qui nous attend, garée le long du trottoir.

La vache… une limousine.

Le chauffeur s'empresse de nous ouvrir la portière. J'ai un instant d'hésitation.

– N'ayez crainte, vous êtes en sécurité avec moi, m'assure Gabriel.

Je n'en suis pas si sûre, mais la curiosité est la plus forte.

Sa main toujours dans le creux de mes reins, chaude, exigeante, je me baisse pour entrer dans l'habitacle. Il lâche un profond soupir et mon sourire s'élargit. J'aime de plus en plus jouer avec lui. Presque autant qu'il semble prendre plaisir à s'amuser avec mes nerfs.

Nous nous asseyons côte à côte.

– Votre adresse ? demande-t-il de sa belle voix grave, qui fait à nouveau s'emballer mon rythme cardiaque.

– Au 112 dans la 29e, à Chelsea.

– Joli quartier.

– Merci.

– Avez-vous entendu, Bruce ?

– Parfaitement, monsieur.

– Lorsque nous serons arrivés, vous stationnerez et attendrez mes instructions.

– Très bien, monsieur.

La voiture s'élance doucement dans la circulation. Gabriel appuie sur un bouton. La vitre de séparation s'élève sans bruit. Il ouvre ensuite un minibar, en sort deux flûtes ainsi qu'une bouteille de champagne. Il me tend l'une des flûtes, d'un très beau cristal de Bohême, transparente comme un cristal de roche, qui me fait instantanément penser à ses iris, toujours braqués sur moi, d'une limpidité envoûtante.

– Je vois que vous aviez tout prévu, dis-je, cynique.

– C'est fourni avec la voiture, alors pourquoi ne pas en profiter ?

Une fois de plus, il a ce sourire en coin qui me fait craquer. Il fait sauter le bouchon, remplit nos flûtes, porte un toast.

– À nous, Sophia. Et à notre rencontre.

Je viens choquer son verre contre le mien, tout en me laissant happer par son magnétisme. Afin de cacher mon trouble, je plonge mes lèvres dans le liquide doré, frais, agréable au palais, d'un délicieux pétillant.

– Qu'en pensez-vous ?

Je bois une nouvelle gorgée, le garde un instant en bouche, sous l'œil amusé de Gabriel.

– Il est parfait ! Je reste sur mes positions, je préfère mille fois le champagne au whisky.

Il rit. D'un rire rauque, agréable et pétillant, comme son champagne.

– Si je vous faisais goûter l'un de ceux que mon grand-père garde jalousement dans sa cave, je suis persuadé que vous seriez conquise.

Une petite pointe d'inquiétude a filtré dans sa voix.

– Vous l'aimez, n'est-ce pas ? demandé-je doucement.

– Oui. Plus que n'importe quelle personne en ce monde.

Il est la seule famille qu'il me reste. La seule que j'ai toujours connue.

– Comment cela ? Vous n'avez plus vos parents ?

Tout en sirotant son champagne, il ne cesse de me fixer.

– Ces informations sont publiques, Sophia, vous pourrez trouver sur le Net tout ce qu'il y a à savoir sur moi.

Je bois une gorgée pour me donner contenance, puis je soutiens son regard devenu ombrageux. Je savais bien qu'à un moment ou à un autre, il allait se fermer comme une huître ; les hommes ne se confient pas facilement, pour ne pas avouer leurs failles, ne laisser à personne la possibilité de s'en servir contre eux et de les atteindre.

– Peut-être, mais je préfère mille fois que vous me le disiez vous-même.

– Pourquoi ?

– Pourquoi pas ! Je ne suis pas journaliste, Gabriel, vous pouvez avoir confiance en moi. Cette discussion restera confidentielle, je vous le promets.

Je lui souris. Il me sonde une fois de plus.

– D'accord, je me confie à vous si vous me dites qui est cet homme pour vous.

Je savais que les questions arriveraient tôt ou tard.

– Lequel ?

– Celui qui vous a menacée tout à l'heure. Je veux son nom et son prénom.

– À quoi cela vous servirait-il ?

– C'est une histoire de principe. Je ne supporte pas ce genre de personnage. J'aimerais lui donner une bonne leçon.

– Un genre de duel ? Pour sauver mon honneur ?

– En quelque sorte, répond-il, avec une adorable petite moue qui fait aussitôt battre mon cœur à mille à l'heure.

Le sourire de cet homme est décidément une arme de destruction massive. De la dynamite. Du TNT.

– Vous êtes trop mignon, mais ce ne sera pas nécessaire. Je suis une grande fille, je peux me débrouiller seule, et j'ai toujours un spray au poivre dans mon sac. Les femmes d'aujourd'hui savent faire face aux menaces masculines, vous savez ! terminé-je bravement, n'en pensant pas un traître mot.

Car tout dépend de la menace… et là, je pense à mon cas précis et à ce que je viens de vivre avec Silvio.

– Contre toutes les menaces ?

– Bien sûr, fanfaronné-je.

– Même contre les hommes sexy et terriblement attirants ?

Son regard de braise m'enflamme.

– Vous prêchez pour votre paroisse ? me moqué-je.

Il pose un doigt sur sa poitrine, me faisant instantanément penser à Matt ; sa fausse candeur est si évidente que je me retiens de m'en amuser.

– Moi ?

– Oui, vous ! Vous êtes terriblement attirant, Gabriel. Et je pense que vous en avez pleinement conscience.

Je suis pleinement consciente, moi aussi, de jouer avec le feu, mais c'est tellement tentant. Je ne me suis pas sentie aussi vivante depuis des mois, malgré ce qu'il vient de se passer, et malgré la réapparition improbable et surprenante de Silvio dans ma vie.

Il a fallu qu'il se trouve au même endroit que moi, c'est fou !

À moins que ce n'ait été prémédité, qu'il ait tout manigancé, ce qui est tout à fait son genre.

– Je suis aussi innocent qu'un agneau qui vient de naître, ajoute-t-il.

C'est à mon tour de rire. Il me regarde comme s'il n'avait jamais rien entendu de plus plaisant au monde. Mes battements cardiaques s'affolent davantage, résonnent dans ma tête, emplissent l'habitacle. S'il tendait l'oreille, je suis convaincue qu'il pourrait les entendre.

– Vous êtes bien plus dangereuse que moi, Sophia, reprend-il tout en balayant mes courbes du regard. Dites-moi oui.

Mon souffle se bloque dans ma trachée.

– Oui à quoi ?

– Passez la nuit avec moi.

– Pardon ?

– Restez avec moi cette nuit. Vous ne le regretterez pas, je vous le promets.

Je ris une fois de plus en lui retirant ma main qu'il avait gardée dans la sienne et que j'avais complètement oubliée.

– Vous êtes si présomptueux.

Ses mâchoires se serrent, ses yeux deviennent encore plus brillants, plus transparents. C'est incroyable, cet homme a le regard le plus expressif qu'il m'ait été donné de croiser. Expressif, mais parfois complètement déroutant.

– J'obtiens toujours ce que je désire, je vous l'ai dit, assène-t-il.

– Je vous ai répondu, je crois. Je ne suis pas une chose, et certainement pas le genre de femme que l'on obtient en claquant des doigts. Parlez-moi plutôt de vous, dis-je pour changer de sujet.

Parce que le terrain est glissant, qu'il m'a déjà séduite,

attirée, subjuguée même, quoi que j'en dise et quelle que soit l'énergie que je mets à l'ignorer. Parce que nous ne sommes pas encore arrivés à destination, que nous allons devoir rester assis là, l'un à côté de l'autre, encore de très longues minutes. Et que sa présence me déstabilise.

– J'aime aussi que l'on me résiste, rétorque-t-il, ignorant ma requête. Vous êtes une femme comme j'en ai peu connu, Sophia. Vous faire céder sera désormais ma priorité.

Pardon ?

– Alors armez-vous de courage, parce que ce n'est pas près d'arriver.

Un sourire s'épanouit sur son visage, ses prunelles pétillent. Il a visiblement trouvé un nouveau challenge. Je ne m'y trompe pas, je suis le nouveau défi à relever, la nouvelle proie de ce prédateur. Je peux suivre, sans crainte de me tromper, le cheminement de ses réflexions.

– Je relève le défi, mademoiselle Rinaldi. Avec délectation.

Qu'est-ce que je disais…

– Je n'en suis pas surprise, monsieur Monteiro, mais j'ai la tête dure.

Il rit. Et je crains d'avoir réveillé la bête assoiffée de sexe qui sommeille en lui, certainement en dormance depuis quelques heures.

Il se perd dans ses pensées, pour subitement dire, à ma grande surprise :

– Je me suis retrouvé orphelin à l'âge de 5 ans. Mon grand-père et moi nous sommes raccrochés l'un à l'autre. Et aujourd'hui, j'ai autant besoin de lui dans ma vie qu'il a besoin de moi dans la sienne.

Contre toute prudence, par pur réflexe, pour lui témoigner

de la compassion et parce que sa voix est infiniment triste, je pose la main sur son genou.

– Je suis désolée, Gabriel, dis-je d'une voix tendue. Je n'aurais pas dû me montrer si indiscrète. Pardonnez-moi.

– Ne vous excusez pas, répond-il, en enserrant mes doigts entre les siens. J'ai été choyé par ma grand-tante, la sœur de mon grand-père, qui est venue s'installer avec nous au manoir pour le seconder et s'occuper de moi, alors je n'ai pas manqué d'amour ni de présence féminine, si c'est ce qui vous inquiète. Maintenant, à votre tour, reprend-il rapidement, avant que je ne puisse réagir à la teneur de ses paroles.

Je me racle la gorge en lui reprenant doucement ma main.

– Que voulez-vous savoir ?

– Tout. Je veux tout savoir de vous, Sophia, répond-il, ses magnifiques prunelles plongées dans les miennes.

– Oh… ça risque d'être long.

– Je ne suis pas pressé. Et vous ?

– J'ai une longue journée qui m'attend.

– Vous travaillez un dimanche ?

– Pas exactement, réponds-je laconiquement, en espérant qu'il lâche le morceau.

– Vous piquez ma curiosité. Que faites-vous de si répréhensible que vous ne souhaitez en parler ?

– Je fais du bénévolat dans un foyer pour femmes. Pour femmes battues, terminé-je, la voix légèrement altérée.

– Pourquoi ? s'enquiert-il, après m'avoir longuement observée.

– Pourquoi ? J'ai mes raisons !

Bien que le foyer soit une motivation pour moi, le moyen de me sentir utile, c'est avant tout l'opportunité de me guérir, en aidant d'autres femmes qui ont subi la même chose que moi.

À nouveau, son rire s'égrène, résonne jusque dans des zones de mon corps auxquelles il ne devrait pas avoir accès. Je pense une nouvelle fois que je devrais m'éloigner de cet homme pendant que je le peux encore.

– Comme je le disais, vous êtes quelqu'un de surprenant. Qui est l'homme qui était avec vous, hier, au bar ? demande-t-il abruptement. Vous l'aimez ?

Je plonge dans son regard émeraude.

– Oui, énormément.

Il fronce des sourcils.

– Pourquoi vous a-t-il laissée partir seule, sans vous raccompagner, au risque de…

– Du calme ! Matthew est mon meilleur ami, pas mon petit ami. Et comme je vous l'ai dit, je suis parfaitement capable de me débrouiller seule, je n'ai donc pas besoin d'un homme pour me protéger. Mais dans quel siècle vivez-vous donc ?

– Dans celui où des femmes se font agresser à tous les coins de rue, répond-il du tac au tac.

– Parfois même dans leur propre foyer, réponds-je, de la même façon. Par leur conjoint. Je… je crois que nous sommes arrivés, m'empressé-je de dire en sentant la voiture ralentir, puis se garer.

Et pour couper court à la discussion. J'en ai déjà trop dit. Je regarde par la fenêtre pour me donner une contenance et échapper à son regard braqué sur moi. Le bâtiment dans lequel j'ai mon appartement – un deux cent mètres carrés avec vue sur la ville et terrasse aménagée – se découpe dans la luminosité des réverbères, cossu et imposant. J'ai hâte de me glisser sous la couette ; demain, cette rencontre ne sera plus qu'un souvenir. Un délicieux souvenir, mais rien de plus.

Je vais retourner à ma routine. Et c'est très bien comme ça.

– Merci de m'avoir raccompagnée, Gabriel.

– Je vous en prie. Tout le plaisir était pour moi.

– Vous restez un peu à New York ? demandé-je subitement.

Nos regards sont soudés l'un à l'autre.

C'est à son tour de se racler la gorge.

– Je repars dans la matinée.

Alors, je ne le reverrai sans doute jamais, ce qui, à ma grande surprise, me chagrine. Si je veux être honnête avec moi-même, je dois reconnaître que j'ai envie de le revoir. Très envie, même. Un désir irrésistible. Je détourne les yeux pour ne pas succomber à l'attrait qu'il exerce sur moi, ouvre la portière.

– Alors… bonne nuit, Gabriel.

Il retient ma main, demande subitement :

– Pourquoi ne pas la passer avec moi ?

Sa voix, agréablement rauque, glisse sur mon épiderme, allume des milliers de flammèches dans mon ventre.

– Je ne crois pas que ce soit une bonne idée. Adieu, Gabriel.

Je lui échappe avant de changer d'avis, de plonger tête baissée dans la lueur de désir qui couve dans ses iris.

Je tape le code, pousse la lourde porte de l'entrée. Lorsque je me retourne en entendant une portière claquer ainsi que des pas rapides sur le trottoir, il est trop tard pour réagir : son corps est déjà contre le mien, son souffle dans mon cou.

– Demandez-moi de monter, grogne-t-il d'une voix autoritaire, tout près de mon oreille.

Il embrasse ma nuque, serre mes épaules entre ses doigts, que j'imagine instantanément sur moi, en moi, exigeants.

– Non ! résisté-je encore.

Ses lèvres continuent de me lutiner, ses mains de parcourir

mon corps. Elles se pressent sur mon ventre, me soudent à son bassin, si intimement que je sens son imposante érection contre mes fesses, me donnant une fois de plus une furieuse envie de sentir sa peau contre la mienne, de m'enivrer de son parfum musqué et viril.

– Vous avez envie de moi, comme j'ai envie de vous, alors pourquoi lutter ? Jamais aucune femme ne m'a dit non, Sophia.

Je retiens sa main qui s'aventure plus bas, vers mon entrejambe. Je ne vais quand même pas le laisser me toucher dans le hall de mon immeuble ! Alors que n'importe lequel de mes voisins pourrait nous voir !

– Il faut une première à tout.

Il me retourne pour me tenir face à lui, les mains à nouveau sur mes épaules. Il serre, par peur que je ne lui échappe, mais j'en suis incapable.

Cet homme me remue, me bouscule. *Son désir* me bouscule.

– Pourquoi ne m'avez-vous pas attendu, comme je vous l'ai demandé ?

Sa voix est rauque, légèrement altérée.

– Parce que vous m'avez laissée seule, et que je fais rarement ce que l'on attend de moi.

– Veuillez m'en excuser, j'ai fait une erreur. Je ne veux pas juste baiser, Sophia, reprend-il après quelques secondes pendant lesquelles nous nous jaugeons, nos regards soudés l'un à l'autre. Je veux vous faire l'amour, lentement, vous découvrir, minute après minute, m'enivrer de votre corps, le célébrer.

– Et ensuite ?

Il ouvre de grands yeux.

– Comment cela, ensuite ?

Il est con, ou quoi ? Il me semble pourtant être un homme intelligent.

– Que va-t-il se passer après, Gabriel ? Vous retournez à votre vie, moi à la mienne, et je n'entendrai plus jamais parler de vous ?

– Au moins nous aurons pris du bon temps, reprend-il après quelques secondes de silence. Je ne connais personne que ça rebute. Et qui sait, peut-être que ce sera le début d'une très belle histoire.

Il a un sourire torride à enflammer les petites culottes, son petit numéro de séduction bien rodé.

– Restons-en là, voulez-vous ! réponds-je sèchement. Mais merci pour la proposition.

Avant qu'il ne cherche à me retenir une nouvelle fois, je pose mes lèvres sur sa joue. Sa main cherche la mienne, ses yeux les miens. Nos doigts glissent l'un sur l'autre, dans un ultime contact. Je me rends compte, à ses mâchoires serrées, qu'il se fait violence pour me laisser lui échapper.

J'ouvre la porte de la cabine d'ascenseur. Jusqu'à ce qu'elle se referme, nous ne nous quittons pas des yeux. Les siens sont fiévreux, presque noirs sous l'impulsion d'un désir mordant ; les miens reflétant certainement la même chose.

Pourquoi le laisser partir ? Pourquoi ne pas accepter sa proposition de passer la nuit dans ses bras ? Qu'est-ce qui m'en empêche ? Je pensais être prête à laisser le passé derrière moi, en tout cas, j'en avais le désir, mais pas comme ça, pas dans ces conditions, pas avec un type qui me baisera puis quittera le sol américain quelques heures plus tard, pour certainement ne plus jamais me donner signe de vie.

Je ne peux pas.

Je suis consciente de refuser les opportunités qui s'offrent à moi, de refuser de vivre, de refuser de nouvelles expériences qui peut-être me guériraient (ou pas!), et c'est encore le « ou pas » qui fait la différence.

Je secoue la tête, bien décidée à oublier ce beau brun qui sort de ma vie aussi vite qu'il y est entré. Mais quelques minutes plus tard, bien au chaud sous ma couette, j'imagine encore son corps contre le mien, tandis que des pensées toutes plus érotiques et torrides les unes que les autres me malmènent.

Je me relève d'un bond rageur pour m'emparer de mon ordinateur portable. Je m'installe confortablement contre ma tête de lit, j'ouvre le capot, puis je lance une page de recherche Google. Je prends une grande inspiration. Putain, mon cœur s'emballe, rien qu'en tapant son nom : Gabriel Monteiro-MacAllen. Je fais défiler différents sites de journaux people dans lesquels je le vois à des galas de charité, toujours accompagné d'une femme, différente à chaque fois. Et où, probablement, il donne beaucoup, en temps et en argent. Je lis plusieurs articles dans lesquels les journalistes parlent de son implication dans différentes causes, mais celles qui ont l'air de lui tenir le plus à cœur concernent les enfants.

Je comprends aisément pourquoi, lui qui s'est retrouvé orphelin à l'âge de 5 ans.

Visiblement, depuis qu'il est arrivé dans la « grande pomme », les journaux font leurs choux gras de la moindre de ses actions, du moindre de ses déplacements : visites de musée, soirées mondaines, dîners d'affaires, business… Tout y passe. Il est devenu en quelques jours la coqueluche de ces dames, le célibataire trentenaire le plus convoité du moment, (il aura 30 ans le mois prochain, le quatorze juin).

Il faut dire qu'il pèse lourd : américain par son père, sa famille maternelle issue de la noblesse irlandaise possède un manoir dans le Comté d'Antrim en Irlande du Nord, où est également installée aujourd'hui la maison mère des distilleries des whiskies MacAllen, nées en Écosse en 1608. Ce qui en fait la plus vieille distillerie du monde et, depuis quelques décennies, lis-je, la plus importante. Toutes les photos le montrent avec des femmes ravissantes, jeunes, blondes, minces comme des fils, des mannequins en vogue pour la plupart. En plus de peser lourd, de faire du mécénat, la une de la presse, d'être l'un des plus jeunes hommes d'affaires de sa génération, il est foutrement beau. Racé, charismatique, avec une aura incroyable qui ne peut laisser personne indifférent, les hommes comme les femmes ; surtout les femmes si j'en crois les regards incessants de la gent féminine à la soirée. Sur tous les clichés, il semble plutôt détaché, distant, à la limite de la froideur, ce qu'il est loin d'être en réalité, si j'en crois mon expérience personnelle ; il m'aurait baisée sur la banquette arrière de la limousine si je l'avais un tant soit peu encouragé.

Comment ai-je pu passer à côté de tous ces articles et de cette importante médiatisation ?

Je sais pourquoi.

Depuis huit mois, je passe mon temps à la galerie, le nez dans les revues d'art, ou à sillonner le monde en quête de nouveaux artistes, de nouvelles œuvres, et ou encore à faire du bénévolat dans ce foyer pour femmes maltraitées. Je m'impose un emploi du temps de ministre pour ne pas me retrouver seule avec moi-même, pour ne pas penser. Pour ne pas me souvenir.

Je regarde attentivement le visage de Gabriel, ses yeux très clairs, ses traits anguleux, indubitablement viril. Quels que soient les angles de prise de vue, il est superbe. Pour être honnête, pour l'avoir approché de près, de très près, il est le plus bel homme qu'il m'ait été donné de rencontrer. Et encore plus attirant, plus séduisant, plus intrigant en vrai.

Consciente que je ne le reverrai sans doute jamais, je referme l'ordinateur d'un claquement sec, j'éteins la lumière, me recouche, mais après quelques minutes, les images tournent encore en boucle dans mon imaginaire.

Je fantasme, nous imagine au lit.

Quel amant est-il ? Attentionné ? Dominant ? Brutal ? Doux ?

Mes mains glissent sur ma peau, comme s'il s'agissait des siennes, vont à la rencontre de mon sexe. Pour la première fois depuis huit mois, j'ai besoin d'avoir du plaisir physique. Pour la première fois depuis huit mois, j'ai besoin qu'un homme me fasse vibrer.

5

Gabriel

Bruce O'Brien, mon chauffeur et garde du corps, se gare dans le parking souterrain de la résidence huppée sur Reade Street où j'ai mon pied-à-terre – un penthouse de trois cents mètres carrés. Il m'accompagne jusqu'à la réception, avant de monter rejoindre son propre appartement pour la nuit. Je salue Rodrigo, le veilleur de nuit, puis j'emprunte l'ascenseur privé menant directement à mon appartement.

Après un petit « dong », les portes s'ouvrent, avec un bruit feutré.

Je pénètre, descends quelques marches, jette ma veste sur l'un des deux canapés en ogive du salon après en avoir extirpé mon portable que je fourre dans la poche arrière de mon pantalon. J'ouvre ma chemise, la sors de ma ceinture, enlève mes boutons de manchettes. Toujours perdu dans mes pensées, je remonte les manches sur mes avant-bras. Pour ensuite me servir, comme à chaque fois que je regagne mon appartement, un doigt de whisky des distilleries MacAllen écossaises, berceau de la famille : un Single Malt de la gamme

« Fine & Rare ». Un vingt ans d'âge, vieilli en fûts de sherry espagnol, aux fortes notes de sherry et de clou de girofle. Mon préféré. Je fais lentement tourner le liquide ambré, puis je le bois d'un trait, pour ensuite, les yeux fermés, inspirer longuement. Je me laisse envahir par la « part des anges », cette senteur incroyable due aux résidus secs déposés sur les parois du verre, qui me propulse instantanément au cœur des chais de la distillerie ancestrale.

La première fois que je les ai visités – je devais avoir 6 ans –, j'ai été impressionné par l'atmosphère presque religieuse du lieu. Ma main dans celle de mon grand-père, je regardais partout. Je suis resté un long moment devant les alambics et les fûts de chêne, en croyant entendre le whisky chanter. J'étais petit, mais je me souviens de ce jour comme si c'était hier.

***

– Je l'entends, grand-père !

– Qu'est-ce que tu entends, Gab ?

– J'entends le whisky. Il me parle…

Duncan me regarde, longuement, puis il se met à genoux devant moi, les larmes aux yeux.

– C'est exactement ce qu'a dit ta maman la première fois que je l'ai amenée ici. Si seulement…

Il se redresse, puis toussote pour s'éclaircir la voix et certainement chasser l'émotion qui obstrue sa gorge. Je serre sa main, toujours dans la mienne. Sa solitude, sa détresse me font mal. Du haut de mon jeune âge, je veux le consoler, lui apporter du réconfort, combler le vide de son existence, parce que je sais qu'il a besoin de moi. Comme j'ai besoin de lui. Je veux le rendre heureux, qu'il soit fier de moi, qu'il n'ait jamais à regretter de m'avoir gardé près de lui.

– Je suis là, grand-père, tu n'es pas seul.

– Je sais, mon petit. Si tu le veux, un jour, tout sera à toi.

Il y a tellement d'espoir dans sa voix, tellement de tristesse que mon petit cœur se serre.

– Je continuerai, Gab. Pour toi.

***

Mon grand-père, à ce moment-là, je ne l'ai su que plus tard, était un homme fini ; un homme à terre. Il avait perdu les deux femmes de sa vie, – sa femme et sa fille, ma mère –, et il a mis des années à se reconstruire. Il ne s'est d'ailleurs jamais remarié. S'il y a eu un jour une ou plusieurs autres femmes, je n'en ai jamais rien su. Il était très secret, taciturne, un peu bourru, avec cette pudeur toute masculine qui caractérise apparemment les hommes de la famille, comme le dit Fiona, sa sœur, la femme qui m'a élevée. Je ne fais pas exception à la règle, me dit-elle également souvent. C'est par elle que j'ai appris tout ce que je sais sur mon grand-père : il a quitté Craigellachie, sa ville natale située dans la région du Speyside en Écosse, après avoir rencontré ma grand-mère, Ariana Hamilton, une Irlandaise issue de la noblesse qui, se destinant à une carrière de journaliste, était venue faire un article sur les distilleries écossaises pour le journal de son université. Entre eux, ça a été le coup de foudre. Ils se sont très vite installés en Irlande, dans le manoir familial, ma grand-mère ne voulant pas vivre en Écosse, d'où Duncan a continué à superviser les distilleries familiales, de loin, pour ensuite les réimplanter en Irlande.

Je suis celui qui a donné à MacAllen son nouvel élan, en modernisant, en rachetant d'autres distilleries pour en faire le groupe le plus puissant mondialement. J'ai fait entrer MacAllen en bourse, puis dans le circuit très fermé des produits de luxe, en développant de nouvelles gammes, en travaillant sur la qualité des produits, le packaging, la commercialisation, la communication. J'ai également fait construire une distillerie ultramoderne, dont certaines parties à visées pédagogiques sont accessibles au public, avec visites guidées et magasins. Un projet pharaonique que j'ai porté à bout de bras.

Cet endroit est mon œuvre, et j'en suis fier !

Et Rinaldi voudrait nous ravir tout ça ?

J'ai cru que j'allais m'étouffer de rage lorsqu'il m'a fait cette proposition de rachat en comprenant que nous visions le marché américain. Proposition que j'ai refusée. Et évidemment, ça n'a pas plu à ce connard aux dents longues !

Que croit-il ? Parce que je suis jeune et que je viens de prendre la succession de mon grand-père à la tête de MacAllen, je suis inexpérimenté et qu'il peut me manipuler à sa guise, en me sortant sa science des affaires, ses tableaux de chiffres à deux balles, alors que putain ! Je suis certainement plus diplômé que lui ! Plus intuitif ! Plus belliqueux ! Et que je suis loin d'être naïf ! Heureusement, je me suis méfié, et j'ai eu mille fois raison ! Il veut la bagarre ? Me mettre à terre ?

Il verra qui est le plus fort !

Je l'abattrai avant que lui-même le fasse ! Je le prendrai de vitesse.

Si mes jours sont comptés, les siens également, et c'est à celui qui dégainera en premier.

Je me ressers un verre de whisky. Mes pas, comme tous les soirs depuis mon arrivée, me portent devant l'immense baie vitrée, près du piano à queue, entre les deux colonnes de marbre blanc qui font le charme de cette pièce. Plusieurs lampes sur pied, ainsi qu'un lustre gigantesque, se reflètent dans les vitres hautes de plusieurs mètres. À l'instant même où, le jour de la visite, je suis sorti de l'ascenseur, j'ai su que j'avais trouvé l'endroit que je cherchais : spacieux, entièrement vitré, raffiné, au mobilier luxueux. La vue panoramique de chacune des pièces sur l'Hudson, avec New York à mes pieds, était époustouflante. Le soleil éclaboussait de paillettes les canapés de cuir marron glacé, les tables basses, les sièges design, le piano ébène. Tout était à sa juste place, la décoration soignée dans les moindres détails. Partout où mes yeux se posaient, ce n'était que ravissement, discrète élégance. Tout ce que j'aimais.

Face à la baie, j'avais le sentiment d'être le roi du monde.

Mais surtout, dans cet écrin à la mesure de sa beauté, je ne cessais d'imaginer Sophia Rinaldi. Je ressentais sa présence, dans chacune des immenses pièces gorgées de lumière, avec cette vue incroyable sur l'extérieur qui donnait l'impression d'évoluer en apesanteur. Je ne voyais qu'elle, partout. Tout le temps. Dès que j'ouvrais les yeux. Du matin au soir, et du soir au matin, sans savoir si j'allais réussir à mettre mon plan à exécution, mais c'était… vertigineux, terriblement excitant.

Ouais, mais à ce moment-là, je ne l'avais pas encore tenue dans mes bras.

Je bois une gorgée de whisky. J'attends que la brûlure

habituelle de l'alcool se répande dans mon œsophage, puis dans mon estomac. Oui, je l'imaginais, les images étaient réelles, tout comme les sensations, mais maintenant que je sais ce que c'est que de réellement la toucher, ce que son contact provoque chez moi, à quel point elle me tente, me fait bander, je vais devenir dingue ; mon obsession va se transformer en quelque chose d'encore plus animal, d'encore plus addictif, encore plus jouissif. Je dormais déjà peu, je crois qu'à partir de cette nuit, ce ne sera plus du tout.

Jusqu'à ce que j'arrive à mes fins, et qu'elle soit mienne.

Putain, ouais, je la veux !

Comme jamais je n'ai désiré une femme. Elle est si… unique. Pétillante, avec de l'humour, de la repartie, de l'écoute, le sens de l'observation, et cette petite touche de vulnérabilité qui m'a séduit et, bien malgré moi, attendri. Et un putain de caractère qui ne gâche rien, en plus d'être belle. Très belle, même ! Je la trouvais jolie sur les photos, elle est bien plus que ça : elle est volcanique.

Je voulais faire d'elle mon instrument, mais au fil des moments passés avec elle, à l'embrasser, la toucher, la laisser me toucher, d'autres plans ont germé dans ma tête.

Oui, elle sera mon instrument, mais je veux plus.

Je bande à cette seule pensée.

Je bande, et soudain, j'ai envie de baiser. N'importe qui. N'importe quelle autre femme, qui me fera l'oublier.

Je m'empare de mon portable. Tout en sirotant mon whisky, je fais défiler, d'un doigt, mes contacts féminins. Mais rapidement, je me rends à l'évidence : pas une ne me tente. Elles sont toutes blondes, insipides, sans caractère, bêtes à mourir. En même temps, je m'en branle qu'elles soient cruches, je veux leurs corps, pas faire la conversation. Je ne vois qu'elle, je n'ai envie que d'elle, et ça m'emmerde.

Ce n'était pas prévu au programme, putain...

Pourquoi est-elle... ce qu'elle est ?

Une femme sensible, dévouée, empathique, alors que je l'aurais espérée vénale, capricieuse, surfaite. Putain, lorsque je lui ai dit que mes parents étaient morts lorsque j'étais enfant, j'ai cru qu'elle allait se mettre à pleurer. Elle a serré ma main, comme si elle comprenait ma souffrance, la partageait, voulait me consoler. Et putain, ouais, j'aurais tout donné, à ce moment-là, pour qu'elle le fasse ! J'ai eu envie de me coller à elle, de rechercher sa chaleur, de mettre mon nez entre ses seins, de me gaver de son odeur, de laisser ses bras me bercer.

Bordel de merde, j'en mourrais d'envie et je ne m'attendais pas à ça !

Je soupire profondément, refoule mes envies loin, très loin au fin fond de ma psyché. Je verrouille mon cœur à triple tour, comme d'habitude, pour l'empêcher d'agoniser ; pour redevenir ce célibataire détaché et glacial que tout le monde croit connaître, que les femmes de la planète entière rêvent de foutre dans leur lit, dixit le dernier Forbes. Lorsque Stefan, mon meilleur ami et bras droit, a posé le magazine sous mon nez, j'ai ricané : « Le célèbre businessman irlandais à la conquête des US... le célibataire trentenaire le plus en vogue du moment... blablabla, que tout le monde s'arrache, blablabla... » La photo était pas mal, me mettait en valeur ; à mon bras se tenait la dernière potiche blonde à la mode, un mannequin suédois du nom de Barbara Nelson que mon chargé de communication avait dégotée pour l'occasion. Pour la pub. Comme si j'en avais besoin ! Mais selon lui, c'est incontournable, alors soit ! C'est le jeu, la rançon du succès, alors je le joue. Je donne aux journalistes ce qu'ils veulent : mon meilleur profil, quelques bribes de mon passé, quelques interviews pour alimenter la légende, pour qu'ils me foutent la paix. Rien n'est laissé au hasard, tout est habilement maîtrisé, habilement orchestré par mon attaché de com' en qui j'ai une totale confiance, comme en chacun de mes proches collaborateurs ou employés. Chaque personne qui m'approche, de près ou de loin, est, au préalable, passée au crible par Bradford, responsable de la sécurité.

Je sursaute en sentant mon portable vibrer dans ma main.

Je décroche.

– Salut, vieux !

– Ça va, mec ? Tout s'est passé comme tu l'espérais ? Tu l'as ferrée ?

Personne n'est au courant en ce qui concerne Sophia et mon dessein de me servir d'elle pour lancer l'offensive contre son père, pas même Stefan ! J'ai monté ce projet de toutes pièces avec Bradford, le chef de ma sécurité, en étant intimement convaincu, pour avoir fait le tour de la question des nuits entières, qu'il n'existe aucun autre moyen. Au fond de moi, je trouve le procédé déloyal ! Mais encore une fois, je n'ai pas le choix si je ne veux pas alarmer Duncan inutilement, car sa santé m'inquiète. De plus, MacAllen est ma boîte ! Mon héritage ! Ma responsabilité ! Ce pour quoi mon grand-père s'est battu toute sa vie. Je me dois de la sauvegarder. Il compte sur moi. Il a confiance en moi. Des milliers d'employés comptent sur moi.

Quant à Stefan, eh bien, ce type est une vraie catastrophe ! Il ne le fait pas exprès, mais il est incapable de garder un secret, ou même d'être discret.

J'ai peur qu'il ne fasse tout capoter.

Alors, je lui ai raconté un bobard : que j'ai flashé sur une meuf rencontrée à une soirée, qu'elle m'a subjugué au point que, depuis, je ne pense qu'à elle. Il s'est évidemment foutu de ma gueule, ce tocard, et ne cesse de me titiller au sujet de cette belle inconnue qui m'obsède.

Et, évidemment, j'ai tu son nom !

Comme à son habitude, il va droit au but. Je bois une grande gorgée de whisky avant de lui répondre :

– Ferrée, oui, c'est le mot !

Il se marre ce con.

– Tu l'as baisée ?

– Non. Je l'ai laissée m'échapper.

Et je ne peux toujours pas me l'expliquer.

Mais ce n'est que partie remise. J'avoue que ce petit jeu du chat et de la souris me plaît infiniment ! Me rend ce projet mille fois plus attrayant que je ne l'avais imaginé au départ.

– Allô ? Tu es là ? Gab ?

– Oui, je t'entends.

– Comment ça, tu l'as laissée t'échapper ? Explique-moi !

Je l'entends parler à quelqu'un.

– Tu n'es pas seul ?

– Je renvoie Susan, et ensuite, nous pourrons discuter.

Je me marre en imaginant sa charmante assistante à genoux sous son bureau.

Je regarde ma montre.

– Putain, Stef, ne me dis pas que tu te fais sucer à trois heures de l'après-midi ?

– Il n'y a pas d'heure pour ça, mec. Et en plus, c'est toi qui paies !

Connard…

– Tu devrais en faire autant ! ajoute-t-il. Ça ferait redescendre ta tension artérielle !

– Rassure-moi, Stef, tu ne m'as pas appelé pour parler de ma queue, ou de la tienne, non ?

– Ben si, un peu.

Quel con !

J'entends une porte claquer.

– C'est bon, Susan est partie.

– En colère ?

– Ouais, mais on s'en branle ! Bon, alors, comment est-elle ? reprend-il après avoir remonté le zip de son pantalon.

Je l'imagine affalé dans son grand fauteuil, la cheville sur le genou opposé, un sourire satisfait sur le visage.

Je bois une gorgée. L'alcool commence à faire son effet. Un peu.

Putain… comment est-elle ?

Malgré moi, des images torrides envahissent mon cerveau, me faisant fantasmer comme un malade. J'imagine sa bouche gourmande autour de ma bite, ses lèvres sur ma peau ; les miennes sur la sienne, ses mains, mes mains… sa chatte…

Ce con m'a foutu la trique !

Un sourire étire mes lèvres. Comme je vais aimer jouer avec toi, belle Sophia ! T'amener à la reddition, à me désirer, comme tu n'as jamais désiré un homme, à m'accepter de ton plein gré, en y prenant un immense plaisir. Ma victoire n'en sera que plus absolue. Et, une pensée en entraînant une autre, je ne peux m'empêcher de ressentir dans ma chair, là, maintenant, ce que j'ai ressenti en la touchant.

Comment est-ce possible ?

Me fait-elle bander parce que, pour la première fois de ma vie, une femme me résiste ? Parce qu'elle a ce je-ne-sais-quoi qui m'attire et en fait un être exceptionnel ? Un être à part ?

Putain, j'en sais rien…

Tout s'embrouille dans ma tête, je devrais aller dormir.

– T'es là, mec ? Gab ? Ça ne va pas ? s'alarme mon meilleur ami.

– Si, ça va, ne t'inquiète pas, vieux. Je suis fatigué, c'est tout.

– Tu découvres les tourments du désir et de l'amour, mon pote.

L'amour ?

Il me fait marrer ! Je préfère laisser les beaux sentiments aux autres, je n'en ai pas besoin. Aimer rend faible, pitoyable et destructible. Je fais rouler mon verre, glacé, sur mon front.

– Alors, bordel, tu vas répondre, comment est-elle ? s'énerve-t-il.

La patience n'est pas la qualité première de mon meilleur ami, ni dans la vie, ni avec les femmes. Je regarde la ville, à mes pieds, au-delà des baies vitrées.

Je prends le temps de la réflexion.

– Elle est séduisante, attirante, volcanique, des courbes harmonieuses. Elle sent bon…

Il se marre.

– T'es dans la merde !

– Je ne vois pas pourquoi !

– T'es déjà accro, mec, sans même l'avoir baisée. Je ne t'ai jamais entendu parler d'une femme de cette façon. On dirait qu'elle t'a envoûté.

Les mots « accro à une femme » et « envoûté » ne font pas

partie de mon vocabulaire, ni de ma façon de vivre, encore moins de mes intentions. Je ne suis accro qu'aux chiffres et aux affaires, et aujourd'hui à la délectation que me procure ce projet.

– Que comptes-tu faire ? demande-t-il encore.

Je réfléchis quelques secondes, avant de répondre :

– Provoquer une nouvelle rencontre, je suppose.

– Quand ?

– Ce soir.

– Tu vas sortir le grand jeu ?

Je me marre.

– On peut dire ça, ouais !

– Et sinon, combien ?

Quel bouffon !

Il veut savoir avec combien de femmes j'ai baisé, puisque pour lui il est inconcevable de quitter une soirée sans avoir tiré un coup sur place, ou bien trouver avec qui passer la nuit.

– Tu ne crois pas que tu as passé l'âge de poser ce genre de question, mec ? On n'a plus 20 ans !

– Moi, j'aurai toujours 20 ans ! assène-t-il.

Je ne le sais que trop.

– Alors, combien ?

Je bois une gorgée de mon breuvage ambré avant de répondre :

– Aucune !

– Pourquoi ?

– Comment ça, pourquoi ?

– J'ai la vague intuition que tu ne me dis pas tout à propos de cette femme, Gab. Il y a quelque chose que je devrais savoir ?

Il faut que je me méfie, Stef a du nez. Il est très intuitif, il sent les emmerdes, les coups fourrés, ce qui fait de lui un véritable loup en affaires. Et c'est ce qui me plaît chez lui, ce pour quoi j'en ai fait mon bras droit. Il repère, cherche la petite bête, trouve les failles des boîtes que nous souhaitons racheter ; je n'ai ensuite plus qu'à négocier le prix et à porter l'estocade finale. De cette façon, nous avons englouti quasiment toutes les distilleries du Royaume-Uni, pour nous attaquer maintenant aux US, avec comme objectifs de racheter toutes les grosses boîtes mondiales de fabrication et de commercialisation des spiritueux.

Pour détenir toute la chaîne, ne dépendre de personne.

– Je ne te cache rien, Stef, sois tranquille, finis-je par répondre, après m'être extrait de mes pensées.

– Alors tout baigne ?

– Oui, mec, tout baigne !

– Bon, je vais te laisser. Il faut que tu dormes si tu veux être en forme pour ce soir, se marre-t-il. Appelle-moi si tu es dépassé par les évènements.

– Connard !

– Ouais, moi aussi, je t'aime, Gab. Bonne nuit !

Il raccroche, emportant son rire avec lui.

S'il ne sait rien de mes projets avec Sophia, il n'ignore rien de mon histoire personnelle, ni du drame de mon enfance. Depuis que nous avons fait connaissance à Ulster, lorsque notre prof d'ingénierie financière nous a demandé de travailler sur un projet commun, nous avons passé tout notre temps ensemble, jusqu'à partager le même appart. Il a rapidement fait la connaissance de mon grand-père – qu'il adore, et c'est réciproque – et venait passer presque tous ses week-ends au manoir pour fuir le climat un peu pesant de sa propre famille, entre un père autoritaire, une mère surprotectrice, trois sœurs capricieuses, même si aujourd'hui, il les adore, et veut régulièrement me caser avec l'une d'elles.

Je finis mon verre, le pose sur la table basse du salon, pour ensuite monter l'escalier d'un pas un peu ébrieux. Peut-être que cette légère ébriété et quelques heures de sommeil arriveront effectivement à sortir Sophia de ma tête, mais rien n'est moins sûr. Mais avant de trouver quelque repos dans les bras de Morphée, j'ai un dernier truc à faire : j'appuie sur le contact de Bradford, puis sur l'icône « texto ».

[Débrouillez-vous comme vous voulez
mais trouvez-moi l'adresse du foyer
où Sophia Rinaldi fait du bénévolat
le dimanche ! Avant ce soir !]

6

Sophia

À dix heures précises, je pousse la porte du foyer-logement de la Women's Health Free Clinic, sur la 16e, accueillant une vingtaine de jeunes femmes de 18 à 25 ans, parfois accompagnées de bébés. Je suis aussitôt happée par le brouhaha des conversations, par des cris, des bruits de bagarre, ainsi que par une musique assourdissante provenant des étages.

Je suis habituée à tout ce tintouin, et ça ne me dérange pas. Le foyer a des règles de vie strictes, mais considérant que les résidentes ne sont plus des enfants, il permet également une certaine liberté en journée ; elles peuvent sortir, aller et venir comme elles le veulent, et vaquer à différentes activités. Mais elles sont tellement emplies de rage et de révolte que les dérapages sont fréquents, les coups de gueule quotidiens. La preuve ! De défiance également, face à des inconnus. Et elles ont tellement été déçues par la vie qu'elles ne croient plus en rien. Elles sont désabusées, perdues, en manque de repères. Certaines ont même séjourné dans la rue, livrées à elles-mêmes, frappées ou violentées. Beaucoup souffrent de solitude, d'abandon, souvent de maltraitance. La vie ne leur a pas fait de cadeau, alors j'essaie de leur venir en aide du mieux que je peux, par une écoute attentive, en veillant à leur confort, ainsi qu'en m'occupant de leurs problèmes de santé mineurs.

Au début, j'en ai bavé, j'ai eu du mal à me faire respecter ou même entendre ; j'ai dû marquer mon territoire pour qu'elles me tolèrent et acceptent que je les aide. Pour me laisser entrer dans leur vie. J'ai eu mille fois envie d'arrêter, mais je me suis accrochée. Les débuts ont été difficiles, c'est vrai, mais je ne regrette rien, car ces femmes m'apportent autant que je peux leur apporter. Je me suis attachée à elles, elles à moi, et au fil des mois, j'ai créé des liens puissants, j'ai su gagner leur confiance patiemment, pas à pas, sans les brusquer, avec beaucoup d'empathie, car elles sont comme moi, abîmées par la vie. Certaines beaucoup plus que moi ! Car j'ai eu la possibilité et la chance de m'en sortir sans trop de séquelles.

En tout cas, elles savent qu'elles peuvent compter sur moi en toutes circonstances, que je ferai tout ce qui est en mon pouvoir pour les aider, les soutenir, les accompagner au quotidien afin de leur rendre la vie plus douce.

Pour qu'elles se reconstruisent, comme j'ai réussi à le faire.

Après avoir posé mes affaires au vestiaire, je rejoins Félicie, une plantureuse Afro-Américaine, faisant office de gardienne réceptionniste, qui m'accueille avec un franc sourire, comme à son habitude.

J'embrasse ses joues rebondies.

– Salut, Félicie.

– Salut, ma belle. J'espère que tu as passé une bonne nuit parce qu'ici, c'est déjà le bordel ! dit-elle en montrant les étages avec un mouvement de la main.

Elles abusent !

Le son est tellement fort que les murs tremblent. Je plains celles qui avaient espéré faire une grasse matinée. La musique, du dub, vient de l'étage du dessus, celui des plus jeunes. J'irai leur dire de baisser : « La liberté de chacun commence où s'arrête celle de l'autre ! » Certaines ont tendance à ignorer cette règle élémentaire de vie en collectivité.

J'ai une moue désabusée.

– Ma nuit n'a pas franchement été bonne, mais ça ira, ne t'inquiète pas. Sinon, rien à signaler ? Carry est déjà partie ?

Carry, jeune étudiante en droit, et salariée du foyer – tout comme Samy, notre interne, Félicie, et deux autres femmes qui se partagent la semaine – officie la nuit pour gagner un peu plus d'argent.

– Elle n'était pas là cette nuit, elle est souffrante, répond Félicie. Quant à Samy, il finit sa garde à midi, mais je ne l'ai pas encore vu. Ah si, Pénélope est rentrée très tard.

Zut…

– Elle t'a dit quelque chose ?

– Non, elle est allée directement se coucher.

– Tu crois qu'elle a revu son mec ?

– Ne parle pas de malheur.

– Je vais monter la voir ! Merci, Mama.

– De rien, ma belle !

Quelques minutes plus tard, je frappe à la porte de la chambre de Pénélope. N'obtenant aucune réponse, je pénètre dans la pièce, plongée dans une relative pénombre par les rideaux tirés. Sachant que Pénélope est une « lève-tôt », je suis surprise qu'elle soit encore au lit.

– Pénélope ? C'est Sophia, dis-je d'une voix forte pour annoncer ma présence.

Je longe le couloir d'entrée pour arriver dans la pièce principale qui, comme toutes les chambres, est de bonne dimension. Deux grandes portes-fenêtres donnant sur un petit balcon encadrent un coin kitchenette. Une armoire, une commode, un petit salon en rotin, ainsi qu'un étendage où sèchent quelques vêtements complètent l'ensemble. Le lit, que je ne peux encore apercevoir, est dans une petite alcôve à ma gauche. Je traverse la pièce, m'apprête à tirer les rideaux, lorsqu'une petite voix s'élève dans mon dos.

– Non, Sophia. N'ouvre pas !

Je me retourne aussitôt pour me diriger vers le lit, que je contourne.

– Qu'est-ce que tu as ? Ça ne va pas ? Tu es malade ?

Elle éclate en sanglots.

Alarmée, je m'assois au bord du lit, pose la main sur son épaule. Je ne le ferais pas avec n'importe laquelle des résidentes. Certaines ne supportent pas d'être touchées ; elles réagiraient comme des chats sauvages. Ce qui n'est pas le cas de Pénélope : elle me fait confiance, se confie souvent à moi.

La faible luminosité provenant de l'extérieur à travers les rideaux me permet de constater qu'elle a le visage ravagé par les larmes.

– Que se passe-t-il, ma belle ?

Elle ne répond pas, le corps secoué de spasmes.

– Pénélope, tu dois tout me dire et je t'aiderai du mieux que je peux.

– C'était horrible, Sophia, dit-elle enfin, entre deux sanglots, en portant les mains à son visage.

Tout en caressant son dos, j'attends patiemment qu'elle veuille m'en dire plus, torturée par l'angoisse qu'ont éveillée ses premières paroles et son attitude de repli.

– J'ai fait comme tu me l'as conseillé, dit-elle enfin en reniflant. J'ai été forte. J'ai tenu bon. Hier, il… il m'a contactée. Je lui ai redit que tout était fini entre nous, que je ne reviendrai pas sur ma décision. Que je ne voulais plus de cette vie, que je voulais avancer, terminer mes études, trouver un travail. Qu'il était mauvais pour moi, qu'ils nous faisaient prendre un mauvais chemin, et…

Elle s'interrompt.

Merde…

Dois-je comprendre que tout est ma faute ? Ai-je finalement aggravé une situation déjà catastrophique ? Elle ne pouvait pas rester avec ce type, il aurait fini par la tuer.

Une bouffée de rage me submerge.

Pourquoi certains hommes s'autorisent-ils à brutaliser et maltraiter des femmes ? C'est quoi, leur putain de problème ? Alors que nous ne demandons qu'à les aimer ? Qu'est-ce qu'il se passe dans leur tête, putain ? Sont-ils à ce point en quête de reconnaissance ? De quoi ont-ils manqué ? En ce qui concerne Silvio, je sais que sa mère, que je n'ai jamais vue parce qu'il a coupé toute relation avec elle, était maltraitante. J'ai essayé de comprendre après coup, j'ai acheté des bouquins, puis j'ai renoncé. Je ne faisais que me culpabiliser un peu plus en pensant que j'aurais pu l'aider, mieux l'accompagner, peut-être chercher avec lui des solutions à son problème.

Maintenant, je ne veux plus penser à toute cette merde…

J'attends patiemment que les sanglots s'estompent d'eux-mêmes. J'ai tout mon temps, et elle le mérite. Dès son arrivée, il y a de cela six mois, je l'ai prise sous mon aile, et un lien particulier s'est tissé entre nous. Son histoire m'a touchée, émue, peut-être parce qu'elle faisait écho à la mienne. Nous étions l'une et l'autre tombées amoureuses de la mauvaise personne. Comme moi, qui méritais mieux que Silvio, un homme égocentrique, brutal et caractériel, elle mérite mieux qu'un petit délinquant de banlieue, embringué jusqu'au cou dans des histoires sordides, qui la frappait, la forçait à se prostituer pour acheter leur came. Un jour qu'il était trop shooté pour l'en empêcher, elle a fui, pour trouver refuge au foyer.

– Raconte-moi ce qu'il s'est passé, la prié-je d'une voix douce. Il t'a fait du mal ?

– Il voulait me voir pour discuter, il… il m'a dit qu'il avait un truc à me donner. Il était gentil, je pensais qu'il avait changé, qu'il m'aimait peut-être encore, et je… je suis allée à l'appart.

Oh non…

– J'ai été conne, putain…

J'attends la suite. Je ne veux pas la brusquer, au risque de la voir se refermer et ne rien me dire. Je sais maintenant comment elle fonctionne. Je sais aussi que comme moi, elle culpabilise de s'être laissé berner, peut-être pense-t-elle mériter ce qui lui arrive. Certaines personnes sont comme ça, elles ont ce besoin de materner, de porter le fardeau des autres, jusqu'à s'oublier.

Si c'était mon cas, ça ne l'est plus !

– Dès que j'ai franchi la porte de l'appart, reprend-elle, il m'a collée contre le mur. Il m'a frappée, et traînée jusqu'au lit. Je me suis débattue, mais j'étais à moitié dans les vapes, je ne pouvais rien faire pour l'en empêcher.

Elle se redresse et essuie ses larmes.

– Il m'a fait un shoot. Tout est devenu flou. Il… il s'est couché sur moi, et…

Elle hoquette de plus belle, ses souvenirs revenant en force pour torturer son âme. Je m'empare de ses mains, alors que les larmes ne cessent de couler sur ses joues.

Elle plonge ses beaux yeux noirs dans les miens.

– Je le suppliais, je pleurais, mais il s'en foutait. Et tu sais le pire dans tout ça ?

Oh oui, je sais…

Je l'attire contre moi.

– Je sais. Tu l'aimes toujours.

Elle hoche la tête, éclate en sanglots.

Bien sûr qu'elle l'aime, comme moi j'aimais Silvio, le premier mec à qui j'ai donné mon cœur. Je l'aimais plus que tout, j'ai tout accepté. Jusqu'à l'inacceptable. Parce que j'étais accro, que je ne pouvais imaginer vivre sans lui. Jusqu'à ce que surgisse l'horreur dans ce qu'elle a de plus cru, de plus ignoble. Alors la chute est vertigineuse, l'impact terrible. Nombreuses sont les personnes qui ne se relèvent jamais.

– Tu as fait ce qu'il fallait, ma belle, tu as réussi à revenir ici.

Elle respire longuement, se calme, me regarde.

– Oui, il fallait que je te voie.

– Comment cela ?

– Il pense que tout est ta faute.

– Pardon ?

Il y a quelque temps, lorsqu'il est venu au foyer pour tenter de la récupérer, j'ai dû intervenir. Je pensais qu'il avait compris, que j'avais réussi à le ramener à la raison. Manifestement, il n'en est rien.

– Il est dangereux, Sophia, j'ai peur pour toi. Il m'a dit qu'il allait te faire la peau, pour que tu te mêles de ce qui te regarde.

Je cligne plusieurs fois des yeux.

Merde…

Dans quel pétrin me suis-je encore fourrée ?

7

Sophia

Le reste de la journée est passé à toute vitesse.

J'ai accompagné Pénélope à la clinique pour faire constater qu'il y avait eu relations sexuelles non consenties. Comme elles étaient également non protégées et qu'elle a été droguée, le médecin l'a gardée sous surveillance en lui faisant promettre de faire des tests d'ici quelques semaines pour être sûre que ce salopard ne l'a pas mise enceinte, ni rien refilé de fâcheux.

J'en suis malade.

Je lève la tête de l'ordinateur où j'ai consigné les évènements de la journée. Je me frotte les yeux. Il est plus de vingt heures. Il serait peut-être temps de rentrer mais à l'idée de me retrouver seule, je n'en ai aucune envie.

Je prends mon portable, tape :

[Coucou, tu fais
quelque chose ce soir ?]

La réponse ne tarde pas :

[Salut ma belle.
Je suis avec Steven,
tu peux passer
si tu veux !]

[Non. Je ne voudrais pas
vous déranger !]

[Comme tu veux !
À demain, alors !]

J'ai un petit pincement au cœur en remarquant que pour la première fois depuis… depuis toujours, il n'insiste pas. Je me sermonne aussitôt : je dois le laisser vivre sa vie, trouver le bonheur.

Je soupire.

Qu'à cela ne tienne, je vais rentrer, finir la sculpture que j'ai commencée il y a quelques mois : un buste de femme, en plâtre, avec de très belles formes, dignes d'une statue grecque. Ou alors travailler sur cet autoportrait à l'huile de Van Gogh que je n'ai jamais pu terminer, faute de temps. Ou bien je vais m'installer dans mon canapé, avec un bon verre de chardonnay, quelques sandwiches au beurre de cacahuètes, et des revues d'art.

Je m'étire, me lève.

Après avoir récupéré mon sac, enfilé ma veste en cuir et salué la veilleuse de nuit, je sors du foyer. Je fais quelques pas, regarde tout autour de moi. Si, au fil des heures, j'ai fini par oublier les paroles de Pénélope, ainsi que les menaces de son mec à mon encontre, elles reviennent en force dans mon esprit. Les battements de mon cœur s'accélèrent, anticipant le moment où cette raclure sera devant moi : piercé, tatoué, avec des chaînes lui sortant des trous de nez. Une vraie vision d'horreur. Il ne sera certainement pas seul, cet enfoiré : ce serait bien son genre d'avoir besoin d'une petite bande de minables comme lui pour arriver à bout d'une faible femme – moi, en l'occurrence. La fierté et l'honneur ne sont certainement pas des valeurs qu'il connaît. Non, lui, il préfère cogner des femmes, c'est plus facile.

Je me retiens de cracher par terre de mépris. Je me force à respirer calmement.

Du calme, Sophia, la rue est déserte, il n'y a personne.

Tout en avançant prudemment, je mets la main dans mon sac que je serre contre ma poitrine comme s'il pouvait constituer un quelconque rempart, pour toucher du bout des doigts le spray au poivre qui ne me quitte jamais.

De loin, j'entends des crissements de pneus de voiture. Je sursaute. Mais me force à continuer. Il faut que j'arrête d'imaginer n'importe quoi ! Il a juste voulu m'effrayer, il ne s'en prendrait pas à moi directement, ou il aurait de gros ennuis. Il n'est pas con au point de penser que je ne porterai pas plainte contre lui, par peur, à moins que…

Non…

Il ne ferait pas une chose pareille ! Il ne peut pas vouloir me tuer ? Pas parce que je me suis mise en travers de son chemin. Il ne m'a pas paru si excessif lorsque je l'ai vu, mais sait-on jamais ? Lorsqu'il est sous l'emprise de l'alcool ou de la drogue, sait-il toujours ce qu'il fait ?

Nom de Dieu…

Le bout du bâtiment n'est plus très loin, la voie est libre, mais après ? Qu'y a-t-il après ? Le danger ? La mort au tournant ?

Je ne peux pas savoir.

Putain, Sophia, arrête de te croire l'héroïne d'un vieux film de série B ! Tu n'es pas cette nana cucul qui déambule seule dans des rues sombres et désertes alors qu'un serial killer hante la ville. Cette nunuche à qui l'on a envie de crier : « Casse-toi, idiote ! Putain, tu cherches vraiment la merde, toi… ! »

Euh… Ben si, justement !

Je sais de source sûre qu'un type qui n'a rien d'un ange veut me faire la peau pour me punir d'avoir contrarié ses plans et sorti sa petite amie de ses griffes – petite amie qu'il maltraitait allègrement ! – et je me retrouve pourtant là, seule, dans une rue déserte.

Je me mettrais des baffes !

Je devrais rebrousser chemin pendant qu'il en est encore temps, trouver refuge au foyer et appeler un taxi, ce serait certainement plus sage, car il me reste plusieurs ruelles un peu glauques à traverser avant d'atteindre la bouche de métro la plus proche. Mais aussitôt, je me ravise. Je ne vais pas passer ma vie à avoir peur de cet énergumène ou même de Silvio, qui vient de réapparaître comme un putain de colis empoisonné, déposé telle une crotte de chien sur le tapis devant ma porte !

Il n'en est pas question !

« Je continue mon chemin, et je vais rentrer chez moi, saine et sauve, il ne m'arrivera rien ! », me rabâché-je tout en avançant. Mes pas deviennent plus assurés. Je redresse les épaules. Forte de cette nouvelle énergie, je tourne sur ma gauche dans la rue perpendiculaire, sans même jeter un coup d'œil à droite. Au bout de quelques minutes, je sens une présence dans mon dos. Mon cœur fait des bonds dans ma poitrine. Tout en ignorant les sifflets admiratifs, j'accélère le pas en me forçant à ne pas me retourner.

Putain de merde, je le savais !

Plus vite, Sophia, plus vite...

– Putain, mec, tu nous avais pas dit qu'elle était canon !

Merde, merde, merde, c'est lui ! C'est l'ex de Pénélope !

La voix pâteuse et chargée d'alcool de son pote arrive jusqu'à moi, tandis que des rires fusent. Je ne sais que faire : fuir, ou faire face pour attaquer la première. Combien sont-ils ? Je ne vais pas finir ma vie sur un trottoir miteux, bordel ! Je ne vais pas les laisser me faire du mal sans me battre. Les coups de mon existence m'ont endurcie, rendue combative ; j'ai pris des cours de self-défense, alors je devrais pouvoir les prendre par surprise et leur balancer mon spray dans la gueule.

J'allonge les foulées, en entendant derrière moi :

– Hé, meuf, attends ! Attends ! J'ai un truc à te dire.

Ouais, moi aussi j'ai un truc à te dire, connard !

Je referme mes doigts sur la bombe du spray ; je ralentis insidieusement en restant de dos. Ils se marrent. Moi aussi, en pensant qu'ils rigoleront moins dans quelques secondes lorsqu'ils pleureront leur mère.

Je les sens dans mon dos.

Ils sont tout près.

J'entends leurs souffles. Leurs effluves de types mal lavés

arrivent jusqu'à moi, me donnant envie de vomir. Une odeur que j'associerai très certainement à partir d'aujourd'hui à celle de la peur.

Une main se pose sur mon épaule.

Je me retourne d'un bloc, pour pulvériser mon spray dans la face du mec. Avec un cri de surprise, il recule de plusieurs pas, plié en deux. Il porte les mains à ses yeux en beuglant, en éternuant et larmoyant, et même si une capuche camoufle son visage, je le reconnais parfaitement : c'est bien le mec de Pénélope ! Je ne perds pas mon temps à me réjouir du spectacle, j'envoie aussitôt des pulvérisations en direction des deux autres qui se sont rapprochés dangereusement, en veillant à ce qu'elles ne m'atteignent pas, puis je rebrousse chemin. Je retourne aussi vite que possible vers le foyer, mais rapidement des jurons, des pas de course se font encore entendre derrière moi, et se rapprochent.

Putain de merde, ils n'en ont pas eu assez ?!

Cette fois-ci, je vais devoir me battre. La colère supplante la peur. Je lève la tête pour regarder les fenêtres du foyer, sombres pour la plupart. Je pourrais hurler « à l'aide ! », mais je suis persuadée que personne n'entendrait. Même si l'une des résidentes percevait mon cri, je suis également persuadée qu'elle ne s'en mêlerait pas et ferait comme si de rien n'était. C'est la dure loi de la vie. La dure loi de la jungle dans laquelle nous vivons, et c'est chacun pour soi !

J'entre soudain en collision avec un corps, si brutalement que j'en échappe mon spray. Je laisse échapper un cri en cherchant aussitôt à fuir cette nouvelle menace mais deux mains agrippent fermement mes bras.

Bordel… il y en avait un autre. Je suis morte !

J'entends les toux des autres, entrecoupées de rires de me voir prise au piège. Ils seront bientôt sur nous.

Mue par un pur instinct de survie, je balance mon genou en direction de l'entrejambe de l'homme. Il me relâche, et j'en profite pour lui foutre mon poing dans la gueule puis prendre mes jambes à mon cou.

Un juron grogné d'une voix colérique me parvient.

Je n'ai fait que quelques mètres lorsqu'une poigne d'acier se referme à nouveau sur mon bras et me tire derrière des poubelles situées en face du foyer.

Je lui fais face, aboie :

– Putain, qu'est-ce que vous me voulez ?

Je lève les yeux, pour entrer cette fois-ci en collision avec un regard dévorant : vert lumineux, translucides. Fiévreux.

J'avale difficilement ma salive, le souffle soudain coupé.

– Qu'est-ce qui vous a pris, bon Dieu ?! gronde-t-il.

Et avant que je puisse faire quoi que ce soit, il colle ses lèvres sur les miennes. Son baiser est passionné, urgent, exigeant, bien davantage que ceux qu'il m'a donnés plus chastement cette nuit. Il m'embrasse fiévreusement, comme s'il n'avait embrassé personne depuis des lustres, et crevait d'envie de me faire l'amour.

Là, maintenant !

Le désir m'envahit, répondant au sien, certainement dû à l'adrénaline de la peur, puis au soulagement lorsque je l'ai reconnu, se déversant à flots dans mes veines, me faisant quasiment perdre la tête. J'adore sa langue, le goût de sa bouche, la discrète odeur de whisky qu'il porte sur toute sa personne, comme mélangée à son sang, à son essence intime.

Soudain, je me raidis, en entendant une voix derrière nous.

– Cool, mec, merci ! Balance-la dans notre direction, on va bien s'en occuper.

– Je vous interdis de bouger. Attendez ici ! me souffle-t-il à l'oreille.

Ses yeux irradient d'une lueur fauve.

Il se retourne, plonge la main dans la poche de son jean, en sort un couteau à cran d'arrêt, et se dirige vers les trois types, qui reculent face à sa dangerosité manifeste.

– Qu'est-ce que vous lui voulez ?

– C'est pas ton problème, mec ! C'est entre elle et moi !

Gabriel fait encore quelques pas, en pointant son arme dans leur direction. Son silence est assourdissant de menaces contenues, et ces types sont bien cons de ne pas s'en rendre compte et de le défier.

– Viens, mec, ça va trop loin cette histoire, dit l'un des potes de l'ex de Pénélope en lui prenant le bras pour l'inciter à se barrer, mais visiblement, ce dernier ne l'entend pas de cette oreille.

Il résiste, voulant certainement en découdre, éliminer Gabriel pour ensuite s'occuper de moi.

– On reviendra et on l'aura, insiste-t-il.

Putain… non…

Les mecs reculent encore devant Gabriel qui continue d'avancer, de plus en plus menaçant. J'entends sa voix, sans comprendre le sens de ses paroles ; je suis trop éloignée. Je ne perçois que les battements effrénés de mon cœur ainsi que le bruit des gouttes de pluie qui se sont mises à tomber depuis quelques minutes.

Les types finissent enfin par détaler.

Je pousse un soupir de soulagement.

Après avoir rangé son couteau, Gabriel revient vers moi. Sans un mot, il se saisit de mon bras pour m'entraîner vers sa voiture garée non loin de là.

– Montez ! ordonne-t-il après avoir déverrouillé la voiture.

– Non !

Il me fait face, surpris.

– Comment ça, non ?

– Je vais rentrer en métro.

– Il n'en est pas question.

Je m'approche, jusqu'à quasiment coller ma poitrine contre son buste.

– Qu'allez-vous me faire si je ne vous obéis pas ?

Il me dévisage, les traits crispés, les yeux emplis de colère, comme s'il n'avait qu'une envie, me charger sur son épaule et me fesser pour oser le défier, ou me balancer dans l'Hudson pour que je sorte de sa vie. J'ai le sentiment qu'il m'en veut pour quelque chose que j'ignore, et je déteste ça. S'il a des choses à me reprocher, il n'a qu'à le dire, bordel de merde ! Et arrêter de me regarder comme si j'étais débile.

– Je vous assure, Sophia, vous n'avez aucune envie de le savoir.

Pardon ?

Monsieur est-il un dominant comme il y en a tant ? Ne supporte-t-il pas que quelque chose ou quelqu'un lui résiste ?

– Si, justement, ça m'intéresse. Et que leur avez-vous dit, d'abord ?

– Montez dans cette voiture et je vous le dirai.

– Du chantage, encore ?

Un sourire lui échappe, avivé par la lumière des réverbères. De la dynamite en barre…

Il se mord la lèvre tout en m'observant, en balayant mon corps des yeux de haut en bas, lentement, puis de bas en haut, pour ensuite s'arrêter sur mes lèvres. Que j'entrouvre pour avaler tout l'air que je peux avec le sentiment pourtant d'encore m'asphyxier.

Pas ça…

– Non, des promesses. Encore.

J'en perds mes mots, ma colère, les raisons de ma colère, la peur… tout !

Tout ce qui n'est pas lui, debout devant moi, à côté de ce petit bolide de luxe. Lui, si terriblement attirant dans son jean noir mettant en valeur ses longues jambes finement musclées – mais ô combien toniques, j'ai pu le constater – son tee-shirt moulant, noir également, sa veste en tweed marron assortie à ses chaussures ; son attitude nonchalamment calculée car à la lueur de ses iris braqués sur moi, je sais qu'il n'en est rien et qu'il accepte difficilement le fait que je puisse lui résister.

Diablement attirant. Foutrement sexy…

Reprends-toi, merde, Sophia !

Je cligne plusieurs fois des paupières en le voyant hausser un sourcil face à mon regard qui le déshabille sans retenue.

Il avance, parcourt les quelques centimètres qui nous séparent.

– Laissez-moi vous raccompagner, c'est plus sage. Ces types pourraient encore…

Sans même prendre conscience de mon geste, je mets ma main sur ses lèvres pour l'empêcher d'en dire plus.

– Taisez-vous. Je ne veux plus y penser.

Je lui dévoile mon angoisse, ma détresse face à ce qui

aurait pu se passer. À quel point je suis chamboulée malgré le refuge illusoire que me procure la colère à son encontre, mais c'est trop tard, je ne peux rattraper ni mon geste, ni mes paroles. Son regard s'adoucit. Il s'empare de ma main, en caresse la paume, cherchant très certainement à m'amadouer, et je dois reconnaître que ça fonctionne. Nos yeux ne se quittent plus. Je retiens mon souffle, ne pouvant nier ce que la sensation de ses doigts sur ma peau fait naître en moi. Je voudrais qu'il me touche, vraiment, qu'il retire cette gangue de peur qui après coup m'étouffe.

– L'ignorer ne fera pas reculer la réalité, Sophia, dit-il de sa belle voix. Vous êtes en danger, vous le savez. D'après ce que j'ai pu constater, ces types ne sont pas des enfants de chœur, alors laissez-moi vous protéger.

Pardon ?

Me protéger là, maintenant ? Ou sur une plus longue période ? Que dois-je comprendre ?

– J'ai peur que malgré mon intervention, ils n'en restent pas là.

Soudain, l'envie de capituler pour me reposer sur lui devient irrésistible. Juste un instant, pour reprendre mes esprits et oublier cette merde. Le laisser me ramener chez moi. Et demain, après une bonne nuit de sommeil, je reprendrai le cours de ma vie en laissant cette désagréable expérience derrière moi. Finalement, il y a eu plus de peur que de mal, et pas de quoi fouetter un chat !

Qui comptes-tu leurrer avec un tel raisonnement ? tonne ma jumelle raisonnable.

Gabriel ne cesse de m'observer, cherchant visiblement à suivre sur mon visage le cheminement de mes pensées.

– Sophia, ils recommenceront !

Putain de merde ! Qu'il se taise ! S'il croit que je ne le sais pas !

– En quoi cela vous regarde, Gabriel ? Je ne suis rien pour vous, pas même votre amie.

Je deviens de plus en plus suspicieuse.

– Et d'abord, que faites-vous là ? Comment avez-vous su où me trouver ?

Il a ce petit sourire énigmatique que je commence à bien lui connaître ; celui qui veut dire : « Demande toujours, ma belle, mais tu n'en sauras jamais rien ! »

– C'est vrai, j'oubliais, vous êtes pote avec des agents des services secrets. Je crois que je vais vous laisser.

Je m'éloigne aussitôt, bien décidée cette fois-ci à le planter là, lui et sa suffisance. Lui et la totale maîtrise de lui-même, contrairement à moi qui ne suis que brasier incandescent lorsqu'il m'approche ou pose les mains sur moi.

Et moi, pourquoi suis-je en colère, au juste ?

Parce que le désir que j'ai de lui hurle de façon assourdissante dans mon corps ? Parce que s'il reste courtois, il est redevenu distant, et qu'il est évident qu'il n'a plus l'intention de me toucher comme je le voudrais ?

Pourquoi m'avoir embrassée alors ?

Que cherche-t-il, bordel de merde ?

Je l'entends gronder derrière moi : « fais chier ! ».

Il me contourne rapidement, se place devant moi pour me bloquer le passage.

– Cessez de faire l'enfant ! Et venez avec moi !

Je mets un doigt sur ma poitrine, me redresse, prête à en découdre.

– Moi, je fais l'enfant ? Alors que… alors que je viens de me faire agresser en pleine rue par des mecs tordus qui voulaient me faire du mal ? Putain, il y a de quoi perdre quelque peu son calme, non ? Je ne suis pas de marbre, Gabriel, j'éprouve des émotions, des peurs, et oui, ces types m'ont fait peur, là, vous êtes contents ? C'est humain, non ?

– Je ne vous reproche pas d'avoir eu peur, Sophia, je suis même plutôt satisfait de vous entendre l'avouer.

– Oui, ben voilà ! Vous savez que j'ai eu peur. Maintenant, laissez-moi rentrer chez moi.

– Laissez-moi vous ramener.

Il s'approche pour saisir ma nuque. Ses doigts se crispent sur ma peau, remontent, lentement, jusqu'à la racine de mes cheveux. Il lève mon visage vers lui, prend possession de mon regard. Le sien s'illumine. Mon estomac se rebelle. Il a déjà un tel pouvoir sur moi alors que je ne le connais que depuis quelques heures, que j'en suis terrifiée. Mais mon esprit, ce traître, crie que sans lui, je ne sais pas ce que ces types auraient fait de moi. Alors peu importe comment, pourquoi, Gabriel était là.

Il était là, et il m'a sauvée !

– Vous n'avez rien à craindre de moi.

– Je ne sais pas ce que vous attendez de moi, Gabriel, mais sachez que je ne suis pas une fille facile. Me harceler pour que je vous cède n'aboutira à rien, sinon me faire fuir.

Je vois à son sourire qu'il n'en croit pas un mot.

Il se met à rire.

– Je vous harcèle ?

– Parfaitement !

– Je n'ai pas cette impression. Je n'ai fait que provoquer

une rencontre pour pouvoir passer du temps avec vous. Rien de plus.

– Et accessoirement me coller contre un mur pour m'embrasser !

Un rire de gorge lui échappe encore.

– Ce n'est pas comme si c'était la première fois.

– La première fois comme ça, si !

– Comment ?

– Oh, vous le savez très bien. Cessez ce petit jeu !

Il fait un pas, puis un autre, ses yeux incandescents soudés aux miens, pour m'acculer contre le mur. Mon souffle se bloque dans mes bronches, ma gorge se serre. Je le regarde avancer, incapable de réagir, ou même encore de penser, car ce que je crois lire dans ses prunelles me fait chavirer, me rend aussi mollassonne qu'un bâton de réglisse resté trop longtemps au soleil. Je ne cherche pas à le repousser car je n'en ai aucune envie. Son magnétisme, la tension évidente entre nous, palpable, annihilent toute pensée consciente.

Il pose les mains à plat de chaque côté de mon visage, tandis que les miennes vont se loger tout naturellement sur ses pectoraux sous sa veste. La pluie imbibe nos vêtements, mouille nos visages, s'écoule doucement sur nous, mais tout comme moi, il s'en fout.

Je frissonne, tout en sachant pertinemment que ce n'est pas uniquement de froid.

Il se penche.

Mon cœur se lance dans une course effrénée, frappe mes côtes douloureusement. Je me retiens pour ne pas passer mes doigts dans ses cheveux mouillés, pour ne pas toucher son visage si proche du mien. Je ferme les yeux, incapable d'en supporter davantage, pour qu'il ne voie pas le désir mordant, dévastateur, qui m'habite. Son souffle caresse mon cou, la base de mes cheveux ; le bout de son nez, mon oreille. Il paraît comme hypnotisé, subjugué par mon odeur, sa respiration devient haletante. J'ai l'impression qu'il lutte contre lui-même, contre ce que je lui inspire, contre ce qu'il ressent à mon contact. Contre ce qui existe entre nous, malgré nous. Une attraction évidente, surprenante ; j'en suis la première étonnée. Je ne sais pas pourquoi, ni à quoi c'est dû, mais c'est comme ça, il me faut l'accepter. Je jette un coup d'œil furtif à son magnifique visage que je ne vois qu'en partie. Il a les yeux fermés, son expression me surprend : j'ai l'impression qu'il souffre !

Pourquoi ?

Pourquoi être contre moi, me désirer, le ferait souffrir ?

Sans que je n'y prenne garde, il s'est encore rapproché, a soudé intimement son bassin au mien. Il plie légèrement ses genoux, plaque sa queue contre mon pubis. Puis il commence à bouger insidieusement comme s'il était en moi, et me faisait l'amour.

Nom de Dieu…

Après seulement quelques mouvements de douce friction, il s'arrête, pour loger sa bouche dans mon cou.

Continue, Gabriel. Encore…

Mon sexe est en feu. Je le veux, comme jamais je n'ai désiré un homme. Même Silvio. J'ai besoin de le sentir en moi. Je vais devenir folle s'il n'éteint pas ce feu qu'il a lui-même fait naître.

– Comme ça ?

Oh oui, c'était comme ça, sinon pire !

Je ne m'attendais pas à ressentir quelque chose de si violent, quelque chose qui m'a complètement prise par surprise. Parce que, tout à l'heure, j'ai fantasmé comme une malade dès qu'il a posé ses mains sur moi, et embrassée. Parce que c'était ce que je voulais, ce que je désirais plus que tout. Une sorte de projection mentale, je ne sais pas. Ce que je sais, c'est qu'il m'a donné atrocement envie de lui.

Encore une fois, je reste muette, peinant à remettre un semblant d'ordre dans mes pensées.

– C'était comme ça ? continue-t-il en embrassant la peau tendre derrière mon oreille, m'arrachant un soupir. Vous l'avez senti vous aussi, n'est-ce pas ? Vous avez senti à quel point j'avais envie de vous ? Je vous embrassais comme si j'étais en vous, Sophia. Comme si je vous faisais l'amour.

Mon Dieu… oui…

Sa voix divine met tous mes capteurs au rouge en même temps. Mon sexe se gorge d'envie, de désir, devient incandescent. Je glisse mes mains le long de ses hanches, jusqu'à ses fesses, que j'empoigne pour le presser plus intimement encore contre moi. Un juron franchit ses lèvres. Je ne résiste pas lorsqu'elles viennent s'unir aux miennes. Si brutalement que je gémis, pour ensuite répondre à son baiser.

Nous nous accrochons désespérément l'un à l'autre, percutés de plein fouet par cette passion qui ne cesse de grandir, nous crie de nous unir. Le désir dévorant que j'ai de lui me fait gémir presque douloureusement.

– Dites-moi d'arrêter, Sophia, avant que j'en sois incapable, gronde-t-il, après avoir quitté mes lèvres pour glisser les siennes sur ma joue, jusqu'à mon oreille.

– Non. Continuez, murmuré-je, en m'agrippant à sa veste.

Il se recule, prend un peu de distance. Mes bras retombent, et soudain, je me sens vide. Vide et seule. Démunie. Tandis qu'une furieuse envie de pleurer enfle dans mon cœur.

– Pas ici. Pas comme ça. Vous méritez mieux qu'une ruelle sordide.

Pardon ? Mais...

J'ai le sentiment d'avoir pris une claque en pleine poire.

Il se fout vraiment de moi.

Il me donne envie de lui, me tente à en mourir, pour me laisser pantelante, avide de son corps, de sa peau, de son sexe. Je me retiens pour ne pas le frapper. Le frapper, pour ensuite le chevaucher et lui sommer de me faire l'amour. De me libérer de cette tension qui ravage mes sens déjà à fleur de peau.

Putain, je suis incapable de penser à autre chose !

Je le veux, à en mourir. Mais il m'a bien eue ! La colère du ressentiment, de la frustration, explose dans ma tête.

Je me redresse.

– Alors c'est comme ça que vous vous y prenez pour faire céder les plus récalcitrantes ?

– Ça marche, non ? Dites-moi en me regardant bien en face que vous ne m'auriez pas laissé vous baiser contre ce mur si j'en avais eu envie.

– Comment ça, si vous en aviez eu envie ? Ce n'est pas le cas peut-être ? Qui pensez-vous convaincre, Gabriel, vous ou moi ?

Il se passe une main dans les cheveux. Quelques mèches humides dégringolent sur son front, comme s'il sortait de la douche.

Je ne sais pas s'il a conscience de ce qu'il inspire, des

passions qu'il doit susciter, ou alors il ne le sait que trop et se complaît dans ce rôle de type arrogant, sûr de lui, qui lui va comme un gant.

Je mets un doigt accusateur sur son thorax.

– Vous vous amusez, c'est ça ? Vous jouez avec mes nerfs ?

– Ai-je une chance d'y parvenir ?

– Connard !

Je lui tourne le dos.

– Attendez ! crie-t-il après quelques secondes.

Je fais comme si je n'avais rien entendu, accélère le pas. Il court pour me rattraper, empoigne mon bras, me retourne face à lui.

Je sors les griffes :

– Arrêtez de m'agripper tout le temps comme ça, ça devient lassant ! lâché-je, irritée. Dites ce que vous avez à dire qu'on en finisse. J'aimerais rentrer chez moi.

– Alors montez dans cette voiture ! ordonne-t-il à nouveau.

C'est pas vrai, il va me rendre folle !

Soudain, tout s'éclaire :

– C'était ça, la finalité, n'est-ce pas ? Que je vous accompagne ? Me donner envie de vous, pour que j'accepte tout ce que vous voudrez faire de moi ?

Il a un sourire en coin, mystérieux. Une lueur cruelle et sauvage traverse un court instant son magnifique regard. Si fugace que je pense avoir rêvé.

Je bats des cils.

– OK, j'accepte. Mais avant cela, je veux des excuses.

Il s'empare de ma main, embrasse mes doigts, un à un. Ses lèvres sur ma peau déclenche des milliards de petites étincelles dans mon ventre, un désir intense me traverse une fois de plus. Il a ensuite cette façon de me regarder qui me fait croire que je suis unique ; celle qu'il se désespérait de rencontrer, mais... ça ne va pas un peu trop vite tout ça ?

Nous ne nous connaissons que depuis quelques heures.

Je ne crois plus aux contes de fées, je crois l'avoir dit, alors je ne vais certainement pas me laisser amadouer si facilement. Je ne suis de toute façon pas près de revivre les désastres que peuvent causer les sentiments ; ni à faire de nouveau confiance à un homme, ni même à m'attacher. Plutôt crever que me laisser encore une fois piéger par l'amour. Je n'en ai pas besoin. Depuis huit mois je vis seule, sans homme, ma vie est parfaite : j'ai mon job, ma carrière, ma galerie (mon bébé !), je m'éclate, je gagne très bien ma vie, j'ai Matthew et mes parents, que je vois peu mais qui ont le mérite d'exister. Et j'ai la paix. Je ne veux rien de plus.

Sa voix rauque me parvient.

– Excusez-moi d'avoir envie de vous et de vous l'avoir montré, lâche-t-il, avec un sourire en coin.

Quoi ? Il a vraiment décidé de jouer avec mes nerfs.

– OK, c'était bien joué, je le reconnais. À un moment, j'ai même failli y croire.

Ça lui en bouche un coin.

Son regard assassin reste accroché à mon dos alors que je me dirige vers sa bagnole. J'ouvre la portière côté passager, regarde dans sa direction, pour constater qu'il n'a pas bougé.

Je prends l'élastique que j'ai toujours sur moi, je lève les bras pour prendre mes cheveux mouillés à pleines mains et les attacher en un chignon fait à l'arrache.

– Vous venez ?

Il reste aussi raide qu'une statue, sans cesser de me mater

comme s'il n'avait jamais vu une femme se coiffer. Puis il finit par faire un pas en marmonnant je ne sais quoi. Il sort ses clés de voiture, me lance un regard noir avant d'ouvrir sa propre portière et de s'installer au volant.

Je prends place à ses côtés.

Il démarre, les dents serrées, le regard fixe, avec cette lueur fauve qui me fait frémir de la tête aux pieds. Il donne quelques coups d'accélérateur nerveux. J'ai la vague sensation d'être entrée dans l'antre d'un fauve, mais quel fauve !

Un fauve que j'aimerais rendre aussi docile qu'un chaton.

8

Sophia

– Vous feriez mieux d'attacher votre ceinture ! gronde Gabriel.

– Pardon ?

Avant que j'aie le temps de l'enclencher, je me retrouve collée au siège. Les *g* traversent mon corps, amènent un sourire sur mes lèvres.

Ah, les mecs et leurs joujoux !

Il va en être pour ses frais s'il croit m'impressionner ou me faire peur, j'adore la vitesse, les montagnes russes, les sensations fortes, les poussées d'adrénaline. Lorsque j'étais plus jeune, je passais mon temps dans les fêtes foraines à la recherche de ces sensations ; j'ai même fait du saut à l'élastique et en parachute.

Après avoir parcouru des kilomètres à fond de train, pris des virages en épingle sans même décélérer, en faisant couiner ses pneus sur l'asphalte, il daigne ralentir.

Il me jette un petit coup d'œil empreint de fierté.

– Ouais. Pas mal ! J'avoue que je suis impressionnée, vous conduisez plutôt bien.

– Je fais tout très bien, Trésor.

Dites-moi que je rêve !

Comment un type visiblement plus intelligent que la moyenne, qui pèse dans le Dow Jones, peut-il sortir des banalités pareilles ? C'est affligeant ! Je dois avouer que je m'attendais à mieux de sa part.

– Je vais donc vous croire sur parole. Sinon, vous ne deviez pas repartir ce matin ? demandé-je pour couper court à cette discussion de peur qu'il ne finisse par me sortir les mensurations de sa bite en érection, ou à quel point il sait bien s'en servir – ce dont je ne doute pas une seule seconde.

– Si, mais j'ai changé mes plans, répond-il en pianotant sur le GPS.

Son profil racé se découpe en clair-obscur, son petit air détaché et concentré m'attire inexorablement. Je me racle la gorge pour chasser les pensées charnelles qui ne cessent de caresser ma psyché depuis que je le connais. Je glisse ma main sur le cuir souple de la sellerie.

– Elle est belle, c'est quoi comme voiture ?

Il me jette un petit coup d'œil, sourit, visiblement satisfait de lui-même, et il peut : elle est superbe, puissante, d'une très belle finition en ronce de noyer et cuir. Le parfait bolide de l'homme d'affaires parfait, et richissime.

– Une Lexus LC500.

– Elle est à vous ?

– Oui.

Je regarde l'habitacle.

– Pas évident pour baiser à l'arrière, remarqué-je, l'air

faussement innocent. Vous devez manquer de place, non ?

Il rit.

D'un rire de gorge, qui fait immédiatement s'envoler mon rythme cardiaque.

Je crois que je vais adorer m'amuser à vos dépens, M. Monteiro.

– C'est pour cette raison que je possède également une Jaguar, et que je loue parfois une Limousine.

– Han, han…

– Quoi, han, han ?

Il m'observe.

– Qui étaient ces types ? Et que vous voulaient-ils ? demande-t-il à brûle-pourpoint après quelques secondes de silence.

Je pousse un profond soupir en me calant au fond du siège. Je n'aime pas particulièrement parler de moi ou de ma vie privée, mais dans ce cas précis je n'ai rien à cacher.

– Il y a quelques mois, une jeune femme est arrivée au foyer, défigurée, droguée, dénutrie. Son histoire m'a émue, je l'ai prise sous mon aile, et je l'ai aidée à s'en sortir. Je lui ai également conseillé de rompre avec son petit ami qui la forçait à se prostituer pour payer leur came, ce qu'elle a fait. Le mois dernier, il est venu pour la énième fois la relancer, et j'ai été dans l'obligation d'appeler la police pour qu'il parte. Je ne sais pas s'il a été inquiété et honnêtement, j'en doute. Il est resté tranquille, jusqu'à hier. Il a réussi à attirer Pénélope dans leur ancien appartement en lui racontant des bobards. Là encore, ça s'est mal passé, elle a réussi à lui échapper, mais avant cela, il lui a dit qu'il me ferait payer le fait de m'être mêlée de sa vie. Voilà, vous savez tout.

Nos yeux se verrouillent un court instant, puis il regarde à nouveau devant lui.

– Pourquoi vous êtes-vous sentie aussi concernée par son histoire ? C'est ce que vous avez vécu, vous aussi ? Un homme vous a fait du mal ?

Ma gorge se noue douloureusement.

– Je n'ai pas très envie de m'étendre sur le sujet, Gabriel.

– C'est le type d'hier ? Celui de la boîte de nuit ?

– Qu'est-ce qui vous fait penser ça ?

– Je ne sais pas, une intuition. Vous paraissiez épouvantée lorsqu'il vous retenait par le bras.

– Peut-être, réponds-je, évasive. D'ailleurs, je ne vous ai pas remercié, alors…

Il plonge ses yeux devenus graves dans les miens, me donnant l'impression qu'il comprend, partage ma souffrance.

– Merci, Gabriel, terminé-je. Je suis heureuse que vous soyez intervenu, hier et… ce soir.

– Je vous en prie.

– Vous aimez jouer les preux chevaliers ?

– Dans votre cas, c'est un peu plus compliqué que ça.

Pardon ? Ça veut dire quoi ?

– Alors, expliquez-moi.

Il ralentit, se gare, sans daigner répondre. Je regarde par la fenêtre pour me rendre compte que nous sommes devant mon immeuble. Je n'ai pas vu le temps passer. Encore moins la route.

Je détache ma ceinture de sécurité, me tourne vers lui.

– Vous n'avez pas répondu à ma question de tout à l'heure.

Il ne cesse de m'observer, silencieusement. D'une étrange façon, que je suis bien incapable de comprendre.

Que veut-il ?

Que cache-t-il ?

Il passe sa main sur son menton ombré d'une courte barbe qui lui donne un petit côté ténébreux et sexy qui ajoute à son aura et à son charme, déjà immenses.

– Quelle question ?

– Que leur avez-vous dit pour qu'ils détalent comme des lapins ?

– Que vous étiez ma femme, et que s'ils touchaient à un seul de vos cheveux, j'irais les chercher jusqu'en enfer pour les buter.

Quoi ? Putain !

Il plaisante, j'espère ?

9

Gabriel

– Vous plaisantez ? s'insurge Sophia.

– Est-ce que j'en ai l'air ? Et sachez que je plaisante rarement.

Je n'aurais peut-être pas dû lui avouer de cette façon, c'était abrupt et finalement inutile, parce que maintenant, elle est en colère. Elle va se braquer, ce qui n'arrangera pas mes affaires.

– Ça oui, merci. J'avais remarqué.

Je hausse un sourcil.

– Que suis-je censé comprendre ?

– Que la plupart du temps, vous traînez une gueule de cent pieds de long. Je plains les gens qui habitent avec vous, ou qui vous côtoient au quotidien.

Je me renfrogne aussitôt.

– Je ne crois pas qu'ils s'en plaignent.

Ils s'en plaignent d'autant moins que je ne suis pas du tout comme elle me décrit. Encore moins machiavélique, calculateur, ou psychorigide.

Enfin, je ne l'étais pas, bordel de merde!

Avant d'apprendre ce que son père voulait nous faire. Avant d'avoir une peur viscérale de perdre mon grand-père, la personne que j'aime le plus au monde, comme j'ai perdu mes parents. Avant de tenter l'impossible pour que mon univers ne s'effondre pas une nouvelle fois. Pour ne pas me retrouver seul. Immensément seul. Irrémédiablement seul. Seul à en crever.

Je retiens un grognement. Depuis quelques semaines j'ai effectivement du mal à me reconnaître lorsque je me regarde dans la glace, avec le sentiment d'être le Dorian Gray d'Oscar Wilde : une âme de plus en plus noire et torturée derrière une gueule d'ange.

Je me suis pourtant promis de ne rien lâcher, d'aller jusqu'au bout. Même si je dois, pour cela, y laisser mon âme.

– Et apprenez que je peux être très drôle si je le veux, reprends-je, sortant de mes sombres pensées.

Elle pouffe.

– Permettez-moi d'en douter.

Quoi ?

D'une part, je sais m'amuser lorsqu'il le faut, profiter, cela va sans dire, même si… oui, c'est vrai, je dois le reconnaître, les occasions sont rares. D'autre part, j'apprécie la tranquillité, la solitude, je préfère le luxe à la médiocrité, la qualité à la quantité. Je l'ai déjà dit très certainement, je suis secret et souvent perçu comme un homme froid, voire glacial. Ce qui m'arrange, pour mettre de la distance avec les gens que je ne connais pas.

– Vous voulez monter prendre un verre ?

Je plonge mes yeux dans les siens, la scrute un instant.

– Oui, avec plaisir, m'entends-je répondre d'une voix doucereuse, avant d'avoir pu retenir quoi que ce soit.

Le magnifique sourire qui fend son visage fait sursauter quelque chose en moi, sans que je sache exactement où, me prenant complètement au dépourvu.

Nous sortons de la voiture. Je la laisse me précéder, ne pouvant m'empêcher de mater son cul.

Sophia tape le digicode de la porte de l'immeuble, qu'elle pousse, non sans m'avoir coulé un regard sous ses longs cils qu'elle maintient baissés – allez savoir pourquoi ! –, puis elle appuie sur le bouton d'appel de l'ascenseur.

Plusieurs fois.

Seriez-vous nerveuse et pressée, mademoiselle Rinaldi ?

Ma canine s'enfonce dans ma lèvre inférieure, nos regards se croisent. Elle hausse un sourcil, ne sachant visiblement qu'en penser. Je reste de marbre. J'aime l'idée d'être un mystère. Qu'elle se perde dans l'expectative. Je veux la déstabiliser, l'intriguer suffisamment pour qu'elle s'acharne à en apprendre davantage sur mon compte. Tout en restant énigmatique, impassible. Ce que je pense être capable de faire sans aucun problème.

Nous pénétrons dans la cabine exiguë. Je la frôle, l'air de rien. Ses paupières frémissent. Elle me fait face après avoir appuyé sur le bouton de son étage. Ses yeux longent mon corps comme visiblement elle aime à le faire, pour s'arrêter sur mes lèvres. Elle retient son souffle. Je me laisse admirer, ne me privant pas d'en faire autant. J'aime le regard des femmes sur moi, surtout des belles femmes, et celui de Sophia me plaît infiniment. Elle a envie de moi. Je vois qu'elle se fait violence pour ne pas me sauter dessus, prendre d'assaut mes lèvres et mon corps. Il suffirait que je tende la main, que je l'effleure pour nous enflammer l'un, l'autre. Je me vois soudain la coller face à la paroi en lui ordonnant de ne pas bouger, baisser son pantalon en même temps que sa culotte, lui brouter la chatte, voracement, pour ensuite la baiser. Sauvagement. J'imagine son plaisir sur mes lèvres, mon nez dans ses effluves, puis ma queue dans ses chairs trempées. C'est tellement réel que ma bite se tend un peu plus pour venir douloureusement se presser contre les boutons de mon jean.

– Vous pouvez arrêter de faire ça ?

– Pardon ?

Elle lève les yeux au ciel, comme si j'étais un sombre imbécile qui ne comprend rien à rien, et son expression me fait sourire.

– De me fixer, c'est très déroutant.

Tout son corps se tend lorsque je fais un petit pas pour me rapprocher.

– À votre avis, à quoi puis-je bien penser en vous regardant ?

Le mien s'échauffe.

Je suis de plus en plus incapable de garder mon sang-froid. Et j'avoue que la situation me dépasse.

– Putain, Sophia, que faites-vous de moi ? grondé-je subitement.

Je veux m'emparer de ses lèvres, mais elle m'échappe avec un petit rire charmant dès qu'un petit « dong » se fait entendre, en passant sous le bras que j'avais tendu près de son visage pour l'emprisonner.

Je souris.

Sauvée par le gong, mais ce ne sera pas toujours le cas !

Je repositionne ma bite sur le côté, en laissant ma belle tentatrice prendre le large, en la suivant d'un pas lent. Je ne me lasse pas de la regarder. Je veux me souvenir de tout, de chacune de ses expressions, de chacun de ses sourires, de chacun de ses gestes pour me les passer en boucle lorsque je serai seul dans mon pieu.

Jusqu'à ce que je la foute dedans.

Elle se retourne. Je vois, à l'expression de son visage, que quelque chose cloche. J'accélère le pas, pour remarquer que le chambranle de la porte est défoncé.

Je la retiens par le bras avant qu'elle n'entre, sors mon cran d'arrêt.

– Restez derrière moi. Et ne faites rien d'idiot, OK ?

Elle obtempère, visiblement apeurée, et je pousse la porte lentement. Nous entrons. Je marque un temps d'arrêt. Sophia fait un pas de plus, tourne sur elle-même, après avoir plaqué ses mains sur sa bouche pour retenir ses plaintes.

Ses yeux s'emplissent de larmes.

Putain, tout a été saccagé !

On dirait qu'une tornade a traversé l'appartement puis ricoché contre les murs pour détruire ce qui passait à sa portée. Les canapés sont éventrés, les bibliothèques renversées, les livres piétinés, des débris de bibelots et d'œuvres d'art jonchent le sol.

Un vrai désastre.

Je mets un doigt sur mes lèvres pour lui intimer l'ordre de ne pas faire de bruit.

Puis je lui fais signe de me suivre.

Aussitôt, elle pose ses mains sur ma taille, sous ma veste, par-dessus mon tee-shirt.

Je me force à garder mon sang-froid.

Sont-ce les mêmes mecs ? Ils auraient largement eu le temps de venir jusqu'ici tout saccager.

Son immeuble n'est même pas sécurisé. Elle ne devrait pas vivre dans un tel lieu, elle mérite mieux. Bon, l'immeuble n'est pas trop mal, le quartier également, mais Sophia devrait avoir ce qu'il y a de plus beau, de plus grandiose : un écrin à la mesure de sa beauté. Un écrin qui ferait d'elle la pièce maîtresse d'une collection d'art, la plus pure, la plus aboutie. Une pure merveille. Car c'est ce qu'elle est : merveilleuse.

Et elle sent bon !

Putain, Gab, STOP ! Ce genre de réflexions ne te mènera à rien, hormis à la catastrophe.

Je tremble intérieurement en pensant que si les salopards qui ont foutu en l'air son appartement sont encore retranchés quelque part à l'intérieur, ils pourraient nous surprendre et… s'en prendre une nouvelle fois à elle, et…

Tout en parcourant la vaste pièce des yeux, je tente de retrouver une respiration normale pour virer cette tension sournoise qui ne cesse de grandir dans mon bide, en remplaçant celle, sexuelle, qui ne me quitte plus depuis que Sophia s'est retrouvée dans mes bras. Et qui a fini par se faire un chemin jusque dans mon crâne en passant par ma bite.

Je tourne la tête pour regarder Sophia, accrochée à moi comme à une bouée de sauvetage.

Elle a les doigts crispés sur mon tee-shirt. Ses yeux scrutent partout, mouillés de larmes. À voir son visage bouleversé, elle devait tenir à certaines de ces choses – évidemment, comment pourrait-il en être autrement ? Son intérieur devait être harmonieux, décoré avec goût, les œuvres d'art mises en valeur, c'est quand même son taf. Peut-être même en a-t-elle conçu quelques-unes de ses propres mains, comme ce buste d'albâtre éclaté au pied d'une console, qu'elle semble ne plus pouvoir quitter des yeux.

Un buste de femme.

– Hé, murmuré-je doucement.

Elle reporte ses magnifiques prunelles sur moi, floues, comme sortant d'un mauvais rêve.

Cet air à la fois fragile, perdu, me donne instantanément envie de la prendre dans mes bras pour la consoler et la protéger.

Nom de Dieu de bordel de merde, qu'est-ce qui me prend ?

J'aurais besoin de me taper la tête contre un mur pour chasser ces idées qui une fois de plus me foutent à genoux devant elle.

Reprends-toi, Gab, merde !

D'abord, il faut qu'elle arrête de me toucher. Il faut que je mette de la distance entre nous pour ne plus sentir son putain de parfum, son corps contre moi ; que je cesse de plonger constamment au fond de ses putains d'yeux d'une couleur incroyable.

– Je vais monter. Restez là ! ordonné-je sèchement, à voix basse.

– Non. S'il vous plaît…

Ses prunelles se soudent aux miennes, me dévoilent toute sa vulnérabilité, ses peurs, ses faiblesses. Tout ce qu'elle tente désespérément de me dissimuler mais que je ressens, au plus profond de moi. Comment puis-je être à ce point connecté à cette femme, au moindre de ses états d'âme ? Cela dépasse mon entendement, ainsi que toute rationalité.

J'ai appris les chiffres, bordel, je suis même hyper bon – d'ailleurs, sans fausse modestie, j'excelle dans tout ce que je fais, dans tout ce que j'entreprends, c'est comme ça, je n'y peux pas grand-chose ; j'ai cette capacité à analyser, à réagir rapidement, intuitivement, bien avant tout le monde, avec un sens inné des affaires –, et les chiffres ne laissent jamais rien au hasard. Je suis hyper cartésien et, bordel, là, il y a un truc qui m'échappe. Et ça me fait royalement chier.

– S'il vous plaît, ne me laissez pas seule, réitère-t-elle, me faisant redescendre sur terre.

Je crois même que je suis toujours comme un con, les yeux écarquillés rivés sur son visage sur lequel je cherche des réponses qui n'y sont pas, car elle n'y est pour rien, c'est moi, le putain de problème !

Sa voix pénètre chaque parcelle de mon être, s'incruste en moi sans que je ne puisse rien empêcher hormis être spectateur non consentant, mais est-ce que cela change quelque chose ?

Putain, non !

– OK !

La mienne est plutôt tranchante.

– Où se situe votre chambre ?

Elle a un geste du menton : droit devant.

Je me prépare mentalement à entrer dans sa chambre à coucher. Je pousse la porte doucement avec la pointe de mon couteau.

Nom de Dieu…

Les types se sont acharnés. En plus de son lit ravagé, lacéré de coups de couteau, la porte du dressing, ouverte, me permet d'apercevoir ses habits déchiquetés. Des tags « sale pute »,

« salope », « tu vas me le payer » s'étalent en rouge sur les murs. Rouge sang. Dans mon dos, Sophia se raidit. La sensation de ses doigts dans le creux de ma taille s'évanouit, me laissant presque… en manque, avec la conscience aiguë de sa respiration saccadée. Comme, visiblement, nous sommes seuls dans l'appartement, je replie mon cran d'arrêt et, sans même lui jeter un regard, ma décision prise, j'ordonne :

– Préparez quelques affaires, je vous emmène loin d'ici.

– Mais… lâche-t-elle.

Sans plus faire attention à elle, je me dirige vers la baie vitrée donnant, si je ne me trompe, sur la rue. Effectivement. Je me penche, repère ma voiture en contrebas. Il y a pas mal de mecs autour et je déteste ça ! Je ne supporte pas que l'on touche à mes affaires.

Je la regarde brièvement.

– Pas de « mais ». Maintenant ! Ces tarés peuvent revenir pour finir ce qu'ils ont commencé. C'est ce que vous voulez ?

Elle se redresse. Je vois ses petits poings se serrer sous l'effet de la colère.

– Non, bien sûr que non ! Comment pouvez-vous dire une chose pareille ? Je ne suis pas débile, encore moins immature. Et je me fous complètement de ce que vous pouvez penser de moi, monsieur Monteiro !

M. Monteiro…

La façon dont elle prononce mon nom me plaît infiniment.

Elle est en colère, la respiration haletante. Bandante. Excitante. Je me fais violence pour ne pas laisser apparaître un sourire carnassier.

– Parfait ! Alors magnez-vous !

Nous nous faisons face. Je fais un pas dans sa direction

pour couper court à tout désir de rébellion.

– Je ne veux rien entendre ! Pour une fois dans votre vie, obéissez ! Il en va de votre sécurité.

Je la vois grincer des dents.

– Pour aller où, d'abord ?

– Chez moi !

– Il n'en est pas question ! s'insurge-t-elle aussitôt.

– C'est décidé, et non négociable, grogné-je sans cesser de la toiser, tout en récupérant mon portable dans la poche arrière de mon jean avec l'idée d'appeler Bruce, mon garde du corps, pour le mettre au jus.

Puis je lui tourne le dos, pour me repositionner devant la baie et mettre un terme à la discussion.

Je souris en l'entendant soupirer :

– OK, je prépare un sac, mais vous me déposerez dans le premier hôtel venu. Il est hors de question que j'aille chez vous.

C'est ce que l'on verra, Trésor !

Je ne réponds pas, bien décidé à avoir le dernier mot, à l'emmener chez moi, consentante ou non.

Mon regard est soudain attiré par une camionnette pourrie qui se gare derrière ma Lexus en faisant couiner les pneus. En sortent les trois mecs de tout à l'heure. Ils regardent l'immeuble. En voyant la lumière dans la chambre, ils s'élancent pour traverser la rue.

Bordel de merde, nous avons trop traîné. J'aurais dû le prévoir. Il faut déguerpir d'ici, et vite !

Sophia pousse un petit cri lorsque je chope son poignet, tout en remballant mon portable.

– Ils rappliquent !

– Merde !

Comme tu le dis, ma belle !

Pour une fois, elle se laisse faire sans rien dire, me suit lorsque nous dévalons l'escalier à toute vitesse. Avant de franchir la porte de son appartement, je me retourne pour demander :

– Il y a un escalier extérieur, non ?

– Oui, mais…

– Faites-moi confiance, Sophia. Moi vivant, ils ne vous auront pas.

Je ne suis visiblement pas très convaincant car elle pâlit. Je sais que le temps presse mais je me dois de la rassurer si je veux qu'elle me suive ; il en va de sa sûreté, bordel de merde !

Je lève la main pour caresser sa joue.

Elle est échevelée, tout chez elle m'attire irrésistiblement : ses lèvres brillantes, ses yeux humides, son corps tendu comme un arc. Sa beauté me percute de plein fouet. Elle est si belle, d'une beauté à couper le souffle. Parfaite. Si parfaite, que je dois lutter contre moi-même pour ne pas la prendre dans mes bras. Parce que c'est ce que je désire. Là, maintenant, c'est ce que je désire le plus au monde. La prendre contre moi, la protéger contre le reste du monde.

Je réprime un rire : ce n'est pas du reste du monde que je dois la protéger mais de moi-même.

Le plan, Gab, tiens-t'en au plan bordel de merde ! me sermonné-je.

Le temps se dilue.

Juste un instant pendant lequel nous sommes noyés dans le regard de l'autre. Un court instant, pas plus long qu'un battement d'ailes de papillon, mais tellement de choses passent entre nous, tellement d'attentes mutuelles, tellement de désirs que ni l'un ni l'autre ne sommes prêts à accepter, que j'en frémis. Je redescends mon bras, m'éclaircis la gorge, avec la sensation désagréable d'avoir du plomb liquide sur les cordes vocales.

– Il faut qu'on détale.

Elle acquiesce d'un mouvement de tête. Je tire à nouveau sur son poignet pour l'entraîner au pas de course dans le couloir, jusqu'à la porte donnant vers l'extérieur que j'ouvre dans la foulée.

– Allez-y. Je couvre nos arrières.

Elle commence à descendre avec dextérité, alors que je souffle comme un bœuf ; les cigares, sans doute, ainsi que l'excès de whisky.

Après avoir retrouvé la terre ferme, nous courons en direction de ma voiture, que j'ouvre à distance. Le bip-bip résonne dans la rue, faisant sursauter les quelques jeunes restés à l'admirer.

– Elle est cool, ta caisse, mec, dit un type en se plantant devant moi.

Sophia est déjà à l'intérieur. Je la vois regarder en direction de la façade de l'immeuble, visiblement inquiète. J'en fais de même. Je m'installe aussitôt derrière le volant en voyant les mecs commencer à descendre, après que l'un d'eux nous a désignés du doigt.

Plus le temps de papoter !

Je mets le contact, j'actionne la pédale d'accélérateur plusieurs fois, faisant vrombir le moteur.

– Vous feriez mieux de vous écarter, crié-je en déboîtant.

Après quelques mètres, je jette un coup d'œil dans mon rétroviseur : les types se sont rassemblés, nous regardent détaler.

Bien fait pour vos gueules, bande de nases !

Je m'autorise un soupir de soulagement. Je regarde en direction de Sophia, restée silencieuse. Elle a le visage tourné vers la fenêtre. Lorsque sa main monte discrètement à sa joue pour essuyer une larme, je ne peux m'empêcher de poser la mienne sur sa cuisse.

– Ça va ?

Elle tressaille légèrement, secoue la tête en signe d'assentiment sans me regarder, droite et digne.

Oh oui, je sais. Tu es fière, Sophia, aussi fière et indomptable que je peux l'être.

Elle ne répond rien, mais elle n'en a pas besoin, je comprends ce qu'elle ressent.

Comme nous sommes à bonne distance de son appartement, que visiblement les types ne nous ont pas suivis, je lève le pied, sans cesser de regarder en direction de Sophia, qui, toujours mutique, a maintenant les yeux fermés.

S'est-elle endormie ?

Elle est très certainement épuisée : elle a veillé tard (je le sais parce que j'étais là !), s'est sans doute levée tôt pour se rendre au centre d'accueil pour femmes battues (il faudra d'ailleurs qu'elle m'explique les raisons véritables de cette implication, même si j'ai ma petite idée sur le sujet), puis sa journée s'est soldée par une agression en pleine rue. Il y aurait de quoi être fatiguée, abattue, démoralisée : il ne lui reste plus que son sac, ainsi que les fringues qu'elle a sur le dos.

Je me crispe à nouveau en pensant à ce qui aurait pu lui arriver si je n'avais pas été là pour la sortir de ce mauvais pas. J'allais lui dire que j'ai décidé de m'occuper de tout, dès demain matin, lorsque le bruit de sa respiration me fait comprendre qu'elle s'est effectivement endormie.

Parfait !

Je n'aurai pas à me bagarrer pour qu'elle accepte de venir chez moi.

10

Sophia

– Sophia ?

Une voix diablement virile me tire d'un rêve plutôt agréable dans lequel Gabriel me demande en mariage, un genou à terre, après avoir ouvert un écrin où repose la plus magnifique bague de fiançailles que j'ai vue de ma vie. Il est tellement beau. Irrésistible. Ses immenses yeux verts fixés sur moi, il attend la réponse que je tarde à donner, en prenant sur lui pour rester impassible, alors qu'il bout intérieurement. Il croit que je ne le comprends pas, mais il se trompe : je lis en lui, j'ai une conscience intime de la moindre de ses réactions, comme s'il n'avait plus aucun secret pour moi. Je sais comment il fonctionne, et je sais parfaitement comment le faire tourner en bourrique.

– Gabriel…

J'ai vaguement conscience de marmonner, vaguement conscience également qu'il faudrait que je bouge, qu'il y a urgence, mais je n'en ai aucune envie.

Un petit rire résonne.

Je me redresse d'un bond, complètement désorientée. Je cligne plusieurs fois des paupières. En entendant à nouveau un rire, je tourne la tête pour apercevoir Gabriel, mon fantasme, le héros de mes rêves érotiques, en chair et en os, assis au bord du lit sur lequel je suis moi-même assise… à moitié nue. En le voyant loucher sur mes seins à peine dissimulés par la dentelle de mon balconnet noir, je récupère la couette, pour la serrer contre moi.

Je l'ai appelé dans mon sommeil, non ?

Merde, merde, merde ! Quelle quiche !

Je suis irrécupérable.

– Ne vous gênez pas, surtout ! grogné-je.

Je soulève la couette, pour voir que je suis en culotte.

– C'est vous qui m'avez déshabillée ?

– Bien sûr ! Qui d'autre ?

De mieux en mieux !

– Je te laisse te rafraîchir, puis nous prendrons notre petit déjeuner, me dit Gabriel en quittant le bord du lit. Prends ton temps, il n'est que sept heures, mais je veux discuter avec toi de certaines choses avant de te déposer à la galerie.

Pardon ?

– On se tutoie maintenant ? ronchonné-je, alors que j'ai mille questions plus importantes à lui poser.

– J'ai sauvé tes fesses, j'ai mis ma langue dans ta bouche plusieurs fois, alors je crois que la distance n'est plus de mise.

– Sans doute, réponds-je évasivement.

Je ne cesse de le détailler : il est sublime. Sa chemise blanche moule avantageusement son torse fin, ses abdominaux, son pantalon gris, ses cuisses fuselées. Visiblement il sort de la douche car il sent merveilleusement bon.

– Où sommes-nous ? demandé-je en observant ce qui m'entoure, bien que je connaisse déjà la réponse.

– Chez moi !

Je croyais lui avoir dit de me déposer devant un hôtel, mais visiblement il n'a pas écouté, comme de bien entendu. En même temps, j'aurais pu éviter de m'endormir après seulement quelques minutes de voiture.

– Ce n'est pas ce qui était prévu !

– Non, mais je préfère te savoir en sécurité, ici. Avec moi. Je t'attends en bas. J'ai pris la liberté de te faire parvenir quelques vêtements, crie-t-il depuis le couloir. Ils sont dans le dressing.

Surprise, mais dévorée de curiosité, je saute aussitôt du lit pour découvrir sur ma gauche une porte coulissante, que j'ouvre.

Le plafonnier s'allume.

Et j'écarquille des yeux.

Nom de Dieu…

J'avance lentement dans la pièce, ouvre des tiroirs, avec l'impression de rêver. Tout y est : ensembles de lingerie, porte-jarretelles, nuisettes, robes, jupes, chemisiers, vestes, manteaux, sacs, foulards… chaussures, avec une majorité de rouge.

Sait-il que c'est ma couleur préférée ?

Ça me fait quand même un peu flipper, qu'il sache autant de choses sur moi.

J'ai déjà eu de belles choses, de belles pièces de marque que je me suis payée sur des coups de tête avec les premiers dollars gagnés à la sueur de mon front, mais là, ça dépasse tout. J'ai un petit coup au cœur en pensant à mes vêtements réduits à l'état de chiffons dans mon propre dressing mais je chasse ces images aussitôt ; elles ne m'apporteront rien de bon, hormis être mal et me faire du mal.

Je touche chaque étoffe du bout des doigts, puis je regarde les étiquettes : Saint-Laurent, Balenciaga, Jimmy Choo…

***

Une bonne demi-heure plus tard, après m'être douchée, légèrement maquillée avec ce que j'ai toujours dans mon sac à main, après m'être séché les cheveux, les avoir coiffés en un chignon flou, j'opte pour une délicieuse robe portefeuille blanche sans manches, aux motifs fleuris rouges, et sa petite veste assortie.

Printanière, aérienne, légère comme une caresse, d'une coupe impeccable. Un vrai régal. Les pans s'ouvrent à chacun de mes pas, dévoilent mes cuisses nues, ce que Gabriel ne manquera pas de remarquer.

Vais-je être à votre goût, monsieur Monteiro ?

J'aime l'idée que oui.

J'aime l'idée de le faire baver d'envie. Tout à l'heure sous la douche, j'ai renoncé au désir de me donner du plaisir ; ce sont ses mains que je veux sur moi, ses doigts en moi. Je ne voyais que lui, je n'avais envie que de lui. De son souffle sur ma nuque, de son corps contre le mien, de son sexe contre mes fesses.

Jusqu'à quand vais-je tenir avec de telles pensées plein la tête ? me demandé-je subitement.

Après avoir exhalé un soupir de frustration, je chausse les

Jimmy Choo assorties, puis j'ouvre la baie. La brise balaie les voilages, qui s'écartent pour me livrer une vue parfaite sur la terrasse aménagée, que je traverse, jusqu'à la balustrade. Manhattan est à mes pieds et la vue à couper le souffle. Je me perds de longues minutes dans la contemplation de la ville, puis je me retourne. J'esquisse un sourire en apercevant les cocons en rotin garnis de gros coussins écrus dans lesquels j'ai tout de suite envie de m'enfoncer, avec un bon livre ou une revue.

Je crois que je pourrais vivre dans un tel endroit ; on doit se sentir comme le roi du monde. Je comprends pourquoi Gabriel se comporte comme s'il lui appartenait, sans jamais douter de rien ! Parce qu'il le vaut bien…

Évidemment ! Qui ne le voudrait pas. Il faudrait être sacrément difficile pour ne pas apprécier l'harmonie des lieux. Après avoir vu ma chambre (coquette, spacieuse, confortable, avec dressing et salle de bains privatifs, excusez du peu !), la terrasse (avec ses chaises longues design, ses petits arbustes dans des pots métalliques gris, ses photophores solaires), je me demande à quoi ressemble le reste de l'appartement.

Je ne vais pas tarder à le savoir…

J'inspire une grande bouffée d'air frais et retourne dans la chambre.

Après avoir laissé la baie entrouverte, je m'empare d'un sac à main (dans lequel j'ai mis mes effets personnels), la petite veste, que j'avais laissée sur le lit. Je prends le tout sur un bras, et je m'engage dans le couloir, le bruit de mes talons amortis par les tapis épais.

En passant devant la chambre juste à côté de la mienne, dont la porte est légèrement entrouverte, son parfum arrive jusqu'à moi, mélangé à celui de son gel douche. J'inspire, les yeux fermés. Mue par la curiosité, je fais quelques pas en arrière puis je pousse la porte discrètement.

J'entre.

Mon cœur tambourine dans ma poitrine. Je ne devrais pas être là, ni entrer dans son intimité, mais je ne peux m'en empêcher ; je veux en savoir plus sur lui. Le connaître plus intimement, me faire ma propre opinion, ne pas me fier à ce que j'ai pu lire dans la presse people car je suis persuadée que Gabriel est un homme encore plus complexe qu'il n'y paraît. L'immense lit, défait, est encadré de chevets où trônent de belles lampes Art déco avec des pieds en fer forgé torsadé ; devant, une banquette, sur laquelle sont déposés ses vêtements de la veille. La porte de la salle de bains, ouverte elle aussi, me laisse apercevoir un joyeux bordel.

Je souris.

Je suis surprise, je ne m'attendais pas à ce désordre venant de lui, et bizarrement, cela m'émeut. Surtout que son odeur est partout.

Je rebrousse chemin avant d'entrer dans son dressing pour toucher et respirer ses fringues.

Quelle quiche je fais !

Ce n'est pas parce qu'il a mis deux ou trois fois sa langue dans ma bouche comme il me l'a si sournoisement rappelé, que c'est du tout cuit. Je ne sais pas à quoi m'attendre avec lui et j'avoue que ça me perturbe car, contrairement aux sensations de mon rêve qui restent obstinément accrochées à mon cerveau, je ne le comprends pas. La plupart du temps, je suis incapable de prévoir ses réactions même si j'ai une conscience aiguë de son corps. Je le pensais, mais c'est faux. Il m'intrigue, me perturbe, en plus de me rendre dingue de désir, ce qui doit certainement ajouter au fait que je me sente paumée et vulnérable en sa présence. De plus, qu'il soit beau comme un dieu, gaulé comme un apollon porte ma température interne à un degré jamais atteint, fait bouillir mes hormones. Là encore à un niveau que je n'ai jamais connu, (même au plus fort de ma période de chasse amoureuse !), à un niveau proche de l'absolu depuis plus de vingt-quatre heures.

Depuis que mes yeux ont croisé les siens, depuis qu'il m'a touchée, j'ai envie de lui.

Et hier, on en parle ?

Eh oui, hier, j'étais prête à me laisser baiser contre un mur dans une ruelle sombre.

Qu'est-ce qui m'arrive, nom de Dieu ?

Je n'ai jamais été à ce point subjuguée par un homme, ni autant attirée, même par Silvio, que je pensais pourtant aimer.

Perdue dans mes pensées, je descends les premières marches comme une automate, pour m'arrêter au milieu de l'escalier, le souffle coupé.

La vache...

Tandis que des notes de musique classique arrivent jusqu'à moi, avec un son de cathédrale, j'écarquille les yeux en contemplant l'immense pièce sous mes pieds, en forme de rotonde, baignée de lumière dans laquelle se côtoient colonnes de marbre, tables basses en bois sombre, banquettes de cuir et piano à queue d'un noir brillant.

En plus, il joue du piano ?

Y a-t-il quelque chose que cet homme ne sache pas faire ?

Je pose mon sac ainsi que ma veste sur l'un des canapés de cuir, et leur présence, pour le moins incongrue dans cette atmosphère résolument masculine et quelque peu austère, dénote, mais apporte une petite touche de fraîcheur et de frivolité qui me sied infiniment. Ouais, avec cette musique, le soleil qui entre à flot par les immenses baies et inonde de lumière les tableaux aux couleurs vives un peu rétro, les lampes design, cet appart a tout d'une cathédrale. Solennel et recueilli. Pas très marrant au demeurant, un peu glacial, tout comme l'occupant des lieux.

Putain, il a quoi ? 30 ans ? Il aura 30 ans dans quelques semaines si je me souviens bien, le quatorze juin, mais il vit et se comporte comme s'il en avait 70 !

Il a été élevé par son grand-père et la sœur de ce dernier de quelques années plus jeune. Élevé par des vieux, ce n'est pas étonnant ! décrète ma jumelle démoniaque, pressée de secouer et dépoussiérer ledit Gabriel, à commencer par ce qu'il a entre les jambes.

Pff, quelle obsédée du cul tu fais, quand même ! Qu'est-ce qui te fait croire qu'il te laissera faire ? Et des meufs, il en a plus qu'un tas ! ronchonné-je. *Ce n'est pas comme si tu n'avais pas vu les photos de la presse people où il s'étale avec des mannequins, toutes plus blondes et longilignes les unes que les autres.*

Visiblement, il aime les blondes, alors que fait-il avec moi ?

Pourquoi et comment est-il intéressé par moi ? Je ne ressemble pas le moins du monde aux filles avec lesquelles il a l'habitude de s'envoyer en l'air ! Moi, j'ai des formes ! Enfin, je veux dire, j'ai des formes : des seins, des fesses, des cuisses, et même si j'ai perdu un peu de poids ces derniers mois suite à ma rupture avec Silvio, mes rondeurs sont toujours là.

Je me dois d'ouvrir les yeux sur une criante réalité : Gabriel ne semble aimer que les blondes fluettes aux jambes immenses.

D'ailleurs, où est-il ?

J'avance prudemment, pour l'apercevoir perché sur un tabouret de bar au billot central de la cuisine. Une tasse m'attend en face de la sienne, ainsi qu'un grand verre de jus d'orange, avec entre les deux, une panière de viennoiseries.

Mon ventre grogne.

De faim tout d'abord, puis en voyant son profil si désirable se découper dans la lumière du matin, de désirs plus… libidineux.

Au même moment, se sentant très certainement observé, il tourne la tête. Nos regards se percutent. La distance entre nous semble se racornir et le temps suspendre son cours.

Je fais un pas, puis un autre. Sans vraiment le vouloir, sans l'avoir prémédité d'une quelconque façon, je dépose un baiser sur sa joue, avant de prendre place en face de lui, avec l'agréable sensation d'être un vrai couple, d'être là où est ma place : dans son appartement, dans sa cuisine. Dans sa vie.

Hé, ho, mollo mollo !

Malgré moi, des images inondent mes synapses : lui, moi, à cette table après une douche crapuleuse, après évidemment une nuit torride, à l'instar des quelques comédies à l'eau de rose que j'ai visionnées, comme toute fille fleur bleue et indécrottablement romantique qui se respecte – ce que nous sommes toutes, à un moment ou à un autre. Avant de perdre mes illusions sur l'amour, les hommes en particulier, ou en général.

Il me fixe, surpris et, me semble-t-il, un peu troublé.

Est-ce que tout ce à quoi je viens de penser est marqué sur mon visage ?

Punaise, à son sourire en coin, je crois que oui.

Je me redresse sur mon tabouret, serre les cuisses, ce qui, évidemment, ne passe pas inaperçu, vu qu'il m'observe et analyse chacune de mes expressions, chacun de mes mouvements. Son regard devenu sombre caresse ma poitrine, ses lèvres s'étirent un peu plus en constatant ma respiration saccadée, ou encore la rougeur subite de ma peau que je sens devenir de plus en plus cramoisie au fil des minutes.

Me prend-il pour son premier repas de la journée ?

Celui qui se doit d'être le plus consistant et le plus roboratif ?

Purée, oui, je le veux !

Je voudrais être ton repas du matin, du midi et du soir, Gabriel. Ton seul repas en vérité, et ce, dès maintenant !

Bon, ça suffit les conneries !

Ce n'est pas comme si je n'étais pas SDF, avec mon appartement saccagé, sans plus rien à me foutre sur les fesses ! Avec des tonnes de choses à faire ce matin. Je ne peux pas passer mon temps à vouloir être avec lui ; il ne peut pas être devenu ma principale préoccupation, mon fantasme absolu en seulement quelques heures, enfin ! D'autant plus qu'il ne semble pas en avoir envie, alors que… alors qu'il fout constamment le feu à mon corps, putain ! Et qu'il m'a dit en avoir très envie.

Alors c'est quoi, ce bordel ?!

Décidément, je ne comprends rien à cet homme !

– Merci. Pour… pour le petit déj, pour ton accueil, et pour ça, dis-je en montrant ma robe, après m'être éclaircie la voix.

Le regard chaud et envoûtant dont il m'enveloppe a pour

conséquence immédiate de faire naître un frisson de désir entre mes cuisses, qui se répand immédiatement dans mon ventre, puis jusqu'à mon épine dorsale, pour ensuite s'enrouler sournoisement autour de mon cœur. Faut vraiment qu'il arrête de me regarder comme ça, qu'il arrête de me toucher, de m'embrasser pour un oui ou pour un non pour ensuite ne plus rien tenter ; bref, faut qu'il arrête d'être lui, d'être si parfait, si beau, si désirable et si… putain d'inaccessible ! De me contempler comme s'il était subjugué par ma présence, ou qu'il pourrait passer le restant de ses jours à m'admirer.

Il s'amuse, Soph, c'est tout !

– Je voulais t'acheter une robe en remplacement de celle que j'ai abîmée, c'est chose faite, lâche-t-il, la voix rauque à souhait après s'être lui aussi éclairci la gorge.

Je m'autorise un petit rire que je voudrais séduisant et sexy, mais qui, une fois sorti de ma gorge tient plus du glapissement de la lapine en rut que du rire d'une parfaite femme fatale.

Peut mieux faire, Sophia. Bravo ! Bordel…

– Une, oui. Pas une garde-robe entière !

Il se lève pour s'emparer de la cafetière.

– Café ?

– Oui, merci.

– Je l'ai fait corsé, j'espère que tu aimes.

– Ça me va, c'est comme ça que je le fais moi-même.

– En vraie Italienne !

– Parfaitement !

Il se rassoit, bois aussitôt une gorgée du liquide brûlant, alors que je prends ma tasse entre mes mains pour souffler dessus.

– Elle te plaît ?

Il sourit, parfaitement conscient du trouble qui m'anime depuis que je suis dans la même pièce que lui, que nous sommes seulement séparés par quelques centimètres. Il lui suffirait de tendre le bras pour caresser ma joue, ou pour toucher le triangle de peau entre mes seins révélé par l'encolure cache-cœur qui, je l'avoue, me plaît énormément, et semble capter toute son attention. Je me sens belle, féminine jusqu'au bout des orteils. C'est tout à fait le genre de tenues que je porte habituellement, bien que les miennes soient un peu moins chics et certainement beaucoup moins onéreuses.

Évidemment il ne me touche pas, se contentant de m'analyser sous toutes les coutures, tout en me donnant incroyablement chaud. S'il continue, je vais me mettre à poil et le supplier de me baiser. Je n'en peux plus ! Ma lingerie est déjà à remplacer mais malheureusement, je n'en ai pas de rechange.

Petite note à moi-même : penser à mettre quelques culottes en rab dans mon sac !

– Ta nouvelle garde-robe te plaît ? réitère-t-il.

Je lui souris.

– Très. Je n'ai pas tout essayé, évidemment, mais en tout cas, tu as bien choisi. Il y a d'ailleurs beaucoup de rouge, ma couleur préférée. T'es-tu renseigné sur ça aussi ?

– Oui, mais je l'ai surtout fait pour moi.

Je lève un sourcil.

Il prend le temps de boire une nouvelle gorgée de café avant de répondre, non sans avoir au préalable louché une nouvelle fois sur mon décolleté.

– Pour le plaisir de mes propres yeux. Parce que lorsque j'ai fait ta connaissance, tu portais une robe rouge qui t'allait à merveille. Une merveilleuse petite robe que j'ai tout de suite eu envie de t'arracher !

J'avale moi aussi une gorgée, mais de travers. À son sourire goguenard, je sais qu'il s'amuse à mes dépens. Qu'il continuera de s'amuser avec moi comme avec une petite souris de laboratoire jusqu'à ce que je succombe. Je mettrais ma main au feu que c'est ce qu'il attend, ce qu'il cherche : que je lui tombe toute crue dans le bec.

Alors tu vas devoir être patient, mon petit père ! Parce que j'ai décidé de te rendre aussi dingue que tu me rends dingue !

Alors que je crève de désir pour lui, que je crève d'impatience, que je n'ai qu'une envie : qu'il m'arrache cette robe, pour me faire l'amour sauvagement. Allez comprendre !

– D'ailleurs, tu me diras combien je te dois, réponds-je, la voix légèrement éraillée. Je tiens à te rembourser jusqu'au moindre dollar.

Il rit. Ce petit son rauque court sur ma peau, s'incruste dans mon ventre où il déclenche aussitôt des milliers de minuscules papillons, ou autres bestioles du genre à petites ailes bourdonnantes qui me caressent de l'intérieur à un rythme entêtant et addictif. Un rire qui n'a rien du lapin en rut… quoique… à tout bien réfléchir, peut-être un peu, finalement.

Je frissonne.

– Tu as froid ?

– Non, je… ça va. Je vais bien, compte tenu des circonstances. Enfin, non ! C'est quoi, cette idée de mariage ? m'insurgé-je subitement.

Il lève un sourcil d'étonnement face à cette agression

verbale soudaine qui, je dois le reconnaître, tombe comme un cheveu sur la soupe.

– Pourquoi avoir dit à ces tarés que j'étais ta femme ? reprends-je, alors qu'il ne cesse de m'observer, les sourcils froncés, attendant visiblement la suite. Tu ne peux pas balancer ce genre de truc comme si... comme si ce n'était rien. Ce n'est pas anodin, un mariage, c'est... c'est...

– Oui ? C'est quoi pour toi, le mariage ?

Sa voix est grave, douce, veloutée comme un sorbet à la pêche. Je me perds dans ses immenses yeux verts transparents, d'une profondeur vertigineuse.

Que veut-il que je lui réponde ?

Et pourquoi me regarde-t-il de cette façon ? Avec une telle intensité ? Comme s'il sondait mon âme ? Qu'est-ce que ça peut bien lui foutre ce que je pense du mariage, ou même de l'amour ? Mais je ne peux m'empêcher de répondre, la gorge nouée, car à moins d'un miracle mes désirs ne seront jamais exaucés parce qu'honnêtement je ne crois plus en toutes ces conneries.

– Lorsque j'étais petite fille, je rêvais du grand amour, évidemment. De me marier dans la cathédrale de Syracuse construite sur les ruines du temple d'Athéna, parce que c'est la plus belle de l'île, et celle que je préfère. Tu l'as déjà vue ?

– Non, répond-il avec son fameux sourire ironique.

– Elle ressemble un peu au Duomo de Milan, en moins gigantesque bien sûr, souris-je à mon tour. Lorsque je l'ai visitée avec mes parents, je devais avoir 5 ou 6 ans, je me suis prise pour Athéna la guerrière, je sautais et grimpais partout jusqu'à ce que ma mère me prenne le bras et m'emmène de force devant la statue de la Vierge Marie pour que je lui demande pardon d'être polissonne.

– Polissonne ? Mmm…

– Oh, ça va !

– Tu l'es encore ?

– Pardon ?

– L'es-tu encore, polissonne ?

J'avale difficilement ma salive.

– Là n'est pas le propos, Gabriel !

Mais à l'intérieur de mon ventre résonne encore et toujours l'appel du sexe ; de son sexe !

Punaise, que vais-je faire de moi ?

Je ne peux m'empêcher d'avoir envie de lui, envie qu'il me baise pour éteindre cette soif que j'ai de son corps, qui ne cesse de me torturer. Il est tellement à croquer avec ses cheveux savamment décoiffés, dans lesquels il ne cesse de passer la main, mais qui reviennent invariablement devant ses yeux.

Je continue ma description comme si de rien n'était, comme si je n'étais pas en train de me liquéfier sur place, en agitant les mains pour tromper ma nervosité. Je lui parle de la cathédrale, de la splendeur de ses colonnes doriques, comment elle m'est apparue ce jour-là même si ce n'est que beaucoup plus tard que j'ai appris à aimer les beautés de l'île, et Syracuse, le berceau de ma famille, où sont installés mes grands-parents paternels, son architecture antique ; cette cathédrale en particulier, avec son parvis, sa façade magnifiquement ouvragée, ses statues d'un blanc lumineux dans le soleil éblouissant du matin.

Face à son mutisme soudain, je me tais.

– Comment était l'homme de tes rêves, Sophia ? demande-t-il

abruptement, après que nos regards se sont accrochés, pour ne plus vouloir se lâcher.

Et là, je sors une connerie monumentale dont je n'ai conscience qu'à la minute même où je la prononce :

– Brun, grand, beau, des yeux très clairs, téméraire, mais aussi gentil, protecteur, attentionné. Quoi ? demandé-je, face au sourire éblouissant qui lui mange le visage.

Il écarte les bras.

– Tout moi ! Tu vois, je suis allé au-devant de tes désirs. Il suffit de demander.

Sans cesser de m'observer, il prend l'une de mes mains que j'ai fini par reposer sur la table avec un soupir désabusé, et qui s'acharnait à dépiauter un croissant sans que je m'en rende vraiment compte.

– Tu peux tout me demander, Sophia.

Je lève les yeux vers son visage, puis je regarde ses doigts qui doucement caressent les miens.

– Tu te moques de moi ?

– Pas du tout ! Je suis très sérieux au contraire.

Une boule monstrueuse obstrue ma trachée, que j'ignore pour me mettre à rire crânement.

– N'importe quoi ! Bref ! J'étais gamine, je ne savais rien des hommes, je ne connaissais rien à la vie. Je me suis bercée d'illusions, jusqu'à ce qu'un type me fasse comprendre que tout ça, le grand amour, le romantisme, les belles histoires qui finissent bien, n'arrivent que dans les livres. Et toi ?

Il semble surpris.

– Quoi, moi ?

– Tu as déjà été amoureux ?

– Non.

– Pourquoi ?

– Je suppose qu'aucune des femmes que j'ai rencontrées ne m'intéressait réellement.

Ah...

– Jusqu'à aujourd'hui, ajoute-t-il.

Pardon ?

Je n'ose comprendre.

Il caresse la partie charnue de mon pouce avec le sien, d'un mouvement hypnotique. Je me mords la lèvre pour ne pas gémir. Son regard me transperce.

– Je sais ce que tu penses.

– Ça m'étonnerait, Gabriel.

– Si je n'ai pas voulu te baiser dans cette ruelle, Sophia, c'est parce que je veux prendre tout mon temps, comme je te l'ai déjà dit, il me semble. Je veux te découvrir, t'effeuiller, te faire brûler de désir, te donner envie de moi autant que j'ai envie de toi. Te faire jouir, comme jamais je n'ai fait jouir une autre femme. Comme jamais tu n'as joui de toute ta vie.

Comment peut-il dire ce genre de choses si innocemment, entre un croissant et une gorgée de café ? Le rouge aux joues, je suffoque tout en tentant de n'en rien montrer. Pour ensuite me perdre dans la contemplation de son visage.

Je fonds.

Avec cette lueur érotique dans l'œil, il est canon ! Parfait ! Tout simplement parfait ! Rien n'est à jeter, tout à croquer, ce que je ferais volontiers s'il m'en donnait l'opportunité.

– Respire, Sophia, dit soudain une voix à mon oreille.

Je sursaute, cligne plusieurs fois des paupières.

Punaise...

Toute à mes délires de baise, je ne l'ai pas vu ni même entendu se lever.

Je saute de mon tabouret, en me forçant à éviter ses immenses yeux verts fixés sur moi.

– Je… je vais me laver les dents.

Je le contourne, mais il se déplace en même temps, dans la même direction que moi sans réellement le vouloir si j'en juge par son expression de surprise, aussitôt remplacée par son fameux sourire en coin si adorable que j'ai envie de mordre dedans. Je fais un autre pas de côté, il en fait de même. Nous nous retrouvons encore face à face. Son parfum subtil arrive jusqu'à moi, mon corps se tend.

Nos yeux ne se quittent plus.

Putain, ce qu'il est beau…

Sa barbe de trois jours attire ma main, ses lèvres sensuelles les miennes, son corps le mien. Ses yeux se voilent. Il fait un pas. Soudain, je manque d'air, les murs se rapprochent. Je ne suis pas claustrophobe, je suis plutôt habituellement maîtresse de mes sens, mais là, tout fout le camp. J'ai tellement envie de lui que je me délite à vue d'œil.

Je frémis de tout mon être lorsque ses doigts frôlent les miens. Mon dos se couvre d'une légère sueur. Mes seins se tendent. Comme à son habitude, il n'en loupe rien. Ce type est le diable en personne, je ne vois que ça. Lucifer dans toute sa splendeur, dans ce qu'il a de plus attirant, de plus attractif. Et j'ai peur de me damner à son contact. Toutes mes sonnettes d'alarme hurlent dans ma tête en même temps : oui, je pourrais me donner à lui maintenant, c'est ce que je veux, ce que je désire plus que tout au monde. Lui également, si j'en crois son assiduité depuis la soirée de samedi, ainsi que ses dernières confessions.

Je l'intéresse, mais après ?

Que fera-t-il de moi ensuite ?

Il continue de m'observer.

Nos regards sont aimantés, se mesurent, s'affrontent, puisque aucun de nous ne veut plier ni admettre, encore moins se soumettre à ce qu'il ressent pour l'autre ; il veut autant me faire succomber que moi, je veux le faire succomber. Nous voulons la même chose : faire tomber l'autre !

Il se penche pour m'embrasser.

Je recule pour lui échapper, mais plus rapide que moi, il glisse une main dans mon dos, me plaque d'autorité contre lui. Je ferme les yeux, en attente de son baiser. Qui ne vient pas. Il se contente de frôler mes lèvres avec les siennes, de me humer, me respirer, comme s'il… comme s'il avait peur que je m'évapore. J'entrouvre les paupières. Une fois de plus l'expression de son visage me bouleverse au plus haut point : entre colère et dévotion.

Je ne comprends rien, mais qu'importe ; je le désire.

Plus que tout ! Tant pis pour la suite, tant pis si ça foire, je m'en fous. Je le veux ! Je suis prête également à en payer le prix.

Je glisse mes doigts dans ses cheveux, me mets sur la pointe des pieds. Mes lèvres sont si proches des siennes que je peux boire son souffle. Je frémis de la tête aux pieds tandis qu'un petit gémissement m'échappe en sentant sa queue se tendre un peu plus vers moi, appuyer davantage sur ce point parfait, comme prélude à ce qu'il pourrait me faire s'il arrêtait de faire le con ! S'il rendait les armes. La lumière verte de ses prunelles filtre à travers ses paupières, prend possession de la mienne, verte contre bleue, devient incandescente, avant qu'une ombre plus cruelle la pulvérise. Et je crois avoir rêvé celle plus tendre d'il y a quelques secondes.

Il peut être très protecteur, serviable, gentil, doux comme un agneau pour ensuite devenir un monstre de cruauté, de froideur, de rigueur. Dur comme du marbre. Aussi tranchant que la lame la plus affûtée. Aussi meurtrier que le poison qu'il distille, insuffle dans mes veines pour me mettre à sa merci, me soumettre à sa volonté.

Aussi tentant et attirant que Lucifer.

Des mots me viennent aussitôt aux lèvres, criés du fond de mon âme. Des mots qui à la fois me terrifient, m'attirent irrésistiblement, comme le mal peut attirer autant que le bien, sinon plus :

Gabriel, are you a man or a monster ?

Gabriel, es-tu un homme ou un monstre ?

When you look at your soul, are you a man or a monster…

Quand tu regardes ton âme, es-tu un homme ou un monstre[1]…

Je caresse sa joue. Il se raidit imperceptiblement, semblant, comme moi, revenir à la réalité.

– Qui es-tu, Gabriel ? demandé-je malgré moi, bouleversée au plus haut point par ce que je ressens, ce qu'il me dévoile d'intime.

Il se plante au fond de mes yeux et, tout en appuyant son visage contre ma paume, il me laisse entrevoir dans une microseconde une immense lassitude, mêlée à autre chose que je ne comprends pas mais qui s'apparente à de la détresse,

1. Sam Tinnesz *feat.* Zayne Wolf : « Man or a Monster », l'une des musiques de la série *Lucifer*.

de la souffrance. Beaucoup de souffrance. Une souffrance qui amène des larmes au bord de mes cils. Après quelques secondes de silence où j'ai le sentiment qu'il me livre son âme, il s'écarte subitement, le regard à nouveau tranchant comme du diamant, pour s'emparer de son portable, prendre une communication.

– Très bien, j'arrive ! Je dois passer voir une amie avant d'aller au bureau, me dit-il, après avoir raccroché.

Pardon ?

Il va baiser avec une autre alors que je suis là, dans ses bras, prête à tout pour lui, même s'il ne le sait pas encore ou n'a pas encore compris qu'il suffirait de peu pour que je lui cède.

Je suis tellement atterrée que je ne sais que répondre.

– Mon chauffeur te conduira à la galerie, dit-il encore, tout en s'éloignant. Et je m'occupe de tout pour ton appartement !

Il ne va pas partir ? Me laisser en plan de cette façon ?

Sans un mot de plus, il me tourne le dos, prend sa veste, son attaché-case, se dirige vers l'ascenseur. Il appuie sur le bouton d'appel en sifflotant.

Ce type est fou ! Complètement taré, je ne vois que ça !

Il me drague, m'embrasse comme si sa vie en dépendait, me raccompagne chez moi, aurait passé la nuit avec moi si je l'avais laissé faire. Puis il provoque une autre rencontre, prend ma défense face à des types qui auraient pu lui faire du mal, me fait passer pour sa femme, me loge chez lui, m'achète des fringues de luxe, me prépare un délicieux café, me dit qu'il a envie de me faire l'amour en prenant tout son temps, qu'il veut me faire jouir comme aucun homme avant lui, pour ensuite me laisser en plan pour aller retrouver une autre femme.

Pourquoi ? Quel est le but de toute cette mascarade ?

Ah, il doit bien se marrer, Casanova ! Je dois reconnaître qu'il est très fort. Le roi des enfoirés, un parfait comédien. On lui donnerait le bon Dieu sans confession avec ses prunelles limpides comme de l'eau de roche, alors qu'il est le diable incarné. Mon cœur se serre douloureusement, mes mains tremblent. Je suis vraiment trop cruche ! Me faire malmener par Silvio ne m'a pas suffi ? Il faut que je reproduise aussitôt le même schéma ? Que je m'intéresse au même genre de gars, juste parce qu'il est beau comme un dieu, irrésistible ? Mais encore plus dangereux que mon ex.

Mais tellement craquant !

Le petit « dong » des portes sonne comme un glas dans mon cœur. Aussitôt, Gabriel s'engouffre dans la cabine. Avant qu'elles ne se referment, nos regards se percutent une fraction de seconde. Le mien certainement perdu, vulnérable ; le sien implacable et rigide. Face à son indifférence, je me redresse pour ne pas faiblir. Je le toise, avec tout le mépris dont je suis capable, fermement décidée à cacher ma déception, ou même qu'il m'a blessée, atteinte dans mon honneur. Mais je ne peux empêcher mon cœur de tambouriner dans ma poitrine douloureusement.

Je me retrouve seule comme une cruche plantée au milieu de la pièce, alors qu'une envie de tout détruire me fait trembler : son appartement trop parfait, ses vêtements, pour qu'il sache ce que cela fait de ne plus rien avoir ! D'être dépouillé de tout, de voir son unique univers réduit à l'état de cendres.

Je monte d'un pas lent l'escalier, entre dans sa chambre, jusqu'à son lit. Je m'empare de l'un de ses coussins pour fourrer mon nez dedans. J'inspire son odeur. Soudain, sans prévenir, je m'effondre, en larmes. Des sanglots déchirent ma poitrine mais une pensée surnage dans mon chaos intérieur : tu me le paieras, Gabriel ! Un jour tu seras à moi, tu me supplieras de t'aimer. Et ce jour-là, je t'enverrai te faire voir !

11

Gabriel

Les portes de l'ascenseur se referment sur son magnifique visage, ses grands yeux emplis de colère.

Je me tourne face au miroir, passe mes mains dans mes cheveux.

– Bien joué, Gab ! me dis-je à voix haute avec une grimace. Bien joué, le coup de l'amie ! Du grand art ! J'ai cru qu'elle allait s'évanouir de jalousie.

Tu es proche du but, Gab, elle est malade de désir. Et bientôt, elle ne sera plus capable de penser ou même de te refuser quoi que ce soit !

Mais putain, j'ai bien failli encore une fois tout foutre en l'air ! Dès qu'elle a embrassé ma joue, s'est assise en face de moi, j'ai eu envie d'elle. Le désir de la baiser m'a submergé. Et ça me gave prodigieusement ! Aucune femme ne m'a à ce point fait perdre mes moyens !

En si peu de temps.

Gab, pense avec ton cerveau, non avec ta bite, bordel de Dieu !

Je n'ai jamais été esclave de mes désirs, ni soumis à mes émotions de cette manière. Même au plus fort de mes troubles obsessionnels dont je n'ai évidemment parlé à personne, hormis à mes psys. À plusieurs de mes psys, car ils ont parfois été nombreux à se pencher sur mon cas en même temps.

Je crois entendre Stef :

Tu es un cas, Monteiro !

Le petit « dong » signalant le rez-de-chaussée retentit, les portes s'ouvrent. Je tape un message à Bruce pour qu'il m'attende devant la résidence avec la Jaguar, puis je traverse le vestibule pour me poster devant la banque d'accueil où Rodrigo, le gardien, officie.

Il lève les yeux de ses écrans de contrôle.

– Monsieur Monteiro ? Que puis-je pour vous ?

– La femme qui m'accompagnait hier soir, Sophia Rinaldi, est encore chez moi.

Il a un sourire entendu.

Lorsque, hier soir, il m'a ouvert la porte après que je l'ai appelé de la voiture, vu Sophia endormie dans mes bras, il a aussitôt réprimé un sourire. Heureusement que j'ai entièrement confiance en lui, comme en chacune des personnes que je côtoie. Rien ne filtrera de mes agissements ni de l'identité de la femme qui partage dorénavant mon appartement.

***

– Ce n'est pas ce que vous croyez, Rodrigo, ai-je trouvé judicieux de dire, alors que j'aurais dû fermer ma gueule.

– Mais bien sûr, monsieur, répond-il sans cesser de reluquer la belle brune.

Il finit par appeler l'ascenseur après que j'ai laissé échapper un petit raclement de gorge, puis m'escorte jusque dans mon appartement. Comme il ne cesse de regarder Sophia lovée contre moi qui, après un petit soupir incroyablement sexy, excitant, enroule ses bras autour de ma nuque en plaquant sa poitrine généreuse contre mon buste tout en murmurant mon nom, je le vire gentiment. Puis je déshabille Sophia en évitant de fantasmer sur ce que je découvre petit à petit mais qui ne cesse de me hanter depuis (sa peau douce, ses courbes excitantes. Putain, elle a des formes à se damner ! Tout ce que j'aime !), pour ensuite la coucher, la border, me perdre dans la contemplation de son visage endormi, de ses lèvres rouges qui m'attirent irrésistiblement ; de ses joues striées de marques noires, seuls témoins de ses larmes.

Je caresse son front du bout des doigts, ému malgré moi.

Ensuite, je gagne mon lit, dans lequel je tourne sans réussir à trouver le sommeil. Je finis par me lever pour travailler au salon, sans cesser d'aller voir Sophia. Plusieurs fois. Je veille son sommeil, avec à chaque fois l'envie irrésistible de la réveiller pour m'enfiler entre ses cuisses que j'imagine divines. Oublier dans le sexe le bordel de ma vie. Comme je l'ai toujours fait depuis que je suis en âge de baiser. Mais elle dort comme un loir. Jusqu'à ce que je la réveille à sept heures du mat'. Là encore, elle murmure mon prénom. Je me sens encore une fois ému. Et con de l'être. Et... si je veux être parfaitement honnête, en colère.

Contre elle, mais surtout contre moi.

Le plan, putain. Le plan !

***

– Monsieur ? réitère Rodrigo.

Je reviens au temps présent.

– Veillez à ce qu'elle se rende à son travail avec Bruce, dis-je, un peu trop brutalement, alors que ce pauvre homme n'est pas responsable du marasme dans lequel je tente de surnager. Je peux compter sur vous, Rodrigo ?

– Parfaitement, monsieur. Je verrouillerai les portes.

Je réprime un sourire en pensant au tempérament enflammé de ma belle Italienne.

– C'est plus sage, en effet. Merci Rodrigo. Je savais pouvoir compter sur vous. Je vous ferai parvenir quelques bouteilles du quinze ans d'âge que vous aimez tant.

– Avec plaisir, monsieur. Mais je ne fais pas ça pour…

– Je le sais, Rodrigo, l'interromps-je en m'éloignant. À ce soir. Passez une bonne journée.

Mon brave… comme dirait mon grand-père, avec ce sempiternel paternalisme qu'il affiche en toutes circonstances.

– Vous de même, monsieur.

Je franchis les portes. Bruce attend déjà à côté de la berline, droit comme un I. Parfait dans son costume noir aussi bien que dans son rôle de garde du corps et chauffeur : discret, fiable, circonspect. J'aime sa discrétion, son calme ; j'apprécie surtout qu'il se taise et ne parle que si je l'y invite.

Je traverse le trottoir ; il m'ouvre la portière arrière droite.

– Bonjour, monsieur.

– Bonjour Bruce. Bien dormi ?

Mieux que moi, certainement !

– Très bien, monsieur. Merci.

Il a visiblement pu se détendre, ce qui n'est pas mon cas. Quand je n'ai pas besoin de lui, il est libre de faire ce que bon lui semble. Hier soir, je l'ai également appelé de la voiture pour le mettre au jus. Comme il était sorti prendre un verre, et que je gérais parfaitement la situation, je n'ai pas jugé bon de le faire rentrer.

Enfin, je gérais… jusqu'à un certain point.

Jusqu'à ce que le corps chaud de Sophia contre moi, ses petits sons rauques, mon prénom susurré par ses lèvres entrouvertes sur lesquelles je crevais d'envie de déposer les miennes, me fassent fantasmer comme un taré. Et passer une nuit blanche.

Faisant fi du regard étonné de Bruce face à ma physionomie fatiguée, je défais le bouton de ma veste pour m'engouffrer à l'intérieur de la Jaguar. Il referme la portière, s'installe derrière le volant, démarre, puis s'insère dans la circulation déjà dense. Je vais arriver au bureau plus tôt que prévu, mais tant pis, il fallait que je m'éloigne de Sophia le plus rapidement possible sous peine de ne plus pouvoir juguler cette envie de la baiser, car putain, c'est trop tôt et je risque de tout faire foirer.

Mes pensées s'arrêtent là en sentant la voiture ralentir, puis se garer.

– Nous sommes arrivés, monsieur.

– Merci, Bruce. Conduisez Mlle Rinaldi à la galerie, et appelez-moi dès qu'elle sera en sécurité. Trouvez-lui également deux gardes du corps pour les moments où vous devez être avec moi. Je ne veux pas qu'elle soit seule une seule minute. Qu'ils nous rendent des comptes quotidiennement, et nous alertent s'il y a le moindre incident. Venez me récupérer à dix-huit heures, nous passerons la chercher ensuite.

Je vais continuer à souffler le feu et la glace, Sophia, jusqu'à te rendre folle.

Si ce n'est pas déjà fait !

12

Sophia

J'ai repris une douche, je me suis recoiffée, remaquillée, pour reprendre figure humaine après avoir piqué une bonne crise de nerfs : j'ai défait le lit de Gabriel avec toute la rage dont j'étais capable, puis jeté ses draps à travers la pièce. Je me suis retenue pour ne pas virer ses fringues par-dessus la balustrade de la terrasse, pour qu'il comprenne : je ne suis pas un jouet avec lequel il peut s'amuser à sa guise, mais une femme, de chair et de sang, avec des sentiments, des émotions.

Comme il me reste un peu de temps, je décide de visiter le reste de l'appartement. À l'étage se trouve ma chambre, en plus de celle de Gabriel, je découvre deux autres chambres d'amis avec salles de bains privatives, ainsi qu'une salle télé, avec home cinéma et tout ce qui va avec : grand canapé, fauteuils hyper confortables, enceintes démesurées. Là encore, tout est à sa juste place, sans rien qui dépasse. C'est précisément là que le bât blesse : tout est froid, impersonnel. Comme s'il n'y avait personne de vivant dans cet appartement, ni aucune pièce habitée, hormis sa chambre. Je pouffe en pensant que je ne vaux pas mieux que Gabriel, que mon propre appartement ressemblait à un musée. De plus, avec mon emploi du temps de ministre, je n'ai jamais le temps de rien, à part d'un petit brunch de temps en temps avec Matthew lorsque je ne suis pas d'astreinte au foyer.

Pense-bête à moi-même : appeler le foyer dans la journée pour informer la direction de ce que j'ai subi. Pour mettre en garde les autres filles, surtout Pénélope, contre son fou furieux d'ex-petit ami.

Repenser à mon agression me fait penser à mon appartement, puis à la galerie.

Mon Dieu, s'ils avaient tout saccagé là-bas aussi ?

Mon cœur manque un battement, le sang pulse à mes oreilles, et soudain, Gabriel me manque. Quoi que j'en dise, toute fanfaronne que je veuille bien me montrer, j'ai besoin de lui à mes côtés, besoin qu'il me protège. Je suis morte de trouille. Je tente de me rassurer en me disant que s'il y avait eu un quelconque problème à la galerie, l'alarme aurait retenti, mais je ne peux plus attendre, il faut que je me rende sur place au plus vite.

Je descends l'escalier en courant, prends au passage mon sac, ma veste, puis je cours encore jusqu'à l'ascenseur.

Je tape sur le bouton d'appel comme une malade.

Vite, vite, vite… bordel…

La cabine arrive enfin.

Je m'engouffre à l'intérieur, appuie sur le bouton du rez-de-chaussée. Heureusement que cet ascenseur est rapide, en un rien de temps je suis en bas. Je sors au pas de charge, je traverse le hall d'entrée à la même allure lorsque soudain une voix m'interpelle.

– Mademoiselle Rinaldi, s'il vous plaît ?

Je tourne la tête.

– Oui ?

Un type, certainement le gardien de la résidence, sort de derrière sa banque d'accueil, se dirige vers moi, tout sourire.

Mon cœur s'emballe.

Dites-moi que Gabriel a laissé quelque chose à mon intention…

N'importe quoi, un petit mot, un morceau de papier griffonné à la va-vite sur lequel il aurait avoué qu'il regrette ses actes. Qu'il pense à moi, que je lui manque.

N'importe quoi ! Arrête de te faire des films ma fille !

– Vous devez impérativement attendre le chauffeur de M. Monteiro, qui ne devrait d'ailleurs plus tarder, dit-il en regardant sa montre.

OK !

Ce n'est pas du tout ce que j'avais en tête, mais s'il continue de se soucier de ma sécurité, c'est qu'il ne s'est pas complètement désintéressé de ma petite personne, hein ? Ni insensible à ce qui peut m'arriver ?

– Je suis un peu pressée alors je pense que je vais prendre le métro. Mais merci quand même.

Il se racle la gorge, soudain gêné.

– Vous devez attendre, mademoiselle. Ce sont les ordres.

Pardon ?

Je rêve.

Je fais encore ce que je veux, non ? Je ne suis pas aux ordres de « monsieur » !

– D'ailleurs, le voilà ! Vous voyez, vous n'avez pas eu beaucoup à attendre.

Il se dirige vers sa banque, appuie sur un bouton. Les portes s'ouvrent. Elles étaient fermées ?

Monteiro, je vais te tuer !

– Mouais. Bonne journée, monsieur.

– Rodrigo, s'il vous plaît, mademoiselle.

– Bonne journée, Rodrigo, réponds-je, en répondant à son sourire qu'il a décidément communicatif, puis en franchissant les portes vitrées automatiques.

Le chauffeur de Gabriel m'ouvre la portière arrière droite après un « bonjour, mademoiselle » chaleureux. Je prends place. Il referme la portière, se place derrière le volant, démarre aussitôt. J'ai beau être en colère contre Gabriel, ne pas encore savoir ce que je vais faire de lui, ni comment m'y prendre, j'avoue que le fait que les gens qui s'occupent de lui au quotidien soient aux petits soins pour moi me rassure. Je laisse mon regard errer dans les rues bondées, tout en me faisant la réflexion que le luxe de rouler en voiture confortable a du bon.

Si seulement Gabriel n'était pas si… si secret, si déstabilisant, si… horripilant !

Il faut que j'arrête de penser à lui toutes les cinq secondes, bordel ! Après ce qu'il vient d'oser me faire !

Facile à dire lorsque je suis dans sa voiture, accompagnée de son chauffeur. Et que ledit chauffeur ne cesse de me regarder dans le rétroviseur.

Je m'éclaircis la voix :

– Je peux vous demander quelque chose, monsieur ?

– Bien sûr, mademoiselle.

– Rassurez-vous, cela n'a rien de personnel.

Un sourire engageant me répond.

– Vous êtes au service de Gabriel depuis combien de temps ?

– Plus de cinq ans, mademoiselle.

– Je peux savoir votre nom ?

– Bruce O'Brien, mademoiselle.

– Vous êtes Irlandais ?

– Oui. Pure souche, et fier de l'être.

Ben oui, pourquoi ne le serait-il pas ?

– Vous êtes armé ? demandé-je encore, puisque apparemment il se prête au jeu des questions.

– Oui, mademoiselle.

– Êtes-vous autorisé à vous servir de votre arme ?

Nouveau sourire.

– Parfaitement, mademoiselle.

Bizarrement, ça me rassure.

– Nous arrivons, ajoute-t-il soudain.

Je me penche pour regarder par la fenêtre, alors que Bruce se gare.

– Ne bougez pas. Je vais voir si le périmètre est sécurisé.

De mieux en mieux… les ordres, très certainement.

« Périmètre sécurisé » ! Je me croirais dans un polar. Je dois reconnaître pourtant que je n'en mène pas large ; toutes ces mesures, loin de me sécuriser à vrai dire, me mettent les nerfs à vif. Je suis quand même quelque peu rassurée en constatant, d'où je suis, que la vitrine semble intacte.

Je sursaute lorsque Bruce réapparaît près de ma vitre.

Il déverrouille la voiture, ouvre la portière pour ensuite me tendre la main. Après un « tout va bien, rien à signaler ! », il m'aide à en sortir. Je le remercie d'un sourire, traverse le trottoir, pour actionner le rideau de fer garantissant la vitrine de la galerie, puis j'ouvre la porte d'entrée. Après avoir coupé l'alarme, je jette un regard circulaire.

Tout est à sa place. Rien ne manque ni ne semble avoir bougé. Après avoir verrouillé derrière moi, je fais le tour des salles, comme à chaque fois, lorsque je suis la première à ouvrir la galerie. Et, comme à chaque fois, un sentiment de fierté, de plénitude, m'envahit à la vue des œuvres et des tableaux mis en valeur par un éclairage adéquat. Je m'arrête devant l'une des toiles de Matt, puis je m'assois sur le banc en bois lui faisant face en me demandant une fois de plus ce qu'il a prévu pour le vernissage qui a lieu mercredi soir, dont il n'a rien voulu me dire. En plus des nouvelles toiles de Matt, nous accueillerons un peintre local ainsi qu'une collection de poterie et céramique chinoises *jun*, de la dynastie des Song, réputées pour leur brillance, leur forme raffinée, le son clair qu'elles émettent lorsqu'on les frappe. Le propriétaire, un Chinois, veut vendre quelques pièces afin d'en acheter d'autres encore plus rares, et faire des heureux. Je n'en croyais pas mes yeux lorsque j'ai ouvert le mail dans lequel il me disait avoir flashé sur ma galerie, sur la qualité des œuvres exposées, sur la lumière, la façon de les mettre en valeur, pour me demander si je voulais accueillir sa collection. Inutile de dire que j'ai immédiatement accepté ! Outre la somme proposée pour l'exposition, déjà conséquente, je percevrai un pourcentage non négligeable sur les ventes. Une véritable aubaine car inutile de préciser que la concurrence est rude entre les différentes galeries new-yorkaises ! De plus, cela nous permettra de nous faire connaître sur le web, d'accueillir d'autres collections si M. Chang est content de nous, ce qui ne fait aucun doute. Nous nous sommes rencontrés et j'avoue que le courant est plutôt bien passé entre M. Chang, son fils Amaury, Matthew et moi.

Je me lève.

Bon, ce n'est pas tout ça, j'ai quand même du pain sur la planche !

Je tourne la tête en direction de la porte vitrée en entendant frapper. Mon cœur manque un battement.

Qui sont ces types ?

Lunettes noires, costard cravate.

Je m'approche de la porte. Avant que je dise quoi que ce soit, ils me montrent leur carte de la NYPD.

Je mets la chaîne de sécurité (on ne sait jamais ! Et je crois que je viens de virer parano sans le vouloir !), déverrouille, entrouvre la porte.

– Mademoiselle Rinaldi ? Sophia Rinaldi ?

– Oui, c'est moi.

– Nous avons quelques questions à vous poser au sujet du vandalisme de votre appartement, mademoiselle. Après que M. Monteiro nous a alertés cette nuit, nous sommes aussitôt passés sécuriser votre habitation, prendre des empreintes. Nous voudrions voir avec vous certains points.

– Ah, euh… oui, OK. Je vous ouvre.

Décidément, Gabriel pense à tout !

Quel dommage que je le déteste autant. Mais est-ce que je le déteste vraiment ? Après la façon dont il m'a traitée ce matin, je peux clairement crier un grand oui. S'il était là devant moi, je lui dirais ce que je pense de lui, des pouffes qu'il se permet de sauter avant d'aller bosser. Mais après tout, il peut bien sauter qui il veut.

Alors pourquoi lorsque je pense à lui, un étau se resserre autour de ma poitrine ?

Je le connais depuis moins de quarante-huit heures, et il

a déjà foutu le bordel dans ma tête, dans mon corps, dans ma vie. Je devrais quitter son appartement, mais évidemment, je n'en ai aucune envie. Je pense évidemment à Gabriel en ouvrant la porte aux mecs de la NYPD, puis en leur demandant de s'asseoir devant la partie basse de la banque d'accueil qui fait office de bureau, puis encore lorsque je le contourne pour prendre place en face d'eux.

– Alors comme ça, M. Monteiro vous a contactés ? demandé-je d'une voix sèche.

Le plus jeune, toujours lui, me sourit cordialement, tout en levant un sourcil, semblant étonné par mon timbre de voix.

– C'est très gentil de sa part, ajouté-je, quelque peu caustique.

S'il croit que je vais l'en remercier, il se trompe. Quand je fais la tête, c'est pour un moment. Il faudra qu'il fasse de gros, gros efforts, s'il veut que je lui pardonne l'affront de ce matin.

– Il nous a effectivement appelés hier soir, me dit le plus âgé, pour nous dire de mieux sécuriser les rues. Il nous a parlé de votre triste expérience en sortant du foyer pour femmes battues où vous faites du bénévolat, ce qui est tout à votre honneur, cela dit en passant. Nous avons d'ailleurs interpellé ce matin le dénommé Ricky Malone, l'ex-petit ami de Pénélope Ward. Il restera sous les verrous un bon bout de temps, faites-nous confiance. Comme M. Monteiro est passé ce matin signer sa déposition, nous avons pu coffrer Malone dans la foulée.

– Ce matin ? À quelle heure ?

– Huit heures, répond-il, un peu surpris par la question. Pourquoi ?

Ainsi donc, il a dû changer ses plans au dernier moment ? Bien fait pour lui !

– Pour rien, merci. Vous n'avez pas besoin de ma déposition ?

– Non. M. Monteiro nous a dit de ne pas vous importuner, que le sujet était douloureux pour vous et nous sommes d'accord avec ça. Pas de problème.

Sans blague !

Est-ce que tout le monde fait systématiquement tout ce que demande M. Monteiro ? Et si moi, j'ai envie de témoigner, d'apporter ma pierre à l'édifice de la justice, de brandir le poing, d'en découdre, de m'élever contre les violences faites aux femmes, j'ai le droit ou pas ? Ou il faut que je demande la permission à Monteiro ?

Nom de Dieu, j'enrage !

– Quant à votre appartement, Malone est formel, ce n'est pas lui.

Merde !

– Qui aurait pu faire le coup, alors ? Vous avez des pistes ? Peut-être n'étais-je pas visée personnellement ? J'avoue que j'en serais soulagée.

Il tourne les pages du petit calepin qu'il avait sorti de sa poche au début de l'entrevue, s'empare de l'un de mes stylos.

– Avec les tags sur vos murs, permettez-nous d'en douter !

Je croirais entendre Gabriel.

Ouais, bon… je peux toujours rêver !

Rêver oui, mais être inconsciente et à côté de la plaque, non !

– Qui alors, mon ex ?

Il prend des notes.

– J'allais justement y venir. Pourrais-je avoir son nom, s'il vous plaît ? M. Monteiro nous a parlé également d'une altercation avec un homme samedi soir dans la boîte de nuit où a eu lieu la soirée MacAllen. Il s'agit de cet homme ?

Ben voyons !

Y a-t-il quelque chose que Monteiro a omis de dire sur mon compte ?

Ça part peut-être d'un bon sentiment, mais je ne sais pas, au lieu de me réconforter, toute cette situation me met en colère.

Du calme, Soph, il ne veut que ton bien ! susurre ma jumelle modérée, tandis que la démoniaque la toise avec une grimace, pour décréter aussitôt : *il veut juste nous baiser, oui !*

– Mademoiselle ?

– Je ne voudrais pas lui attirer d'ennuis, dis-je après avoir repris mes esprits. Il…

Le plus jeune pose son pied sur son genou, sa main sur le bras de son collègue pour prendre la parole.

– Mademoiselle, soyez raisonnable. Avec tous ces évènements, vous avez besoin d'être protégée. M. Monteiro a raison, nous ne pouvons éliminer aucune piste. Certainement pas celle de votre ex-petit ami. Pourquoi…

– Vous connaissez Gabriel ? Personnellement ?

– Nous nous connaissons, effectivement, mais pas personnellement. C'est moi qu'il a appelé cette nuit. Le lieutenant Richards ici présent est sous mon commandement, il est encore en formation. Je reprends. Pourquoi vouloir le protéger ?

– Je ne le protège pas, c'est juste que je n'ai pas de preuves, et…

L'angoisse me tord le bide. Silvio m'a fait énormément de mal. Même si j'ai réussi à me reconstruire, à oublier, à le haïr également, je n'ai pas la naïveté de croire que tout est fini. Que je suis guérie. Les fissures de mon âme sont encore là, je le sais, quelque part. Peut-être même n'attendent-elles qu'un relâchement de ma vigilance pour se rappeler à mon bon souvenir. Et me prendre par surprise.

– Vous avez peur, c'est ça ?

Il attend ma réponse patiemment. J'ai le sentiment que ce type serait capable de faire dire la vérité à n'importe quel dur à cuire, tant son regard (que je n'avais pas remarqué jusque-là puisque je me concentrais sur le plus âgé, pensant à tort qu'il était le chef !) est intense, implacable. Me rappelant assez, finalement, celui d'un certain…

Putain, STOP !

– Je ne suis pas très à l'aise, effectivement, pour parler de ce que j'ai vécu avec cet homme. Mais ce que je ressens aujourd'hui s'apparente plus à de la haine qu'à de la peur, et… mais qu'est-ce encore ?

Je regarde en direction de l'entrée en entendant le carillon de la porte.

Je me lève lorsque Bruce entre, suivi de deux autres types.

– Bruce ?

– Mademoiselle, je vous présente vos gardes du corps.

– Pardon ?

– Salut la compagnie ! crie Matthew en entrant à son tour.

Il stoppe sa course après quelques pas.

– Sophia chérie, qui sont tous ces hommes ?

Je me rue sur lui pour le prendre sous le bras. Je l'emmène à l'écart tandis qu'il se dévisse le cou pour mater tous ces spécimens masculins semblant très à son goût, si j'en crois ses regards appuyés.

– Waouh ! Ils sont…

Je lève les yeux au ciel tout en me retenant de rire lorsque les mecs, qui n'ont évidemment rien loupé de la remarque de Matt (la discrétion et lui, ça fait deux !) regardent le bout de leurs chaussures.

– Chut, ça ne va pas, non ! Arrête un peu, veux-tu ?

– Sans rire, bichette, c'est qui, tous ces types ?

Je le saisis par son tee-shirt, l'attire plus près de moi pour pouvoir lui dire discrètement :

– Devant le bureau, ce sont des mecs de la NYPD. Les trois là-bas, le garde du corps de Gabriel, et les deux qu'il m'a dépêché. Sans rien me dire, évidemment !

– Pourquoi aurais-tu besoin de gardes du corps ? Et le BG ne s'est pas envolé, finalement ?

Il m'attire encore plus loin.

Si ça continue, nous allons finir dans la rue.

– Je te raconterai tout, promis. Mais avant cela, je vais m'occuper d'eux. Nous allons bientôt ouvrir. Je te laisse accueillir les premiers visiteurs ?

Il me colle une bise sur la joue.

– Bien sûr, bichette. Ce n'est pas comme si c'était la première fois.

– T'es con ! J'y vais !

– Appelle-moi si tu as besoin d'aide !

Je lui fais une grimace puis m'éloigne.

– Vous, venez avec moi ! dis-je aux mecs de la NYPD. Et vous, restez là !

Face à mon attitude autoritaire, Bruce claque des talons. Il met ses doigts sur son front comme pour un salut militaire (il me plaît bien, Bruce, il a de l'humour !), tandis que les deux autres acquiescent silencieusement. Je crois que je vais aimer avoir des mecs à mes ordres, finalement, mais Monteiro ne perd rien pour attendre.

Encore une fois, il va m'entendre !

Je conduis les flics dans mon bureau, puis je referme la porte derrière eux.

– Je vous en prie, asseyez-vous, leur dis-je, tout en prenant place de l'autre côté du bureau, un très beau meuble en chêne massif. Vous vouliez avoir le nom de mon ex, c'est bien ça ?

– Oui, mademoiselle.

– Suis-je obligée ?

– J'en ai bien peur.

– Qu'est-ce que je risque si je n'obtempère pas ?

Il met ses doigts sous son menton, soupire :

– Je ne crois pas me tromper en affirmant que si c'est bien votre ex qui a écrit ces tags, il peut se révéler dangereux. Vouloir vous faire du mal. Pour vous punir d'avoir rompu.

Je crois être devenue pâle comme la mort.

– J'ai compris, dis-je, en levant la main. Pas la peine d'en rajouter.

– M. Monteiro a eu une très bonne idée en vous faisant protéger.

Entre dominants, on se comprend, non ?

– Vous me jurez que Silvio ne sera pas inquiété s'il n'a rien à se reprocher ? Et que vous enquêterez discrètement ?

– Je vous en donne ma parole, mademoiselle. Mais honnêtement, pensez-vous encore que ce n'est pas lui ? Qui d'autre que lui pourrait vous en vouloir ?

– Je ne sais pas.

– Avez-vous eu des problèmes avec des clients ?

– Non. Pas que je sache.

– Avec des voisins ?

– Non.

Je laisse exhaler un profond soupir.

– Il s'appelle Silvio. Silvio Forza.

– L'avocat ?

– Oui.

– Je vois.

Il se lève, son collègue l'imite. Il sort une carte de sa poche intérieure.

– Tenez ! Si vous avez le moindre problème, appelez-moi. De jour comme de nuit. Vous ne me dérangerez jamais, quelle que soit l'heure.

Je m'en empare, lis : Romuald Livingstone.

Avec un nom pareil, son costume noir, on dirait un Men In Black. Il ne lui manque plus que les lunettes high-tech, et son look sera parfait. Je me retiens de ne pas pouffer nerveusement, lorsque, quelques minutes après m'avoir serré la main, ils sortent de la galerie, chaussent aussitôt leurs lunettes de soleil. Le sourire reste accroché à mes lèvres lorsque je passe derrière la banque pour m'emparer de mon portable.

J'ai un message écrit.

De mon… *sauveur.*

Encore une fois, je crois rêver !

Il se fout vraiment de ma gueule.

[Ma surprise te plaît ?]

[Sophia ?]

[Sophia, réponds !]

[Réponds, nom de Dieu !]

Je ris sous cape en voyant qu'il m'a écrit il y a plus d'une demi-heure.

– Alors, raconte ! me dit Matt en posant ses fesses sur le bord de bureau.

– Attends. Je vais renvoyer les cerbères dont je n'ai nul besoin, puis je te raconte mes mésaventures.

– Avec le beau Gabriel ?

– Oui, en plus du reste !

– Mademoiselle Rinaldi ? dit soudain Bruce. M. Monteiro se demande pourquoi vous ne répondez pas à ses messages.

Je lève les yeux au ciel.

– Veuillez sortir et nous laisser seuls, messieurs, s'il vous plaît ! résonne une voix autoritaire quelques secondes après que le carillon de la porte d'entrée s'est fait entendre.

De surprise, je lâche mon portable, qui tombe sur le bureau avec un bruit mat. Si captivée par l'apparition, également, que j'ai encore moins le temps ou la présence d'esprit de reprendre contenance, comme de préparer une repartie intelligente. Le monde s'efface, aspiré par sa présence.

Je suis pétrifiée, subjuguée une nouvelle fois par son aura magnétique avec la conscience intime de l'attirance que j'ai pour lui, autant que perturbée par la désagréable sensation de me liquéfier en rougissant comme une débutante. Gabriel me rend folle, en plus de faire s'envoler mon rythme cardiaque à chaque fois qu'il apparaît. Surtout comme maintenant : beau comme un dieu, les jambes et le torse moulés dans son costume de beau gosse qui se la pète de suffisance et de confiance en lui. Il a ce regard sur les êtres et les choses qui témoigne de son habitude à contrôler de façon permanente tout et tout le monde, mais je suis bien décidée à lui prouver qu'avec moi, ce n'est pas et ne sera jamais le cas. Je ne suis pas une femme qu'il peut amadouer, séduire, jeter à sa guise. Je l'ai déjà dit, je ne serai jamais à sa botte. Je ne serai jamais son jouet.

Putain, je lui en veux !

Je crois n'avoir jamais ressenti une telle rage envers un homme, tout en sachant pertinemment qu'elle est due au désir que j'ai de son corps, de sa présence, de lui tout entier, jusqu'alors inassouvi. Ma tension monte d'un cran lorsque je le regarde traverser la galerie, les jambes et le cœur menaçant de lâcher à tout moment. Ses yeux verts transparents rivés sur moi sont brillants de colère, durs, implacables.

Euh… ça va bien, oui ! À quoi joue-t-il, bordel de merde ?

Lorsqu'il s'arrête devant la banque d'accueil ma propre colère ne demande qu'à s'exprimer.

– Tu es dans ma galerie, Gabriel. Chez moi ! grondé-je entre mes dents, les nerfs en pelote. Tu ne peux pas débarquer, donner des ordres ! Peut-être à… tes hommes, dis-je encore en lui désignant Bruce ainsi que les deux autres gardes du corps, mais pas à moi. Et encore moins à Matthew.

Bruce reste impassible, mais je peux voir aux tremblements de ses lèvres qu'il se retient de sourire.

– Euh… je ne voudrais pas gêner, bichette, si vous avez…

– Toi, ta gueule !

Matt sourit, mais se tait.

– Nous devons parler, dit sèchement Gabriel.

– Pour me dire quoi ?

– Pas ici !

Grrr…

Si je déteste ce qu'il m'inspire, je déteste encore plus me donner en spectacle.

– OK ! Suis-moi !

Je passe à côté de lui, le dos droit.

Je pousse avec humeur la porte de mon espace privatif, traverse la pièce pour me poser du bout des fesses sur mon bureau. Je croise mes chevilles. Ma robe glisse sur mes cuisses, dévoilant ma peau nue qui semble instantanément attirer le regard de Gabriel.

Après m'avoir retourné un regard incendiaire, il claque la porte dans son dos, se dirige vers moi. Lentement. Sans cesser une seule seconde de se perdre dans mon regard, il s'arrête à quelques centimètres de moi. J'ai déjà le sentiment de manquer d'air, de suffoquer alors qu'il ne m'a pas encore touchée, ni même effleurée. Je regarde ses lèvres, que je meurs d'envie d'embrasser, comme à chaque fois qu'il est dans la même pièce que moi ; envie que je combats avec énergie. Il est hors de question que je me laisse avoir par cette attitude de mâle dominant qui pourtant me remue des pieds à la tête, fait vibrer quelque chose d'irrésistible en moi, un sentiment que je n'ai jamais ressenti pour aucun de mes amants. Avec cette conviction intense, intime et profonde, qu'il pourrait tout obtenir de moi.

– Qu'est-ce que tu veux ? attaqué-je.

La meilleure défense n'est-elle pas l'attaque ?

Il glisse ses doigts parfaits sur ma cuisse.

Mon souffle se bloque instantanément.

– Tu ne peux pas faire ça, dis-je encore alors qu'il n'a toujours pas prononcé un mot.

– Ça ?

Sa voix est rauque, ébréchée comme semble l'être son âme. À son petit air satisfait, à la petite lueur ironique de son regard, je sais que me mettre en colère le fait bander. Je me retiens pour ne pas mettre ma main sur sa queue pour affirmer ma théorie sur le sujet. Au lieu de ça, je frappe la sienne pour la faire dégager.

– Non, idiot ! Venir me…

Il fait un pas de plus. Mes mots se bloquent instantanément dans ma gorge devenue sèche et douloureuse.

– Idiot ? grogne-t-il, menaçant.

– Oui, enfin… Oh et puis merde à la fin, tu m'agaces ! J'ai l'impression de parler à un sourd. J'en ai marre que tu joues avec mes nerfs, Gabriel.

Nos regards, nos corps s'affrontent, comme bien souvent. Le sien s'adoucit soudain comme ce matin lorsqu'il me semblait entrevoir un fragment de son âme. Mon cœur chavire malgré moi.

– Je ne joue pas, Sophia.

Surtout lorsqu'il prononce de tels mots, avec cette voix, qui s'immisce dans chaque infime parcelle de mon être.

– Que cherches-tu, alors ?

– Je ne cherche plus. J'ai trouvé.

Il glisse une main le long de ma nuque, chaude, possessive, faisant se hérisser ma peau, s'arrêter mon souffle quelques secondes. Il ne m'a jamais regardée avec autant d'intensité, ni autant de convoitise.

– Tu ne répondais pas, j'ai cru devenir fou.

Je cligne plusieurs fois des paupières, plus émue et plus attendrie qu'il ne le faudrait. Sa main se resserre autour de ma nuque tandis que son pouce caresse mon cou. Je pourrais ronronner tellement c'est bon. Je me racle la gorge, me rattrape comme je peux aux bribes de colère qu'il me reste.

– Mais enfin, je n'en ai pas eu le temps. C'est toi-même qui m'as envoyé ces types pour ma sécurité. D'ailleurs, c'est quoi encore que cette histoire de gardes du corps ?

– J'ai besoin de te savoir en sécurité, répond-il d'un ton autoritaire. À chaque seconde. Et c'est non négociable.

– Comme beaucoup de choses avec toi, non ?

– Je ne dirai pas le contraire.

– Mais enfin pourquoi ?

Il ne répond rien. Ma nervosité ne cesse d'augmenter, malgré ses doigts caressants sur ma peau. J'ai besoin de réponses sur toute cette merde, mais d'abord, il faut qu'il arrête de me toucher où je n'irai au bout de rien, ni de ma colère, ni de ma résistance.

Je le repousse pour qu'il me lâche.

– Tu es un putain de dominant qui aime attacher les femmes, c'est ça ?

Un sourire lui échappe. Carnassier.

Il plante une canine dans sa lèvre inférieure avec gourmandise, parcourt mon corps d'un regard chaud, en caressant son menton recouvert de sa barbe de sale type sexy.

– Pourquoi ? C'est ce que tu aimes ? Tu veux que je t'attache ? Que je te baise sauvagement ?

Jésus, sauvez-moi de cet homme !

Je ne peux que le regarder, incapable de répondre. S'il

avait ce penchant ? Voulait faire de moi sa soumise ? Si c'était la seule façon de l'avoir à moi, la seule forme de relation qu'il désire, est-ce que je pourrais me laisser tenter ? Parce qu'il me plaît, m'attire ? Parce que je suis complètement sous le charme ? Non, je sais bien que non, je ne suis pas docile. Ce n'est pas dans ma nature.

– Ce n'est pas mon truc, Sophia, dit-il enfin avec un charmant sourire à enflammer les petites culottes, mettant un terme à la course ébrieuse de mon cœur. J'aime qu'une femme me résiste, me combatte. J'aime la difficulté et remporter la victoire.

– Parce que les relations amoureuses ne sont que des guerres pour toi ? Avec forcément un vainqueur et un perdant ?

– Pas toujours, mais j'avoue que l'idée d'un combat avec toi pour partenaire me plaît. Infiniment.

Il fait un pas, mais je l'empêche d'aller plus loin en levant la main.

– Reste à distance, s'il te plaît. Ça m'intéresse ce que tu me dis, parce que là, tu m'interpelles et je me pose des questions. Tu permets ?

Je caresse mes lèvres comme je le fais lorsque je réfléchis. Mon geste, visiblement, capte toute son attention. Ce que je voulais et espérais, soit dit en passant, car j'ai la ferme intention de foutre le feu à son corps jusqu'à ce qu'il ne soit plus capable lui-même de réfléchir.

Il lève un sourcil, surpris, finit par laisser tomber :

– Je t'écoute.

Encore ce petit rictus que je rêve de lui faire ravaler.

– Arrête-moi si je me trompe, tu ne serais pas plutôt un adepte du sexe facile ? Des petits coups à la va-vite, du sexe sans les complications, ni les sentiments ?

Je change soudain de tactique d'approche et me colle à lui. Il pose instantanément ses mains sur mes hanches pour très certainement m'empêcher de lui échapper si l'envie m'en prenait ou peut-être pour… me retenir d'aller plus loin. Car à son regard flamboyant, à la petite connaissance que j'ai de lui, je sais qu'il n'aime pas particulièrement qu'une femme prenne les commandes. Même s'il n'est pas, selon ses propres dires, adepte de la domination dans ses relations intimes, il n'en reste pas moins un dominant dans son attitude, c'est indéniable.

Et quel dominant !

Abrupte, implacable, impitoyable, incroyablement rigide, avec cette sorte de froideur, de réserve, qui le rend encore plus attirant. Ce qui résonne en moi comme un défi.

Réserve et froideur que je vais me faire un plaisir de faire voler en éclats, mon beau !

– Sur quoi te bases-tu pour arriver à cette conclusion ? demande-t-il brusquement.

Je l'amuse, ça aussi c'est indéniable. Il va voir ce que jouer avec moi, avec mes nerfs, mon humeur, implique.

– Oh, une simple intuition. Mais peut-être aussi parce que tu es accompagné d'une femme différente à chaque soirée à laquelle tu te rends, que nul ne te connaît de relation durable, parce que tu m'as dit toi-même ce matin que tu n'as jamais été amoureux, ni même jamais eu envie de l'être. Parce que tu as préféré aller baiser une autre femme que moi ! Est-ce que je te fais peur, Gabriel ? Est-ce que tu refoules ce que tu ressens pour moi ? L'intérêt que tu me portes ?

Il se met à rire et, putain, j'ai envie de lui coller une droite. Il est vraiment le type le plus énervant, le plus secret, le plus déroutant que je connaisse. Je ne sais jamais à quoi m'en tenir avec lui.

Oui, il est dangereux ! Lorsque je suis à son contact ou même lorsque j'entends son nom, ou lorsque je pense à lui, je ne peux empêcher mon cœur, mon cerveau, de s'emballer, mais paradoxalement, je ne me sens pas en danger avec lui comme j'ai pu l'être avec mon ex. Plutôt amusée. Et évidemment, de plus en plus excitée et attirée.

– Qu'est-ce qui te fait rire ? demandé-je.

– Toi.

Je me renfrogne.

– Tu es jalouse !

Quoi ? Mais...

– Non !

Il me repousse doucement jusqu'à ce que mes fesses butent contre le bureau.

– Et pas plus que moi tu ne veux t'avouer ce que tu ressens.

Sa main droite quitte ma hanche pour glisser sur ma cuisse puis s'immiscer sous le tissu de ma robe.

– Ce que tu ressens lorsque je te touche.

Sa voix prend des accents vibrants de passion. Mon souffle se bloque dans ma trachée. J'émets un son étranglé lorsqu'il appuie sur mon clitoris à travers ma lingerie.

– Et à quel point tu as envie que je te prenne sur ce bureau. Là, maintenant, tout de suite. Je suis persuadé que tu es trempée, Trésor.

Il glisse ses doigts le long de mon sexe si lentement que je vais défaillir, comme la faible femme que je suis face à lui, face à ce qu'il déclenche dans mon ventre.

Je gémis.

– Tu te demandes ce que tu ressentiras lorsque je serai profondément enfoui en toi. Lorsque je te baiserai. Fort. Car comme moi, tu es consciente que ce n'est qu'une question de temps pour que je te baise, non ?

Mes ongles s'enfoncent dans le creux de sa taille par-dessus sa chemise. Il se tend. Appuie un peu plus sur mon sexe avec sa paume.

J'ai de plus en plus de mal à respirer.

Reprends-toi, Sophia. Maintenant !

– Tu as envie de moi, Sophia. Comme j'ai envie de toi.

Il retire sa main, la porte à son visage. Inspire longuement en fermant les yeux. Merde… Je reste conne, la bouche ouverte, faible et fébrile, subjuguée par autant d'érotisme mais également en manque de sa chaleur, de son contact.

Je croise mes bras sur ma poitrine, renonçant également à le toucher, pour me protéger, me laisser le temps de souffler avant la prochaine salve qui ne manquera pas de me terrasser lorsqu'il ouvrira les yeux. Ce qui ne saurait tarder.

J'attends.

Et soudain, la lumière verte translucide tant attendue et redoutée en même temps me pourfend de part en part.

– Votre odeur est un délice, mademoiselle Rinaldi.

Bon, ça suffit, les conneries !

Je le contourne après lui avoir retourné un regard courroucé. J'ouvre la porte.

– Je ne te retiens pas.

Il rit, mais n'insiste pas. Il caresse ma joue avec le côté de son index en passant devant moi.

Il ouvre la bouche.

Je lui coupe la parole car je sais ce qu'il va dire.

– Je sais, tu aimes les difficultés, mais je me demande jusqu'où tu es prêt à te démener pour m'avoir, car jusqu'à maintenant, tu n'as fait que parler sans agir, et ma patience a des limites.

– Je veux quelque chose de spécial entre nous, Trésor. Et je suis persuadé d'une chose…

Il plonge au fond de mes yeux, jusqu'à prendre possession de mon âme dont je tente de lui fermer l'accès ; mais en sentant ses lèvres sur ma joue, je comprends que c'est peine perdue.

Je frémis de la tête aux pieds.

– Tu vas adorer. Et tu n'en auras jamais assez.

Je le repousse de toutes mes forces pour le virer de la pièce. Il se laisse faire de bonne grâce, un sourire aux lèvres.

Sale type…

– À plus, Trésor.

Son rire s'égrène tandis qu'il s'éloigne.

Je claque la porte pour ensuite m'adosser contre, les mains serrées sur ma poitrine dans laquelle mon cœur virevolte d'excitation autant que de frustration.

Il faut que je trouve un truc pour m'immuniser contre cet homme, ou je suis perdue.

13

Sophia

Lorsque je récupère mon portable, mon sauveur, ou devrais-je plutôt dire mon tourmenteur, m'a écrit :

[À ce soir, Trésor.
Sois sage, et prépare-toi.
Je t'emmène dans
un endroit spécial.]

[Spécial comment ?]

[C'est une surprise, bébé,
ne crois pas
que je vais te dire
quoi que ce soit !]

Je crois que je souris comme une imbécile heureuse.

[Comment dois-je m'habiller ?
J'ai le temps de repasser
chez toi ?]

[Ce sont bien les femmes,
à toujours penser
à leurs fringues.
Et chez moi est également
chez toi, Trésor !]

Mon cœur danse une farandole. Je crois que je vais me prendre au jeu de ces échanges de mots car l'un comme l'autre, nous semblons plus détendus, plus honnêtes, moins sur la réserve ou animés par l'envie de faire plier l'autre.

[Reste comme tu es.
Tu es parfaite !]

[Vêtements ? Ou caractère ?]

[Je te préférerais sans !
Mais habillée
tu n'es pas mal non plus.
Quant à ton caractère,
ne change rien !
As-tu une adresse mail ?]

[Bien sûr !]

[Donne !]

[Pour quoi faire ?]

[J'arrive au bureau,
j'ai une réunion de travail.
Discuter avec toi sera
plus intéressant
que les tableaux de chiffres !
Et je peux parfaitement faire
plusieurs choses en même temps.]

Je souris comme une idiote. Il va penser à moi, me parler, alors qu'il est en réunion, très certainement entouré de nombreuses autres personnes. Je rêve. Je devrais lui envoyer des photos, disons… alléchantes, pour qu'il s'en étouffe avec son café.

Note à moi-même : penser à prendre une petite vidéo pour le déstabiliser, ça pourrait me servir.

[Ce n'est pas convenable
monsieur Monteiro !]

[Qu'est-ce qui est
convenable, Trésor ?]

[Hé, j'ai besoin de bosser, moi !]

[Sous-entends-tu que moi,
je peux me tourner les pouces ?]

Le sourire qui ne quitte pas mon visage finit par alerter

Matt. Il pose ses coudes sur la banque, me dévisage. Je suspends mon geste.

– Quoi ?

– Oh, rien. Tu as les yeux qui frisent.

Je pouffe.

– Les yeux qui frisent ? C'est quoi, cette expression ?

– Ma mère me disait ça lorsqu'elle pensait que j'étais heureux.

– Ce n'était pas le cas ?

– La plupart du temps, non.

– Pourquoi le lui faire croire alors ?

– Parce qu'elle avait besoin de me savoir heureux alors, comme toi, je jouais la comédie.

Je contourne la banque d'accueil pour l'enlacer.

– Oh, Matt. Je suis désolée. Tu ne m'avais jamais dit ce genre de chose. Pourquoi n'étais-tu pas heureux lorsque tu étais petit ?

Un soupir lui échappe.

– Parce que… parce que j'étais différent. Parce que je me sentais différent. Parce que je n'avais pas d'amis, que les autres mecs se moquaient de moi, de… de mes goûts vestimentaires, de mes aptitudes en dessin ou en musique, ou encore de mes mains aux longs doigts de filles.

Il me montre ses mains, qu'il a très belles en effet. Que moi, j'adore parce qu'elles sont magiques, extrêmement douées.

Je m'en saisis tout en cherchant son regard.

– Elles sont merveilleuses, ces mains, Matt. Elles créent des œuvres incroyables et tout ça, c'est du passé.

– Peut-être mais ça laisse des traces. Bref, enchaîne-t-il

en me souriant. Je suis venu te dire que Bruce est parti, que Tic et Tac sont en stand-by devant la galerie comme deux bouledogues.

Enfin, je retrouve mon Matt, heureux de vivre, insouciant. Du moins en apparence. Je me fais la promesse d'être plus attentive à ses états d'âme à l'avenir. Mais comment savoir ou connaître ses souffrances s'il ne m'en dit rien ? Je décide de laisser tomber le sujet pour le moment puisque visiblement il ne veut pas s'épancher davantage, pour répondre, réprimant un rire.

– Merde… Tu crois que ça craint ?

– On pourrait peut-être leur dire de rentrer se mettre au frais.

– Ils sont assez grands pour savoir ce qu'ils ont à faire. Laisse tomber ! À moins que tu ne veuilles les avoir sous les yeux ?

– J'aime bien les uniformes.

Ça, je le sais ! Il ne m'apprend rien !

Depuis qu'il est sorti avec un militaire et bien que son histoire ait tourné court parce que le militaire en question était un homme infidèle et volage, il semble avoir développé un faible pour les beaux blonds en uniforme. Il est si prompt à faire confiance, si naïf et fleur bleue finalement. Encore plus que moi.

– C'est déjà fini avec Steven ? demandé-je tout en louchant sur mon portable où je vois s'afficher le chiffre dix à côté de la petite enveloppe des messages écrits.

La vache…

J'ouvre discrètement ma messagerie tout en écoutant Matt poursuivre :

– Non, mais je le trouve bizarre depuis hier. Il n'est pas

comme la semaine dernière. Encore moins comme au début de notre relation.

Je l'interromps :

– Excuse-moi. Je fais un truc urgent, et je suis toute à toi.

J'envoie mon adresse mail à Gabriel par message, sans lire les siens car je suppose que comme précédemment, sa patience a été soumise à rude épreuve. Encore une fois, bien fait pour lui ! Et la patience, je me charge de la lui apprendre, comme des tas d'autres choses, en particulier : l'humilité, parler correctement aux gens sans leur aboyer dessus, faire preuve d'un peu de compassion, de mansuétude. Se la jouer cool, s'amuser… si tant est que je réussisse à garder les idées claires en étant proche de lui. Que je cesse de penser à ce qu'il pourrait me faire s'il le voulait.

Et penser encore à tout ça ne m'aide pas. Au contraire !

– Ne t'inquiète pas. Fais ce que tu as à faire.

Il s'éloigne mais je le retiens par le bras.

– Attends ! On pourrait essayer ensemble d'y voir plus clair. Raconte !

Il revient poser ses fesses contre la banque, se frotte le visage.

– Tu veux un café ?

Son ton est si las que j'ai de la peine pour lui.

– Volontiers. Mais ne bouge pas, j'y vais.

Comme ça, j'en profiterai pour voir les messages.

Sans lui laisser l'opportunité de m'en empêcher, je m'éloigne rapidement tout en regardant l'écran de mon smart. Je fais défiler les messages de Gabriel : « Alors cette adresse mail ?… C'est pour aujourd'hui ou pour demain ?… Sophia !… Ne m'oblige pas à débarquer à la galerie !!… Tu es consciente que je bous intérieurement, là !!!... Je déteste attendre... Et je déteste me faire du souci... Sophia nom de Dieu !!!!... Réponds !!!!!... Putain, je vais te donner la fessée que tu mérites... »

Hein ?

On dirait un gosse qui pique une colère parce qu'il n'a pas le jouet qu'il convoite sous le sapin.

Je tape :

[Du calme, cow-boy !
Respire.
Ça va bien se passer !]

C'est à son tour de ne pas répondre. Je le soupçonne de vouloir me rendre la monnaie de ma pièce. C'est vraiment qu'un gosse ! Penser à ce qu'il a vécu enfant, au fait qu'il a perdu sa maman très jeune, m'émeut, car pour ma part, je ne peux imaginer ma vie sans la mienne. Nous ne nous appelons plus tous les jours comme après ma rupture, mais tout de même très régulièrement, encore plus si nous avons des choses importantes à nous dire.

Peut-être un jour me racontera-t-il les circonstances de la mort de ses parents ? Car je n'ai rien trouvé sur le Net à ce propos.

Je ne cesse de penser à Gabriel, encore et toujours : ce qu'il a vécu, l'homme qu'il est devenu, ce qu'il m'a dit en me quittant. Qu'après l'avoir goûté, j'en voudrai encore. Et je pense qu'il a raison. Mille fois raison. Il m'intrigue de plus en plus, me captive, ne cesse de prendre de l'importance dans mes pensées.

J'entre dans la petite cuisine attenante à mon bureau. Après avoir fait couler nos cafés que je dépose sur un plateau, n'y tenant plus, je m'installe devant mon PC.

Je l'allume. J'ai des mails non lus, dont plusieurs de Gabriel. Mais ma curiosité va devoir attendre pour être assouvie, car j'ai un ami très cher qui lui aussi attend de pouvoir discuter avec moi de sa nouvelle relation qui visiblement lui pose problème. Décidément, Gabriel me rend fébrile, et impatiente. Presque autant qu'il l'est lui-même.

– Alors, raconte ? C'est Steven, ou toi ?

Je tends sa tasse à Matt. Et je souffle sur la mienne.

– Je n'en sais trop rien. Nous deux, je suppose. Mais toi d'abord.

– Tu es sûr ?

– Certain ! Parle-moi du BG car finalement, il m'intéresse plus que Steven.

– Sauf qu'il n'est pas… enfin, je ne crois pas.

Matt se marre.

– Gabriel n'est pas gay, je te le confirme. J'ai le flair pour ça.

Bien sûr que Gabriel n'est pas gay ! Il ne me regarderait pas avec autant de convoitise, ni avec autant de passion. Il a envie de moi, il me l'a dit. Il n'est pas passé à l'acte parce qu'il veut s'amuser, savourer l'attente, me rendre dingue !

Décidée à oublier le beau brun qui hante mon cerveau, je lui raconte les évènements de samedi soir, ma rencontre avec Silvio, mon sauvetage par Gabriel qui m'a raccompagnée chez moi, avec qui je n'ai pas couché ! Et que je ne pensais pas revoir de sitôt, mais qui finalement m'a peut-être sauvé la vie en venant m'attendre à la sortie du foyer. Puis le saccage de mon appartement, mon installation dans son appartement. Et enfin ce qu'il m'a sorti avant que je lui demande de prendre la porte.

– Vous allez cohabiter ? Voilà qui promet d'être épique.

– Pardon ? Tu peux être plus clair ?

– Si j'en crois vos regards, que démentent vos paroles et vos attitudes, ça va être du sport dans la chambre à coucher, et ce, très bientôt. Vous ferez gaffe de ne pas casser le lit !

– Qui te parle de lit ?

– Ou toute autre surface sur laquelle il posera tes jolies petites fesses.

– Tu n'es pas drôle.

– Tu n'en as pas envie ?

– Si, justement. Très. Trop ! Mais en ce qui le concerne, je n'en suis pas si sûre.

– Il ne t'a pas dit qu'il avait envie de toi ? Qu'il te fera jouir…

J'aurais mieux fait de ne rien lui dire !

– Si, mais…

– Alors ?

– Alors, je ne sais pas. Comme toi avec Steven, j'ai l'intime conviction qu'il y a un truc qui cloche.

– Comme quoi ?

– Si je le savais…

– Tu ne serais pas dans cet état.

– Exactement. Lorsque je suis avec lui, je passe mon temps à me demander à quelle sauce je vais être mangée.

– Dégustée, sucée, dévorée… De quoi te plains-tu ?

J'ai un mouvement de la main.

– Tu as raison. L'avenir nous le dira. J'en ai assez de me prendre la tête sur ce qui sera ou ne sera pas, sur ce qu'il veut, ce qu'il ne veut pas, ou même ce qu'il est au fond de lui.

– C'est ça ! Fonce, baise, et tu verras ensuite !

– Tout à fait. Tu as mille fois raison, je vais faire ça !

– Quand ?

– Je ne sais pas. Lorsque je serai prête.

– C'est-à-dire ?

– Je verrai. Bon, et toi avec Steven ?

Il se passe la main dans les cheveux, soudain plus abattu qu'il ne veut bien le dire.

– Il est, disons… distant. Pendant la soirée, il m'a laissé plusieurs fois seul pour aller discuter avec des collègues, comme si je n'existais pas. Alors, au bout d'un moment, j'en ai eu marre et je me suis tiré. Il a rappliqué chez moi dans la nuit, complètement bourré. Il m'a raconté n'importe quoi. Je n'ai rien compris à son délire. Lorsque je lui en ai reparlé, il a fait comme s'il ne comprenait pas mais je crois qu'il était mal à l'aise.

– C'était à propos de quoi ?

– C'était incohérent, mais il a parlé plusieurs fois de MacAllen.

– De Duncan ?

– Non, de Gabriel. Et d'un de ses employés, son chef de la sécurité, un dénommé Bradford, je crois. Bah, ce n'est sans doute rien, et certainement en rapport avec le boulot.

Je fronce les sourcils.

Sans doute…

– Ou alors Steven craque pour son nouveau boss.

– Peut-être. Mais là encore il n'a aucune chance, car Monteiro est intéressé par toi, bichette. Il ne lâchera pas l'affaire tant qu'il ne t'aura pas foutue dans son lit.

Il ne m'apprend rien…

Un couple de personnes d'âge mûr pousse la porte de la galerie. Matt se lève aussitôt.

– Je m'en occupe. Va répondre à ton prétendant.

– Tu me fais trop rire avec tes expressions d'un autre âge.

Il me fait un baiser sur le front.

– Ne me demande pas pourquoi ni comment je le sais, je te connais mieux que toi-même, Soph. File !

Je lui réponds d'une grimace.

Mais lorsque je me place devant mon PC, je ne peux empêcher mes mains de trembler légèrement. De mieux en mieux. Va te faire soigner, Sophia ! Ou baise avec lui, qu'on n'en parle plus ! Laisse-le te faire jouir, vite et fort, puisqu'il semble le vouloir, n'attendre que ça !

Si c'était si simple.

J'ouvre son premier mail :

De : Gabriel Monteiro
À : Sophia Rinaldi
Objet : Rassuré !
Date : 12 avril 2018 11:30

Enfin !

Il était moins une, mademoiselle Rinaldi ! Tu as bien failli me voir débarquer une nouvelle fois pour te montrer à quel point je suis en colère lorsque tu ne réponds pas à mes messages ou à mes demandes pourtant clairement énoncées. Après t'avoir disputée, et après que tu t'es mise en colère (et tu as compris comme j'aime te mettre en colère !), j'aurais arraché ta petite robe pour te prendre sauvagement sur ton bureau. Pour ton plus grand plaisir, mais aussi le mien !

Gabriel Monteiro-MacAllen
P.-D.G, M.A.G., dont la partie la plus remarquable de son anatomie grandit à vue d'œil en pensant à ce qu'elle a envie de te faire.

Je m'étrangle quasiment en lisant ses mots.

Il n'était pas censé être en réunion ?

Si sa queue se développe en imaginant ce qu'elle me ferait, mon sexe, lui, qui ne demande pas mieux, se gorge d'envie. Je suis vraiment, indiscutablement et irrémédiablement irrécupérable. Je ferme les yeux, me laisse aller contre le dossier de mon fauteuil. Aussitôt, je crois entendre sa voix dans ma tête. Ses phrases tournent en boucle pour se frayer un passage jusqu'à mon sexe, qui pulse de désir. D'un désir violent et irrépressible. Je me caresse par-dessus ma lingerie en imaginant que c'est lui qui me touche ; en imaginant ses doigts sur ma peau, puis sa bouche.

Puis sa queue en moi.

Je gémis.

Sans cesser de me caresser, j'ouvre un autre mail.

Je lis :

De : Gabriel Monteiro
À : Sophia Rinaldi
Objet : Attention à tes fesses !
Date : 12 avril 2018 11:40

Sophia,
Toujours pas de réponse. Je crois que tu n'as pas encore compris de quoi je suis capable !

Gabriel Monteiro-MacAllen
P.-D.G., M.A.G., de plus en plus énervé !

Merde.

Oh que si je l'ai compris.

Malgré moi, mon cœur s'emballe. Même à distance, il arrive à me faire de l'effet. C'est dire l'emprise qu'il a déjà sur moi ainsi que sur mes réactions intimes. Il a raison, je ne cesse de me demander ce que je ressentirais en l'accueillant au plus profond de mon corps. Cette pensée ne me quitte plus, m'empêche de me concentrer sur quelque chose de concret comme sur mes paperasses en retard, par exemple, dont je devrais m'occuper au lieu de me tripoter en pensant à lui. Mais j'avoue que je prends infiniment plus de plaisir à découvrir sa prose, à le sentir sur le point de péter un câble que de m'occuper de mes finances qui de toute façon vont plutôt bien.

Je me fige en croyant entendre du bruit derrière la porte.

Ah non, il ne va pas revenir et foutre le bordel !

Une fois a amplement suffi.

Je lève les yeux au ciel.

Je vais devoir vous apprendre deux, trois petites choses sur la vie, Monteiro.

De : Gabriel Monteiro
À : Sophia Rinaldi
Objet : De plus en plus rouge de colère !
Date : 12 avril 2018 11:50

Sophia,

Putain. Là, tu dépasses les bornes !
Gabriel Monteiro-MacAllen
P.-D.G., M.A.G., gonflé à bloc, et c'est ta faute !

Quoi ?

Je retire ma main de mon entrejambe pour me dépêcher de répondre avant qu'il ne débarque, mais j'ai tellement besoin d'aller au bout de mon plaisir que je glisse à nouveau mes doigts sous ma lingerie pour me caresser aussitôt après avoir tapé :

De : Sophia Rinaldi
À : Gabriel Monteiro
Objet : Mes petites fesses se portent bien, merci, et n'ont pas besoin de traitement particulier !
Date : 12 avril 2018 12:10

Monsieur,
Vous êtes bien sûr de vous ! Qu'est-ce qui vous fait croire que je vous laisserais faire ? Je parle évidemment de la fessée, puis de la baise sur mon bureau qui en découlerait, selon vous.
Sophia

14

Sophia

– Bien sûr que tu me laisserais faire !

En entendant sa voix, je sursaute. J'ouvre les yeux.

Bordel de bon Dieu de bordel de merde, cet homme veut ma mort !

– Qu'est-ce que tu fais encore là ?

– Je suis venu te répondre en personne.

Je lève les yeux au ciel. Je préfère ne pas m'étendre sur la question.

– Depuis combien de temps es-tu là ? bougonné-je.

– Plusieurs minutes.

Je bénis le bureau de chêne massif de cacher mes jambes, ma robe retroussée, mes doigts trempés dont je ne sais que faire.

– Pourquoi ?

Le petit rictus habituel qui semble ne jamais vouloir le quitter lorsqu'il est en ma présence étire ses lèvres.

– Pour rien, soupiré-je.

Après avoir replacé ma robe sur mes cuisses, je me lève, contourne mon bureau. Mon clitoris est si pesant, si excité, si affamé que j'ai l'impression de ne pas marcher droit. Et j'ai surtout une effroyable envie de baiser. Là, immédiatement. Je donnerais beaucoup, je crois même que je donnerais tout ce que j'ai pour assouvir ce besoin primaire avec Gabriel. De ma vie, je n'ai été à ce point en manque d'un homme, en manque de jouissance, ni autant torturée par le désir charnel. Cet homme est en passe de devenir une véritable obsession.

– Excuse-moi. J'ai un truc important à faire.

– Comme ?

– Un truc.

Je passe à côté de lui la tête haute, bien décidée à l'ignorer, mais il agrippe mon poignet. Pourquoi changer les bonnes vieilles habitudes ! Je résiste en maîtrisant ma colère naissante ainsi qu'à l'envie de le frapper pour ce qu'il m'impose par sa seule présence, mais ma résistance fond aussi vite qu'elle est née lorsque, sans me quitter une seule seconde des yeux, il met mes doigts dans sa bouche. Et les suce. Je retiens un gémissement tandis qu'un violent spasme me tord le ventre en sentant sa langue s'enrouler autour de mes doigts, lécher ma peau, m'amenant au bord de la jouissance.

– Je le savais.

Sa voix est rauque, grave, entre en moi, me faisant frissonner. Je papillonne des paupières en cherchant désespérément à quoi me raccrocher, mais c'est peine perdue. Il n'y a rien ! Et finalement, je ne veux me raccrocher à rien. Je veux au contraire me perdre avec lui.

– Quoi donc ? finis-je par demander, recouvrant quelque peu la maîtrise de mes sens.

– Que tu as bon goût, que j'allais aimer avoir ton parfum intime sur mes lèvres. Dans ma bouche.

Comment fait-il pour me mettre dans un tel état en quelques secondes ?

Il glisse ses lèvres autour de mon majeur. Des lèvres chaudes, veloutées, diablement excitantes. En même temps, ses yeux me fouillent, comme s'ils me faisaient l'amour. Un soupir m'échappe, amenant un sourire de satisfaction sur ses lèvres.

Sale type !

Je le hais, à la mesure de ce qu'il m'inspire, et là, maintenant, je donnerais tout ce que je possède, je me damnerais pour qu'il m'ordonne d'aller m'allonger sur mon bureau. Ses yeux deviennent plus lumineux, ses pupilles dilatées. Il est excité, autant que je le suis. Il me veut, il a envie de moi. Alors pourquoi attendre ? Pourquoi résister à ce désir qu'il a de me posséder ?

Je ne comprends pas.

Je ne comprends pas et j'avoue en être malheureuse.

Je baisse les yeux pour échapper à son désir si flagrant, pour me perdre dans la contemplation de… putain… son entrejambe, où se dessine sa queue bandée. Une queue si tentante, si parfaitement dessinée par le tissu de son pantalon que mon état d'excitation grimpe d'un cran. Ma bouche s'assèche alors qu'une autre partie de mon anatomie se trempe un peu plus.

– Tu as faim ?

Hein ?

Je croise son regard.

Qu'attends-tu de moi exactement, Gabriel ?

– Je crois même n'avoir jamais été aussi affamée de toute ma vie.

Ma voix est si éraillée que j'ai du mal à la reconnaître.

Il lâche ma main pour englober ma nuque.

– De quoi as-tu faim, Sophia ?

Que dois-je comprendre ?

Veut-il me l'entendre dire ?

Veut-il que je le supplie ?

Je pensais ne jamais avoir à le faire, ni le désirer, ni en être capable, mais je me trompais. Non seulement j'en suis capable, mais je vais le faire car je le veux.

Plus que tout.

Je le veux, *lui*.

Ses doigts caressent ma nuque, la racine de mes cheveux. C'est quasiment hypnotique et je ferme mes paupières. Mon souffle s'accélère lorsque je le sens se rapprocher, puis lorsque ses lèvres se posent au creux de mon cou.

Il me devance, alors que j'allais le supplier :

– On va déjeuner quelque part ?

Pardon ?

Il semble si fier de lui que j'ai envie de lui mettre une gifle. Je ne suis pas violente, mais là, il abuse. Je m'efforce de n'en rien montrer.

Sale gosse !

– À moins que tu n'aies autre chose à me proposer ?

Je me racle la gorge.

– Non, non, ça me va.

C'est mieux comme ça. Mieux en tout cas que de baiser si je veux comprendre qui il est réellement, ainsi que ce qu'il cherche.

Quoique… qu'y a-t-il de mieux que de baiser pour partager l'intimité de quelqu'un ?

– Respire ! lâche-t-il en retirant sa main de ma nuque, me laissant désemparée.

Je me jure, sur ce que j'ai de plus cher, que c'est la dernière fois qu'il a le dernier mot.

15

Sophia

Bruce ouvre la portière arrière de la Jaguar. Gabriel, une main dans mon dos, m'invite à prendre place. Je croise les jambes. Ma robe glisse, dévoilant ma peau nue jusqu'en haut de mes cuisses. Je tourne la tête, le prenant en flagrant délit de concupiscence. Nos yeux se télescopent, ne se quittent plus. Dans cet espace confiné, avec si peu de distance entre nous, notre excitation monte en flèche, devient si dense que je retiens mon souffle.

Gabriel se saisit soudain de son portable, appuie sur l'écran.

– Annulez mes rendez-vous de cet après-midi, Nick, s'il vous plaît. Déplacez-les à demain ou à la semaine prochaine s'il n'y a rien d'urgent. Je serai au Glen mais faites en sorte de ne pas me déranger, sauf en cas d'extrême nécessité ou si Duncan a besoin de me parler, évidemment. Pour toute autre demande, voyez avec Bruce, ou débrouillez-vous sans moi.

Ben voyons…

– Bruce ?

– Oui, monsieur ? répond aussitôt son chauffeur.

– Dites aux gardes du corps de Mlle Rinaldi de rentrer chez eux. Et faites préparer le jet.

– Pour le Glen ?

– Tout à fait. Que Franz soit prêt à décoller dès notre arrivée.

– Très bien, monsieur.

Gabriel appuie ensuite sur un bouton ; la vitre de séparation remonte silencieusement. J'ai le sentiment de faire un bond en arrière de quelques heures quand, après m'avoir sortie des griffes de Silvio, il me raccompagnait chez moi. D'avoir vécu plusieurs vies, ainsi que des évènements marquants, dont le plus important d'entre eux est sans conteste la rencontre avec cet homme fier, sulfureux, assis à côté de moi, dont je ne sais rien, mais qui ne m'en intrigue que davantage, justement parce qu'il reste un mystère.

– Pas de champagne aujourd'hui ?

– Non, mais il y a un minibar. Qu'est-ce qui te ferait plaisir ?

Si tu savais, beau brun…

– Rien, merci. Je repensais simplement à notre rencontre et à ta limousine.

Je m'éclaircis la voix tandis qu'il ne cesse de m'observer, avec cette attitude un peu rigide qui semble être sa signature.

Est-ce que ce type est capable de se détendre ?

Je pouffe toute seule en pensant à ce qu'il doit donner au pieu s'il n'y met pas un peu plus de chaleur.

Ben… tu pensais qu'il était une bête de sexe, faut savoir ! grogne ma jumelle démoniaque.

J'ai dit qu'il devait certainement baiser comme un dieu. Il a un corps parfait, tout en muscles, tonique, il est hyper bien roulé et rien que pour ça j'aimerais le mettre à poil et l'admirer, même si ce ne doit être que pour une seule et unique fois.

Je m'efforce de passer outre la vision fantasmagorique de Gabriel, nu, arcbouté au-dessus de moi.

Punaise...

– Tu ferais mieux d'envoyer un message à Matthew pour lui dire de se débrouiller sans toi. Je t'enlève.

– C'est ce que j'ai cru comprendre, effectivement. Comme d'habitude, je n'ai pas mon mot à dire.

Il fronce des sourcils.

Je me déteste d'être si ingrate, si bégueule, si... haïssable, il faut bien le dire ! Il me gâte, il veut prendre soin de moi, il me rend service en prenant à sa charge une partie de mes problèmes, il m'a offert un toit, alors qu'est-ce que j'attends pour le remercier comme il se doit ? Il est plus que temps que j'oublie que je le désire – comme jamais je n'ai désiré un homme – et l'humiliation de ce matin, pour me comporter correctement.

Facile à dire...

Je pose ma main sur son genou pour enrayer la colère qui semble déjà couver dans ses beaux yeux.

– Pardonne-moi, je... merci pour tout ce que tu fais pour moi. Vraiment. J'apprécie. Même si je me demande pourquoi.

Il serre mes doigts, visiblement radouci. Je me fais aussitôt la réflexion (c'est tout à mon avantage et bon à savoir !), que je suis aussi capable de le calmer que de l'exaspérer.

– Tu sais pourquoi, Sophia.

– Non, je...

Il emprisonne ma main dans la sienne.

– Dès que je t'ai vue, j'ai su que tu avais été mise sur ma route pour une raison précise.

Il fait une pause, ménageant son petit effet.

Et…

Je lève les yeux au ciel.

– Qui est ?

Une lueur traverse son regard.

– Tu verras.

– Vous êtes bien secret, monsieur Monteiro. Dois-je m'en inquiéter ? Avoir peur ?

Il se met à rire.

– Peur de moi ?

J'acquiesce silencieusement, la gorge soudain serrée.

– J'ai la nette impression que l'idée de me faire peur te plaît, je me trompe ?

Il prend ma main, caresse ma paume avec son pouce, presque rêveusement.

– J'aime jouer avec toi, Sophia.

J'avais remarqué, merci…

Je retire ma main. Qu'il laisse glisser lentement pour faire durer le plaisir.

– Changeons de sujet, veux-tu ? asséné-je, froissée.

Encore ce petit sourire victorieux.

Je regarde à l'extérieur pour échapper à son regard pénétrant.

Nous sommes sortis de la ville pour emprunter une autoroute extérieure, mais complètement obnubilée par Gabriel, je n'ai pas regardé vers quelle destination nous nous dirigeons. Encore une fois je ne vois que lui, tout en me désintéressant totalement de ce qui m'entoure ; je ne suis consciente que de sa seule présence et sa promiscuité me met en transe.

La Jaguar glisse silencieusement sur la route, avale les kilomètres sans même que je m'en rende compte. Je ne suis pas fan des voitures et bien que mon père – collectionneur, amateur d'art et ayant largement les moyens de se payer à peu près tout ce qu'il désire – en ait toujours eu de très belles, je n'y connais vraiment rien. D'ailleurs, je n'en ai pas ! Je préfère mille fois me déplacer à pied pour flâner et contempler les vitrines toujours richement décorées de Chelsea.

– Où m'emmènes-tu ? demandé-je, après quelques minutes de silence qui me paraissent avoir duré des heures.

– Tu verras.

– Si nous prenons un jet, je suppose que ce n'est pas à côté.

– J'admire votre esprit de déduction, mademoiselle Rinaldi.

Je lui retourne un regard noir.

– Tu vas adorer, ajoute-t-il avec un sourire à tomber, pour très certainement se faire pardonner l'ironie de ses paroles.

Quoique...

Je doute que Monteiro ait pour habitude de se faire pardonner quoi que ce soit !

– Qu'en sais-tu ? Tu ne me connais pas Gabriel, et tu connais encore moins mes goûts.

– Détrompe-toi. Je te connais plus que tu ne crois.

Encore des mystères...

Je sonde son regard, si limpide que je m'y perds instantanément. Je lutte pour la forme, tout en sachant pertinemment que ma rébellion avortera dans l'œuf s'il continue de me regarder avec ces yeux-là ; il finira par obtenir tôt ou tard ce qu'il exigera de moi. Ce n'est plus qu'une question d'heures. À cette seule pensée, mon cœur et mon corps s'affolent.

– Comment ça ?

Il s'empare de mes doigts. Il est finalement assez tactile comme garçon, décidément tout en contraste, en nuances. C'est, je crois, ce qui me séduit. Oui, Gabriel me séduit autant qu'il m'étonne, il m'énerve autant qu'il m'attire, mais avec lui je me sens plus vivante que je ne l'ai jamais été. Malgré mes dires, l'énergie que je mets à le lui dissimuler, j'aime qu'il me surprenne, qu'il débarque à la galerie sans prévenir ; j'aime qu'il me revendique, qu'il s'intéresse à moi. Et je dois bien l'avouer : j'aime qu'il me domine.

Enfin, jusqu'à un certain point.

Non seulement j'aime son comportement souvent surprenant, mais à ma grande surprise, j'en veux plus. Beaucoup plus.

– Je te connais parce que tu me ressembles.

– Dois-je prendre ça pour un compliment ? Parce qu'une fois de plus, je suis persuadée que tu pourrais mieux faire.

– Les paroles ne valent pas grand-chose, Sophia. Seuls comptent les actes.

– De gentilles paroles sont pourtant agréables à entendre, bougonné-je.

Pourquoi réclamer, pourquoi vouloir le changer ? Pourquoi attendre de lui des actes ou des mots que je n'aurai sans doute jamais ? Si tant est qu'il ait envie de créer quelque chose de concret avec moi. En tout cas, si je veux l'amener à se livrer, c'est peine perdue, car comme il ne doit pas être du genre à demander pardon, je ne pense pas qu'il fasse partie de ces hommes qui se laissent dicter leur conduite par qui que ce soit. Encore moins par une femme.

– Tu m'as dit très récemment que tu n'étais pas sensible aux compliments.

Quelle cruche ! N'importe quoi !

– C'était une façon de me protéger.

– De ?

– De toi, Gabriel.

J'échappe à son regard interrogateur en sentant la Jaguar ralentir pour voir que nous approchons d'un petit aéroport. Bruce pénètre sur le tarmac et se gare au pied d'un immense jet de couleur argentée orné de lignes verticales blanches, sur lequel « MacAllen Group » s'étale en grosses lettres, blanches elles aussi, suivi du logo de la société : une bâtisse, style manoir, entourée d'arbres.

Il est magnifique !

Très classe. Comme tout ce qui appartient à Gabriel. J'ai hâte de voir à quoi ressemble l'intérieur. Le pilote nous accueille de façon courtoise à notre descente de voiture.

– Monsieur Monteiro. Mademoiselle.

Les deux hommes se serrent la main.

– Bonjour, Franz. Comment allez-vous ?

– Parfaitement bien, monsieur. Merci.

– Je vous présente ma femme, Sophia, dit Gabriel en me faisant un clin d'œil.

Sa femme ?

À quoi joue-t-il encore ?

– Enchanté, madame.

– Moi de même, monsieur, réponds-je bégayant presque, complètement perdue.

– La météo ? s'enquiert encore Gabriel en mettant une main dans mon dos.

Une main possessive, si chaude que je frémis.

– Aucun problème, monsieur, nous serons à Watkins Glen dans cinquante minutes. Je vous en prie.

Il nous invite à monter à bord. Les hôtesses, après nous avoir salués, nous emboîtent le pas, puis ferment la porte de l'appareil derrière nous. Aussitôt dans l'habitacle, je ne peux retenir mon enthousiasme tant je suis conquise par l'espace ainsi que la décoration. Là encore, je n'y connais rien, je ne sais pas de quel type de jet il s'agit, mais clairement, Gabriel ne joue pas dans la même cour que moi. Je lui souris en sentant ses mains sur mes épaules.

– Veux-tu quitter ta veste ?

Sa voix grave me transperce, un frisson de volupté au contact de ses mains, de son corps si proche, me fait frémir.

– Non, merci. J'ai un peu froid.

– Installe-toi. Je reviens, dit-il en me désignant le carré central.

Après l'avoir regardé s'éloigner, mis mon sac à main dans le casier au-dessus de ma tête, je prends place, attache ma ceinture. Je contemple ce qui m'entoure. C'est le grand luxe : les sièges en cuir beige, très confortables, sont au nombre de huit. En plus du carré où je suis assise, il y en a deux autres en vis-à-vis. Au fond, un escalier dont j'aperçois la rambarde laquée noire permet un accès à un espace inférieur, où se trouvent très certainement des cabines.

Punaise, on ne se mouche pas du coude chez M.A.G.

– Tiens.

Je lève les yeux en entendant la voix de Gabriel.

– Oh, tu es trop chou, merci, dis-je en m'emparant du plaid qu'il me tend. C'est tout à fait ce dont j'avais besoin.

Après avoir défait le bouton de sa veste, il prend place en face de moi, croise ses longues jambes, tandis que le jet s'élance sur la piste.

– Aller au-devant du moindre de vos désirs est ma priorité, mademoiselle Rinaldi.

Pardon ? Voilà qui promet d'être intéressant !

– Tu ne sais pas à quoi tu t'exposes, ironisé-je tout en plaçant le plaid sur mes jambes, et en regardant le plancher des vaches s'éloigner.

Nous sommes plaqués contre le dossier de notre siège de longues minutes, puis le jet reprend sa position horizontale. Nous sommes autorisés à nous détacher.

– J'ai envie de courir le risque, ajoute-t-il avec un sourire carnassier.

Ma respiration se bloque instantanément.

– Je ne comprends toujours pas pourquoi, Gabriel.

Il lève un sourcil interrogatif.

– Pourquoi moi ? dis-je encore car je n'ai eu aucune réponse qui me satisfasse.

– Parce que j'aime ce que je vois.

– Et… c'est tout ?

– Oui. Ça ne te suffit pas ?

Je suis presque intimidée par son attitude, sa réponse laconique. Il ne m'en dira pas plus.

Gardez vos zones d'ombre, monsieur Monteiro !

Mais je voudrais savoir. Comme toute femme, je suppose, j'ai besoin de comprendre pourquoi il s'intéresse à moi. Ce qui l'a séduit chez moi. Ce que j'ai de spécial pour avoir attiré l'attention d'un homme tel que lui. Ce qu'il me trouve. Hormis ce que tout le monde voit, qu'effectivement je suis agréable à regarder. J'aimerais qu'il me dise que derrière ma plastique, il a perçu un cœur qui bat et a souffert ? Une sensibilité qui lui a plu. Mon esprit ? Mon empathie ? A-t-il su voir au-delà des apparences ? Comprendre qui je suis ? Réellement ? Oui, je voudrais savoir, mais ce n'est pas le moment. Nous ne sommes pas assez intimes pour en arriver au stade des confidences, ou à celui des questions.

Sophia, lâche le morceau pour le moment, c'est plus sage, me sermonné-je.

– Tu ne m'as toujours pas répondu. Où m'emmènes-tu ? demandé-je, après m'être éclairci la voix.

– Sur un circuit.

– Pour quoi faire ?

– Piloter.

Quoi ?

– Tu possèdes une voiture de course ?

Il a un sourire en coin.

– Plusieurs.

– Comment ça, plusieurs ?

– J'ai une écurie.

– Nan, tu plaisantes ?

Ses sourcils se froncent.

M. ténébreux est de retour. Et quel ténébreux… Mon cœur s'affole. J'aime lorsqu'il me regarde avec cette pointe de dangerosité. Mon rythme cardiaque, ma respiration accélèrent, mon corps se couvre de frissons.

– Sophia…

– Oh oui, j'oubliais, pardon, M. Monteiro-MacAllen ne plaisante jamais !

– Vous amuseriez-vous à me taquiner, mademoiselle Rinaldi ? Aimez-vous me mettre en colère ?

– Autant que tu sembles aimer le faire. Tu l'as même avoué dans l'un de tes mails.

– Tu vois, quand je te dis que nous nous ressemblons.

– Tu as décidément réponse à tout.

– J'ai dit plein d'autres choses intéressantes dans mes mails.

– Ah bon ? Je ne me souviens plus.

– Menteuse !

– Je comprends mieux pourquoi tu conduis aussi bien, et si vite, répliqué-je avec un grand sourire en changeant de sujet.

Il se met à rire.

– Ah, Sophia… que vais-je faire de toi ?

– Tu n'as rien besoin de me faire, je me suffis très bien à moi-même.

Il ouvre la bouche, mais la referme en voyant Bruce approcher, lui tendre un document.

– Merci, Bruce.

– Je vous en prie, monsieur.

Gabriel pose le feuillet sur la table entre nous, puis me regarde, sans plus un mot.

– Ça me concerne ? finis-je par demander.

– Oui.

– Qu'est-ce que c'est ?

Il le tourne dans ma direction.

– Il s'agit d'un contrat de confidentialité. J'aimerais que tu le signes après l'avoir lu attentivement.

Je m'en empare.

– Tu n'as pas confiance en moi ?

– Toutes les personnes qui m'approchent de près ou de loin doivent le signer.

– C'est parce que je vis chez toi ?

– Entre autres.

– Mais… jamais je ne révélerai quoi que ce soit sur… nous, ou sur toi, ou encore sur ta façon de vivre.

– Je le sais, Sophia. Mais je dois me protéger. Lis-le, dit-il encore d'une voix ferme.

M. dominant est de retour…

– Tu as un stylo ? demandé-je sur le même ton.

Avec son fameux sourire en coin, que j'ai encore envie de lui faire ravaler, il met la main dans la poche intérieure de sa veste, puis me tend un Montblanc noir, reconnaissable à sa pointe blanche. Je m'en empare, puis j'ouvre le feuillet à la dernière page. Je signe, alors qu'il ne me quitte pas des yeux, pour ensuite demander :

– Tu ne lis pas ?

– Non.

– Je pourrais te faire signer n'importe quoi.

– Contrairement à toi, moi, j'ai confiance en toi. Et que pourrais-tu me faire signer de si compromettant pour me mettre dans l'embarras ?

– Rien, bien sûr. Merci.

– Je t'en prie.

Il tend le dossier à Bruce qui s'empresse de venir le récupérer.

– Tu te sens mieux ? demandé-je avec ironie.

– Oui. Et maintenant, je veux vous baiser jusqu'à ce que vous criiez mon nom, mademoiselle Rinaldi !

Hein ???

Je rougis. Fort. Je crois n'avoir jamais été aussi rouge, ni aussi excitée de toute ma vie. Mes joues prennent feu, mon front, mon visage, mon sexe. Je mords ma lèvre inférieure pour ne pas gémir.

– Tu n'es pas sérieux ? haleté-je.

Ses sourcils se froncent.

– Est-ce que j'ai l'air sérieux ?

– Hélas, oui. Mais c'est non !

– Non ?

– Non.

– Parfait !

– OK. Parfait !

Ses yeux s'adoucissent soudain, alors qu'un léger sourire se dessine sur ses lèvres.

– Tu ne sais pas ce que tu perds.

– Je survivrai, je crois.

– Sinon, ça marche la galerie ? Tu es contente ?

Sidérée, je ne peux m'empêcher d'éclater de rire. En m'efforçant d'oublier ce cœur qui tambourine douloureusement dans ma poitrine. Je vais finir par avoir un arrêt cardiaque s'il n'arrête pas de jouer ainsi avec mes nerfs.

Ai-je envie qu'il arrête de s'amuser avec moi ?

Non, je crois que non !

Au contraire, je veux qu'il continue, qu'il me bouscule, qu'il mette tellement le feu à ma tête et à mon corps que j'en oublie tout le reste, mon passé, mon présent, mon avenir. Je ne veux penser qu'à lui. Qu'à cet homme assis en face de moi, qui continue de me dévorer des yeux comme s'il contemplait son prochain festin.

– Tu veux vraiment parler boulot ? À part le sexe, c'est

tout ce qui t'intéresse ?

Il hausse les épaules, beau joueur.

– J'ai bien peur que vous m'ayez percé à jour, mademoiselle Rinaldi. Et comme visiblement tu ne veux pas baiser, il nous reste les affaires. Business et sexe, il n'y a que ça de vrai, l'argent et le cul ! Tu n'es pas d'accord ?

– Euh… non. Il y a la musique, le cinéma, les amis, et aussi la famille.

Il se renfrogne aussitôt.

– La famille, ouais… c'est important pour toi la famille ?

– Pas pour toi ?

– Dois-je te rappeler que je n'ai que mon grand-père et ma grand-tante ?

– Tu n'as personne du côté de ton père ?

– Personne que j'ai eu envie de rencontrer en tout cas. Tu sais, j'avais 5 ans lorsque mes parents sont morts, et s'il n'y avait pas eu mon grand-père je me serais retrouvé à l'orphelinat parce que personne d'autre que lui ne voulait s'occuper de moi.

Mon Dieu, comme il a dû souffrir.

– Tu… tu te souviens d'eux ?

Une lueur de détresse sans nom voile son magnifique regard toujours braqué sur moi, très rapidement remplacée par une autre, dure, sans pitié. Visiblement, son mécanisme de défense est très bien rodé et ne date pas d'hier ; il cache sa vulnérabilité, sa souffrance par de la froideur, de la distance. Ses mâchoires se serrent.

Quelle conne ! Qu'est-ce qui me prend bordel ?

– Excuse-moi, Gabriel. Je… je n'aurais pas dû, c'était très malvenu de ma part. Tu voulais savoir si ma galerie marchait bien, enchaîné-je rapidement d'une voix douce.

Ma gorge se serre douloureusement.

Je préfère mille fois qu'il ait envie de me baiser, qu'il me le dise si… abruptement, voir le désir dans ses yeux plutôt que cette souffrance voilée. Le sexe apporte l'oubli, alors qu'est-ce que j'attends pour lui donner ce qu'il demande au lieu de vouloir le psychanalyser ? Ses yeux, qui ne quittent pas les miens, me donnent le vertige. Après m'avoir longuement contemplée, il tourne la tête, semble se concentrer sur l'extérieur. J'en fais de même, le cœur serré. Je l'ai mis en colère, je crois que je vais en payer le prix fort à un moment ou à un autre. Le silence s'installe entre nous. Un silence lourd, pesant, me faisant regretter nos échanges légers et érotiques de ce matin. Il a parlé de me fesser, bordel de merde ! Et là, en cet ultime instant, je ne pense qu'à ça, car je crois que c'est ce que je mérite pour m'être mêlée de sa vie et avoir ravivé de douloureux souvenirs. À ses pupilles dilatées à nouveau braquées sur moi, je crois que c'est ce qu'il aimerait me faire. Me fesser. Pour que je ferme ma bouche, reste à ma place.

Comment en sommes-nous arrivés là ?

C'est ma faute ! Entièrement ma faute. Avec mes questions intrusives et débiles. Et bordel de merde, je crois que malgré ce que j'ai pu dire ou vivre jusqu'ici, je le laisserais faire. Je crois même que je voudrais qu'il en soit ainsi : qu'il oublie à mon contact et dans mon corps ses tourments du passé.

Que m'arrive-t-il ? Je deviens folle !

Il me fixe intensément.

– Je me souviens de beaucoup de choses, Sophia. Et ils

me manquent. Chaque jour de ma putain d'existence.

Oh…

Il paraît surpris de s'être confié. Il se passe une main dans les cheveux, ses traits redevenus impassibles.

Bon Dieu, comme j'aimerais pouvoir le toucher de la façon dont j'ai envie. Le toucher pour pouvoir le guérir, *me* guérir. Pour que nos deux âmes trouvent du réconfort au contact l'une de l'autre. Pour oublier nos blessures.

– Je suis désolée. Sincèrement désolée. Tu… tu es libre mercredi soir ? dis-je subitement.

Il me sourit. D'un sourire qui pourtant n'atteint pas ses yeux.

– Pourquoi ? Que proposes-tu ?

Son œil pétille à nouveau.

– Nous organisons un vernissage.

– Avec ?

– De nouvelles toiles de Matt. Il est très doué, tu vas adorer.

– Je sais.

– Comment ça, tu sais ?

– Je sais qu'il est doué, j'ai vu ce qu'il fait. En plus des poteries chinoises, alors ?

– Comment es-tu au courant pour les poteries ? Ne me dis pas que…

– Que je suis à l'origine de la demande de M. Chang d'exposer dans ta galerie ? Non. Bien sûr que non ! Nous nous connaissons depuis peu, Sophia.

– C'est vrai. Mais pourquoi ai-je toujours cette impression dérangeante que tu sais énormément de choses sur moi ?

– Parce que c'est le cas !

– Pardon ?

Il rit. D'un rire rauque, érotique. Vibrant, chargé de douces menaces auxquelles mon ventre répond instantanément.

Sale gosse !

– Tu plaisantes ?

– Sophia !

– Putain de merde. Non.

Il hausse les épaules.

– Hé…

C'est ça, marre-toi !

– Après tout, si ça t'amuse ! Vous n'avez pas tant d'occasions de le faire, monsieur Monteiro, alors, allez-y, amusez-vous à mes dépens.

J'écarte les bras, l'air de dire : « je suis toute à vous ! »

Il lève un sourcil.

– Tu m'as dit non.

J'éclate de rire à mon tour.

C'est exactement ce que je voulais : l'amener sur le terrain du sexe.

– Pas comme ça, Gabriel. Pas de cette façon. Je veux dire, pas… physiquement.

Un sourire lui échappe. Il se mord la lèvre en m'observant.

– Je pensais que tu avais changé d'avis.

– Je te ferai signe lorsque ce sera le cas.

Il avance son buste, pose son coude sur la table, se caresse le menton d'un air rêveur.

– Sophia, Sophia… que vais-je faire de toi ?

Mon ventre se serre, je m'empourpre. Je passe mon temps à rougir, avec lui.

– Je suppose que tu n'es jamais à court d'idées.

– Quand je te regarde, non, tu as raison, et je…

– Madame, monsieur, nous sommes en approche. Veuillez attacher vos ceintures, s'il vous plaît, dit l'une des hôtesses d'une voix chantante.

Je soupire de soulagement, lui souris tout en me ceinturant. Il répond à mon sourire, mais son visage reste grave sans qu'il ne cesse une seule seconde de regarder mes mains, les sangles, et je crois ma poitrine.

– Tu ne t'attaches pas ?

Ma voix est enrouée, comme la plupart du temps lorsque je m'adresse à lui.

– Non.

– Tu ne t'étais pas attaché non plus au décollage ?

– Non.

Ah bon ? Je n'avais pas fait attention.

– Pourquoi ?

– Tu es toujours aussi curieuse ?

Non, ai-je envie de lui dire. Seulement avec toi. Et parce que je veux en savoir plus sur toi !

Je me tais.

Ça aussi, c'est trop tôt pour le lui dire.

Après la descente, le jet atterrit délicatement, roule sur la piste pour ensuite s'arrêter. Du beau travail ! J'ai presque envie d'applaudir.

– Tu as un bon pilote.

– Le meilleur !

Évidemment !

Je plie mon plaid, le pose sur le siège à côté du mien.

– Tu n'avais pas besoin de faire ça. Les hôtesses s'en seraient chargées.

– C'est un minimum, non ? Je ne suis pas habituée à ce

que d'autres fassent les choses à ma place.

Pas comme toi... m'empêché-je d'ajouter.

Nous nous retrouvons debout. J'échappe aussitôt à son regard en lui tournant le dos. Je lève les bras pour ouvrir le coffre situé au-dessus de mon siège dans lequel j'ai mis mon sac à main. Je tourne la tête dans sa direction, pour surprendre ses iris fixés sur moi.

Ses lèvres s'entrouvrent.

Merde...

Il passe derrière moi, effleure ma hanche. Ma respiration se bloque instantanément. Un désir intense me serre le ventre. Puis il pose ses mains au creux de ma taille, presse son érection contre mes fesses. Son souffle caresse ma nuque, me faisant frissonner de la tête aux pieds.

– Tu vois dans quel état tu me mets, Trésor ?

Je suffoque.

Il retire ses mains aussi soudainement qu'il les a posées, me privant de sa chaleur, de sa présence. Je regarde son dos s'éloigner. Je ne bouge pas. Bouleversée plus que je ne le devrais par ce qu'il me fait vivre, par ce qu'il provoque dans mon corps.

Il fait quelques mètres, se retourne. Il me tend la main. Que je regarde, pour ensuite remonter vers son visage, me perdre dans la lumière de ses iris. Si envoûtante. Si tentante. Tellement magnétique.

Je reste statufiée, la bouche ouverte.

Auréolé de lumière, d'une lumière chargée de particules irisant sa peau, ses cheveux, il est si beau, si merveilleusement beau, si attirant que mon cœur manque un nombre de battements frôlant la critique.

Et là, je comprends, je sais.

Je sais que je le suivrais jusqu'au bout du monde s'il le voulait, et me le demandait.

16

Sophia

À notre descente du jet, une Audi quatre-quatre noire, avec les vitres teintées, nous attend. Bruce m'ouvre la portière avec un « mademoiselle Rinaldi, je vous en prie », alors que Gabriel discute avec notre pilote pour très certainement planifier notre retour.

– Bruce ?

– Oui, mademoiselle ?

– À quelle distance est le circuit ?

– Quelques kilomètres seulement, mademoiselle. Nous y serons dans un quart d'heure.

– Gabriel vient souvent ?

– Dès qu'il le peut, mademoiselle.

Il me jette un coup d'œil dans le rétroviseur.

– Et il est toujours venu seul.

Oh…

Je tourne la tête lorsque Gabriel me rejoint.

– Pourquoi ce sourire ?

– Pour rien…

Bruce démarre. Nous sortons de l'aérodrome. Je crois décidément que cette vie me plaît : surprenante, vivante, excitante. J'ai juste l'impression d'être sur une autre planète, ou dans une autre dimension, ou de rêver éveillée. Je rêve que le temps s'arrête ; je rêve que Gabriel me laisse profiter de sa présence encore très longtemps. J'espère que le réveil ne sera pas brutal et douloureux.

Tu ne sais pas de quoi demain sera fait, alors vis le moment présent, bordel, et arrête d'avoir peur ! me sermonné-je.

Gabriel n'est pas Silvio. Tout se passera bien…

– Tu as faim ? demande-t-il après avoir relevé la vitre de séparation.

– Hum ?

– Vous êtes dans la lune, mademoiselle Rinaldi. À quoi pensez-vous ?

– Et c'est moi qui suis curieuse ! Tu as raison, nous avons plus de points communs que je ne l'aurais cru.

– Je dis toujours la vérité.

– En toutes circonstances ?

– J'essaie. Sauf…

– En ce qui concerne les femmes, l'interromps-je.

Il rit. S'empare de ma main, dont il embrasse les doigts un à un. Je fonds. Et je crois que je vais également m'habituer à sentir ses lèvres sur ma peau, à avoir son regard translucide planté dans le mien.

– Je t'ai toujours dit la vérité, Sophia.

Je n'ai pas la bêtise de croire que je suis la seule à qui il a dit si abruptement à quel point il a envie de baiser. De me baiser. Je me perds dans sa contemplation pour me laisser happer par sa beauté sulfureuse.

– Pour répondre à ta question, je suis toujours autant affamée, sinon plus. Et toi ?

– Sachant que je n'ai toujours pas pu me sustenter parce que le plat que je convoitais est resté hors de portée, je dirais que je suis mort de faim. Tout comme toi, il me semble.

Pourquoi ai-je la nette impression que comme moi, il ne parle pas de nourriture ?

Parce que c'est certainement le cas, idiote… se moque ma jumelle démoniaque.

Idiote ?

Alors toi, un jour, je vais te virer de ma tête !

Je me racle la gorge.

– Tu… tu viens souvent ?

J'ai failli lâcher que Bruce m'a dit que c'était le cas. En tout cas, qu'il venait dès qu'il le pouvait.

– Oui. Piloter fait partie des activités que je préfère.

Je ne lui demanderai pas ce qu'il aime faire d'autre.

Punaise, il faut que je pense chacune de mes paroles, ça m'épuise.

– Regarde. Nous y sommes.

Déjà ?

Encore une fois, j'ai perdu la notion du temps. À ses côtés, le temps est élastique. Tout passe incroyablement vite, mais parfois comme au ralenti. Dans ces moments-là, il semble suspendu. Presque arrêté. C'est surprenant. Sans doute parce que j'ai arrêté de respirer, que mon cerveau s'est enfui hors de moi. Quelque part… très loin. Dans un endroit idéal où Gabriel et moi filerions le parfait amour.

– Tu vois, là ?

Je retiens mon souffle lorsqu'il lâche ma main, se penche pour me montrer le circuit, appuyant son corps contre le mien. Je suis sûre qu'il le fait exprès pour me faire perdre mes moyens. Il sent bon. Incroyablement bon. Une odeur sexy. Son visage est proche du mien, ses cheveux à portée de main, il suffirait d'un rien pour que je puisse caresser sa joue ou glisser mes doigts dans ses mèches châtains aux reflets légèrement cuivrés, ce que je n'avais pas remarqué. À chaque seconde, je découvre quelque chose de nouveau. Je pourrais passer mon temps à l'admirer.

Je suis incapable de répondre.

Je ne pense qu'à ses lèvres que j'ai envie de sentir sur les miennes, qu'à sa peau, ses mains… Qu'attend-il pour me toucher ? Pour m'embrasser ? Pourquoi a-t-il besoin de ma permission ? Car je suppose qu'il n'est pas aussi patient avec les autres femmes qu'il veut sauter. Alors pourquoi agir de la sorte avec moi ?

– Et là, ce sont les paddocks.

Punaise, je n'ai rien suivi.

– Il… il fait combien de kilomètres ?

Il laisse fuser un petit rire.

Oui, ben c'est bon… je n'ai rien écouté. Je suis une très mauvaise élève.

– Je te l'ai dit, un peu plus de dix kilomètres. Tu n'as pas écouté ?

– Non. Tu peux recommencer, s'il te plaît ? J'aime ta voix. Et j'aime te regarder lorsque tu parles de quelque chose qui te passionne.

C'est à son tour d'être surpris. Il reste une fraction de

seconde la bouche ouverte à m'observer comme s'il me découvrait, pour se reprendre aussitôt.

– Nous arrivons. Je t'en dirai plus en déjeunant.

À peine la voiture arrêtée, il s'empare de ma main, me tire à l'extérieur. Je m'accroche à lui en priant pour ne pas m'étaler sur le bitume devant des gars sortis de nulle part dès notre arrivée.

– Enfin, nous allons manger, ce n'est pas trop tôt, lâché-je en soupirant.

– Tu n'en peux plus ?

J'allais lui répondre qu'effectivement il me rend folle pour un tas de raisons, dont celle d'être affamée – qui n'est pas la plus difficile à supporter lorsque, après un grand sourire, il pousse une porte pour me faire entrer dans un immense garage où sont alignées une dizaine de voitures rouges et noires.

Aussitôt, des types nous entourent.

Tout en conservant ma main dans la sienne, il me présente à d'autres gars en combinaison, casque sous le bras, dont je ne me souviendrai pas du nom car je ne vois que lui. Il est complètement transformé. Je découvre d'autres facettes de sa personnalité qui, je dois le reconnaître, me plaisent énormément. Je ne cesse de sourire en le voyant si sympathique, à l'aise, avenant avec tout le monde. Dans son élément. Tous ces gars le regardent avec déférence et respect. Lorsqu'un autre type sort d'un bureau pour se diriger vers nous avec un grand sourire accueillant, il lâche ma main pour serrer celle tendue.

– Salut, Gab. Madame.

– Sophia, je te présente Helmut Kenning, un ancien pilote qui a fait parler de lui en son temps, et le directeur de mon écurie.

L'homme en question se marre, tape sur l'épaule de Gabriel.

– N'écoutez pas ce petit con, Sophia. Il est jaloux.

– J'en conviens, et je ne crois pas pouvoir t'égaler un jour, mais j'y travaille.

– Et tu apprends vite, je te l'accorde. Tu es doué.

Je crois voir Gabriel rougir.

Il rougit ? Lui ?

– Tu as fait réviser ma voiture ?

– Oui. Tout baigne. Elle tourne comme une horloge.

– Très bien. Tu peux nous faire monter des repas, s'il te plaît ? demande encore Gabriel après avoir noué ses doigts aux miens.

Mon cœur s'emballe au contact de sa paume contre la mienne. Helmut regarde nos mains enlacées puis à nouveau Gabriel. Un grand sourire fend son visage.

– Bien sûr, je m'en occupe.

– Merci, Helmut. Viens !

Gabriel tire sur ma main, m'entraîne à l'extérieur par une petite porte. Pour ensuite nous faire grimper un escalier en béton jusqu'à une terrasse ombragée. Là encore, tout est classe, spacieux, confortable : de la verdure, une tonnelle en bois abritant de véritables lits bains de soleil garnis de gros coussins épais rouges et noirs, avec le logo de l'écurie, MacAllen NASCAR Team ; une table, des chaises, des fauteuils, un barbecue.

Nous longeons la terrasse jusqu'à la balustrade en plexiglas de couleur fumée qui doit certainement isoler de la chaleur et du bruit (ou pas !), sur laquelle je m'appuie pour contempler le circuit. C'est impressionnant ! Plusieurs voitures tournent à grande vitesse. Lorsqu'elles passent devant nous, le bruit des moteurs est assourdissant et résonne dans mon ventre. Gabriel lâche ma main, puis vient s'installer dans mon dos, tout contre moi, ses bras de part et d'autre de mon corps, ses mains encadrant les miennes sur la balustrade. Je m'efforce de me concentrer sur l'atmosphère, l'ambiance, sur la course, pour oublier son corps contre le mien, ses mains si proches que nos doigts se touchent, ses avant-bras musclés hâlés par le soleil. Ce qu'il déclenche tout au fond de moi. Dans mon ventre, dans mon sexe, dans ce que j'ai de plus intime et profond. Je sens son souffle sur ma nuque. Il est près, très près. Je l'entends inspirer profondément. Le mien se bloque.

– Tu sens bon. Bon Dieu comme tu sens bon…

Hein ?

Je le regarde par-dessus mon épaule. Il paraît si sérieux, avec à nouveau ce regard torturé que je ne comprends décidément pas. Comme si être près de moi, me toucher, me sentir, sentir mon odeur le bouleverse au plus haut point.

– Détache tes cheveux, ordonne-t-il.

J'obéis instantanément. Je lève les bras pour retirer l'élastique retenant mon chignon, secoue la tête. La brise s'engouffre dans mes lourdes mèches, les faisant virevolter. Gabriel glisse sa main le long de ma nuque pour ensuite resserrer ses doigts pour les emprisonner. La tension sur mon cuir chevelu est douce, mais ferme. Il incline ma tête, pose ses lèvres sur ma peau. Enfin… il ne m'en faut pas davantage pour m'enflammer. Des milliards de frissons de désir dansent le long de ma colonne vertébrale. Toute à ces sensations vertigineuses, je ne peux retenir un soupir. Mes yeux se ferment, tandis qu'il laisse courir ses lèvres sur mon cou ; mon cœur, mon souffle s'affolent, s'envolent. Mon excitation augmente lorsque son autre main glisse sur mon ventre pour me presser contre son érection. Je me cambre avec le besoin vital d'un contact plus intime, frotte mes fesses contre sa queue bandée. Gabriel me chauffe comme aucun autre homme ne l'a fait. Il me tente déraisonnablement, et s'il continue, je lui crierai de me faire jouir, là, maintenant, contre cette barrière. Nos souffles deviennent erratiques, nos corps incandescents. J'ai envie de lui à en mourir de désespoir, d'impatience. Je le désire tellement que ça en devient douloureux. Sa main se déplace sous le pan de ma robe, jusqu'à mon sexe, sur lequel il appuie. Ses longs doigts s'immiscent entre mes lèvres intimes, se créent un chemin par-dessus ma culotte si fine qu'ils brûlent ma peau, me donnent un plaisir aussi intense que s'ils étaient à l'intérieur de moi.

– Bon Dieu, Sophia. Qu'es-tu en train de me faire ?

Sans attendre une quelconque réponse, il tourne mon visage dans sa direction en appuyant sur mon crâne, s'empare de mes lèvres. Brutalement. Comme pour me punir. Je réponds à son baiser avec fièvre, la douleur répondant à la douleur. Je mords sa lèvre. Un grognement lui échappe, augmentant encore mon excitation. Notre baiser dure, de longues minutes. Passionné. Enflammé. Transcendant. Je n'en peux plus. Je veux plus. Toujours, toujours plus. J'ai envie de lui crier de me toucher, de glisser ses doigts sous l'élastique de ma culotte, de me pénétrer. Pour me faire jouir, me libérer. Pour libérer cette tension infernale qui me torture. Je suis dos à lui, personne ne peut voir ce qu'il me fait, mais je ne peux pas le toucher comme je le voudrais et je crois que c'est ce qu'il cherche : m'empêcher de mettre mes mains sur lui. Je ne peux que m'accrocher à son avant-bras près de mon visage, comme si je me noyais et c'est vraiment l'impression que j'ai. Je me noie dans mon désir, je me dilue dans mes fantasmes. Je me perds.

Jusqu'à ce qu'une voix ne fasse exploser notre bulle.

– Gab, je pose les plateaux-repas sur la table.

Gabriel quitte mes lèvres pour répondre sans tourner la tête :

– Merci, Helmut. Sors ma voiture, s'il te plaît. Je déjeune et j'arrive.

– D'ac. Bon appétit.

Sa main se déplace de mon sexe à ma joue, qu'il empaume. Puis il colle son front contre le mien.

– Je crois que ton repas est arrivé, Trésor.

Je suis perdue, anéantie… lobotomisée.

Je chancelle.

– Rassure-moi, tu as encore faim ? demande-t-il avec un sourire en coin.

Sale type !

Je secoue la tête, toujours incapable du moindre mot ou même de bouger.

Putain, comme s'il ne le savait pas ?

– Alors, viens.

Il fait un pas, mais je ne bouge pas. Je voudrais qu'il me porte car je pense être incapable de marcher. Il me sonde, plonge ses yeux au fond des miens qui aussitôt se parlent, fusionnent, communient. Je ne sais quelle détresse il perçoit en moi, à quel point il me perturbe, mais les siens s'adoucissent.

– Ça va aller ? demande-t-il d'une voix douce.

Je cligne plusieurs fois des paupières.

– Oui, oui, bien sûr. Pourquoi ça n'irait pas ?

Il m'attire brusquement à lui, m'enlace, me fait un baiser sur la joue, d'une incroyable douceur.

– J'aime beaucoup votre combativité, mademoiselle Rinaldi.

Quoi ?

– Vous m'en voyez ravie, monsieur.

Je me mets des baffes mentales pour redescendre sur terre. J'ai la gorge serrée, le cerveau en miette, le corps tendu comme un arc, mais s'il m'aime combative, c'est comme ça que je serai.

– Il y a quoi au menu ?

– Je ne sais pas. Allons voir.

Il prend ma main, m'emmène vers la table et cette fois-ci, je le suis. Il recule une chaise, m'aide à m'installer puis il prend place à côté de moi, face à la piste. Encore une fois, je suis surprise par la totale maîtrise qu'il a de lui-même. Est-il capable de se laisser aller ? Vraiment aller ? Bien que… tout à l'heure, j'ai cru qu'il était sur le point de perdre pied en m'embrassant, en me touchant. Tandis que se heurtent dans ma tête des questions sans réponses, Gabriel, toujours aussi à l'aise et sûr de lui, soulève la cloche recouvrant mon plateau. Il me tend ma fourchette.

Je me rebelle :

– Tu ne veux pas me nourrir, aussi ?

– Si tu insistes…

Il plante un morceau de poulet grillé de la monstrueuse salade que contient mon plateau, approche la fourchette de mes lèvres, mais je retiens sa main.

– Je crois que j'ai l'appétit coupé.

– Il reviendra. J'y veillerai. Maintenant, mange !

– Bien, papa !

– Tu vas voir ce que papa va te faire, vilaine fille !

– Des promesses. Toujours des promesses ! Tu m'agaces, Gabriel ! réponds-je sèchement.

– Je sais !

Nom de Dieu, un jour, je lui ferai ravaler sa superbe. Je ne sais pas quand, ni comment, mais je sais que je vais prendre mon pied à le faire.

Il rit, s'amuse à mes dépens lorsque je lui arrache ma fourchette des mains pour prendre le morceau de viande entre mes dents, puis le mâcher avec une certaine rage. Il n'en loupe rien, ses yeux fixés sur ma bouche, sur mes lèvres sur lesquelles je passe ensuite ma langue.

– Mmm, délicieux. Dis-moi, tu pilotes depuis longtemps ? continué-je sans plus faire attention à lui, en continuant de manger comme si de rien n'était, comme s'il n'avait pas foutu le feu à mon corps, une fois de plus, sans avoir aucune envie de l'éteindre, tout en regardant les voitures qui continuent de tourner, dont le bruit commence à me taper sur les nerfs. En plus de tout le reste.

Je l'entends soupirer à voix basse :

– Sophia, Sophia…

– Oui, je sais, que pourrais-tu bien faire de moi ? l'interromps-je.

Un sourire carnassier se répand sur ses traits. Il balaie mon corps, me donnant encore plus chaud.

Nom de Dieu, faut vraiment qu'il arrête !

– Je sais parfaitement ce que j'ai envie de te faire, Trésor.

– Moi aussi je sais parfaitement ce que j'aimerais que tu me fasses.

Il lève un sourcil.

– Tu m'as dit plusieurs fois « non ».

– Il n'y a que les imbéciles qui ne changent pas d'avis, réponds-je avec une certaine agressivité.

– Alors dépêche-toi de manger !

– Pourquoi pas tout de suite ?

– Parce que maintenant, tu es impatiente ? Ce n'est pas comme ça que ça marche, mademoiselle Rinaldi.

Je pose ma main sur sa cuisse. Tout près de sa queue, et j'ai la satisfaction de le voir se troubler.

– Après, alors ?

– Peut-être…

Il saisit ma nuque.

– Ce sera quand je l'aurai décidé, Sophia. Maintenant, allons-y !

Il a à peine touché à son assiette.

Encore une fois, je n'ai pas mon mot à dire. Et pas le dernier mot…

17

Sophia

Après avoir redescendu les marches, il m'entraîne vers une barrière sur le côté de l'entrée du bâtiment.

– Attends-moi là. Et ne bouge pas !

OK…

Cet homme passe son temps à me donner des ordres !

Avant que je réagisse, il s'est déjà engouffré dans le garage où règne une joyeuse cacophonie, entre un écran plat sur lequel défilent des clips, les bruits de mécanique, les rires…

Je regarde autour de moi.

Des voitures aux motifs divers et variés entrent et sortent des hautes portes, tandis que d'autres font des arrêts rapides pour changer les pneus ou faire le plein pour ensuite repartir sur les chapeaux de roues. Lorsqu'une voiture noire et rouge avec le chiffre vingt-quatre en vert fluo sur les portières et le toit, ainsi que les écussons de l'Irlande, de l'Écosse et des distilleries MacAllen, sort du garage, je sais qu'il s'agit de sa voiture.

Elle est magnifique !

Très basse, évidemment, pour une meilleure accroche au sol, une ligne pure. Quelques lignes de vert fluo sur le spoiler et l'aileron arrière rehaussent le tout. Helmut s'en extrait, puis, m'apercevant, il se dirige vers moi, pour s'accouder à mes côtés. Il me désigne la voiture de Gabriel.

– Vous êtes déjà montée dans ce genre de bolide ?

– Non, jamais. Je pense que je serais impressionnée.

Et punaise, je le suis, en plus d'être complètement soufflée et sous le charme, en voyant Gabriel sortir du garage, son casque sous le bras. J'ai la langue qui pend et du mal à retrouver mes esprits : la combinaison rouge et noire épouse son grand corps élancé aux mensurations parfaites, met en valeur ses traits virils.

Il se plante devant moi.

– Respire, Trésor.

Sale gosse…

Je m'avance, pour poser les mains sur son torse.

– Tu n'iras pas trop vite, dis-je, la voix rauque, après avoir effleuré ses lèvres.

Une lueur indéfinissable traverse ses magnifiques prunelles transparentes. Il enroule son bras dans mon dos, m'attire contre sa poitrine pour me serrer contre lui.

– Je vais vite, mais je suis toujours très prudent.

– D'accord.

– Pas d'inquiétude, bébé.

– D'accord.

– Tu as peur pour moi, Sophia ?

Je le regarde gravement.

– Je ne voudrais pas qu'il t'arrive quelque chose. Je crois que je ne le supporterais pas.

– C'est plutôt flatteur ça, Trésor. Et inattendu. Il ne m'arrivera rien, je te le promets, dit-il plus sérieusement.

A-t-il renoncé à se foutre de ma poire ?

À voir son air empreint de sérieux, je crois que oui.

Il embrasse ma joue.

– Je dois y aller, Trésor.

Il me relâche, enfile sa cagoule ignifugée, son casque, ses gants. Je ne vois plus que ses yeux translucides braqués sur moi. Il me fait un clin d'œil, s'éloigne en direction de sa voiture, dans laquelle il prend place en se glissant par l'ouverture de la fenêtre. Un des gars du garage l'obture avec une sorte de gros grillage en caoutchouc noir pendant que visiblement, Gabriel se sangle au siège. Mon cœur n'en peut plus de battre la chamade. Ce qu'il me fait, ce jeu de la tentation qu'il joue avec moi, sa vision alléchante, la peur que je ressens pour lui vont finir par me faire tourner de l'œil.

Brillante idée, comme ça, il te ranimera ! dit ma jumelle démoniaque d'un ton ironique, frustrée de ne toujours pas être passée à la casserole !

Je souris tandis qu'il fait vrombir le moteur.

– C'est un V8 Chevrolet, me dit Helmut. Sept cent cinquante chevaux, et capable de monter à plus de trois cents kilomètres heure en quelques secondes.

Comme si ça pouvait m'intéresser !

Non, moi, ce qui m'intéresse, c'est le pilote ! La voiture, je m'en fous. Mais je ne peux empêcher mon cœur de s'emballer davantage à la pensée que Gabriel risque sa vie dans ce genre d'engins.

Quelle idée !

– Ah ? Ça fait un beau bruit, finis-je par laisser tomber,

faisant montre d'un certain intérêt pour ne pas froisser Helmut.

– Le plus beau de tous, répond-il, visiblement à fond dans son truc.

Après un dernier regard dans notre direction, Gabriel porte deux doigts à son casque en guise de salut. Il avance doucement pour sortir de la ligne des paddocks puis, après s'être assuré que la voie est libre, il prend de la vitesse, accélère comme un malade pour s'élancer sur la piste.

Nom de Dieu…

Je ne quitte pas la voiture des yeux, en m'abritant derrière ma main. Il est assez rapidement rejoint par d'autres voitures, des combats, visiblement, s'engagent.

– Il maîtrise, hein ? me dit Helmut avec fierté. Putain, ce gamin en a dans le calbut, c'est indéniable, crie-t-il encore en le voyant déboîter et doubler une autre voiture.

Je souris.

Il en a dans le calbut… indéniablement, Helmut !

– Il pilote depuis longtemps ? demandé-je, pour tromper mon angoisse, parce que ça, ça m'intéresse et parce que Gabriel n'a pas daigné répondre lorsque je le lui ai demandé.

– Dix ans.

– Il a déjà fait des courses ?

– Quelques-unes. Mais son grand-père a refusé qu'il continue dans cette voie. Pourtant, il était doué et serait allé loin.

Je vois ça…

Il a remonté presque toute la file de voitures en un rien de temps et roule comme un taré. Je suppose qu'il s'amuse comme un petit fou. Je l'imagine, concentré, implacable, fixé sur le seul objectif d'être le premier… comme dans la vie.

Parce qu'il est ce qu'il est, qu'il a eu cette formation de pilote, et qu'il maîtrise grave, c'est sûr ! Parce qu'il le peut…

– C'est normal que son grand-père ait mis son veto, avec ce qui lui est arrivé lorsqu'il était gosse.

Je tourne la tête vers Helmut, maintenant tout ouïe. Comment lui faire dire ce que j'ignore sans qu'il ait le sentiment que je lui tire les vers du nez ?

– Ben ouais, c'est sûr !

Mais visiblement, il est lancé, rien ne l'arrêtera. Gabriel est son élève, son disciple. Selon ses dires, il est très fier d'avoir fait de lui ce qu'il est, de lui avoir appris tout ce qu'il sait sur le pilotage.

– Je n'ai jamais compris comment il a réussi à surmonter sa peur, mais sans doute qu'au contraire, ça l'a aidé.

Je ne dis rien. De peur qu'il arrête ses réflexions sur l'homme qui m'intéresse de plus en plus, qui me fascine, dont je suis sur le point de percer quelques mystères.

– Comme il ne supporte pas d'être attaché, il a été obligé d'inventer des sangles sur mesures.

– Comment ça ?

– Il a breveté un système de sanglage qui immobilise son buste, sans bloquer ses épaules.

– Et sa tête ?

– Il y a des armatures qui empêchent les mouvements latéraux. Pour la tête, il n'a pas de souci, il supporte. Putain, quand je pense qu'il est resté une nuit entière attaché dans son siège auto avec ses parents et sa grand-mère morts à côté de lui, j'en ai les larmes aux yeux. Pauvre gamin !

J'en ai les jambes qui tremblent. C'est encore pire que ce que j'avais imaginé, ce qu'il a vécu est horrible.

Je me racle la gorge.

– Il m'en a parlé, évidemment, mais je ne sais rien de l'accident qui a coûté la vie à ses parents.

– Pauvre gosse, dit-il encore. Il aurait pu mal tourner si son grand-père ne l'avait pas pris sous son aile. En plus, sa mère était enceinte, presque au stade d'accoucher. Vous connaissez Duncan ?

– Seulement de vue, réponds-je évasivement, alors que Gabriel s'arrête justement devant moi.

Il ouvre la protection remplaçant la vitre, côté conducteur, me fait signe d'approcher.

Je m'appuie contre sa portière, me penche. Mon décolleté semble aussitôt attirer toute son attention.

– Je t'emmène faire un tour ? demande-t-il, la voix rauque, en caressant le haut de mes seins avec son gant rugueux, qui irrite agréablement ma peau. Helmut ? Tu aurais une combinaison à lui passer ? demande-t-il encore sans cesser une seule seconde de me fixer.

Je reste coite, épinglée par la lumière intense de ses iris sur moi, tandis qu'Helmut lui dit que « oui, il devrait y avoir ça ! ».

– Oui, pourquoi pas ? finis-je par dire.

– Enfin un « oui ». Je désespérais.

– Il faut savoir se faire désirer.

– Alors c'est chose faite, Trésor. Allez, va te mettre en tenue que je vois un peu à quoi tu ressembles dans une combinaison de pilote.

– D'accord. Tu vas me trouver très à ton goût. Jusqu'à ce que je te vomisse dessus !

Je m'éloigne en riant toute seule de ma connerie.

Après avoir enfilé la tenue que Helmut m'a dégotée, noire et rouge, je me regarde dans la glace du vestiaire, me tourne pour voir mes fesses.

Pas mal !

Si ça, ça ne le fait pas bander et ramper à mes pieds, je ne sais pas ce qu'il lui faut !

J'attache mes cheveux, traverse le garage d'une démarche de conquérante. D'abord éberlués, les gars me suivent du regard puis finissent par siffler d'admiration.

Je me plante devant Gabriel.

– Ça va comme ça ?

Il jette un regard derrière moi, pour lancer :

– Vous n'avez rien d'autre à faire, les mecs, que reluquer le cul de ma femme ?

Ça, c'est dit !

Intriguée, je me retourne quand même pour voir la totalité du staff à l'entrée du garage, les yeux rivés sur mes fesses.

Super... la honte...

Mais en voyant le regard possessif que Gabriel lance à ses gars, je suis finalement ravie que les mecs soient ce qu'ils sont, et pas discrets pour deux sous.

– Allez, les mecs, vous avez entendu le boss ? Il ne vous paie pas pour vous tourner les pouces ! crie Helmut, en me souriant gentiment. Ménage la p'tite dame, Gab !

– Ne t'inquiète pas. Je pense qu'elle est de taille à accepter ce que je veux faire d'elle. Monte, m'ordonne-t-il.

Comment ça, ce qu'il veut me faire ? J'ai peut-être mon mot à dire, non ?

Mon ventre se serre d'appréhension en prenant place à

ses côtés. J'ai des picotements sur tout le corps et déjà effroyablement chaud. Son regard sur moi n'arrange pas mon état, bien au contraire. Ma température interne monte encore de quelques degrés, mes doigts tremblent en saisissant les sangles.

– Laisse. Je vais le faire.

Il saisit un truc entre mes jambes. Que j'écarte pour lui laisser la place. Il effleure au passage mon entrejambe. *Putain…* Je retiens ma respiration. Il clipse ensuite le harnais. Après avoir effleuré ma poitrine, l'air de rien, sérieux, concentré, il tire sur les lanières d'un coup sec, pour m'arrimer fermement au siège.

– Voilà, maintenant, tu ne peux plus m'échapper. Tu es prise au piège.

Il m'embrasse voracement, mettant encore plus le feu à mon entrejambe déjà agréablement malmené par les sangles, ainsi qu'à mon corps tout entier.

– Je vais te faire crier, Trésor, me dit-il d'une belle voix rauque après avoir quitté mes lèvres.

– Tu crois que je vais crier ?

– Je ne crois pas. J'en suis sûr.

Il sourit en s'emparant de ses propres sangles, au nombre de trois, qu'il récupère sur les côtés de son corps, pour les clipser à une lanière centrale, puis il tire un peu sur chacune. Je ne dis rien, me contentant de le regarder faire, tout en repensant à ce que m'a confié Helmut. Effectivement, ce genre de fixations est inhabituel. Pour ma part, je trouve le système un peu léger, mais si cela lui convient, c'est le principal. Après ce qu'il a vécu, c'est normal qu'il refuse d'être immobilisé par les épaules, prisonnier de sangles. Comment a-t-il fait pour surmonter sa peur pour ne serait-ce que remettre les pieds dans une voiture ? Certainement que piloter, comme l'a dit très justement Helmut, lui a permis de vaincre ses peurs, en tout cas, de les canaliser, les affronter, jusqu'à réussir à les dompter.

– Prête, Trésor ?

– Oui, Gabriel. Je suis prête.

– Tu as confiance en moi ?

– Est-ce que je serais assise à tes côtés si ce n'était pas le cas ?

– Je suppose que non.

Il appuie sur l'accélérateur plusieurs fois avec un plaisir évident. Il s'empare de mes doigts, qu'il embrasse. Ses lèvres sur ma peau font accélérer mon cœur déjà au bord de la combustion.

– Mets ton casque.

Je m'exécute. J'enfile la cagoule, le casque, que j'attache sous mon menton. Puis je mets mes gants.

Il en fait de même.

– Respire !

Sale gosse…

Il serre ma cuisse en avançant lentement, puis soudain, il accélère. Doucement au départ, puis il augmente sa vitesse, progressivement, pour débouler sur le circuit, plein gaz. Les autres voitures, lancées également à pleine vitesse, nous entourent aussitôt.

Nom de Dieu de bordel de merde…

Je retiens mes cris, plaquée contre mon siège.

Je ne crierai pas !

J'adore.

Les sensations sont incroyables, le bruit un enfer, nous sommes secoués dans tous les sens, mais Gabriel gère de main de maître les trajectoires, les changements de vitesse, les décélérations à l'approche des virages. Je ne peux même pas tourner la tête pour le regarder – je ne vois que ses longues jambes et sa main gantée sur le levier de vitesse – tellement je suis ballottée et obligée de me cramponner. Je suis sûre que ce soir, mon corps sera douloureux, et que j'aurai des courbatures partout. Comment fait-il pour être si endurant, sachant qu'il a déjà roulé une bonne demi-heure avant de m'inviter à monter avec lui pour mon baptême du feu ? C'est complètement fou, très impressionnant ; encore plus impressionnant que les manèges des fêtes foraines dont je raffolais adolescente, parce qu'à la vitesse s'ajoute l'adrénaline de la peur, du danger, la moindre baisse de vigilance pouvant être fatale.

Gabriel remonte la colonne des autres voitures en les frôlant parfois d'un peu trop près à mon goût. Mon cœur s'affole. Je n'ai aucune peur, je lui fais une confiance aveugle, mais j'avoue qu'il met une fois de plus mes nerfs à rude épreuve. Je perds toute notion du temps. Et c'est avec une certaine tristesse que je le vois décélérer pour emprunter le chemin des paddocks. Il donne quelques coups d'accélérateur pour prévenir de notre arrivée, puis entre au pas dans le garage, désert, pour aller se garer tout au fond. Il coupe les moteurs. Me regarde, tout en retirant ses gants. Je l'imite, puis je détache le harnais. J'enlève le casque, la cagoule. Lorsque je tourne la tête, je suis surprise de voir qu'il a déjà quitté la voiture.

OK…

Sans doute est-il incapable de rester confiner plus qu'il ne le faut.

Je libère mes cheveux, glisse les doigts à l'intérieur pour les aérer, sors de la voiture à mon tour, la contourne. Mes jambes flageolantes m'obligent à me tenir à la carrosserie pour ne pas chanceler. Mon corps fourmille, ma tête bourdonne. J'ai des réactions corporelles quelque peu surprenantes, complètement nouvelles pour moi, mais j'ai pris un tel plaisir à vivre cette expérience, que si c'était à refaire, je le referais. Sans la moindre hésitation. J'ai énormément aimé flirter avec le danger. L'adrénaline pulse encore dans mes veines, me mettant dans un état d'excitation inattendu.

Gabriel a posé son casque sur le capot. Adossé contre la carrosserie, diablement sexy, à tomber, avec ses cheveux en bataille dans lesquels il a dû fourrager à pleines mains, il me regarde venir à lui. Je fonds, encore et toujours, lui fais mon plus beau sourire.

– C'était génial ! m'écrié-je, en me retenant de ne pas lui sauter au cou, alors que j'en meurs d'envie. Merci infiniment. Je vais… je vais prendre une douche, dis-je en désignant le couloir menant au vestiaire, et…

Je pousse un petit cri lorsque, sans un mot, il s'empare de ma main pour m'attirer brusquement à lui, et prendre mes lèvres avec passion. Je noue aussitôt mes bras autour de sa nuque, me plaque plus intimement à son corps si envoûtant, si tentant, réponds à ses baisers. Sa queue se développe contre mon ventre, mettant encore plus le feu à mes sens.

– Alors, les jeunes, c'était comment ? dit Helmut, de loin, en venant vers nous.

– Putain, il ne pouvait pas nous laisser cinq minutes ? grogne Gabriel tout contre mes lèvres.

Je ris en prenant un peu de distance.

– Cinq minutes ? C'est peu.

Je glisse ma main sur sa joue.

– Lorsque je te laisserai me baiser, Gabriel, j'espère que nos ébats dureront un peu plus de cinq minutes. Je vais me doucher. On se retrouve plus tard ?

Sans attendre sa réponse, je m'éclipse, l'entendant jurer entre ses dents.

Je souris intérieurement en pensant que pour une fois, j'ai eu le dernier mot !

18

Sophia

Je souris encore en sortant des vestiaires, douchée, habillée, mes cheveux humides relevés en chignon, incroyablement heureuse. Même si je ne suis pas encore arrivée à mes fins avec Gabriel, des fins plus… charnelles, j'en suis venue à la conclusion qu'il a partagé avec moi ce qui est visiblement sa grande passion, une facette importante de sa vie. Jamais aucune femme ne l'a accompagné ici. Ça veut dire beaucoup, non ? En tout cas, c'est le sentiment que j'ai.

Ne le voyant nulle part, je traverse le garage désert pour partir à sa recherche.

Il ne serait pas parti sans moi ! Il ne m'aurait pas abandonnée ici !

Non, il ne m'aurait pas fait ça. Il m'a embrassée, plusieurs fois, il a envie de moi, il me désire. De plus en plus. Nous aurions même fait plus que nous embrasser si Helmut n'était pas venu nous interrompre, j'en suis persuadée. J'ai rêvé, l'espace d'un instant, lorsque j'étais sous la douche, qu'il vienne me rejoindre. Pour qu'enfin notre attirance l'un pour l'autre explose en apothéose ; pour arrêter de jouer au chat et à la souris, même si ça me plaît infiniment. Tout comme il semble prendre goût lui-même à me titiller sans relâche. Je regarde l'horloge contre le mur.

Dix-huit heures.

Après avoir longé un grand couloir avec des tas de bureaux, également déserts, je rebrousse chemin pour emprunter l'escalier extérieur menant à la terrasse.

Il est là !

En caleçon. Couché sur l'un des lits. Ses fringues éparpillées sur le sol.

C'est la première fois que je le vois nu, ou presque. Il est sublime. Et je le trouve encore plus grand dans cette position ; sans doute fait-il plus d'un mètre quatre-vingt-dix. Je mesure un bon mètre soixante-seize et malgré mes talons de dix centimètres, il est encore plus grand que moi. Grand, fin, mais les cuisses, les pectoraux, les bras, musclés, sans excès. De façon harmonieuse. Fin, mais fort, nerveux. Endurant. Je me liquéfie tandis que ma bouche s'assèche. Je m'approche discrètement sur la pointe des pieds pour admirer ses tablettes de chocolat, sa peau mate gorgée de soleil, la ligne de sa fine toison disparaissant dans son boxer, alors que son torse est imberbe.

Ses lunettes de soleil m'empêchent de voir s'il dort réellement ou s'il fait semblant. Je fais encore un pas, subjuguée par son corps si désirable, par sa main abandonnée sur son ventre, ses longs doigts, par sa respiration faisant s'élever son thorax lentement. Inspiration. Expiration. J'ai le sentiment de respirer en même temps que lui, d'être calée sur la même fréquence, le même rythme. D'être en parfaite harmonie, en parfaite symbiose, puis d'avoir besoin de lui pour respirer, de m'abreuver au même air, d'y puiser ma force. Ma vie. Mon bonheur.

Arrête, Soph ! Regarde ailleurs ! Protège-toi ! crie dans ma tête ma jumelle raisonnable.

Je recule d'un pas, sur la pointe des pieds, sans faire de bruit. Aussi silencieusement que je suis arrivée. Je ne veux pas troubler son sommeil, il doit avoir besoin de récupérer, de décompresser, de se reposer car piloter lui demande une concentration maximale, en plus d'une extrême maîtrise de ses émotions et de ses peurs. Moi-même, qui n'ai fait que subir les tensions du circuit, le stress permanent des autres voitures, je me sens lessivée. Lessivée, mais étrangement euphorique.

Comment fait-il pour aimer ce sport ?

J'ai cru mourir dix fois ! Ce sont tous des fous furieux, tous autant qu'ils sont. Shootés à l'adrénaline. Et certains sont complètement inconscients : ils déboîtent sans prévenir, font des queues de poisson, doublent n'importe où, surtout dans des endroits improbables pour créer la surprise. Et ce n'était que de l'amusement ! Qu'en est-il lors des courses ? Ça doit être l'enfer ! Gabriel aime ça, il prend son pied, cela ne fait aucun doute.

Est-ce un regret, pour lui, de ne pas avoir embrassé cette carrière ?

Il faudra que je lui pose la question. Une de plus. J'aimerais qu'il se confie à moi. C'est mon vœu le plus cher, être présente pour lui, le soutenir, l'aider peut-être, car il semble parfois si torturé que mon souffle se bloque dans ma trachée. Prendre soin de lui, comme il prend soin de moi, même si c'est souvent de façon directive. Il est dominant, je l'ai dit, mais pas à la façon de mon ex qui ne me respectait pas, ni ne respectait ce que je pense ou ce que je suis au plus profond. Gabriel est différent, j'en suis persuadée. Il me respecte ; il ne me fera jamais de mal.

Je n'ai pas bougé, toujours dans ma contemplation, perdue dans mes pensées.

Vous êtes une telle énigme, monsieur Monteiro.

Un soupir lui échappe.

Merde…

Je n'ai plus qu'à fuir au plus vite pour ne pas risquer de me faire prendre en pleine séance de matage ! À le fuir, car ce type me remue jusqu'à la moelle. Je recule encore d'un pas. Puis je pivote sur mes pointes de pieds pour m'éloigner. Je fais une dizaine de pas, tout au plus, lorsque deux bras puissants me ceinturent.

Une voix dans mon cou murmure :

– Où comptes-tu aller comme ça, petit chaperon rouge ? Tu ne pourras pas toujours me fuir, Sophia.

Il prononce ces mots avec une telle autorité, une telle évidence…

Les menaces à peine voilées font accélérer mon cœur d'une indécente façon.

Je ne devrais pas !

Je sais que je ne devrais pas le laisser entrer, ni dans ma tête, ni dans mon corps car c'est ce qu'il va se passer. Aux accents vibrants de passion contenus dans ces quelques mots, à son érection grandissante contre le haut de mes fesses, je comprends qu'il me désire, et là, maintenant, à cet instant même, c'est ce que je veux plus que tout au monde moi aussi. Qu'il entre en moi. Qu'il me possède enfin. Qu'il me fasse l'amour comme il le veut, avec toute la rage que j'entends dans sa voix, même si je ne sais pas pourquoi je le mets dans cet état. Pourquoi serait-il en colère contre moi ? C'est plutôt à moi de l'être, non ? Pour tout ce qu'il me fait endurer depuis quarante-huit heures.

Putain… seulement quarante-huit petites heures et je suis déjà accro !

– Tu n'as pas plutôt une amie à aller voir ? résisté-je mollement.

Son rire fait fourmiller ma nuque, caressée par son souffle.

– La jalousie te va bien, Trésor.

– La muflerie te va encore mieux, darling.

Je pousse un cri lorsqu'il m'élève dans les airs pour m'emporter vers le lit devant lequel il me pose sans aucune douceur. Un peu chancelante, je lève les yeux. Pour rencontrer les siens. Brillants de désirs, brumeux, ombrageux, aux pupilles dilatées. Son souffle s'accélère alors qu'il les promène sur mon corps. Il entre sa canine dans sa lèvre inférieure, me donnant la vague sensation d'être une petite souris prise au piège d'un dangereux carnassier aux dents acérées qui va me dévorer crue. Je retiens mon souffle. La dangerosité exsude de chacun de ses pores, de ses prunelles noires vrillées sur moi, mais je n'ai aucune envie d'y échapper. Bien au contraire. Je suis une proie consentante, le mets que je veux qu'il déguste, qu'il savoure pleinement. Jusqu'à en être rassasié. Et ne plus pouvoir s'en passer. Il lève la main. Glisse un doigt le long de ma joue, mon cou, mon épaule, mon bras, pour remonter vers le galbe d'un sein.

– Tu es si belle, souffle-t-il, si bas que je dois tendre l'oreille. Si désirable.

Encore une fois, me contempler, me désirer, semble le faire souffrir.

J'oublie ce qui m'entoure pour le contempler, lui. Seulement lui. Je le désire tant que mon corps est douloureux. Je me laisse faire, le laisse me caresser du bout des doigts, me découvrir. Sa main remonte pour englober ma nuque fermement. Il fait un pas, se colle à moi qui suis aussi molle qu'une poupée de chiffons décérébrée.

– Si tu veux fuir, c'est maintenant, Trésor. Parce que dans quelques secondes, il sera trop tard.

Encore des menaces…

Mon cœur se révolte mais se soumet aussitôt.

– Cesse de réfléchir, Trésor. Je suis ici, avec toi. C'est toi que je veux.

Épinglée par ses prunelles ardentes, une douloureuse boule dans la gorge m'empêche de répondre. Je peux à peine respirer.

Que fait-il de moi, nom de Dieu ?

Je n'ai jamais été à ce point vulnérable. Avec aucun homme. Comme hypnotisée. Pourquoi ? Cela reste un mystère.

Mon souffle se meurt lorsqu'il dénoue ma robe portefeuille qu'il fait ensuite glisser de mes épaules. Lentement. Sans cesser une seule seconde de me contempler, semblant lui aussi hypnotisé, il dégrafe mon soutien-gorge, qui va rejoindre ma robe au sol. Je suis à moitié nue, face à lui, les bras ballants, à le laisser me savourer. Car c'est très exactement ce qu'il fait. Il caresse sa courte barbe, sa langue se promène sur ses lèvres, ses yeux incandescents et fiévreux sur mon corps.

Pour s'arrêter sur mes seins. Il les touche du bout des doigts.

– Tant de perfection.

C'est comme s'il se parlait à lui-même.

Puis soudain, il s'agenouille. Se saisit des bords de mon tanga. Ses prunelles soudées aux miennes, il le descend lentement le long de mes jambes, qu'il caresse au passage. Sur une légère pression de ses doigts, je soulève un pied, puis l'autre, en mettant le bout des miens sur son épaule tout en tanguant légèrement sur mes hauts talons. Il touche mon sexe. Une décharge intense m'électrise des pieds à la tête. Prend de l'ampleur, lorsque je contemple son magnifique visage levé vers moi, la passion qui en sublime les contours. Il a envie de moi, autant que j'ai envie de lui. J'ai un regard circulaire en prenant conscience soudainement que je suis nue, offerte aux regards de n'importe qui.

– Nous sommes seuls, Trésor. Tout le monde est parti.

Sait-il toujours ce que j'ai en tête ?

Alors il sait également que j'ai envie de lui comme une folle. Et qu'il me rend plus qu'aliénée à me contempler sans quasiment me toucher. C'est ce que je croyais, car lorsqu'il pose ses lèvres sur mon sexe, lorsque sa langue s'immisce un peu à l'intérieur de moi pour lécher mon clitoris gorgé, lourd de désir, douloureux, je perds tout sens commun. Je glisse mes doigts dans ses cheveux, j'appuie sur son cuir chevelu, pour le souder à moi. Je gémis, de plus en plus fort, lorsqu'il me lèche tout du long puis lorsque ses doigts rejoignent sa bouche, tandis que les autres s'incrustent dans la chair de ma cuisse. Fortement. Jusque très certainement laisser son empreinte. Soudain, je sens ses doigts entrer en moi.

Mes jambes menacent de ne pas tenir. J'exulte en pensant qu'enfin il va me posséder, me faire jouir. Qu'enfin il est à moi.

– Regarde-moi, Sophia.

J'ouvre difficilement les paupières, toujours accrochée à ses cheveux.

– Je vais te faire jouir, Trésor. Comme jamais tu n'as joui.

Sa voix est rauque. Me bouleverse plus que je ne devrais. Plus qu'il ne le faudrait. Mais j'y suis maintenant habituée. Sa voix, ses mains, lui… tout me bouleverse. Tout m'attire. Il peut faire de moi ce qu'il veut.

– Pourquoi vouloir te mesurer aux autres ? Tu ne sais rien de ce que j'ai vécu. Peut-être que j'ai eu des amants qui…

Je ne peux continuer. Je ne suis plus capable d'autre chose que de gémir, suffoquer, alors que les va-et-vient de ses longs doigts exigeants à l'intérieur de mon sexe s'intensifient. Je ne peux même plus penser.

– Alors ?

– Je suppose que tu… que tu peux mieux faire, haleté-je courageusement en le défiant.

Il trouve le point qui me fait décoller.

– Et là ? C'est assez pour toi ?

J'arrête de fanfaronner pour me dévoiler :

– Non. Je veux plus, Gabriel. Beaucoup plus.

Il retire ses doigts doucement, puis se redresse. Je manque m'évanouir en le voyant me tendre un préservatif qu'il extrait de la ceinture de son boxer qu'ensuite il ôte. Sa queue dressée rebondit sur son ventre.

Elle est…

Ma bouche s'assèche. Je l'imagine en moi. J'imagine ce qu'elle va me faire. Le plaisir qu'elle va me donner. Qu'il va me donner. Car j'ai besoin de lui tout entier. De ses lèvres, de ses doigts, de ses bras autour de moi. De sa peau contre la mienne.

Je m'empare du préservatif, fais un pas. Il me regarde, immobile. Sérieux. Je noue mes bras derrière sa nuque, me frotte contre lui. Sa queue tressaute contre mon ventre, fébrile, autant que je le suis. Je plonge mes yeux dans les siens.

– Je te préviens. Dès que tu m'auras goûtée, tu ne pourras plus jamais te passer de moi, dis-je, reprenant ses propres mots.

– C'est déjà le cas, Trésor.

Hein ?

Je n'ai pas le temps de me poser plus de questions, que sa bouche est déjà sur la mienne. Le feu nous assaille. Assaille nos sens. Je réponds à ses baisers. Nos langues se lient, livrent un combat dont nous ne voulons pas sortir vainqueurs. Ni l'un, ni l'autre. Sans cesser de m'embrasser, il me saisit sous les fesses, me porte contre le poteau en ciment de la pergola, qui irrite aussitôt ma peau, exacerbe mon excitation, mon impatience. Je n'attends qu'une chose, qu'il me pénètre. Sa queue flirte avec l'entrée de mon vagin, glisse habilement le long de ma fente trempée pour buter presque douloureusement contre mon clitoris gorgé de désir. Chaque fois que je pense qu'il va enfin entrer en moi, il me soulève, s'éloigne. À ses prunelles assombries, à son air concentré, je sais qu'il n'en a pas fini avec moi, qu'il a décidé de nous mettre à la torture.

Je quitte ses lèvres, à bout de souffle.

– Gabriel… haleté-je, en me perdant dans son cou.

Il me repose au sol.

– Pas encore, Trésor. Tourne-toi. Tiens-toi au poteau, ordonne-t-il.

Je m'exécute.

Il saisit mes hanches, les attire à lui d'un coup sec, m'arrachant un petit cri. Alors que je crois qu'il va entrer en moi, je le vois, étonnée, se baisser. Il approche sa bouche de mon sexe, me lèche. De longues minutes. Je n'en peux plus. Mes gémissements, de plus en plus forts, s'élèvent dans le silence, répondant à ses bruits mouillés. Il est doué ! Tellement doué que le plaisir ne cesse de grandir dans mon ventre. Il bloque mes hanches, pour m'empêcher de lui échapper. Pour continuer sa torture, encore et encore, entre mes fesses. Ses doigts courent sur ma peau, excitent mon clitoris, mon anus. Je me tends imperceptiblement. Je n'ai jamais laissé aucun homme me prendre de cette façon, je m'y suis toujours refusée, sans exactement savoir pourquoi. Mais, incapable de penser à autre chose qu'à ce qu'il m'impose, je ne suis plus que plaisir, attentes désespérées, tant j'ai envie de le sentir en moi. Tout de suite.

– S'il te plaît… supplié-je encore.

Il mord mon épaule, entre ses longs doigts dans mon sexe. Mais ce ne sont pas ses doigts que je veux, dont j'ai besoin. S'il n'arrête pas, je vais jouir avant qu'il ait le temps de me pénétrer. Je voudrais lui échapper, mais ça non plus je ne le peux. Il règne en maître sur mon plaisir. Sur mon corps. Il retire ses doigts brusquement, me laissant vide, essoufflée, en manque, bien que prête à rendre les armes, glisse sa queue le long de mon sexe, jusqu'à mon clitoris, sur lequel il appuie.

Mon Dieu…

– C'est ça que tu veux ?

– Oui.

Mon sang s'échauffe, ainsi que ma tête, mon corps. Je ne suis plus capable de réfléchir, de lui résister, je veux qu'il me délivre de cette attente qui me brise. Je serre les dents, mon cœur prêt à exploser, tandis qu'il continue de coulisser à l'orée de mon sexe.

– Putain, je n'en peux plus, gronde-t-il. J'ai trop envie de toi, Sophia.

Je tourne la tête pour le regarder.

– Viens. Je veux te sentir en moi. Je le veux plus que tout.

Ma voix n'est plus qu'un murmure. J'ai vaguement conscience de me dévoiler, de dévoiler le désir que j'ai de lui depuis que nous nous sommes rencontrés, devenu plus fort que ma raison ou que mon instinct de protection face à cet homme que je connais peu, qui me bouscule, mais tant pis.

Le plaisir ! crie ma jumelle démoniaque. *Seulement le plaisir, Sophia…*

Nos yeux ne se quittent pas alors qu'il tend la main. Je lui donne le préservatif, qu'il ouvre aussitôt d'un coup de dent. Il recrache le morceau d'emballage, empoigne son sexe pour s'en couvrir, puis il entre en moi. Millimètre après millimètre.

C'est fort. Incroyable.

– Nom de Dieu, Sophia.

N'y tenant visiblement plus, il bascule son bassin, me pénètre à fond, nous faisant crier. Il reste un instant immobile pour que je m'habitue à sa présence, les doigts crispés sur mes hanches. Puis il commence à bouger. À aller et venir. De plus en plus fort. Je m'inonde. Chaque coup de reins, plus intense que le précédent, m'arrache des soupirs.

– Et comme ça, c'est assez fort pour toi, Trésor ?

– Non. Encore.

– Détache tes cheveux ! ordonne-t-il, d'une voix sourde.

J'obéis. Il glisse sa main sur ma nuque, referme son poing sur mes mèches, qu'il tire en arrière, tout en s'emparant d'un sein, le presse fermement. Il me soude à lui, me pénètre aussi loin que possible. Il frotte où il faut, comme il faut, avec juste ce qu'il faut de brutalité, d'exigence, pour que mon plaisir monte à une vitesse vertigineuse. Il percute mon point sensible à chaque coup de bassin, frappe tout au fond, nous faisant gémir sans discontinuer, prendre un plaisir immense du corps de l'autre. Un plaisir partagé, me faisant atteindre des cimes jusque-là inconnues.

– Encore, Sophia ? Plus ?

– Oui ! Plus !

Je ne veux pas que ça s'arrête. Je ne veux pas qu'il arrête de me baiser. C'est trop bon. Nous sommes parfaitement assortis. Mon fourreau est fait pour lui, je le sens. Je le sais. C'est si fort qu'il ne peut en être autrement.

Il sort soudain de mon corps, pour me retourner, m'empoigner une nouvelle fois sous les cuisses. Je pousse un petit cri lorsqu'il me soulève d'une poussée, pour m'empaler sur sa queue.

Oh mon Dieu…

– C'est ça, ma belle, crie. Il n'y a que nous. Laisse-toi aller, Trésor.

Alors je crie. Je ne retiens rien, tandis que, agrippée à sa nuque, écartelée, il me fait retomber sur son sexe. Durement. Je n'ai jamais rien connu d'aussi bon. D'aussi jouissif. Je n'ai jamais été aussi bien baisée. Ni aussi puissamment. Il n'est pas seulement doué, j'ai le sentiment qu'il me donne tout ce qu'il a, qu'il met ses tripes dans notre union charnelle. Me sentant prête à défaillir, il exécute un demi-tour, pour poser mes fesses sur le bord de la table. Toujours profondément enfoui en moi, il dénoue mes doigts, pour me pousser doucement sur le dos.

– Passons aux choses sérieuses, Trésor.

– Pardon ? Parce qu'on faisait quoi jusqu'à maintenant ? haleté-je, perdue.

– Nous en reparlerons après, grogne-t-il. Tiens tes jambes.

J'obéis aussitôt.

Il rapproche mes fesses du bord, frotte mon clitoris avec son pouce, tandis qu'il recommence à aller et venir dans mon ventre.

– Encore ?

– Putain, oui, encore. Ne t'arrête pas.

– Je vais encore te faire crier, Trésor. Jusqu'à ce que tu n'aies plus de voix.

– Des promesses, darling. Toujours des promesses, feulé-je pour encore le défier, ne pas m'avouer vaincue, la voix hachée par le plaisir.

Ses iris prennent une teinte fauve. Le vert intense laisse place au noir. Gabriel a des yeux extraordinaires, insondables, mais pourtant, je suis intimement convaincue que le fait que je lui résiste lui plaît infiniment.

Les mâchoires serrées, il claque l'une de mes fesses, plus fort, me prenant par surprise, tandis qu'il me pénètre à fond. Je me tends, me cambre et effectivement, je crie. Je vois ce qu'il veut dire : il va me soumettre jusqu'à ce que je demande grâce. Il entre, ressort, entre encore. Vite. Fort. Je crie sans discontinuer, tandis que, agrippé à mes hanches, puis à mes seins qu'il maltraite, presse sans pitié, il me pénètre, également sans pitié, sans jamais cesser de me regarder. Comme s'il voulait entrer dans mon âme. Il lâche un sein pour appuyer sur son sexe, le diriger vers l'arrière et putain, je ne sais pas où il touche, ce qu'il touche, ce qu'il percute, mais ma tête explose, avant mon corps. Un orgasme gigantesque me terrasse, me faisant quasiment perdre connaissance, me laissant anéantie. Il continue de me baiser, décuplant mes sensations. Je tremble de tous mes membres, ne cesse de me liquéfier. Je ne contrôle plus rien, ne maîtrise plus rien. Mon plaisir mouille son ventre, ses poils pubiens. Mes orgasmes s'enchaînent. Je ne sais plus où j'en suis, j'ai presque la sensation de mourir. Il gronde, puis soudain, ralentit, me prend à bras-le-corps.

Je me niche aussitôt dans son cou, à bout de forces.

– Je sais, Trésor. Je sais que tu n'en peux plus, mais j'ai encore envie de me perdre en toi. J'en ai besoin.

Encore ce désespoir dans sa voix.

Il me dépose délicatement sur le lit, se couche sur moi, puis reprend ses va-et-vient, les mains de part et d'autre de mon visage, arc-bouté au-dessus de moi, ses prunelles soudées aux miennes. Puis soudain, quelque chose se passe. Il se laisse aller, met son nez dans mon cou, me possède plus lentement, mais toujours aussi intensément. Je referme mes bras sur lui, le serre contre mon cœur, caresse ses cheveux, ses épaules, ses flans, partout où il me laisse le toucher, des larmes au bord des yeux. Je me soulève pour l'embrasser dans le cou, mordre son épaule. Mon cœur est serré dans un étau, mais le plaisir monte à nouveau en flèche, alors je repousse les questions. J'analyserai tout ça plus tard. Gabriel se redresse, plonge au fond de mes yeux, se tend, puis en trois coups profonds me fait jouir une nouvelle fois, pour me suivre aussitôt.

Quand je refais surface, plusieurs longues minutes plus tard, il est couché contre moi, dans mon dos, un bras en travers de mon ventre. À sa respiration, ample et légère, je comprends qu'il dort. C'est ça son secret : il dort n'importe où, n'importe quand, comme un bébé. Juste quelques minutes, pour être ensuite aussi frais et dispos que s'il avait dormi une nuit entière. Je me retourne délicatement pour ne pas le réveiller, puis je tire la couverture dont il nous a recouverts, dans son dos, pour ne pas qu'il ait froid. Je caresse sa joue.

Il ouvre les yeux, se perd dans les miens.

En fait, non, il ne dort jamais ! Il fait juste semblant.

Au moment même où je pense qu'il va me sortir une connerie du genre « alors, Trésor, heureuse ? », il se saisit de ma main, en embrasse la paume.

– Merci.

Ce simple petit mot fait s'envoler mon cœur.

– Viens, dit-il encore en m'attirant contre lui.

Je niche ma tête dans le creux de son épaule, pose ma main délicatement sur son cœur, dont il s'empare. Je ne m'attendais pas à tant de douceur. J'avais peur, je l'avoue, qu'après m'avoir baisée, il m'ignore, me vire, et fasse comme si rien ne s'était passé. Comme si nous n'avions pas pris notre pied, dans un moment d'intense harmonie sexuelle. Je frissonne en sentant sa main droite effleurer ma hanche, ma cuisse.

– Tu as faim ?

– Toujours avec toi, darling.

Il rit. D'un son rauque qui ébranle son thorax, me faisant tressauter, vibrer de l'intérieur, dans de petites zones intimes qui, malgré moi, s'ouvrent à lui. Ont encore envie de lui.

Je me redresse sur un coude, glisse ma main sur sa joue, pour ensuite l'y laisser.

– Je sais ce que nous allons faire. Nous allons rentrer à l'appartement, puis je cuisinerai pour toi. Je vais prendre soin de toi, Gabriel. Je te le promets.

C'étaient certainement les mots de trop. Lorsque je comprends que je suis allée trop vite, trop loin, il est trop tard. Gabriel s'est extrait de mes bras, a sauté du lit. Effarée, je le vois ramasser ses fringues, se rhabiller en quatrième vitesse. J'ai la gorge tellement serrée que je suis incapable de prononcer un foutu mot.

– Je t'attends en bas !

Quoi ? Putain, c'est tout ?

– Gabriel ? Merde !

Mon appel reste sans réponse.

Qu'ai-je dit de si terrible ? Pourquoi le fait de vouloir prendre soin de lui, le lui dire, serait une menace ? Une entrave à sa liberté ou à je ne sais quoi d'autre ? Je ne lui ai pas demandé de m'épouser pour de vrai, non plus ! C'est lui qui me fait passer pour sa femme à tout bout de champ, alors que… je ne lui ai rien demandé, bordel de merde !

Encore une fois, je suis perdue. Comment peut-il me prendre avec autant de passion, prendre lui-même un immense plaisir, être si tendre, me serrer contre lui, pour ensuite me laisser en plan ?

Je me lève à mon tour, me rhabille rapidement, descends

l'escalier. Gabriel est en grande discussion avec Bruce. Il fait un pas vers moi, prend ma main, la porte à ses lèvres.

Les mots se bloquent dans ma trachée face à son regard brûlant qui ne cesse de fouiller le mien, comme s'il cherchait encore des putains de réponses. Alors que pour moi, c'est limpide, une évidence : Gabriel est incapable de gérer ses émotions, ou le moindre stress affectif.

– Je ne rentre pas avec toi, me dit-il abruptement.

Je hoche simplement la tête. J'ai la nausée face à ce qu'il m'impose, face à son apparente froideur alors que je sais qu'il n'en est rien. Reste à savoir pourquoi il se comporte de la sorte avec moi. Il me piétine, pour ensuite me désirer dès qu'il pose les mains sur moi. C'est marqué en toutes lettres sur son visage, dans son regard. Je sais ne pas me tromper. Et tout à l'heure, il ne me baisait plus, je le sais, il me faisait l'amour ! C'était beau, fort, passionné et passionnel. Il m'a donné un court instant le sentiment d'être importante pour lui, pas seulement une femme qu'il baise parmi tant d'autres.

– J'ai un… un client à voir, ajoute-t-il, face à mon mutisme. Ce n'était pas prévu.

– D'accord, réponds-je, plus tristement que je le voudrais.

– Je te retrouve plus tard à l'appartement.

– D'accord.

Il se penche pour m'embrasser mais je ne réponds pas à son baiser.

– Bonne route. Salut !

L'étonnement se peint sur ses traits. Que croit-il ? Ce n'est pas parce qu'il m'a baisée – souverainement, il est vrai – m'a dominée sexuellement, m'a donné des ordres que je me suis empressée d'accepter – pour mon plus grand plaisir ! –, que je vais le laisser avoir une quelconque emprise sur moi pour le reste.

Je me dirige vers Bruce, digne, droite et fière, en sentant le regard de Gabriel dans mon dos. Après que Bruce m'a ouvert la portière, je m'engouffre à l'intérieur du quatre-quatre, sans plus lui accorder la moindre attention.

Après quelques secondes, Bruce démarre, quitte les paddocks, puis le circuit. Je ne me suis pas retournée. Je lui ai laissé avoir le dernier mot trop souvent, c'est terminé ! Maintenant, c'est moi qui dicterai les règles ! J'espère qu'il est resté planté comme un con à me regarder partir, sans savoir s'il me trouvera dans son appartement à son retour, car peut-être que j'aurai débarrassé le plancher en son absence. J'ai plus d'une heure de trajet pour faire le point, prendre les décisions qui s'imposent. Partir ? Rester ? Si je décide de rester, que va-t-il se passer ? Sommes-nous ensemble, ou pas ? Il m'a dit que l'on se verrait plus tard, c'est donc qu'il veut que je reste chez lui, avec lui. Comme colocataire, ou comme petite amie ?

La question est : qu'est-ce que, moi, je désire ?

Je tourne la tête en entendant un joli bruit derrière nous. Un petit bolide noir nous double à fond de train, prend de la vitesse sur la ligne droite, pour très rapidement échapper à ma vue.

– C'est lui ?

– Oui, mademoiselle.

Je regarde par la fenêtre. Des larmes coulent. Silencieuses. Que j'essuie rageusement. Gabriel m'a fait vivre mon pire cauchemar : je lui ai donné mon corps, je l'ai laissé entrer dans mon corps, dans ce que j'ai de plus intime, il m'a possédée, m'a fait jouir, pour ensuite me traiter comme de la merde. Je me croyais forte, je me leurrais. Il y a des limites à ce que je peux tolérer. Et supporter. Je me leurrais également en pensant que Gabriel ne me ferait pas de mal ; il en est tout à fait capable. Et il vient de m'en donner une preuve magistrale.

19

Gabriel

Avaler des kilomètres et des kilomètres de bitume à fond n'arrange pas mon humeur. Je voudrais rouler encore plus vite, plus fort, prendre encore plus de risques, pour virer ces images de ma tête, mais je ne suis plus au Glen ! Et je vais devoir lever le pied si je ne veux pas avoir les flics au cul. Ouais, je devrais ralentir, ne pas prendre de risques inconsidérés, seulement, je ne peux pas ! La vitesse est ma came, mon exutoire. Le moyen de me sentir vivant.

J'accélère encore, tandis que les images affluent : ses yeux, ses mains, sa bouche, son corps, sa chatte… putain ! Il fallait que je la baise, je n'en pouvais plus d'attendre. Je pensais… Ouais, je pensais qu'ensuite, j'en aurais fini avec elle, que j'allais pouvoir passer à la phase suivante du plan, sans aucun état d'âme. Au lieu de ça, j'ai pris mon pied ! Un pied gigantesque ! Et ça me fout les nerfs. Parce qu'au lieu de me désintéresser de son cas, j'ai encore envie d'elle. Envie d'être dans son corps.

T'es dans la merde, mec !

Je frotte mon visage. Je sais ce qui me reste à faire : prendre un peu de distance, éviter de la voir, de la croiser, de la toucher, sauter d'autres femmes. Dans deux ou trois jours, j'aurai repris une totale maîtrise de mes réactions corporelles. Et de mon cerveau. J'aurai retrouvé ma vie d'avant, pour ne me focaliser que sur mes objectifs. J'ai toujours tout géré dans ma putain d'existence, alors ce n'est pas Sophia Rinaldi qui va me mettre à genoux.

J'enclenche le système téléphonique de ma caisse. Tape sur l'écran digital. Duncan décroche à la troisième sonnerie.

– Salut, fils.

– Salut, Dunc. Ça va ? Quoi de neuf ?

– Attends, je me pose.

Je l'entends s'asseoir dans l'un des fauteuils club de son bureau, face à la grande baie vitrée certainement ouverte sur le parc, là où il aime se poser, comme il dit, pour téléphoner, lire, ou fumer son cigare. Je le vois, comme s'il était devant mes yeux : la cheville sur le genou opposé, son vieux pantalon en tweed élimé de couleur rouille à carreaux, qu'il affectionne lorsqu'il est au manoir, remonté sur ses Burlington, le gilet assorti, la chemise noire ouverte. D'aussi loin que je me souvienne, je lui ai toujours connu ce genre de costume, cette chemise noire. Cette classe. Ouais, c'est ça, mon grand-père est classe. Le type le plus classe que je connaisse, même à 85 ans. Si je suis là aujourd'hui, si je possède tout ça (cette Aston Martin que j'adore !), c'est en partie grâce à lui. Duncan est mon modèle. Je veux qu'il soit fier de moi ; je l'ai toujours voulu. Et il l'est. Indéniablement. Il me le dit d'ailleurs souvent. S'il savait ce que je trame dans son dos, quels sentiments m'animent, il le serait certainement moins.

– Excuse-moi ? Quoi ?

Il rit.

– Tout va bien, fils ?

– Ouais.

– C'est bizarre que tu m'appelles à cette heure. Tu es sûr que ça va ?

– Oui, Dunc. T'inquiète.

– J'ai essayé de te joindre au bureau cette après-midi, ton secrétaire m'a dit que tu étais sorti. Tu es allé au circuit ?

Merde, je ne peux rien lui cacher décidément !

– Oui, je… j'en avais besoin. Tu avais un problème ? J'avais laissé des consignes te concernant.

– Non, non, rien d'urgent.

J'ai une petite pointe d'anxiété en l'entendant tousser. Putain, quand va-t-il se décider à aller voir un toubib ? Depuis qu'il a fait un malaise, je ne suis pas tranquille.

– Tu as vu ton doc ?

– Ce charlatan ? Plutôt crever !

– Dunc ! Je n'aime pas quand tu parles comme ça.

– Que veux-tu qu'il me dise que je ne sais déjà ? Qu'il faut que j'arrête le whisky, le cigare. Que j'arrête de bosser. Autant aller tout de suite au cimetière !

– Dunc… le grondé-je encore gentiment. Tu prends ton traitement au moins ?

Il se met encore à rire.

– Pas le choix ! Ma sœur veille au grain.

Il ne m'apprend rien : Fiona tient à lui comme à la prunelle de ses yeux, même s'ils passent leur temps à se chamailler.

Comme elle tient à moi et a pris soin de moi. Toute sa vie. Jusqu'à ce qu'une autre femme la remplace, me dit-elle souvent. Alors elle pourra s'en aller avec le sentiment d'avoir rempli sa mission, rassurée de me savoir heureux et entre de bonnes mains. Ce qui n'est pas près d'arriver ! J'ai toujours pensé que le bonheur n'était pas pour moi, que je ne le méritais pas. Ce qui en soit est complètement débile, je le conçois : je ne suis pas responsable de la mort de mes parents, de ma grand-mère ; je n'ai pas demandé à survivre à l'accident ; à continuer ma vie sans eux, ni à vivre alors qu'eux sont morts. Et aucune femme, jusque-là, ne m'a attirée suffisamment pour me donner envie d'une relation plus sérieuse. Je repense soudain à Sophia, à ce qu'elle m'a dit : « Je vais prendre soin de toi, Gabriel ! Je te le promets ! » À ce que ses mots ont déclenché dans ma tête, au plus profond de moi.

Comment a-t-elle su ?

« Maman va prendre soin de toi, Gabriel… » disait ma mère lorsque j'étais souffrant. « Tu verras, tu vas rapidement guérir, car les baisers d'une maman sont magiques ! » Fiona aussi me le disait pour me sécuriser, lorsque j'appelais ma mère. Durant des nuits entières. J'avais de la fièvre, le cerveau en ébullition. Mal dans tout le corps tellement elle me manquait. À cette pensée, j'en ai encore des sueurs froides.

– Elle est là ?

– Bien sûr, dans la roseraie. Attends, je lui apporte le téléphone.

Je l'entends se lever. Il me semble, un peu péniblement. Puis après quelques minutes pendant lesquelles me parvient sa respiration sifflante, je l'entends appeler sa sœur d'une voix étouffée. Putain, il faut vraiment qu'il voie un spécialiste pour cette bronchite qui visiblement ne veut pas le lâcher. Il faut aussi qu'il arrête de fumer.

– Allô ?

– Bonjour Fio.

– Oh, mon Gabi, je suis heureuse de t'entendre. Tu vas bien ?

Il y a toujours cette petite pointe d'anxiété dans sa voix lorsqu'elle s'adresse à moi. Elle m'a vu tant de fois inconsolable, m'a élevé avec le cœur, les tripes d'une maman, même si elle n'était pas ma vraie maman. Et ne l'a jamais été elle-même. Elle nous a consacré sa vie ; elle l'a sacrifiée pour s'occuper de Duncan et de moi. Fiona est une sainte, la femme que j'aime le plus au monde.

– Gabi ?

– Oui, oui, pardon. Oui, je vais bien.

– Je te connais, Gabi. Tu ne me la fais pas !

Elle a également le sixième sens des mamans. Elle sait, la plupart du temps, lorsque quelque chose ne va pas.

– Je me fais du souci pour Dunc. Oblige-le à aller voir le doc, Fiona. Je n'aime pas sa respiration sifflante et j'ai le sentiment qu'il est de plus en plus essoufflé.

– Moi non plus, je n'aime pas le voir si fatigué. Dès qu'il se pose dans son fauteuil, il s'endort. Je ne suis pas tranquille.

Putain…

– Alors, raison de plus. J'essayerai de venir ce week-end, peut-être même dès vendredi. Je l'emmènerai voir son médecin samedi matin. Je l'appelle, je m'en occupe.

– Quelle joie ce serait de te voir, mon petit, ça fait si longtemps, s'exclame-t-elle aussitôt.

– Deux semaines, Fio, me moqué-je.

– Oui, eh bien c'est beaucoup. Je n'aime pas te savoir loin

de nous. Comment dors-tu ?

Je me passe la main dans les cheveux.

– Bien.

– Gabi… ? insiste-t-elle.

– En tout cas, ce n'est pas pire.

Je l'entends soupirer.

– Pourquoi n'as-tu pas rappelé Shirley ? Elle est bien, cette petite ! Je connais ses parents, des gens charmants. Sa grand-mère m'a encore dit hier que la pauvre désespérait que tu lui donnes de tes nouvelles. Tu devrais faire un effort, mon grand, trouver une femme, lui faire des enfants. Je ne serai pas éternelle. Il te faut quelqu'un qui prenne soin de toi.

Toujours la même rengaine ! Ça part d'un bon sentiment, mais c'est devenu pour elle une idée fixe, une véritable obsession : elle veut me voir marié ! Si possible, avec quelqu'un de notre « rang », comme elle aime à le dire, pas avec l'une de ces va-nu-pieds à moitié à poil qui s'exhibent dans les magazines et avec lesquelles elle me voit m'afficher. Alors elle essaye de me caser avec toutes les petites-filles de ses amies du club de broderie.

– Je suis très occupé. Et maintenant que je suis aux US, je vais avoir un petit peu de mal à sortir avec une Irlandaise, vois-tu !

Je ne veux surtout pas qu'elle sache quel connard je suis avec les femmes ! Elle s'en étoufferait. Et ne comprendrait pas.

– Gabi, tu vas avoir 30 ans. Ta mère…

Non, pitié, pas ça…

– Tu ne sais pas ce que ma mère aurait voulu ! la réprimandé-je gentiment, tandis qu'un poing sans pitié étreint mon cœur comme à chaque fois que je pense à elle.

Ça fait vingt-cinq ans qu'elle me manque. Chaque jour de ma putain d'existence.

– Mais tu… tu veux des enfants quand même ? entends-je encore.

Pas plus que la semaine dernière, Nana…

Je glisse mes doigts dans mes mèches, me frotte le cuir chevelu énergiquement. Des images de Sophia s'immiscent sous mon crâne malgré moi ; ses immenses yeux noirs posés sur moi dans le jet. Sa façon de me regarder, comme si elle pouvait voir à l'intérieur de moi, au plus profond de mon âme. Si seulement je pouvais cesser de penser à elle de cette façon.

Elle doit déjà être à l'appartement. Si elle partait ? Si elle me quittait ?

J'ai un moment d'absence.

Me quitter…

Putain, ça foutrait tout en l'air !

Je me rassure aussitôt en comprenant que Bruce m'en aurait averti à la minute même où elle aurait pris cette décision. Je lui ai donné l'ordre de l'accompagner où qu'elle aille. De me tenir au courant de ses moindres faits et gestes. Rien ne doit m'échapper. Je respire légèrement mieux. Mais j'accélère. J'ai encore deux heures de route. Il peut se passer n'importe quoi en deux heures. Et soudain, j'ai besoin de la voir, de la sentir, de coller mon nez dans son cou. De m'enfoncer dans sa chatte. Un gémissement m'échappe.

– Je vais devoir te laisser, Fio, dis-je en toussant pour cacher mon trouble. À vendredi.

– À vendredi, mon grand. Prends soin de toi.

– Prends soin de toi aussi. Et de Dunc, ajouté-je.

– Comme d'habitude. Même si ce n'est pas facile tous les jours, tu peux me croire. Il a un de ces caractères.

Je ris.

– Tout comme toi. C'est pour ça que vous vous accrochez autant.

Et que vous vous aimez et respectez autant…

– Heureusement que j'ai ce caractère ! Je ne me laisse pas faire !

– Je le sais !

– Je t'aime, mon grand.

– Je… À très vite, Fiona.

Je raccroche.

Même ça, putain, je n'ai jamais été foutu de le lui dire…

Elle le sait. Bien sûr qu'elle le sait. Mais peut-être a-t-elle besoin que je le lui dise.

Un jour peut-être…

Le pied au plancher, hyper concentré, les kilomètres défilent sans que j'en aie conscience. Je voulais m'arrêter manger au bord de la route, peut-être me taper une serveuse par la même occasion, je n'ai maintenant qu'une envie : rentrer chez moi. Retrouver Sophia.

Les images de nos ébats s'invitent dans mon esprit sans y avoir été conviées : ses seins, sa peau si douce, son odeur. Elle n'en avait pas assez, en redemandait, luttait pour ne pas jouir trop vite. Luttait contre moi, et putain… c'était…

STOP !

Perdu dans mes pensées, je parcours les derniers kilomètres sans même m'en rendre compte. L'immense tour de la résidence est enfin en vue. Je décélère, descends l'allée menant à la porte automatique du parking souterrain, m'arrête. J'ouvre la vitre, tape le code. Puis entre, pour me garer à côté de la Lexus, dans l'une des autres places réservées à mon nom.

Mon excitation monte d'un cran lorsque le petit « dong » de l'ascenseur retentit. Les portes s'ouvrent. Une bonne odeur arrive jusqu'à moi, me mettant l'eau à la bouche. Un soupir m'échappe en voyant son sac sur l'un des canapés, ses chaussures. Ma queue se tend en l'imaginant pieds nus, sa robe s'ouvrant sur ses cuisses sculpturales à chacun de ses pas. Ses longs cheveux libres dans son dos, qu'elle aura ensuite remonté en chignon pour cuisiner.

Depuis quand imaginer une femme dans ma cuisine me fait bander ?

Depuis que Sophia Rinaldi est entrée dans ta vie, mec !

Une assiette m'attend sur le plan de travail, avec une petite étiquette : « Bon Appétit ! »

« Je vais prendre soin de toi, Gabriel… » Elle a tenu parole ! Malgré ce que je lui ai imposé, malgré le fait que je me suis comporté comme un connard, elle est restée, elle ne s'est pas enfuie, elle n'a pas abandonné. Elle ne m'a pas abandonné, elle a même cuisiné pour moi.

Je pose ma veste sur le dossier de l'un des tabourets de bar, remonte mes manches de chemise. Pour ensuite me servir un whisky et me poster devant la baie vitrée.

J'ai faim !

Pourtant, ce n'est pas de lasagnes dont j'ai envie, mais de son corps.

Je me ressers un verre, range l'assiette dans le frigidaire, gravis l'escalier. Je la découvre à la salle télé. Couchée sur le canapé. Endormie. Appuyé contre le chambranle, je sirote mon whisky par petites lampées, en me perdant dans la contemplation de son corps alangui, à peine dissimulé par sa nuisette rouge bordée de dentelle noire. L'une de ses cuisses, remontée, me laisse entrevoir, d'où je suis, sa culotte assortie. L'envie de la toucher, juste là, de toucher sa peau si douce, d'y mettre mon nez, ma bouche, ma langue, puis ma queue, devient irrépressible. Un grognement sort de mes lèvres serrées. Je fais quelques pas, me retrouve comme un con au centre de la pièce. Je me laisse tomber dans l'un des fauteuils lui faisant face, sans cesser une seule seconde de la contempler. Ses cheveux sont ramenés sur sa poitrine, qu'ils cachent en partie, ses mains délicatement posées l'une sur l'autre sous sa joue. Elle dort à poings fermés, la bouche légèrement ouverte. L'odeur de son gel douche arrive jusqu'à moi, mettant mes sens en émoi.

Que faire : la baiser, penser à elle comme un fou, ou ne plus la baiser, et penser à elle comme un fou ! Dans les deux cas, je suis moi-même baisé ! Je retiens un ricanement en réalisant que je pense à elle comme un fou chaque seconde de ma putain d'existence depuis notre rencontre !

Je me lève comme un ressort, finis mon verre que je pose sur la table basse.

Je sors de la pièce, entre dans mon bureau. J'ai un petit pincement au cœur en constatant que le tiroir dans lequel je range des papiers importants n'est pas fermé à clé. Ai-je oublié de verrouiller ? Putain, où ai-je la tête ? Est-elle entrée dans cette pièce ? Y a-t-il un risque qu'elle ait lu les documents que j'ai préparés pour notre mariage ?

Je l'en extirpe, tourne les pages fébrilement. Tout y est.

Rien ne manque. Je le repose à sa place, récupère la petite clé dans le cendrier, verrouille, pour ensuite la laisser tomber dans la poche de mon pantalon.

Je retourne à la salle télé, la contemple encore de longues minutes.

La musique du générique du film s'élève, un peu forte. Sophia soupire, passe sa langue sur ses lèvres, tourne un peu son visage. J'ai un hoquet de surprise en remarquant ses paupières gonflées, rougies. Je l'ai fait pleurer, putain ! Je refuse d'analyser ce que je ressens. Là, maintenant. Je verrai plus tard, à tête reposée, quand… quand ce sera moins le bordel dans ma tête.

Tout doucement, avec d'infinies précautions pour ne pas risquer de la réveiller, je la prends dans mes bras, pour aller la déposer délicatement sur son lit. Elle se saisit de ma main, soupire :

– Gabriel…

Elle tire mon bras à elle. Ma main se retrouve entre ses seins, ne me laissant d'autre choix que de me coucher contre elle, dans son dos. Je vire mes chaussures, referme mon bras autour de son corps.

– Je suis là. Rendors-toi, m'entends-je répondre, soulagé malgré moi.

Si elle avait lu le contrat, elle ne gémirait pas mon nom de cette façon, comme si j'étais encore entre ses cuisses, ni ne m'attirerait contre elle. Rêve-t-elle de moi ? Pense-t-elle à moi ? Autant que je pense à elle ?

Mes yeux se ferment. Là encore, malgré moi. Après de longues minutes, le nez dans ses cheveux, tout contre sa peau, mon corps épousant intimement le sien, parfaitement, je pense soudain, une fraction de seconde avant que le sommeil ne m'emporte, mais avec une profonde lucidité, que son odeur me calme. Calme mes angoisses, mes peurs, ma solitude. Et que je pourrais n'avoir envie de rien d'autre que d'être couché contre elle.

Jusqu'à la fin de mes jours.

20

Sophia

La sonnerie de mon portable me tire d'un songe dans lequel Gabriel, le visage entre mes cuisses, me fait défaillir de plaisir.

Maintenant que je sais ce que cet homme est capable de me faire ressentir, à quel point j'ai pris plaisir à faire l'amour avec lui, à l'accueillir dans mon corps, les sensations qu'il éveille, je ne vais plus pouvoir penser à rien d'autre qu'à la prochaine fois. Même s'il s'est comporté comme un connard, je veux l'avoir encore à moi. En moi. Je ne le laisserai pas m'échapper. Je le veux. Je n'ai jamais voulu un homme avec autant de passion.

Je m'étire, ouvre les yeux. Au souvenir de ses bras autour de moi, de son corps contre le mien, un sourire se dessine sur mes lèvres. Il m'a portée, couchée, puis il s'est serré contre moi. J'étais merveilleusement bien, avec le sentiment d'être à ma place. Dans ses bras, dans son lit. Dans sa vie. J'ai alors su que j'avais fait le bon choix : revenir ici, et ne pas le quitter malgré le fait qu'il m'a lâchement abandonnée après notre séquence d'amour. Premièrement, parce que je veux comprendre pourquoi il a eu une telle réaction car je n'ai pas cru une seule seconde à cette histoire de client de dernière minute, ensuite parce que je suis incapable de me tenir éloignée de lui.

Est-il encore ici ?

Peut-être m'attend-il, comme hier matin, devant un plantureux petit déjeuner ?

Je tends l'oreille, pour constater, un peu déçue, qu'il n'y a aucun bruit provenant de la cuisine.

Je saute du lit, mon cœur tambourinant d'excitation à l'idée de le revoir.

Une bonne odeur me cueille dès le bas des marches, que j'ai dévalées au risque de me rompre le cou. Ma joie dure peu. Le temps d'une pensée : il n'est pas là ! Mais sur le bar, comme hier, sont disposés un verre de jus d'orange, un panier de viennoiseries encore tièdes, une assiette, des couverts, une tasse. Le café est prêt. Rien ne manque. Que lui !

Tout à coup, je n'ai plus faim, mon appétit n'est plus de mise. C'est Gabriel que je voulais sous les yeux, que je voulais dévorer, et non ses croissants. Même si l'attention est charmante.

Je me sers une tasse de café puis m'adosse au plan de travail, perdue dans mes pensées, jamais très loin : lui, encore lui. Je touche mes lèvres du bout des doigts, tandis que l'envie de lui me fait frissonner.

Que faire ?

Le provoquer ?

Le laisser venir à moi ?

En mettant ma tasse dans le lave-vaisselle, je constate que l'assiette de lasagnes que j'avais laissée à son intention est rangée au fond, avec ses couverts. Ainsi donc, il a fait honneur à mon plat. Je le nourris ; il me nourrit. Je m'occupe du repas du soir, lui du petit déjeuner. Sera-ce dorénavant notre façon de prendre soin l'un de l'autre ? De penser à l'autre sans l'approcher ? Si j'ai le choix, je sais bien que non ! J'ai besoin de le voir, d'entendre sa voix. Maintenant !

Je cours jusque dans ma chambre, m'empare de mon téléphone, tape :

[Merci pour le petit déj !
On se voit ce soir ?]

J'envoie le message, puis j'attends. De longues minutes. Très longues minutes. N'y tenant plus, je sors sur la terrasse, jusqu'à la balustrade. Je contemple New York à mes pieds, son effervescence. Gabriel est certainement à son bureau, là, quelque part dans cette immensité. Il pense à moi en ce moment même. Je le sais. Même s'il ne m'a toujours pas répondu.

Sale gosse…

Il a passé la nuit avec moi. Toute la nuit. J'ai eu conscience plusieurs fois de son corps contre le mien. J'aurais dû le réveiller, le prendre dans ma bouche, lui faire l'amour, ne pas le laisser quitter mes bras sans lui faire comprendre que…

Que quoi ?

Que je le désire, comme jamais je n'ai désiré un homme ? Que je veux passer du temps avec lui ? Prendre soin de lui ? Il le sait déjà. Pour le reste, il n'a pas besoin de le savoir. Oui, j'aurais dû, mais j'étais épuisée, j'avais besoin de dormir. Et maintenant, il est trop tard, surtout s'il s'acharne à m'éviter.

***

– Tu es bien guillerette ce matin ! constate Matt, après m'avoir ouvert la porte.

Je l'enlace.

– C'est parce que tu illumines mon quotidien, Matt.

Il répond à mon étreinte.

– Oh, chérie, c'est gentil ! Mais je ne te crois pas une seule seconde.

– Pourquoi ? demandé-je, en me reculant pour l'observer attentivement.

Il me précède à l'intérieur de la galerie, jusqu'à la banque d'accueil.

– Non pas que je doute de ton attachement, Sophia. Mais tu as la tête d'une femme comblée.

Je pouffe.

– Qu'ai-je dit de si drôle ? Tu n'as pas baisé avec lui, peut-être ?

– Si. Tu as raison, mais ça ne s'est pas tout à fait passé comme je l'escomptais. Enfin, pendant c'était… mais ensuite…

Matthew claque des doigts devant mes yeux.

– Hé, ho… Reviens, je suis là ! Raconte !

– On va se prendre un petit café ? demandé-je, après avoir posé mes affaires sur le bureau derrière la banque, et regardé ma montre.

Nous avons une bonne heure avant l'ouverture de la galerie.

– Bien sûr. Alors ? demande-t-il à son tour en m'emboîtant le pas. Putain, Sophia, ne m'oblige pas à te tirer les vers du nez. C'était comment ?

Je prends le temps de mettre en route la machine à café,

de placer une capsule à l'intérieur avant de lui faire face.

– C'était bien, Matt. Plus que bien même.

Les mots me manquent.

– Eh bien… remarque très justement Matt en appuyant lui-même sur le bouton de la machine.

Je secoue la tête, larguée, perdue dans mes souvenirs, de merveilleux souvenirs. Puis de plus douloureux. Matt me tend ma tasse, dans laquelle je trempe aussitôt mes lèvres. Je sais que ce n'est pas bien, je l'ai lu dans une revue médicale, mais j'aime parfois boire mon café brûlant. La chaleur me réconforte.

– À ce point ? continue mon meilleur ami, aussi curieux qu'une vieille chouette.

J'opine du chef.

– Mum, mum…

– Eh ben…

– Comme tu dis !

– Que comptes-tu faire ?

– Étant donné qu'après m'avoir baisée comme si j'étais la seule femme sur terre, ou qu'il allait, je ne sais pas, se faire opérer d'une orchite qui entraînerait une impuissance à vie, faire une retraite de six mois dans un monastère bouddhiste, qu'il allait perdre ses attributs par je ne sais quels sortilèges malfaisants, devenir homosexuel…

Là, je le vois hausser un sourcil. Il faut que j'arrête de divaguer ou il va me coller une baffe pour me remettre dans le droit chemin. Et il aura bien raison.

– Étant donné que… reprends-je. Après avoir pris notre pied, un pied gigantesque, il n'a rien trouvé de mieux que se tirer au volant d'une bagnole à faire pâlir d'envie n'importe quelle femme, pour ne réapparaître que pendant la nuit, alors que j'avais cuisiné pour lui.

– Quel genre de voiture ?

– Rhooo, mais on s'en fout, Matt, m'étouffé-je. Il s'est barré, tu entends ! Il m'a baisée, puis il a pris la tangente.

– Il flippe ! C'est clair comme le nez au milieu de la figure.

J'ai un rire hystérique.

Je l'enlace. Mais loupe mon coup.

– Putain, Soph !

– Pardon, je... dis-je aussitôt en me reculant pour constater les dégâts. Mais c'est ta faute aussi, avec tes reparties débiles ! Tu as une chemise de rechange ?

– Non, et toi ?

Je pouffe une nouvelle fois.

– Non. Moi, j'ai seulement des culottes.

Je me saisis du rouleau de papier absorbant, en détache quelques feuilles pour essuyer la coulure de café s'étalant sur sa belle chemise mauve. Il me les arrache des mains après quelques minutes de frottements que j'imagine intenses, peut-être un peu inutiles, voire désagréables.

– Arrête ! Tu attaques l'os. Putain, Soph, va te reposer, ou... appelle-le, tiens ! Dis-lui de venir te rejoindre, ici. Et demande-lui de te baiser sauvagement dans ton bureau. Ça fait toujours son petit effet.

J'ouvre grand les yeux. C'est à son tour de rire.

– Mais non, tu es bête !

– Jamais ?

– Jamais !

– Même pas avec ton beau militaire ? Ou Steven ?

– Non. À croire qu'ils n'étaient pas si importants que ça

dans ma vie. Ou que… je ne l'étais pas assez à leurs yeux.

Je tends les bras.

– Oh, mon bébé… viens là !

– Attention ! C'est douloureux. Tu m'as brûlé au troisième degré, je te rappelle.

Il me laisse néanmoins l'enlacer. Je le serre contre mon cœur.

– Mais je crois que Tic a le béguin pour moi, dit-il doucement, niché dans mon cou. Ou Tac… ajoute-t-il.

– Comment ça ?

– Je ne sais pas encore comment l'appeler.

– Pourquoi pas par son prénom ?

– Encore faut-il que je le sache.

– Demande-le lui.

– Ce serait un bon début, effectivement. Bon, je te laisse, je vais… m'acheter une nouvelle chemise. Très, très chère, vu que c'est toi qui raques !

– Parfaitement ! Demande à Tic de t'accompagner. Je n'ai pas besoin de deux gardes du corps.

Il devient tout à coup sérieux.

– On ne sait jamais, Soph. Tu ne crois pas que ton ex pourrait vouloir s'en prendre à toi, physiquement, après avoir ravagé ton appartement ? Je suis d'accord avec ton BG, tu as besoin de cette protection. Silvio est un taré !

Putain, j'avais presque fini par oublier ce type. Merci, Matt.

– Tu as sans doute raison. Offre-lui un café, alors.

Un grand sourire illumine son visage. Je n'ose lui demander si c'est fini avec Steven, mais à sa dernière remarque, je pense que oui.

Il vide sa tasse. Me colle un baiser mouillé sur la joue.

– Matt… grogné-je.

– Quoi ? Juste retour des choses, ma belle. Et encore, je suis sympa, je pourrais cracher sur ta belle tunique !

– Pff. N'importe quoi, tu n'oserais jamais ! Excuse-moi, je n'ai pas fait exprès.

J'en ai presque les larmes aux yeux. Il caresse ma joue.

– Je sais, ma belle. Je plaisante. Finalement, ce café, ce n'est peut-être pas une si mauvaise idée que ça, mais je vais attendre d'avoir une belle chemise toute neuve. À plus, bébé.

– À plus, Matt.

Attendrie, je le regarde poser sa tasse dans l'évier, puis s'éloigner. Je pouffe une nouvelle fois en voyant sa tête réapparaître, assortie d'une grimace.

Que ferais-je sans lui, sans sa bonne humeur ?

Ma vie me paraîtrait tellement vide et triste.

Je finis mon café, passe ma tasse sous l'eau, puis sors à mon tour de la pièce pour me rendre dans mon bureau. Je m'installe devant mon PC, l'allume, soudain fébrile.

Allez, allez… dépêche…

Soixante-seize mails !

Putain…

Je les passe en revue. En espérant voir s'afficher le nom qui fait accélérer ma fréquence cardiaque.

Là, là… c'est lui ! Il m'a écrit. Je suis comme une puce hystérique devant mon écran. Je laisse de côté le mail d'Amaury Chang pour ouvrir celui de mon amant. Même si Amaury m'annonce qu'ils annulent pour demain, que je serai de ce fait ruinée, en tout cas moins à l'aise financièrement, la galerie peut s'effondrer sur moi, rien ne pourrait me faire renoncer. Sauf… mes mains tremblantes, les frissons d'appréhension courant le long de mon dos, mes sueurs froides. Je tremble de la tête aux pieds. Comment peut-il me faire cet effet ? Alors qu'il n'est même pas dans la pièce ! Je lève les yeux en entendant du bruit dans la galerie, des voix. Je regarde l'heure de son mail. Il me l'a envoyé il y a une heure.

Bordel…

S'il venait obtenir une réponse que je tarde à lui envoyer ? Je repense à hier. Il est si beau en colère. Ou inquiet. Ou encore torturé. Ou vibrant de passion. Au volant de son bolide. Ou lorsqu'il jouit.

Matt s'encadre dans le chambranle de ma porte, me faisant pousser un petit cri.

– Je suis de retour.

– Je vois ça, dis-je, après avoir repris contenance.

Il me jette un regard suspicieux.

– Tu matais un porno ?

– Non, pourquoi ?

– Tu as les joues rouges.

– C'est… je… j'ai un mail de Gabriel.

Il entre, visiblement excité lui aussi.

– Tu l'as lu ?

– Non. Pas encore. Tu m'as distraite au moment où j'allais l'ouvrir.

Il vient se poster à mes côtés, une main sur le dossier de mon fauteuil, l'autre sur mon bureau.

– Matt !

– Quoi ?

– Je ne peux lire son mail si tu restes planté là !

– Ben pourquoi ?

– Parce que ! C'est… gênant.

– OK, OK. Je te laisse.

Il s'éloigne, écarte les bras.

– Comment tu me trouves ?

J'inspecte sa chemise orange flashy.

– Parfait ! Comme d'habitude !

Ce n'est que la vérité ! Quelle que soit la tenue excentrique qu'il arbore, les couleurs improbables, il est mignon.

– Tu me laisseras ta note.

Il a un charmant mouvement de poignet.

– Laisse tomber, bébé. Et au fait, j'ai invité Tic et Tac à boire leur café à l'intérieur, dit-il en s'approchant de la sortie.

– Les deux ?

– Ouais…

Il roule des yeux de façon si comique que je m'esclaffe. Pour ensuite me reconcentrer sur mes mails. J'inspire profondément.

De : Gabriel Monteiro
À : Sophia Rinaldi
Objet : Belle endormie !
Date : 13 avril 2018 9:13

Trésor,
Pas de quoi ! Tu es belle quand tu dors ! À ce soir !
Gabriel Monteiro-MacAllen
P.-D.G., M.A.G.

De : Sophia Rinaldi
À : Gabriel Monteiro

Objet : Absence !
Date : 13 avril 2018 10:15

Monsieur Monteiro,
Je ne serai pas à l'appartement ce soir, je sors avec un ami !
À un de ces jours !
Sophia

Je clique sur le bouton « envoi », fière de moi.

De : Gabriel Monteiro
À : Sophia Rinaldi
Objet : Lucide !
Date : 13 avril 2018 10:17

Je sais très bien ce que tu es en train de faire, Sophia !
Gabriel Monteiro-MacAllen
P.-D.G., M.A.G.

De : Sophia Rinaldi
À : Gabriel Monteiro
Objet : Extra-lucide !
Date : 13 avril 2018 10:20

Moi aussi je sais ce que tu caches, Gabriel !
Sophia

Voilà ! Mail envoyé. Je parcours les autres, sans réel intérêt. Puis j'ouvre le mail d'Amaury. Sans grande surprise, je lis qu'il est ravi de me revoir, ravi que son père ait voulu traiter avec moi et ma galerie, sur ses conseils. Si la vente fonctionne bien, il en recueillera tous les honneurs, et ce n'est que justice. Il se démène pour leur business. Amaury est sûr de lui, comme tous les types nés avec une cuillère en argent dans la bouche, mais il est aussi agréable, souriant, érudit, plutôt mignon. J'avoue qu'il m'a intriguée et attirée lors de notre première rencontre ; charmée aussi. Mais ça, c'était avant que Gabriel n'entre dans ma vie, avec l'impact d'un char d'assaut contre un mur en papier mâché : il a tout pulvérisé sur son passage. Pour me laisser anéantie. Le menton dans ma main, je mâchouille l'ongle de mon annulaire droit. Est-ce que le traumatisme de son enfance l'a rendu hermétique à tout sentiment ? Est-il capable de se sentir heureux ? D'en avoir même envie ? D'après ses propres dires, il n'a jamais voulu de relation sérieuse avec une femme, alors pourquoi le ferait-il avec moi ? Je ne crois pas être si « spéciale » que ça !

Je suis tirée de ma rêverie par des pas dans le couloir. Gabriel fait irruption dans mon bureau, Matt sur ses talons.

Nom de Dieu…

– Je… Ça va aller, Soph ? s'enquiert mon meilleur ami, garde du corps de mon intimité, ainsi que de mon intégrité mentale.

Gabriel se tourne vers lui, étonné par le ton de Matt. J'acquiesce silencieusement, complètement déstabilisée par l'apparition.

La vache ! À chaque fois qu'il m'apparaît, je le trouve encore plus craquant. Il porte ce costume rayé gris que j'avais repéré dans son dressing, une chemise blanche. Il desserre sa cravate.

Seriez-vous inquiet, M. Monteiro ?

– OK, alors, je vous laisse. Je suis là, Soph, si tu as besoin de moi.

Il s'éloigne.

Gabriel m'observe gravement, avec… je ne sais pas… une étrange lueur dans le regard. Il vient appuyer ses mains sur le plateau de mon bureau, se penche. Jusqu'à presque me toucher. Sa bouche si proche de la mienne qu'il me suffirait d'avancer de quelques centimètres pour poser mes lèvres sur les siennes. Je passe ma langue sur mes lèvres, soudain sèches.

– Alors comme ça, vous savez ce que j'ai en tête, mademoiselle Rinaldi ?

Pas tout à fait à vrai dire…

– Parfaitement !

Il plisse des yeux, m'observe avec encore plus d'intensité.

– Dis-moi, souffle-t-il.

– Non.

Nous nous affrontons. Ses yeux deviennent torrides. Il les ferme un instant. Quand il les rouvre, l'étrange lueur s'en est allée et il semble avoir retrouvé une totale maîtrise de lui-même. Pourtant, j'ai cru déceler derrière son désir toujours aussi évident une sorte de… de réticence. D'angoisse. Presque de la peur.

Je comprends encore moins ! De moins en moins. Tandis qu'un intense sentiment de pouvoir me submerge : je le déstabilise.

– Réponds à ma question, dit-il encore d'une voix sourde.

Douce.

D'une douceur que démentent ses yeux de feu.

– Toujours pas.

Il grogne.

– Tu sais que je pourrais parfaitement me mettre en colère ?

Je me lève, contourne le bureau, lentement. Je m'arrête devant lui, entre ses jambes qu'il a écartées après avoir posé ses fesses contre mon bureau.

– Qu'est-ce que tu me ferais, si je te laissais faire ? Ce qui est loin d'être le cas, enchaîné-je aussitôt en voyant son regard se troubler.

Quelle sensation grisante…

Il pose ses mains sur mes hanches. Mon corps réagit instantanément. Il n'a pas besoin d'ouvrir la bouche, je sais parfaitement la teneur de ses réflexions : il me veut. Il a envie de moi, là, maintenant.

– Va fermer la porte et tu le sauras.

Putain, non ! Il n'en est pas question ! C'est moi qui dicte les règles. Même si j'en crève d'envie, il ne me fera pas l'amour ici, en plein jour, alors que Matt est à côté. Je ne le laisserai pas me baiser sur mon bureau, mais je veux m'amuser à ses dépens.

Je mets mes bras autour de son cou.

– Certainement pas !

Il me plaque contre son entrejambe.

– Comment te résister, Trésor ?

Je me saisis de sa queue, le caresse par-dessus son pantalon. Je ne devrais pas le toucher ou, dans quelques secondes, je vais le supplier de me baiser. Fort. Le plus fort possible. Sur mon bureau, au mépris de toutes mes bonnes résolutions. Je verrouille mon désir, finis par laisser tomber.

– Une autre fois, peut-être. Mais pour cela, il faudrait que je te pardonne.

– Toi aussi, tu es en colère ? halète-t-il.

Je continue de le caresser, puis je serre mes doigts autour de sa verge qui ne cesse de grossir.

– Bien sûr ! Mais ne me dis pas que tu m'as laissée seule hier soir juste pour me mettre en colère et t'exciter ?

Il recouvre ma main de la sienne, gronde, la voix rauque :

– Putain, Sophia.

J'ai envie de lui. À en crever. Mais je ne lui donnerai pas ce qu'il veut. Pour cela, il va devoir faire d'énormes efforts. Et il devra le comprendre seul. Par contre, je le veux… d'une autre manière.

– Gabriel ? murmuré-je, la voix rauque.

– Oui, Trésor ? Demande-moi ce que tu veux.

Il glisse sa main le long de ma nuque, se penche pour m'embrasser, mais je lui échappe. J'aime ce que je vois dans ses yeux en longeant son corps pour me mettre à genoux.

– Ce que je veux, c'est ça ! dis-je, en ouvrant son ceinturon.

Il ne résiste pas lorsque j'écarte l'élastique de son boxer, saisis son sexe.

Je lève les yeux. Il ne me quitte pas du regard, les pupilles dilatées démesurément. J'exulte de faire bander à ce point un homme comme lui. Je glisse ma langue, le long de son membre tendu à l'extrême, jusqu'à son gland. Je donnerais beaucoup pour le recevoir en moi, maintenant, mais je muselle mon désir. Tout en augmentant le sien.

– Sophia…

Sa voix se répand sur mon corps comme une supplique, résonne dans mon ventre, me fait tressaillir.

Il empoigne mes cheveux.

Je lève à nouveau les yeux, plonge dans les siens.

– Viens, Trésor. Je veux être en toi.

Il me supplie ?

Une fois de plus, j'exulte, et sans un mot, je le suce avec encore plus d'acharnement. Je veux le voir péter les plombs, cesser de me résister. Je sais qu'il veut me baiser, mais il devra attendre mon bon vouloir pour cela ! Ce sera quand je veux, et où je veux. Mes yeux se mouillent tant il grossit, écarte mes lèvres. Je griffe ses fesses, l'englobe jusqu'à la garde. Plusieurs fois. Il gémit, se tend. Lutte. Je lui donne les commandes, car je sais que c'est ce qu'il veut. Et ce que je veux aussi. Il comprend aussitôt, crispe ses doigts autour de ma nuque, se rend maître de ma bouche. En trois coups rapides, il éjacule au fond de ma gorge, en grondant comme s'il mourrait. J'avale sans sourciller, plongée au fond de ses magnifiques prunelles magnétiques rivées sur moi. Un éclair de satisfaction et de contentement les traverse, suivi de… de quelque chose de plus doux, tandis qu'il caresse ma joue du bout des doigts. Je me redresse, m'empare de ses lèvres, tout en continuant de le caresser.

– Tu as aimé ? demandé-je, après de longues secondes d'un baiser torride.

– Très !

Il baisse la tête. Je n'en aurai pas plus. Mais je n'en ai pas besoin, j'ai vu ce que je voulais voir : il est à moi ! Je peux faire ce que je veux de lui. Jusqu'à quand ? Je n'en sais foutre rien, mais qu'importe !

– Regarde-moi, Gabriel !

Il relève la tête, surpris. Je prends ses couilles dans ma main, plonge au fond de ses yeux.

– Si tu recommences ce que tu m'as imposé hier. Si tu me baises, pour ensuite m'ignorer, me laisser en plan, même si c'est pour le travail, je te coupe les couilles durant ton sommeil. OK, darling ?

Il rit. Si fort qu'après quelques secondes, je ne peux m'empêcher de rire avec lui.

Putain, ça fait du bien !

Il empoigne ma nuque, soude son front au mien.

– Qu'est-ce que tu me fais, putain ?

– Ce que tu me fais toi-même.

– Je te bouleverse ?

Comment ça : je le bouleverse ? Moi ? Lui ?

Il reste silencieux, semblant perdu dans ses pensées. Mon cœur tambourine dans ma poitrine. Je vais me trouver mal. Toutes ces émotions me retournent le cerveau.

– Promets-le moi, Gabriel, dis-je encore, faisant fi de ma fierté.

Il sonde mes iris, comme s'il le faisait de mon âme.

– Je me suis mal comporté, je le regrette, c'était… c'était très mal élevé. Pardonne-moi. Je ne recommencerai pas.

Punaise, on dirait un petit garçon pris en faute. Joue-t-il la comédie, ou est-il sincère ? Encore une fois, en pensant à ce qu'il a subi mon cœur se serre. Alors que je ne devrais pas me laisser attendrir, sinon je lui pardonnerai tout, tout le temps, quoi qu'il fasse. En plus de lui donner une totale emprise sur moi.

Il me soude à nouveau à son bassin.

– Alors comme ça, tu penses comprendre comment je fonctionne ? demande-t-il soudain, d'une voix tendue, en lutinant mon cou.

Un gémissement m'échappe. Je ne suis qu'une faible femme après tout.

– Je ne pense pas. Je sais ! Je sais plein de choses sur toi, Gab.

– Comme ? enchaîne-t-il, en remontant insidieusement l'ourlet de ma jupe.

– Ce que l'on m'a dit, ce que j'ai lu... haleté-je, en sentant ses doigts effleurer mon entrejambe.

Il appuie sur mon clitoris à travers ma lingerie.

Nom de Dieu...

Je n'aurai jamais assez de deux culottes.

– Ce que tu as lu ? grogne-t-il encore.

– Oui, ce que j'ai... lu...

Putain, je vais jouir !

– Mais encore ? s'acharne-t-il, en appuyant fortement sur mon clitoris. Dis-le-moi et je te permets de jouir, Trésor.

– Va te faire...

Il me fait taire d'un baiser. J'empoigne sa queue à nouveau dressée entre nous, bien décidée à me battre avec des armes en main. Notre baiser dure, et dure encore. Sans que je n'y prenne garde, toute à la sensation de sa langue embrassant la mienne, il glisse deux doigts sous l'élastique de ma culotte, et me pénètre. Il crispe ses doigts sur ma nuque, m'empêche de lui échapper, tout en buvant mes cris et en allant et venant dans mon sexe. Impérieusement. Jusqu'à me faire exploser.

– Un partout, Trésor, dit-il contre ma bouche, après avoir retiré ses doigts. À ce soir.

Sale gosse !

Je manque m'affaler lorsqu'il me relâche pour s'éloigner.

En un rien de temps, il se réajuste et quitte mon bureau. Il me faut plusieurs secondes pour comprendre qu'il a disparu. Son odeur est partout dans la pièce. Sur moi. Divine. Boisée. Addictive. J'effleure mes lèvres. J'ai encore sa saveur dans ma bouche. Une saveur exquise, dont je ne me lasserai jamais, aussi longtemps que je vivrai.

21

Sophia

Je me jette plus que je ne m'assois dans mon fauteuil de bureau, les jambes coupées, mais avec le sourire aux lèvres.

Je tape un mail à l'intention de Gabriel :

De : Sophia Rinaldi
À : Gabriel Monteiro
Objet : Récréation !
Date : 13 avril 2018 11:30

Merci pour ce charmant interlude. Tu reviens quand tu veux.
Ce soir, comme je te l'ai dit, je ne suis pas libre.
Sophia

Je n'attends pas très longtemps sa réponse. Comme il vient de me quitter, je suppose qu'il regarde ses mails depuis son portable. Je souris en pensant que nous sommes liés, intimement connectés. Il pense à moi, au moins autant que je pense à lui.

De : Gabriel Monteiro
À : Sophia Rinaldi
Objet : Crimes et châtiments !
Date : 13 avril 2018 11:32

Mademoiselle Rinaldi,
Ne jouez pas avec mes nerfs ! Vous pourriez le regretter !
Gabriel Monteiro-MacAllen
P.-D.G., M.A.G., sur les starting-blocks pour revenir te mettre la fessée que tu mérites.

Merde…

De : Sophia Rinaldi
À : Gabriel Monteiro
Objet : re-Crimes et châtiments
Date : 13 avril 2018 11:34

Monsieur,
Vous ne me faites pas peur ! N'oubliez pas que je sais énormément de choses sur vous ! Je dois vous laisser. Je bosse, MOI !!!
Sophia

Ce qui est on ne peut plus faux ! Je fantasme à mort sur un type, discute avec lui plutôt que de bosser. Et cerise sur le gâteau : je le laisse me faire jouir sur mon lieu de travail !

Que fait-il de moi, nom de Dieu ?

De : Gabriel Monteiro
À : Sophia Rinaldi
Objet : Chance !
Date : 13 avril 2018 11:39

Sophia,
Nous en reparlerons ce soir. Je pars en réunion. Ne m'oblige pas à te ramener par la peau des fesses à la maison. Tu ne peux pas m'échapper ! Je te retrouverai toujours. Où que tu sois !
Gabriel Monteiro-MacAllen
P.-D.G., M.A.G.

Quoi ?

Ce type est vraiment ravagé ! Pour la peine, je ne réponds rien. Libre à lui de venir me harceler jusqu'ici.

Je lève la tête en entendant frapper.

– Oh, Amaury, bonjour, dis-je aussitôt en me levant pour aller à sa rencontre. Que me vaut l'honneur de votre visite ?

Il me surprend en s'approchant pour m'embrasser.

– Vous êtes là depuis longtemps ?

J'espère qu'il n'a rien entendu de mon moment de folie avec Gabriel.

– Je viens d'arriver. Matthew m'a dit où vous trouver. J'espère que je ne vous dérange pas.

Je respire légèrement mieux.

– Bien sûr que non. Vous ne me dérangez jamais, Amaury. Vous voulez voir ce que nous avons prévu pour vos poteries ?

– Avec plaisir.

Je lui fais faire le tour des salles en lui décrivant ce que nous avons mis en place. Demain, la galerie sera fermée au public. Des prestataires de service embauchés pour l'occasion par M. Chang s'occuperont de disposer les poteries dans la pièce des expositions ; Matt et moi nous occuperons en personne de leur mise en valeur sachant que tout a déjà été savamment pensé, puis la journée se clôturera par le vernissage, auquel M. Chang a convié plusieurs personnalités, ainsi que les journalistes. Ce sera un merveilleux coup de pub pour la galerie, ainsi que pour Matt. J'essaie de rester concentrée sur l'exposition, mais je ne cesse de penser à mon beau brun, ainsi qu'à la façon de lui faire péter un câble.

– Amaury ?

Le beau Franco-Asiatique braque ses très beaux yeux bleus sur moi.

– Oui, belle Sophia ?

– Vous êtes libre ce soir ?

– Hélas, non. J'ai un dîner d'affaires.

Il regarde sa montre.

– En revanche, je peux vous inviter à déjeuner. Si vous n'avez rien d'autre de prévu, évidemment.

Il prend ma main, la presse dans la sienne, pour ensuite y poser ses lèvres, en attente de ma réponse.

– Ce serait pour moi un honneur, ajoute-t-il en me souriant.

Ah, carrément !

– Et pour moi un grand plaisir. J'accepte, réponds-je, en répondant à son sourire. Est-ce que ça vous ennuierait que Matt se joigne à nous ?

Il paraît soudain gêné, presque intimidé.

– Je… je n'y vois aucun inconvénient.

– Super ! Alors allons-y.

***

Quelques minutes plus tard, nous sommes attablés dans le petit resto français du bout de la rue, qui a ouvert ses portes il y a quelques mois. Très typique, convivial. La réplique conforme d'un bouchon lyonnais, d'après ce que j'ai compris, avec nappes à carreaux, tripes, lard double, quenelle de brochet, gratin d'andouillette et cervelle de canut. Un régal ! Pas diététique pour deux sous, gras, roboratif, mais excellent ! Les desserts sont également à tomber, leur crème brûlée une tuerie.

Luc, le propriétaire, vient aussitôt nous souhaiter la bienvenue. Il est comme son restaurant : chaleureux. Un peu bedonnant, jovial, toujours souriant ; son accueil bon enfant fait beaucoup dans le succès de son établissement, qu'il dirige avec son frère.

Je me contente d'une salade composée, avec œuf poché, croûtons frits, lard, pas de dessert ! Je veux rentrer dans la robe cocktail qu'il me reste encore à acheter (c'est prévu demain ! Je pense trouver mon bonheur dans une boutique non loin de là, où j'ai mes habitudes, puis j'enchaînerai avec coiffeur et manucure !), et ne pas ressembler à un boudin rouge. Je n'ai surtout pas très faim. Mon beau brun me manque, je ne pense qu'à lui. J'ai décidé de le torturer, mais c'est moi, finalement, que je torture : j'aimerais passer tout mon temps avec lui. Je donnerais beaucoup pour retourner en arrière, revivre les merveilleuses heures d'hier : le circuit, son bonheur évident, me retrouver dans ses bras, le laisser me faire l'amour. En changeant la fin, pour ne pas me retrouver comme une cruche à devoir faire le retour seule et malheureuse.

Les garçons enchaînent entrée (des escargots de Bourgogne baignant dans une sauce… verte… qui sent fort l'ail !) et pièce du boucher : une côte de bœuf de deux cents grammes avec des frites. Et évidemment, ils ont commandé un dessert : la fameuse crème brûlée. Comment font-ils pour rester minces avec un régime pareil ? C'est la seule chose qui parfois me fait détester mon meilleur ami : il peut manger ce qu'il veut, abuser des sucreries, sans jamais prendre un seul gramme.

C'est dégueulasse !

Je les écoute discourir d'une oreille distraite. Ils s'entendent bien. Plus que bien, même. Je crois apercevoir, au fil des minutes, une lueur d'intérêt dans l'œil de mon meilleur ami, à laquelle Amaury semble ne pas être insensible. Mmm… Y aurait-il anguille sous roche entre ces deux-là ? Moi qui croyais qu'Amaury me faisait les yeux doux ! Je me suis bien plantée. À moins que pour tromper l'ennemi (son père !), il ait joué la comédie lors de nos précédentes rencontres. En tout cas, il a une connaissance étendue sur l'art en général, un goût certain pour les belles choses, en plus d'être raffiné ; il pourrait trouver sa place dans notre galerie, c'est indéniable. À dire vrai, je participe peu à la conversation, mes pensées tournées vers l'homme qui les habite depuis maintenant de nombreuses heures. Trop peut-être. Sans aucun doute, même, mais c'est ainsi. Je ne peux lutter. Je ne veux plus lutter. Gabriel me plaît. Et je le veux dans ma vie. Pour tromper mon ennui, je me saisis de mon portable, le déverrouille. J'ai plusieurs mails, quatre appels en absence, un message vocal de… Gabriel, que j'écoute après quelques secondes d'intense excitation. Mon cœur tambourine dans ma poitrine comme une puce sous amphétamines.

« Lorsque je t'envoie un mail pour te demander si tu es libre pour déjeuner, j'apprécierais que tu me répondes ! Appelle-moi ! »

Merde…

M. « Je veux toujours tout contrôler » est de retour ! La douceur de sa voix ne me trompe pas : il est en colère. Très en colère même. Bien fait pour lui ! Je me suis donné comme tâche de lui apprendre la patience, je pense que ça lui fera le plus grand bien, le monde ne peut pas toujours répondre à la moindre attente de M. Monteiro. Ça ne marche pas comme ça, bordel de merde !

Je m'excuse auprès des garçons et sors sur le trottoir pour passer mon appel. Il décroche à la première sonnerie.

– Salut.

Sa voix est calme. Je m'attendais à des cris, des reproches. Prise au dépourvu, le cœur battant dans les oreilles, j'inspire, pour répondre sur le même ton :

– Salut. Alors comme ça, tu voulais m'inviter à déjeuner ?

– Oui. J'avais du temps entre deux réunions.

Je regarde ma montre. J'ai envie de le voir, d'être avec lui, alors que nous nous sommes vus il y a un peu plus d'une heure. Il me manque. Dès qu'il est loin, il me manque.

– Et maintenant ?

– Comment cela, et maintenant ?

– As-tu encore du temps, maintenant ? Pour venir boire un café ?

Il soupire, visiblement déçu.

– Non. Maintenant, je ne peux plus.

Je regarde mes pieds, fais des cercles avec la pointe de mon escarpin.

– Tu ne peux pas faire l'école buissonnière ? Comme hier ?

– Qu'avez-vous en tête, mademoiselle Rinaldi ?

Comme d'habitude lorsque je pense à toi…

Sa voix vibre dans mon ventre. Je rougis, alors que des pensées salaces s'invitent dans ma psyché, font bouillonner mon corps.

– Où es-tu ?

Je me racle la gorge.

– Au restaurant français, près de la galerie.

– Seule ?

– Non. Avec Amaury Chang.

– Je vois !

Pourquoi ne pas jouer la carte de la jalousie ? Il est hors de question que je me sente coupable, je ne fais que déjeuner avec mon meilleur ami, et une relation d'affaires.

– Très bien. Alors, à ce soir.

Quoi ? C'est tout ? Même pas une petite pointe de déception ? Ou d'angoisse de me savoir avec un autre homme ?

Le silence se fait assourdissant.

– Je dois y aller, dit-il, au bout d'un temps infini.

– Très bien, alors…

– Oui ?

– Rien. À plus.

– C'est ça, à plus.

Il raccroche.

Super…

Je voulais le faire enrager, je n'ai fait que me torturer moi-même. Non seulement il n'a pas répondu à mon invitation de venir me rejoindre, mais le fait que je sois avec un autre homme lui importe peu.

Bien joué, Sophia ! Bordel de merde, j'ai l'impression que toutes mes initiatives se retournent invariablement contre moi.

J'ouvre son mail :

De : Gabriel Monteiro
À : Sophia Rinaldi
Objet : Déjeuner
Date : 13 avril 2018 12:15

Sophia,
Es-tu libre pour déjeuner ?
Gabriel Monteiro-MacAllen
P.-D.G., M.A.G. Affamé, comme d'habitude lorsque je pense à toi.

Merde…

Je tape aussitôt :

De : Sophia Rinaldi
À : Gabriel Monteiro
Objet : Déjeuner !
Date : 13 avril 2018 14:17

Darling,
Je suis sincèrement désolée. Si j'avais su que je te manquais à ce point, j'aurais évidemment répondu par l'affirmative à ton invitation. Dommage ! Ce n'est que partie remise. À ce soir.
Sophia

J'entre dans le restaurant. J'ai à peine fait trois pas que mon portable vibre dans ma main. Un sourire m'échappe. Je regagne la table, sous le regard interrogateur de Matt. Je lui signifie d'un hochement de tête que tout va bien. Il m'ignore aussitôt pour reprendre sa conversation avec Amaury qui, visiblement, n'a d'yeux que pour mon meilleur ami. Je suis transparente. Ce qui me va parfaitement ! Je déverrouille mon portable. Cette fois-ci, c'est un texto qui m'attend :

[Oui, dommage. Et oui,
tu me manques !]

[Tu n'es pas censé être
en réunion ?]

[Tu ne quittes pas une
seule seconde
mes pensées, Trésor !]

[Et… c'est bien, non ?]

[Pas quand une gaule d'enfer
m'empêche d'avoir
les idées claires !]

J'éclate de rire, sous le regard effaré des garçons, tape rapidement, heureuse comme ce n'est pas permis :

[Tu veux que je passe
te soulager ?]

[Sérieux ?]

[Tout à fait !]

[Je ne peux pas m'absenter !
Mais…]

[Oui ?]

[Va t'isoler quelque part !]

Quoi ?

[Maintenant ?]

[Oui !]

Il ne demande pas, il ordonne. Mon cœur s'affole. Je sais ce qu'il attend de moi. Enfin, je m'en doute un peu. Je tape, ma décision prise :

[Je retourne à la galerie.
Je te dis lorsque je suis seule.]

[J'ai hâte, Trésor !]

Je me lève, sors mon portefeuille.

– Je vous laisse les garçons. Prenez votre temps. Amaury, nous vous voyons demain au vernissage ?

– Je pense venir vous donner un coup de main dès demain

matin, si je ne dérange pas, répond-il, le visage soudain empourpré. Laissez, Sophia, vous êtes mes invités, enchaîne-t-il en me voyant sortir quelques billets.

– Oh, merci, c'est très gentil à vous. Matt ?

– Vous êtes le bienvenu, évidemment. Encore un petit café ?

– Avec plaisir, acquiesce Amaury, tout sourire.

– Prends ton temps, j'ouvrirai, dis-je à Matt en l'embrassant sur la joue.

Sur un dernier regard entendu, auquel il répond d'un sourire énigmatique, je m'éclipse.

***

Je marche aussi vite que me le permettent mes talons hauts, pressée de retrouver mon beau brun, et de faire… ce qu'il voudra. Je verrouille derrière moi, vais m'enfermer dans mon bureau. Je regarde ma montre. Nous avons une demi-heure avant l'ouverture de la galerie, c'est plus que suffisant. Je tape, fébrile :

[Qu'attends-tu de moi ?]

[Remonte ta jupe et
enlève ta culotte !
Filme-toi en train de te donner
du plaisir, Trésor !]

[D'accord !]

[Ma queue n'en peut plus !]

J'ai un sourire tremblant.

Putain...

Je pose mon portable sur le bureau, le cale avec des dossiers. Mets en route la caméra, en mode selfie. Face à l'objectif, je remonte ma jupe sur mes hanches, retire ma culotte, d'une façon que j'espère sensuelle. J'imagine une musique lascive pour éviter de penser à ce que je suis en train de faire. Je débranche mon cerveau, pour laisser parler mon corps. L'envie de faire plaisir à Gabriel, de le surprendre, de l'exciter, supplante l'appréhension. Ce sera une première pour moi, il verra mon visage à la caméra, mais j'ai confiance en lui, je sais qu'il ne divulguera jamais ces images. Je m'installe dans le fauteuil, les fesses tout au bord. Le cuir caresse agréablement ma peau, me faisant frissonner. Ou est-ce l'excitation ? En imaginant Gabriel visionner les images, se branler en me voyant me masturber pour lui, rêvant d'être en moi, mon sexe s'inonde. Encore une fois, je me demande jusqu'où je suis prête à aller pour cet homme.

Très, très loin ! déclare ma jumelle démoniaque que rien n'effraie jamais, fière d'elle, et qui semble avoir pris le contrôle.

Je positionne mes jambes sur les accoudoirs. Puis je commence à me caresser. Les yeux fermés, j'imagine les mains de Gabriel, ses caresses, ses doigts sur ma peau, revivant en pensées nos ébats de la veille. En quelques secondes, je suis aux portes de la jouissance.

22

Sophia

Je mets un temps infini à reprendre mes esprits. J'enfile ma culotte, remets de l'ordre dans ma tenue, puis j'envoie la vidéo.

L'attente de sa réaction me met les nerfs à vif.

N'y tenant plus, je me lève, sors du bureau, puis après avoir déverrouillé la galerie, je me fais couler un café. Je reviens vers la banque, prends un miroir dans mon sac pour observer mon visage. Punaise, j'ai les joues rouges, les yeux brillants.

– Salut, ça va ?

– Parfaitement, et toi ? articulé-je péniblement, encore perturbée par ce que j'ai osé faire.

Matthew m'enlace.

– Super ! Je crois que je lui plais, ajoute-t-il, l'air sérieux.

– Je le crois aussi. Je l'aime beaucoup, c'est quelqu'un de bien.

– C'est aussi mon impression.

– C'est vraiment fini avec Steven ?

– Oui. Ce type est sorti de ma vie aussi rapidement qu'il y est entré. J'avoue qu'il y a des choses que je ne saisis pas, mais bon, j'ai renoncé à comprendre mes semblables.

Lorsque la notification tant attendue retentit dans ma paume, je manque échapper ma tasse, ce qui, évidemment, n'échappe pas à Matt.

– Et toi ? Avec ton BG ? Ça a l'air de bien se passer si j'en crois tes joues rouges.

Je prends le temps de boire une gorgée de café avant de lui répondre :

– Il ne cesse de me surprendre. J'avoue que j'adore ça.

– J'en suis ravi. Le bonheur te va bien.

Le bonheur… Gabriel peut-il me rendre heureuse ?

Je me pose la question en regardant Matt s'éloigner. Puis en ouvrant le message de Gabriel. Auquel se sont ajoutés trois autres.

[Merci, Trésor !]

[Tu m'as excité au-delà de mes attentes !
Je vais souffrir le martyre jusqu'à ce soir,
moment où je pourrai enfin m'enfouir en toi.]

Moi aussi, j'ai hâte d'être à ce soir.

Je le soupçonne de m'exciter pour que je ne traîne pas après le travail.

Bien joué, monsieur Monteiro !

[Sans capote !
Ce sera une première pour moi, Trésor !]

Ce qui atteste qu'il n'a jamais eu de relation sérieuse avec une femme, et qu'il l'envisage avec moi me comble. J'ouvre son dernier message.

[Une réunion vient de tomber.
Je rentrerai plus tard que prévu.]

Je réponds aussitôt :

[Prends ton temps.
J'ai prévu d'aller boire un pot
avec Matt après la fermeture.]

Mon téléphone vibre dans ma paume.

[Où ça ?]

[Je ne sais pas encore !]

J'attends fébrilement sa réponse, consciente de jouer avec ses nerfs. Je ne pense pas me tromper en pensant que ne pas savoir où je serai va le mettre en colère.

Après quelques secondes, j'ai la surprise de recevoir un appel.

Je décroche.

– Je n'aime pas te savoir seule en ville.

Sa voix basse éveille des frémissements dans tout mon corps.

– Dois-je te rappeler ce qu'il t'est arrivé il y a peu ?

– Non, ce n'est pas utile, je me sens suffisamment mal

comme ça, réponds-je, la boule au ventre.

– Je te promets de te faire oublier ce triste épisode ce soir, Trésor, lorsque tu seras dans mes bras.

– Et si tu es déjà couché lorsque je rentre ? demandé-je, la bouche en cœur.

– Viens me rejoindre, dit-il, après quelques secondes de silence.

– Dans ton lit ?

– Oui. Je n'ai jamais dormi avec personne, mais pour toi, je ferai une exception.

J'entends l'angoisse, à nouveau, et autre chose. J'aurais voulu avoir cette conversation face à face, pour pouvoir analyser la moindre de ses réactions, le moindre froncement de sourcils, les ombres dans son regard.

– Tu n'as jamais dormi avec personne ?

– Jamais, Sophia.

– Pourquoi ?

– Je suis comme ça.

– Pourquoi ?

– Je dois te laisser, Trésor. Nous reprendrons cette conversation passionnante ce soir.

Il raccroche.

Je maudis son manque de manière, mais mon cœur exulte à la pensée que je serai la première à dormir avec lui. Dans son lit.

***

Bruce m'attend devant la porte de la galerie. Il renvoie Tic et Tac, ouvre la portière, referme après que je suis installée.

– Où allons-nous ? demande-t-il, après avoir démarré, et s'être inséré dans la circulation.

– À l'appartement, Bruce, s'il vous plaît.

– Très bien, mademoiselle.

Il n'ajoute rien, mais je suppose qu'il est soulagé de ne pas avoir à me suivre dans mes pérégrinations. Je jubile à la pensée que Gabriel aura la surprise de me trouver à l'appartement avant lui.

– Je peux vous demander de ne pas dire à Gabriel que je suis rentrée ? J'aimerais lui en faire la surprise.

– Je suis désolé, mademoiselle. M. Monteiro a insisté pour que je lui dise où vous êtes, et ce que vous faites.

– Et avec qui, je suppose ?

Il ne répond rien. Ce n'est pas la peine !

– OK, alors dites-lui que je suis au Select, avec Matthew.

Son regard, dans le rétroviseur, ne me lâche pas.

– Je regrette, mademoiselle Rinaldi. Je ne peux pas lui mentir.

Oui, bien évidemment ! Merde…

– Si vous ne lui dites rien, ce n'est pas mentir, Bruce. S'il vous plaît. Laissez-moi juste une petite heure.

Il soupire.

– S'il vous plaît, insisté-je, le sentant prêt à capituler.

– Vous êtes censée faire quoi pendant une heure ?

– Vous lui direz simplement que j'ai dû rester à la galerie. Pour des clients.

– Très bien !

Je lui souris.

– Merci, Bruce. J'apprécie. Et je vous remercie pour votre confiance.

– C'est quelqu'un de bien vous savez, ajoute-t-il, en se garant devant la résidence. Il mérite d'être heureux.

– J'essaierai de le rendre heureux, Bruce. Je vous le promets.

Il me répond d'un sourire, sort de la voiture pour ouvrir ma portière.

– Vous réussirez, je le sais, mademoiselle.

– Vous pensez que je suis celle qu'il lui faut ? ne puis-je m'empêcher de demander, la bouche sèche, le cœur battant.

Ça me fait bizarre de parler de Gabriel avec lui, mais il est celui qui le connaît le mieux, et le seul que j'aie sous la main. De plus, il semble m'apprécier, tout comme je l'apprécie. Je me sens en sécurité avec lui ; je lui fais confiance, et j'ai confiance en son jugement.

– J'en suis persuadé, mademoiselle. À demain, je vous souhaite une bonne soirée.

– À vous aussi, Bruce, à demain.

Il reste à me regarder, jusqu'à ce que j'aie franchi les portes automatiques, un grand sourire aux lèvres.

Après avoir échangé quelques mots avec Rodrigo sur la météo des prochains jours, j'entre dans l'ascenseur qu'il a appelé pour moi, puis dans l'appartement. Je pose mon sac et ma veste sur le canapé, je retire mes escarpins. J'aime l'idée de laisser traîner mes affaires, d'apporter une touche féminine, comme une sorte de conquête de territoire. Je souris toute seule, et pieds nus, je me rends aussitôt dans la cuisine, pour sortir les ingrédients du réfrigérateur, que j'ai la surprise de découvrir… bourré à craquer. Visiblement, Gabriel a donné des instructions pour m'éviter d'avoir à faire les courses. Charmante attention ! Encore ! Même si j'aurais aimé que l'on en discute. Comme de beaucoup d'autres choses :

sommes-nous véritablement ensemble ? Qu'attend-il de moi ? De notre relation ? Que veut-il ? De quoi a-t-il besoin ?

Moi, c'est lui que je veux. C'est lui dont j'ai besoin, je le sais. Tout en rêvassant à notre vie commune future, je m'attelle à la confection de notre repas : un filet mignon en croûte et ses petits légumes du soleil poêlés. J'enfourne le filet mignon, puis je découpe les poivrons en fines lamelles. Je les mets ensuite à cuire, avec l'ail et les oignons. En entendant le « dong » de l'ascenseur, mon cœur fait une embardée.

Le voilà déjà ?

J'attends de longues secondes, sans me retourner. J'attends qu'il me parle, qu'il vienne m'embrasser dans le cou. Ma respiration accélère. J'attends, mais rien ne se passe ; Gabriel ne semble pas pressé de venir me rejoindre. Je me retourne d'un bloc, ma cuillère en bois en l'air, lorsqu'un raclement de gorge s'élève dans mon dos.

Mais…

Un homme, grand, blond, plutôt mignon, bien sapé, costard cravate, contourne le bar, me tend la main, un sourire avenant plaqué sur le visage.

– Stefan O'Sullivan. Je suis le meilleur ami de Gabriel, et son principal collaborateur. Vous devez être Sophia ?

J'acquiesce, surprise.

– Gab m'a beaucoup parlé de vous, enchaîne-t-il.

Je ne peux pas en dire autant !

Je me saisis de la main tendue, la serre, me redresse pour soutenir son regard, bien décidée à ne pas me laisser intimider par son jugement. Je retire ma main, quelque peu méfiante, mais en veillant à le cacher : si Stefan est un ami de longue date de Gabriel, je vais devoir l'accepter et me montrer accueillante.

– Enchantée, Stefan. Gabriel sait que vous êtes là ?

– Je viens de lui envoyer un message. Je suppose qu'il ne va pas tarder.

– Voulez-vous boire quelque chose en l'attendant ?

– Volontiers.

– Un verre de vin ?

– Oui, pourquoi pas ? Si vous m'accompagnez.

Nouveau sourire Ultra Brite. Indubitablement séducteur. Tout comme Gabriel, il a du charisme et un charme incontestable.

– Bien sûr. Je vous en prie, prenez place, réponds-je, en lui désignant, en parfaite hôtesse, l'un des tabourets de bar.

Je lui tourne le dos, ouvre la cave à vins, m'empare de l'une des bouteilles. Je lis l'étiquette.

Waouh…

– Un pommard premier cru, ça vous dit ?

– C'est parfait ! J'adore les vins de Bordeaux.

– Celui-ci est un bourgogne si je ne m'abuse, relevé-je, tout en ouvrant les portes de placard à la recherche de verres à pied.

Il rit.

– Je n'y connais peut-être pas grand chose en vin, à dire vrai je préfère mille fois le whisky, mais par contre, je sais où sont les verres.

Il me désigne du doigt la porte vitrée en haut à gauche. Effectivement. Pourquoi et comment ne les ai-je pas remarqués plus tôt ? Certainement parce que j'étais trop captivée par Gabriel lorsque nous avons pris notre petit déjeuner ensemble, puis trop déprimée hier soir.

Je verse le vin dans les verres. En cristal de Baccarat, sans aucun doute, j'en reconnais la facture. Là encore, c'est un sans-faute, monsieur Monteiro ! Gabriel a un goût très sûr dans bien des domaines. Je m'installe en face de Stefan.

– Vous venez souvent lui rendre visite à l'improviste ?

Il a un sourire espiègle. Je crois voir Gabriel. Ils se ressemblent assez, finalement. Ce qui ne m'a pas sauté aux yeux immédiatement, mais me laisse à penser qu'ils se connaissent depuis longtemps, jusqu'à avoir les mêmes expressions, le même regard inquisiteur, le même sourire ravageur.

– Oui. J'adore le faire enrager.

– Comment ça ?

– Il ne supporte pas d'être pris au dépourvu. Et le fait qu'il ne soit pas au courant de mon arrivée va le rendre dingue.

– Je vois.

– Ne soyez pas inquiète s'il me saute dessus.

Je lève les mains.

– Je n'ai aucune envie de m'en mêler. Mais il est en réunion, il ne pourra sans doute pas se libérer.

– Oh, que si ! Je vous parie ce que vous voulez qu'il sera là dans…

Il jette un coup d'œil à sa montre.

– Cinq minutes. D'autant plus qu'il sait que nous sommes seuls, ajoute-t-il, avec encore ce sourire en coin.

Pardon ?

– A-t-il des raisons de se méfier de vous ? Vous me paraissez…

– Il a une totale confiance en moi, me coupe-t-il. Mais vous l'avez sans doute remarqué, il est assez… possessif envers les gens qu'il… hum… apprécie. Gabriel n'a pas eu une vie facile.

Mon cœur s'emballe ; j'ai à nouveau l'opportunité d'en

savoir plus sur l'homme qui règne dans mon esprit.

– Je sais.

Autant lui faire croire que je suis au courant. Ce qui est vrai, et faux en même temps : je ne sais pas tout !

– Depuis que vous vous êtes rencontrés, il est obsédé par vous, continue-t-il.

Ben merde, alors…

J'ai soudain la gorge douloureuse.

– Ah bon ?

– Ça fait des semaines qu'il me parle de vous.

– Des semaines ? Mais…

Comment cela des semaines ? Nous venons seulement de nous rencontrer. Je ne sais qu'en penser. J'allais demander des explications lorsque le petit « dong » de l'ascenseur résonne dans le silence pesant, aussi lourd que mon esprit. J'ai soudain des élancements dans tout le corps, les mains moites. Je regarde Gabriel avancer d'un pas de conquérant, comme à son habitude. Il est si beau, putain ! Comme à chaque fois que je l'ai sous les yeux, je suis conquise et j'oublie tout ce qui n'est pas lui. Il se passe la main dans les cheveux, nous observe à tour de rôle, pour s'appesantir sur mon visage. Ses sourcils se froncent. Jusqu'à ce qu'il enlace son meilleur ami.

– Salut, vieux frère ! Ça ne se fait plus d'annoncer sa visite ?

– Je me faisais du souci, Gab.

– J'étais en rendez-vous clientèle.

– Oui, mais d'habitude, tu me rappelles.

Stefan paraît gêné, alors que Gabriel retire sa cravate, ouvre les premiers boutons de sa chemise, remonte ses manches, sans me quitter une seule seconde du regard. Une ombre d'inquiétude semble avoir élu domicile dans ses yeux.

– Je vois que vous avez fait connaissance.

S'ensuit une conversation que je n'écoute pas véritablement. J'ai soudain le sentiment d'être de trop, et surtout, je veux être seule pour réfléchir sereinement à cette nouvelle révélation qui me perturbe.

– Je vais vous laisser, dis-je subitement, avant de m'éclipser.

Je récupère au passage mon sac, ma veste, mes chaussures et je monte les marches sur la pointe des pieds, le regard de Gabriel sur mon cul, mes hanches, le bas de mon dos, puis mes jambes.

Un regard qui me donne chaud.

Je laisse tomber mes fringues sur le sol de la salle de bains, me place sous les jets de la douche à l'italienne. Je reprends le cours de mes pensées : pourquoi Stefan m'a-t-il dit que Gabriel lui parlait de moi depuis des semaines ? Est-ce qu'il a quelqu'un d'autre en même temps que moi ?

Je me frotte énergiquement le cuir chevelu, puis le corps. Puis je reste un long moment sous l'eau.

Viens, Gabriel… il faut que nous parlions…

J'éteins les jets, m'enroule dans une serviette moelleuse, puis traverse ma chambre pour me rendre dans le dressing d'un pas rageur. J'ouvre le tiroir à lingerie. Puis renonce. Pour passer une nuisette. J'apprécie la caresse de la soie sur ma peau, même si je préférerais ses mains, ses caresses à lui, les sensations que lui seul est capable de provoquer.

Je me retourne et sursaute.

Il est là, appuyé contre le chambranle, douché, changé, beau comme une gravure de mode. Ses yeux me transpercent, parcourent mon corps, deviennent déterminés, aussi profonds qu'une nuit sans lune. Aussi denses. Noirs de désir. J'en reste bouche bée. En une fraction de seconde, il est sur moi. Tout contre mes lèvres. Il englobe mon visage, puis emprisonne mes cheveux, presque douloureusement. Ses baisers deviennent enflammés, enragés. Il me repousse sans aucune douceur contre le mur, soude son corps au mien.

C'est torride, désespéré.

Je sens en lui cette forte angoisse, qu'il a depuis quelques heures, et qui me déroute totalement. J'enroule mes bras autour de son cou, le serre contre moi, réponds à son étreinte, gémis. J'ai tant envie de lui, de l'avoir en moi, tout à moi, que j'en tremble.

J'aimerais lui parler de mes doutes, mes peurs, mais ces baisers m'en empêchent.

Mes questions attendront.

Il soupire, rompt notre baiser, puis pose son front contre le mien.

Je mets mes mains sur sa poitrine. Son cœur bat fort, aussi fort que le mien.

– Stefan veut nous inviter à dîner. Tu es partante ?

– Nous sommes obligés de sortir, minaudé-je, en me serrant contre lui.

Il glisse ses mains de mes hanches à mes fesses. Appuie mon entrejambe contre sa queue tendue, m'arrachant un gémissement.

– Oui, Trésor.

– Pourquoi ?

– Parce qu'il est mon meilleur ami et que je veux passer du temps avec lui. Avec vous deux.

– Je peux très bien t'attendre ici, continué-je. Vous allez parler boulot, je vais m'ennuyer à mourir.

– Tu essaieras de t'occuper à autre chose.

– Comme quoi ?

– Tu penseras au moment où tu m'auras enfin en toi.

Sale gosse !

– Je ne sais même plus ce que ça fait. J'ai oublié.

– Menteuse.

– Non, c'est vrai, je…

Je n'ai pas le temps de finir ma phrase qu'il se saisit du haut de ma nuisette et la déchire. De haut en bas. Je me retrouve intégralement nue, à sa merci. Le cœur en déroute, le corps tremblant, prête à lui ouvrir mes bras.

– Alors, laisse-moi te rafraîchir la mémoire, gronde-t-il. Stefan attendra.

Il prend voracement mes lèvres, ouvre son pantalon, baisse son boxer pour en extraire sa queue bandée, me saisit sous les fesses. Je noue mes bras autour de son cou, et il me pénètre avec force.

Il est à peine en moi que je suis déjà sur le point de jouir.

Je serre mes cuisses autour de ses hanches. J'aime cette position que je découvre avec lui ; j'aime le sentir, puissant, profond, comme s'il me transperçait de part en part ; j'aime ses iris brûlants sur moi. Son bassin percute le mien, encore et encore, puis il reste immobile, si profondément enfoui en moi que je crois m'évanouir de plaisir.

– Ça n'a jamais été aussi bon, Sophia, halète-t-il. Je suis clean, j'aimerais te faire l'amour sans rien entre nous.

Il m'en a parlé, moi aussi je le veux : je le veux en entier, je veux tout de lui, là, maintenant.

– Je te fais confiance, et j'ai un implant, tu peux… tu peux…

Les mots me manquent. L'émotion me vrille la poitrine.

Sentir son sexe en moi, peau contre peau, sans rien entre nous, avec toute la symbolique qui en découle, me fait défaillir. Ses magnifiques prunelles deviennent brûlantes de passion. Avec un gémissement, comme une plainte, il prend mes lèvres fiévreusement, accentue ses mouvements de hanches, me pénètre avec encore plus de force.

– Viens, Trésor.

Il n'en peut plus, il m'attend.

Son plaisir va exploser, je le sens à ses mouvements frénétiques, à ses grondements allant crescendo. Sa voix rauque, ses mains, son corps, son regard qui ne me quitte pas, son sexe, sa totale emprise sur mes sensations, mon excitation refoulée depuis des heures, se conjuguent pour me faire basculer et jouir intensément. Il me rejoint aussitôt en me serrant, presque à m'étouffer.

Je m'écroule dans ses bras, le corps repu, mais perdue.

C'était… différent !

Je ne saurais dire pourquoi, comment, grâce à quoi, ou à cause de quoi, et pas seulement parce qu'il n'y avait pas de préservatif. Il y avait autre chose. Une autre émotion, chez moi, mais aussi chez Gabriel. Je comprends, en une fraction de seconde, que je suis en train de tomber amoureuse de lui. Même s'il y a des zones de mystère autour de lui. Peut-être même à cause de ça : je veux découvrir ce qu'il cache, ce qu'il y a derrière cette personnalité trouble.

Il m'emporte sur mon lit, se couche à côté de moi.

Je frissonne, les yeux perdus sur son magnifique visage.

Qui es-tu Gabriel ? Que cherches-tu ? Que veux-tu ?

– De quoi as-tu peur ? demandé-je, alors qu'un silence pesant s'éternise.

Ses sourcils se froncent. Ses prunelles deviennent noires.

Là, c'est moi qui ai peur : qu'il saute du lit, qu'il s'enfuit, comme hier. Mais il m'a promis de ne plus jamais se comporter de cette façon, je saurai le lui rappeler.

– Qu'est-ce qui te fait penser que j'ai peur ?

– Je vais reformuler ma question : que veux-tu, Gabriel ?

Il glisse sa main sur ma joue, descend le long de mon cou, jusqu'à mon sein, qu'il effleure.

– Toi. Je te veux, toi !

Je cligne plusieurs fois des paupières, pose à mon tour ma main sur sa joue.

– Tu m'as, Gabriel. Je suis là. Avec toi.

Nos iris ne se quittent pas. Se parlent. Plus intensément que ne le feraient des mots. Pourtant, j'ai besoin d'en savoir plus, pour savoir où je vais.

– Je peux te poser une question ?

– Bien sûr.

– Que vas-tu faire de la vidéo ?

Il a un sourire que je juge carnivore, hautement dangereux.

– Je te l'ai dit, murmure-t-il. Je vais me branler en m'imaginant en toi. Tu n'as plus confiance en moi ?

– Si. Je crois…

– Comment ça, tu crois ? Je n'utiliserai jamais cette vidéo contre toi, Sophia, laisse-t-il tomber face à l'anxiété que je tente de lui cacher mais qui doit transparaître sur mon visage. Quel serait mon but ?

– Je ne sais pas. Parfois, j'ai le sentiment que tu me caches des choses importantes.

– Comme ?

– Ton passé. Notre rencontre.

– Nous avons tous nos petits secrets, Trésor, répond-il, énigmatique.

– Certains sont plus lourds à porter que d'autres. Je n'aime pas particulièrement parler de moi, pourtant, tu sais plein de choses sur moi. Alors que tu restes un mystère pour moi.

– Parce que je m'intéresse à toi, Sophia.

– Pourquoi ?

– Comment ça, pourquoi ?

– Pourquoi moi ?

– Pourquoi on ressent une attirance pour quelqu'un ? C'est comme ça, Trésor, je ne peux l'expliquer.

Il saute soudain du lit, le contourne, me tend la main.

– On y va ? Stef doit nous attendre.

D'accord… je n'en saurai pas plus.

Je mets ma main dans la sienne, le laisse m'attirer à lui, mettre son nez dans mon cou, me respirer, comme il semble aimer le faire.

– Tu sens si bon. Je ne me lasse pas de ton odeur, Trésor. Si je te demandais de m'accompagner en Irlande ce week-end, tu accepterais ? demande-t-il, après un long silence pendant lequel il me serre contre lui, caresse mon dos, ma nuque.

Je redresse la tête.

– Chez ton grand-père ?

– Oui.

Il replace une mèche de mes cheveux derrière mon oreille.

– J'ai prévu d'aller leur rendre visite, à lui et à Fiona, la femme qui m'a élevé. On pourrait faire du bateau, prendre du bon temps, se reposer. Tu vas en avoir besoin après le vernissage, non ?

– Tu veux me présenter ta famille ? demandé-je, alors que

mon cœur tressaute de bonheur mais aussi d'appréhension.

Vais-je leur plaire ?

– Ça te pose un problème ?

J'ai soudain la bouche sèche.

– Tu ne leur as jamais présenté quelqu'un ?

Il a un sourire en coin.

– Jamais. Je te préviens, Fiona va te bombarder de questions.

– Ah… j'en serais ravie, Gabriel. Je vais appeler le foyer pour leur dire que je n'irai pas dimanche.

– Je m'en suis chargé. Il est hors de question que tu retournes là-bas.

J'appuie ma paume sur sa joue.

– Si nous devons vivre ensemble, Gabriel, former un vrai couple, nous devons communiquer. Je sais que tu agis pour mon bien, et je t'en remercie, vraiment, mais tu dois me consulter avant de prendre des décisions importantes qui me concernent, d'accord ?

– Je te le promets ! Avec toi, j'apprends, Trésor, ne l'oublie pas. À partir de maintenant, je ne ferai que ce que tu me demanderas.

Pourquoi je n'y crois pas une seule seconde…

23

Sophia

Je ne me rends compte de rien, je n'ai conscience de rien, sauf de la main de Gabriel dans la mienne, ou dans le creux de mes reins. Rien du trajet à pied jusqu'au restaurant du coin de la rue où il semble avoir ses habitudes, vu l'accueil de la serveuse et l'amabilité du patron. Rien des conversations des deux hommes, de leurs rires, de leurs boutades qui semblent comme un jeu entre eux : ils se cherchent constamment, se titillent comme deux chiots d'une même portée. Rien non plus lorsque Gabriel recule ma chaise pour que je prenne place.

Puis… il relève ma robe, met sa main sur ma cuisse nue, s'approche de mon oreille.

– J'ai hâte de t'enlever tout ça !

Sa voix rauque, chargée de désir, d'urgence, son souffle sur ma nuque, sa main sur ma peau, me font revenir sur terre.

Il a dit qu'il me voulait… moi !

J'en ai des frissons. Qu'il ait dévoilé ses émotions, ses intentions, me surprend, m'excite. Il me veut ! Ces trois petits mots vont changer le cours de mon existence. Même si je ne sais pas ce que cela implique, ni ce que cela signifie pour lui.

– Arrête de cogiter, Trésor…

Je tourne la tête pour me perdre dans ses prunelles. Je lui souris. Faisant abstraction de ce qui nous entoure, du fait que nous sommes dans un lieu public, il glisse sa main sur ma joue, jusqu'à ma nuque, qu'il enserre, colle ses lèvres aux miennes. Son baiser enflammé, auquel je réponds, devient rapidement torride. J'entends vaguement Stefan, assis en face de moi, glousser.

– Rassurée ?

Je hoche la tête, incapable du moindre mot. Il effleure à nouveau mon oreille, murmure :

– J'ai hâte également de te baiser dans mon lit, Trésor.

Je m'en étouffe. Comment peut-il sortir ce genre de truc, ici, avec une si désopilante désinvolture ? Un sourire canaille illumine son visage.

Sale gosse…

– Je partage ton impatience, darling !

Il me colle un bref baiser sur les lèvres. Comme si, sur ces mots, tout était réglé. Ce qui, évidemment, n'est pas le cas. Pas pour moi. Mais je peux profiter de ce moment d'harmonie et cesser de me torturer la cervelle, ou elle va finir en miettes.

– Pardon ? Tu disais ?

Encore une fois, j'ai perdu le fil. Il rit, m'embrasse brièvement. Il semble de bonne humeur, enjoué. Sa bonne disposition, rare, il faut bien le dire, étant contagieuse, je me mets au diapason, lui souris en retour.

– Je vais chercher les boissons. Qu'est-ce qui te ferait plaisir ?

Je mets mon bras autour de sa nuque, l'attire à moi.

– Toi !

– Et tu m'auras, Trésor, murmure-t-il discrètement. Patience. Mais en attendant ?

– Je te laisse choisir pour moi.

– Tu prends des risques.

– Je te fais confiance.

– Stef et moi prenons un whisky. Ça te va ?

– Si c'est toi qui le choisis, pas de problème. Tu es connaisseur, il me semble.

Il rit.

– Le meilleur ! Je leur ai fait acheter du MacAllen !

Il me fait un clin d'œil. Avec ce petit air de sale gosse qui m'émeut.

Je le regarde s'éloigner.

Il traverse la salle du restaurant, bar et boîte de nuit, d'un pas de conquérant, s'appuie au comptoir, se tourne pour me lancer une œillade vibrante. Il sait que je passe mon temps à l'admirer, tout comme il est conscient que je me pose des tas de questions à son sujet. Il est intelligent, intuitif, il a compris que le fait qu'il m'a lâchement abandonnée hier ne joue pas en sa faveur. Je lui ai pardonné, enfin je crois, mais je ne peux m'empêcher maintenant d'être sur la défensive, même si j'ai décidé d'occulter l'évènement malgré la tristesse, la déception, l'incompréhension et la rage qui m'ont alors envahie. J'aurais très bien pu le planter là, prendre une chambre d'hôtel, mais je ne l'ai pas fait. J'ai envie d'être avec lui, de le comprendre, de l'aider à surmonter ses traumatismes. Je ne veux pas le quitter, je sais pouvoir l'aider. Gabriel mérite que je me batte pour lui.

Je regarde sa haute silhouette appuyée nonchalamment

au bar, que parfois des personnes me dissimulent. Sa chemise blanche, les manches remontées sur ses avant-bras, ses longues jambes, son cul, qu'il a magnifique, musclé, ferme. J'en ressens encore la dureté sous mes doigts, lorsqu'il me baisait contre le mur du dressing. La fraîcheur de la cloison, alliée à la chaleur de son étreinte et au feu de sa passion m'ont fait décoller comme jamais. Putain, c'était… bon. Plus que bon ! Merveilleux. Nos regards se croisent, se soudent. Je cligne plusieurs fois des paupières, alors que le sien se voile. Comme souvent, il a l'air surpris, presque apeuré par ce que je déclenche dans son corps.

– Alors, Sophia, dites-moi tout. Que faites-vous dans la vie ? demande soudain Stefan en se penchant pour se faire entendre. Gabriel m'a dit à quel point vous le fascinez, ce que je conçois, vous êtes superbe.

Je quitte mon beau brun des yeux, me tourne vers Stephan. Je souris en pensant qu'il me sera facile d'en apprendre plus sur Gabriel avec un tel moulin à paroles.

– Mais il a omis de me dire quel est votre métier. Si vous en avez un, bien sûr. Je n'ai évidemment rien contre les femmes inactives. Tout compte fait, il n'a pas dit grand-chose à votre sujet, hormis votre rencontre au bal de charité de je ne sais quelle association le mois dernier.

Je me renfrogne, alors que j'allais rire devant cette logorrhée, surprenante chez un homme. Il jacasse comme une vraie pie.

– Je pense que vous faites erreur, Stefan. Nous ne nous sommes pas rencontrés à un quelconque gala de charité, mais à la soirée MacAllen d'il y a seulement quelques jours.

Il semble soudain gêné. C'est bien ce que je pensais, Gabriel a dû lui parler de quelqu'un d'autre. Avec son physique, son charisme, il attire les convoitises, les passions ; il doit se trouver des nanas à baiser dans tous les coins, pour ensuite partager avec son pote ses expériences sexuelles.

– Il vous a parlé d'une autre de ses conquêtes, que j'imagine nombreuses.

Il fronce des sourcils.

– Vous avez raison, nous parlons de nos plans cul, comme tous les mecs, je suppose, s'amuse-t-il. Mais sans entrer dans les détails, rassurez-vous, ajoute-t-il en levant une main comme pour s'excuser. Mais lorsqu'il me parlait de vous, je ne sais pas, c'était différent. Bref, passons ! D'où venez-vous ? continue-t-il, visiblement décidé à tout savoir de moi.

Certainement pour voir à qui Gabriel a affaire.

– D'ici. Je suis new-yorkaise. Et pour répondre à votre première question, je possède une galerie d'art, sur Chelsea.

Je reporte mon attention sur Gabriel, toujours accoudé au bar, qui ne nous quitte pas des yeux. Je ne sais pas ce qu'il décèle dans les miens, mais il fronce également des sourcils. Il hèle le barman, certainement pour l'inciter à s'activer dans la préparation de nos consommations. Puis rapidement, il revient vers nous, suivi par une serveuse avec un plateau.

Gabriel reprend place à mes côtés, alors que la serveuse dépose nos verres sur la table. Il ouvre la bouche, mais est interrompu par la serveuse.

– Puis-je prendre vos commandes, monsieur Monteiro ?

Je n'aime pas du tout le ton de sa voix, ni le regard qu'elle porte sur Gabriel.

– Trésor ?

Je me pends à son cou et l'autre morue ouvre de grands yeux.

Et ouais, chérie, Gabriel est à moi ! C'est chasse gardée dorénavant. En parfaite Italienne, je suis jalouse comme une louve.

– Choisis pour moi, darling. Comme tu es visiblement un habitué de l'endroit, je te fais confiance.

Il n'est pas dupe. Un petit sourire étire ses lèvres.

– Deux assiettes texanes, s'il vous plaît, commande-t-il sans la regarder.

Il caresse mon bras nu, me faisant frissonner de la tête aux pieds. Tout le reste s'efface comme par enchantement : la serveuse, Stefan ; la serveuse qui s'éloigne, Stefan qui se racle la gorge, les discussions en bruit de fond, la musique, le tintement des verres… tout se dilue. Il n'y a plus que lui et moi.

– Prends des forces, Trésor, tu vas en avoir besoin.

– Pour ?

Il se rapproche un peu plus, glisse sa main sous ma robe, le long de ma cuisse.

– Pour que je puisse abuser de ton corps toute la nuit.

– Des promesses, toujours des promesses, minaudé-je.

– Tu en as envie autant que moi. Ton corps parle pour toi, Trésor.

Il continue ses petits cercles sur ma peau, tout en remontant jusqu'en haut de mes cuisses sans jamais me toucher où je le voudrais, comme je le voudrais. Je retiens un gémissement, sidérée une fois de plus par le pouvoir qu'il a sur moi.

– Rentrons alors.

– Impatiente ?

– Très !

Nos assiettes arrivent. Je n'ai même pas encore bu mon

whisky. Gabriel non plus d'ailleurs. Stefan est étrangement silencieux, tout en nous observant.

Qu'est-ce que je fous là ?

Qu'est-ce que nous foutons là, au lieu de passer du temps tous les deux ? Rien que tous les deux. Pas seulement pour baiser, mais pour le plaisir d'être ensemble, d'échanger, de parler de tout et de rien, de nous raconter nos vies.

– Mange ! ordonne-t-il.

– Bien, monsieur Monteiro.

– Voilà ! C'est comme ça que je te veux !

– Soumise ?

– Docile !

– Ça me va !

Nous nous sourions. Il s'éloigne de moi. Prend son verre, qu'il tend dans ma direction.

– À nous, Trésor.

Je fais tinter mon verre contre le sien, le cœur au bord de la combustion : il y a bien un « nous ». Il ne semble voir que moi, ce qui me rend incroyablement heureuse. Gabriel porte sur moi un regard différent des autres hommes à qui je me suis donnée jusque-là, comme si… comme s'il avait peur que je disparaisse. Que je m'échappe. *Que je lui échappe.* Un regard à la fois possessif, mais où réside une petite pointe d'appréhension, de peur. Certainement cette peur de l'abandon qui doit rarement le quitter.

– À nous, Gabriel.

Sa main ne quitte pas ma cuisse, ni ses yeux les miens, alors que nous trempons nos lèvres dans nos verres. Des yeux troublants, dans lesquels je me noie aussitôt. Où j'ai envie de me perdre.

Il fronce les sourcils, se détourne. M'échappe. Pour trinquer et discuter avec son meilleur ami.

Grrr! Sale gosse!

Je déteste quand il fait ça: quand il me donne l'illusion de le comprendre, l'opportunité de sonder son âme, pour me fuir en se détournant et en échappant à mon regard. Je finis mon whisky, picore dans mon assiette, alors que Gabriel engloutit la sienne. Je repense à ce qu'il m'a dit: il va abuser de mon corps toute la nuit… Je fantasme, l'imagine nu, tout à moi. Mes autres appétits se développent; ce que j'ai dans mon assiette ne m'intéresse pas le moins du monde. C'est lui que je veux déguster! Il a retiré sa main de ma cuisse depuis longtemps, mais sa chaleur semble encore incrustée dans ma chair.

Un café arrive comme par magie devant mes yeux.

J'étouffe un bâillement discret.

– Fatiguée?

Rien ne lui échappe.

– Oui.

– Tu veux rentrer?

– Oui, s'il te plaît.

Il se lève aussitôt, me tend la main. Puis me serre contre lui dès que je me retrouve à ses côtés après avoir enfilé la veste assortie à ma robe et mon imperméable. Il sait que j'ai besoin de son soutien, mes jambes menacent de lâcher à tout moment. Et être perchée sur des talons de dix centimètres n'aide pas.

– Stef?

– Allez-y. Je rentrerai plus tard, répond son meilleur ami en se levant à son tour.

Il louche sur une table adjacente où dîne une femme seule. Gabriel se met à rire.

– Je vois ! Tu repars quand ?

– Je ne sais pas encore.

– OK ! Je te vois au bureau demain ? demande encore Gabriel.

– Bien sûr ! Tu ne vas pas te débarrasser de moi aussi facilement. À moins que…

Gabriel lève un sourcil alors que son meilleur ami lance une œillade enflammée vers la belle blonde, qui visiblement n'a rien loupé de l'échange et paraît consentante. Ils s'enlacent, se tapent dans le dos, se murmurent des trucs à l'oreille.

– Il fait souvent des rencontres dans les restaurants ? demandé-je, pendue au bras de Gabriel alors qu'il m'entraîne vers le bar pour régler la note.

– Dans les restaurants, les bars, les salles de sport, les piscines, au bureau. Partout. Tout le temps.

– Tu es comme lui ?

Il tend sa carte bancaire à la caissière, qui évidemment, le bouffe du regard, mais qu'il ignore superbement, à ma grande satisfaction, pour se tourner vers moi.

– Avant, oui. Plus maintenant, Trésor.

– Tenez, monsieur Monteiro. Au plaisir de vous revoir dans notre établissement.

Il lui répond d'un signe de tête, récupère sa carte. Je ne sais même pas s'il a entendu ce qu'elle lui a dit. Il se saisit de ma main, porte mes doigts à ses lèvres.

– Maintenant, il n'y a plus que toi qui m'intéresses, Sophia.

Mon cœur loupe plusieurs battements.

Après quelques pas, Gabriel resserre son bras autour de ma

taille, me soutient pour m'empêcher de m'écrouler, m'embrasse dans le cou, me faisant rire. Je cherche à lui échapper. Il me repousse aussitôt dans une entrée de bâtiment. Se rue sur mes lèvres. Je suis si surprise que l'arrière de mon crâne bute contre le mur. Ses lèvres meurtrissent les miennes. Je gémis, réponds à ses baisers torrides. Il se frotte contre moi, bouge son bassin comme s'il me faisait l'amour. Il rompt notre baiser, pose son front sur le mien, la respiration saccadée.

– Qu'es-tu en train de me faire, bordel ?

– Je te l'ai dit. Exactement ce que tu me fais, toi.

– Je te fascine ?

Je le fascine ?

– Oui, Gabriel, tu me bouleverses, tu me fascines.

– J'ai envie de toi, là, maintenant, gronde-t-il.

Ses yeux flambent alors qu'il enveloppe mon visage de ses mains pour m'embrasser. Puis il prend ma main, m'entraîne en courant jusqu'à la résidence. Je suppose que je ne vais pas assez vite à son goût puisqu'il me prend sous les fesses pour me basculer par-dessus son épaule. Je ris, me contorsionne, mais ce traître a une force herculéenne. Plus je crie, plus il resserre ses bras autour de mes jambes et accélère. Il franchit les portes automatiques, traverse le hall avec un « bonsoir » à Rodrigo. Je redresse la tête, lui fais un petit signe. Merde… Que va-t-il penser ? Nous sommes en train de nous donner en spectacle. Il me répond d'un sourire de connivence. Je suppose que voir Gabriel joueur n'est pas chose usuelle. Il me dépose sans ménagement devant l'ascenseur. M'attire à l'intérieur, si brusquement que je perds l'équilibre et m'écrase contre son torse. Il referme aussitôt ses bras autour de moi.

– Tu ne peux plus m'échapper. Tu es à moi, Sophia.

Il me plaque contre la paroi, m'écrase de tout son poids. M'embrasse voracement. J'en ai le tournis. Cet homme m'épuise ! Je m'accroche à lui, vacille. Il quitte mes lèvres, repousse mes cheveux de mon visage.

– Tu es crevée, Trésor ?

– Honnêtement, je n'en peux plus, réponds-je avec une petite moue contrite.

Les portes de l'ascenseur s'ouvrent. Gabriel prend ma main pour m'entraîner vers l'un des sofas du salon, face aux immenses baies.

– Mets-toi à l'aise. Je peux t'offrir un dernier verre ?

– Avec plaisir, réponds-je, en retirant mon imperméable, ma veste, ainsi que mes chaussures à talons.

Je m'assois, me laisse envahir par la quiétude du lieu, par sa beauté, par la musique d'ambiance. Tout en massant mes pieds endoloris, je le contemple, de dos : il a retiré sa veste, remonté ses manches. Il se retourne, avance vers moi après avoir rempli nos verres. Mon cœur s'envole, mon pouls accélère. Je me racle la gorge, lui désigne le piano.

– Tu joues ?

– Oui.

– Bien ?

– Je te l'ai déjà dit, Sophia. Je fais tout très bien.

J'ai un petit sourire narquois. Évidemment ! Question débile…

– Tu jouerais pour moi ?

– Oui.

– Maintenant ?

– Pourquoi pas ? Mais avant, bois ! C'est un vingt ans d'âge.

Un Single Malt de la gamme « Fine & Rare », une petite merveille selon moi, et mon préféré.

Il me tend mon verre, s'installe à mes côtés. Il croise ses longues jambes.

– C'est un MacAllen ?

– Bien sûr. Tu veux que je t'apprenne à le déguster ?

J'acquiesce silencieusement, soudain émue. Qu'il me fasse entrer dans son monde, qu'il m'initie, qu'il partage ses passions avec moi.

– Tu le fais tourner un long moment, tu inspires les arômes.

Il met son nez dans son verre, ferme les yeux. J'en fais de même. Inspire fortement.

– Tu bois. Puis tu inspires à nouveau. Tu sens ? C'est la part des anges, due aux résidus secs qui se déposent sur le verre.

Mon Dieu... Oui, je l'ai !

C'est fort, bon, racé, enivrant. Comme lui ! Lorsque j'ouvre les yeux, il a les siens fixés sur moi.

– Tu aimes ?

– C'est délicieux, dis-je, la bouche sèche. Je n'ai jamais rien goûté d'aussi bon. Comment peut-il être si vieux et ne pas être trop fort, ou abîmé ?

– C'est le secret des fûts de chêne espagnol, d'un juste équilibre entre l'hygrométrie du chai et l'évaporation de l'alcool. Et un savoir-faire ancestral.

Il pose son verre sur la table basse à côté de lui.

– Donne-moi tes pieds.

– Pardon ?

– Allonge-toi, et donne-moi tes pieds, réitère-t-il. Tu as mal ?

Je m'installe, réponds :

– Un peu.

Dès qu'il pose sur moi ses mains chaudes, incroyablement douces, qu'il commence à me masser, j'oublie tout. Il entre ses pouces dans ma chair, c'est à la fois douloureux et relaxant. Tendre et fort à la fois. Un savoureux mélange de rudesse et de douceur. Je fonds. Lutte pour ne pas fermer les yeux.

– C'est ton grand-père qui t'a appris tout ça ?

– Oui. Et toi ? Comment t'est venu le goût pour l'art ?

– Au départ, je voulais être architecte, j'étais fascinée par les bâtiments historiques, par leur histoire, par ce qu'ils dégagent. J'aime la pierre. C'est toujours le cas, mais j'aime aussi les toiles, les sculptures, là aussi ce qu'elles m'inspirent. La sublimation, l'expression des sentiments. Ce que les artistes ont voulu nous transmettre de leurs peurs, de leur sensibilité, ou de leurs traumatismes intimes, terminé-je, en le regardant gravement.

Je pense soudain au drame de son enfance.

M'en parlera-t-il un jour ?

– Tu veux bien me parler de tes parents ? demandé-je soudain.

– Non, répond-il abruptement.

– Pourquoi ?

Il pousse un profond soupir.

– J'ai passé ma vie à raconter mon histoire à des psys, tous plus incompétents les uns que les autres, à essayer de comprendre. Je ne veux plus y penser. Et je ne veux pas que ton regard sur moi change. Je ne veux pas de ta pitié.

Pardon ?

Je prends une grande inspiration.

– Je sais tout, Gabriel.

Il se fige. Se redresse. Mais continue de me masser les pieds. Un peu plus durement. Il me fait d'ailleurs un peu mal.

– Comment ça ?

Merde… Qu'est-ce qu'il me prend ?

– Excuse-moi, je n'aurais pas dû, ce n'est pas le moment. Merci pour le message, ajouté-je rapidement en lui retirant mes pieds avant qu'il ne les réduise en bouillie.

Il m'empêche de lui échapper.

– Je te raconterai tout ce que tu veux savoir, Sophia. Un jour, mais pas maintenant.

Il se couche sur moi. M'embrasse dans le cou, glisse sa main sur ma cuisse.

– Je te raconterai tout…

– D'accord.

Il saute du canapé, me tend la main.

– Viens. Allons dormir. Tu es cramée, Trésor.

Ce n'est rien de le dire !

Ces ultimes émotions, la colère qu'il a aussitôt domptée mais qui m'a complètement déstabilisée, ont fait fondre mes dernières ressources. Je mets ma main dans la sienne, le laisse m'emmener dans ma chambre.

– Rejoins-moi !

J'acquiesce encore silencieusement, regarde son dos s'éloigner, la respiration un peu courte à la pensée qu'il me demande de partager son lit. Après une douche rapide, un brossage de dents et de cheveux énergiques, j'enfile une nuisette, puis j'éteins les lumières. Je longe le mur, les quelques mètres qui me séparent de sa chambre avec un désir lourd au creux du ventre. J'entre. Il est face à la baie, me tourne le dos, en caleçon. Soudain conscient de ma présence, il se retourne.

Son regard me pulvérise : passionné, empli de colère. Il se reprend aussitôt, traverse la pièce, vient me prendre dans ses bras. Il me serre contre lui, puis, sans un mot, il se couche, soulève la couette, m'invitant à le rejoindre. Je m'allonge, lui fais face. Je caresse sa joue. Il paraît si triste, si tourmenté, que mon cœur se serre.

– Je ne veux que ton bien, Gabriel. Je suis là pour toi si tu le désires.

Il prend ma main, en embrasse la paume.

– Je sais.

Alors pourquoi cet air si torturé ? ai-je envie de lui demander. Depuis le début il se comporte comme s'il souffrait d'être attiré par moi. Pourtant, il a avoué me vouloir, ne s'intéresser qu'à moi. Je ne comprends toujours rien à rien.

Mais là, tout de suite, c'est de dormir que j'ai besoin. Je verrai demain, je repenserai à tout ça plus tard, à chaque jour suffit sa peine. Mes paupières frémissent.

– Tu veux dormir ?

– Oui. Je suis désolée, mais…

– Ce n'est que partie remise, Trésor. Maintenant que tu es entrée dans mon lit, je ne te laisserai plus jamais en sortir.

24

Gabriel

Je me réveille contre le corps de Sophia, regarde ma montre, surpris qu'il soit déjà sept heures. J'ai dormi comme un bébé. Je n'ai pas fait de cauchemar, pas eu d'insomnie, pas de sueurs froides, je ne me suis pas battu contre des démons toute la nuit. Je suis bien, détendu, en forme comme rarement au réveil. Je m'extirpe de sa chaleur. File sous la douche.

Les mains à plat contre la faïence, je laisse l'eau couler sur mes épaules. Je repense à ces dernières heures : nous avons baisé sans capote, et c'était… putain de merde. Je secoue la tête. Ce n'est pas le moment de penser à ce que je ressens quand je suis prisonnier de sa merveilleuse chatte ! « Merveilleuse chatte », je me marre : pourquoi merveilleuse ? Je n'en sais foutre rien, je ne sais pas à quoi ça tient, je ne comprends pas moi-même ; ses dimensions (en tout point faites pour les miennes !), sa chaleur, son étroitesse ? À chaque fois que j'entre en elle, j'ai le sentiment d'être le premier, de la déflorer. Certainement parce que dans ces moments-là, elle me donne tout ! Elle me serre si fort contre son cœur que j'ai le sentiment que rien ne peut m'atteindre, qu'elle guérit le mien, qu'elle y pénètre sans y être invitée, malgré l'énergie que je mets à l'en éloigner. Je n'aurais pas dû lui faire l'amour, la laisser entrer dans mon univers, dans ma vie, mais comment faire autrement ?

Avec les plans que j'ai en tête, il le fallait !

Et putain, me réveiller contre son corps, enroulé autour d'elle comme si j'étais en voie de perdition, comme un naufragé, m'a pris aux tripes.

Et comble du comble, Stef a fait sa connaissance !

Putain...

Que lui a-t-il raconté ?

De quoi est-elle au courant, au juste ? Si elle connaît mes plans, si elle a lu le contrat de mariage que j'ai connement oublié de mettre en sécurité, dans lequel elle me cède ses parts de la société de son père, elle ne serait pas si... chaleureuse. Si prévenante. Si gentille. Ou alors elle est très rusée. Et très bonne comédienne. La meilleure façon de surveiller son ennemi n'est-il pas de cohabiter avec lui, de l'avoir constamment sous les yeux ? De le surveiller, de l'épier ? Pour être au courant de tout ? Et avoir une longueur d'avance ? Joue-t-elle avec moi comme je joue avec elle ?

Encore une fois, je me demande comment tout cela va finir.

Je coupe les jets, m'essuie puis ceins mes hanches d'une serviette blanche, traverse ma chambre pour m'arrêter avant d'entrer dans mon dressing. Elle dort encore. Sur le dos, la tête sur le côté, la bouche entrouverte ; ses longs cheveux cachent la moitié de son visage. Elle est divine. Putain... je ne me lasserai jamais de la regarder.

Je me secoue.

T'es dans la merde, mon pote !

Mais ça, je le savais déjà ! Je soupire, attache mes boutons de manchette, enfile ma veste. Reviens dans la chambre. Elle n'a pas bougé. Je caresse sa joue, puis m'éclipse silencieusement. Elle va encore m'en vouloir de me tirer, mais j'ai besoin de m'isoler, de prendre de la distance. Un pas en avant, trois en arrière... Jusqu'à quand vais-je être capable de la tromper, de jouer la comédie ? Je me le demande. J'aurais besoin d'un whisky, de fumer un paquet de clopes, mais c'est un peu tôt pour ça. Après lui avoir fait couler un café, je fuis. Je fuis avant de ne plus en être capable ; de monter la rejoindre pour lui faire l'amour, encore et encore, et ne plus sortir de mon lit.

Je tape un texto à l'attention de Bruce, patiente quelques minutes devant la résidence. M'engouffre aussitôt dans la Jaguar, à peine la portière ouverte, en marmonnant un vague « bonjour ».

Je regarde par la vitre.

Qu'on ne vienne pas me faire chier ! Aujourd'hui est un jour sans ! Sans communication, sans sourire. Sans plaisir. Je vais me frustrer jusqu'à en devenir malade. Je suis habitué à juguler mes émotions. J'aurai toujours la main, quoi qu'il advienne !

En sentant mon portable vibrer dans la poche intérieure de ma veste, je m'en empare.

[Tu es parti comme un voleur !
Que vais-je faire de toi, darling ?]

Je souris comme un con, alors qu'un autre texto me parvient.

[Tu es libre pour déjeuner ?
Je t'invite !]

Puis encore :

[On se voit ce soir ?]

[Pourquoi tu ne réponds pas ?]

[Gabriel ????]

[Ne m'oblige pas à débarquer
dans ton bureau !!!]

J'explose de rire. Putain, elle me manque. J'ai déjà envie de la voir, de passer du temps avec elle. J'aime son caractère explosif, j'aime la pousser à bout. La mettre en colère. Comme elle aime le faire. Nous fonctionnons de la même manière. J'ai envie d'elle ! Mon téléphone sonne dans ma main, mais je ne réponds pas. Ça va la rendre dingue ! Je doute qu'elle ait le temps de débarquer dans mes locaux. Si c'est le cas, je jure que je la baise sur mon bureau, pour lui apprendre à rester à sa place. De plus, elle se rend compte ce que ça fait lorsque l'on ne répond pas aux messages.

Je sors de la berline sans un regard pour Bruce. Il me connaît bien. Il sait que ce sera un jour sans, même si Sophia a réussi à me dérider quelques secondes. Je traverse le hall de M.A.G., en saluant brièvement les hôtesses. Je monte au dernier étage, celui de mon bureau. Nick, mon assistant, après m'avoir salué cordialement, comme à son habitude, m'emboîte le pas. Il est sept heures trente, mais il est déjà au taquet. Il m'informe de mes rendez-vous de la journée, les horaires des différentes réunions, puis il m'apporte mon premier café de la matinée. Je me suis laissé tomber dans mon fauteuil, déjà épuisé. Je vais avoir du boulot par-dessus les oreilles. *Tant mieux, ça m'évitera de penser à Sophia !*

– Tu as pris ton petit déjeuner ? demande une voix depuis la porte.

Je lève la tête.

– Non.

– Ce n'est pas bien ! Combien de fois vais-je devoir te le répéter ? Ne jamais commencer une journée sans baiser, ni manger. J'espère qu'au moins, tu as baisé ?

Putain, il ne va pas se taire ?

– Vu ta gueule, je dirais que non.

Stefan s'assoit en face de moi. Sort un muffin à la fraise en regardant Nick déposer un café devant lui.

– Tu as conscience d'être le seul boss qui a un mec en guise d'assistant ? ronchonne-t-il, après que ce dernier a quitté mon bureau.

Je le regarde manger de bon appétit. Retiens un sourire. Il m'a manqué, ce con ! Comment rester de marbre devant un pitre pareil ? Comme face à Sophia. C'est peine perdue.

Il lève un sourcil.

– Quoi ?

– Putain, raconte ! s'exclame-t-il.

– Raconter, quoi ?

– T'es vraiment trop con, tu sais ça ?

– Ouais ! Tu me le répètes souvent. Comment s'est passée ta nuit ? demandé-je, parce qu'il est hors de question que je lui parle de Sophia.

Seulement, ça ne fera que lui mettre la puce à l'oreille. Il continue d'engloutir son muffin, en prend un autre, qu'il me tend. Je décline l'offre. Ce n'est pas de pâtisserie dont j'ai faim, mais du corps de Sophia. Je devrais peut-être lui demander de m'attacher à mon siège de bureau, sinon je vais finir par aller la trouver dans son bureau pour la baiser et assouvir le besoin que j'ai d'elle. Surtout s'il ne cesse de me parler d'elle.

Il daigne enfin me répondre après m'avoir longuement regardé, puis soupiré.

Quoi encore ?

– Je la revois ce soir. Mais il y a un problème.

– Lequel ?

– Elle a un gosse. Un fils de 3 ans.

– Elle est divorcée ?

– Veuve. Son mari était militaire.

– Merde…

– Je ne fais pas dans le social, mec.

Je me marre. Il ne m'apprend rien, il est le pire empaffé de la Création avec les femmes !

Il a un sourire de p'tit con. Ce qu'il est !

– Ça ne m'empêchera pas de la baiser et de passer du bon temps avec elle quand je serai à New York.

Qu'est-ce que je disais…

– Prends garde de ne pas lui faire de promesses que tu es sûr de ne jamais honorer.

– T'inquiète !

– Comment va Susan ?

– Elle a démissionné !

Putain, pourquoi ne suis-je pas au courant ?

– Quand ?

– Hier. Je voulais, hum… t'en parler de vive voix, justement.

– C'est pour ça que tu es venu ?

– Oui. Mais aussi pour te voir !

Je me cale dans mon fauteuil, croise mes jambes.

– Que s'est-il passé cette fois ?

– J'ai légèrement omis le fait qu'elle était mariée. Son mari est venu faire un scandale au bureau.

– Putain, Stef ! Et ?

On va finir avec des procès au cul, s'il continue ! Je suis d'ailleurs étonné que ça ne se soit pas encore produit.

– On s'est battus.

Oh putain…

– Il y aura des conséquences ?

– Je ne le crois pas, je lui ai donné du fric. Il m'a vendu le cul de sa femme. Mais j'assumerai, Gab, ajoute-t-il en levant la main pour éteindre tout début de colère de ma part. Je ne veux pas que ça retentisse sur MacAllen. Ton grand-père me tuerait.

Je me frotte le visage.

Il ne manquait plus que ça.

– Je lui en parlerai ce week-end. Je vais leur présenter Sophia.

Il paraît surpris.

– Gab ?

– Hmm ?

– Tu peux me dire ce qu'il se passe avec Sophia ?

– Comment ça ?

– Tu m'as dit que vous vous étiez rencontrés à un gala de charité il y a quelques semaines, or tu viens seulement de faire sa connaissance. Pourquoi m'as-tu menti ?

Bordel de merde, je le savais... il faut que je trouve une parade.

Je ris jaune.

– Si je t'avais dit que j'étais tombé raide dingue d'une nana en voyant sa photo dans un magazine, tu te serais foutu de ma gueule. J'ai préféré te dire que je la connaissais depuis plus longtemps que ça. Le fait est que quand je l'ai vue dans cet article parlant de sa galerie d'art, si belle dans sa robe rouge, j'ai su que cette femme était faite pour moi, et je me suis arrangé pour me trouver sur son chemin. Elle est tout ce que j'aime, mec.

Il répond à mon sourire, et là, je sais que j'ai gagné la bataille.

– C'est vrai qu'elle est sacrément belle. Et...

– Intelligente, douce, humaine, l'interromps-je plus vivement que je ne le devrais. Avec elle, je me sens... je ne sais pas, un autre homme.

– Putain, t'as décapoté ?!

Quel con !

– Gab ? insiste-t-il.

Que veut-il que je lui réponde ? Oui, je l'ai baisée sans capote ! Je me suis mis à nu, et putain, j'ai adoré. Et maintenant, je n'ai qu'une envie : recommencer.

– Elle compte pour toi ? reprend-il face à mon silence.

Putain, est-ce qu'elle compte ?

Je n'en sais rien ! Mais autant lui dire que « oui, peut-être ! », pour sauver les apparences et pour qu'il me foute la paix.

– C'est trop tôt pour le dire, mec ! Pour le moment, je la baise, je prends mon pied. Ensuite, nous verrons où cela nous mène.

– Si tu lui présentes Duncan et Fiona, c'est que ce n'est pas qu'une nana que tu baises ! insiste-t-il encore.

C'est surtout parce que je ne peux pas risquer qu'elle me file entre les doigts et m'échappe.

– Gab ?

– Tu m'énerves avec tes questions ! Viens avec moi. J'ai besoin que tu prennes des notes à la réunion des exportations, lui dis-je en me levant, après avoir regardé ma montre.

Il me rejoint, passe un bras autour de mes épaules.

– Je ne suis pas dupe, tu sais. Tu es amoureux, mec !

Nom de Dieu… certainement pas ! Il est taré ! Et complètement à côté de la plaque. Ce n'est pas d'amour dont il s'agit, mais de vengeance ! Le plan, Gab, le plan !

***

Je m'ennuie à mourir. J'enchaîne réunion sur réunion, interviews, conférences, et quoi que j'en dise, quels que soient mes efforts, Sophia ne quitte pas une seule seconde mes pensées.

Que fait-elle ?

Avec qui déjeune-t-elle ? Et où ?

Je ne lui ai toujours pas répondu. J'ai décidé de faire le mort pour la foutre en rogne, et elle va m'en vouloir. Ouais, je vais la mettre en colère ! J'adore ça ! Elle n'en est que plus bandante. Son tempérament volcanique prend le pas sur sa bonne éducation, et ça donne quelque chose de très jouissif. Elle n'a pas réécrit. Je suppose qu'elle m'en veut !

Je devrais la rejoindre, la baiser, me passer l'envie que j'ai d'elle avant de devenir complètement dingue. Je ne sais pas gérer les émotions trop fortes, certainement parce que les seules personnes qui pouvaient me sécuriser et me donner confiance en la vie sont mortes quand j'avais 5 ans.

Attablé en face de mon meilleur ami, je tripote mon portable, en avalant quelques bouchées du repas que Nick nous a apporté : nouilles sautées au poulet du traiteur asiatique du coin. Un régal ! Mais moins bon que… Sophia.

Putain, STOP, Gabriel ! Penser ce genre de chose ne te mènera à rien, hormis à plus d'emmerdes.

Tout en mangeant, je tourne les pages d'un dossier sur les bilans d'exportations, plutôt excellents. Nos nouvelles collections séduisent et crèvent le plafond des ventes, surtout en Russie et en Asie où les nouveaux riches investissent dans les produits de luxe. Depuis que nous sommes cotés en bourse et avons, sur mon impulsion, intégré le haut de gamme avec un packaging raffiné, de magnifiques bouteilles, le cristal, les cigares, en mettant en avant l'art de vivre irlandais, notre courbe de bénéfice ne cesse de grimper. Nous allons pouvoir investir davantage, ouvrir de nouvelles distilleries, créer de l'embauche… et moi, je me régale : j'ai fait des choix judicieux, pris des risques qui paient, fait des whiskies MacAllen un groupe économique qui pèse dans la balance mondiale.

Et tous ces efforts seraient anéantis par ce connard de Rinaldi ?

Il n'en est pas question !

Pour le moment, il ne tente plus rien, il se tient tranquille.

Je ne sais ce que sera le premier coup. Ce que je sais, c'est qu'il faut que je le prenne de vitesse, que j'agisse le premier.

Comme d'habitude lorsque je pense aux distilleries, je pense à Duncan.

Je tape rapidement :

[Comment vas-tu aujourd'hui ?
Tu as bien dormi ?]

Sa réponse ne tarde pas :

[J'ai déjà un doc, fils !
Je suis en pleine forme !
Demande à Fio, on vient
encore de s'engueuler !]

[Pourquoi ?]

[Pour des conneries !]

[OK ! Fais attention à toi.
À vendredi !]

[Je suis heureux que tu viennes
nous rendre une petite visite.]

[Je serai avec une amie !]

[Ton amie ?]

[Oui !]

[Parfait !]

Oui… parfait !

[J'ai hâte de faire sa connaissance !
Je veux que tu sois heureux, Gabi,
autant que je l'ai été avec ta grand-mère.
Que tu connaisses
l'amour d'une femme.
Il n'y a rien de plus beau dans la vie
que l'amour, fils. D'avoir des enfants.
Je voudrais mourir en te sachant
heureux et père à ton tour.]

Merde…

Est-ce finalement une bonne idée de leur présenter Sophia, sachant qu'elle va sortir de ma vie à un moment ou à un autre ? Et qu'entre nous, ça ne peut que mal finir ?

[Nous verrons, Dunc !
Ne mettons pas
la charrue avant les bœufs.]

C'est sa phrase fétiche, comme tout bon Irlandais pragmatique qui se respecte !

[Bonne journée, fils !
J'y retourne.]

[Ne te fatigue pas trop !]

Je souris en recevant trois petits points en réponse. Après un instant de flottement, je tape un autre message :

[Désolé de ne pas t'avoir
répondu avant, Trésor.
J'ai été happé par le taf…
Tu me manques…]

J'appuie sur envoi. Je m'attends à avoir une réponse rapidement, mais il n'en est rien. Je l'appelle. Alors que je pense être dirigé vers sa messagerie, elle répond et je me sens légèrement con.

– Salut !

Sa voix rauque, haletante, me serre l'estomac.

Putain…

– Ça va, Trésor ?

– Oui.

– Tu as une petite voix, m'alarmé-je aussitôt.

Je grimace à l'intention de Stef qui se fend la gueule.

– Tu appréhendes le vernissage ? reprends-je.

– Non, pas du tout. Tu seras là de toute façon, rien ne peut m'arriver.

– Exact !

Je regarde ma montre.

– Tu fais quoi, là, maintenant ?

Mauvaise idée, Gab…

– Je suis au restaurant avec Matt et Amaury.

Je me renfrogne ; ce type est beau, intelligent, friqué, sûr de lui, et je suis sûr qu'il la drague.

– Encore lui ?

– Ça te pose un problème ?

– Je n'aime pas te savoir avec d'autres hommes, ronchonné-je.

Stef se marre de plus belle. Je me fais violence pour ne pas me lever et le passer par la fenêtre.

– Matt est mon meilleur ami et dois-je te rappeler qu'il est gay ? Quant à Amaury…

Je l'entends sourire. Elle ne finit pas sa phrase, s'amuse avec mes nerfs ; elle sait que je ne vais pas tarder à me mettre en colère si elle continue. Je suis une nouvelle fois sidéré par l'emprise qu'elle a sur moi.

J'attends.

– C'est une relation d'affaires, rien d'autre. Je suis avec toi, Gabriel.

Je me racle la gorge, me lève pour me poster devant l'immense baie vitrée, en tournant le dos à Stef. Je n'ai pas besoin de voir sa tronche au moment où je vais me mettre à nu.

– Tu as du temps ? murmuré-je.

– Pour ?

– Je pourrais passer te prendre et… te prendre…

Un rire me répond, me faisant tressaillir.

– Sophia ?

– Je suis horriblement tentée, mais…

Elle laisse sa phrase en suspens, parfaitement consciente, j'en mettrais ma main au feu, de ce qu'elle m'impose. Elle sait pertinemment que je ne suis pas patient, bien au contraire ! Je suis d'ailleurs étonné d'être resté toute la nuit à ses côtés sans avoir ravi son corps.

– Attends, je prends mon planning. Alors, je dois trouver

une robe, me faire masser, coiffer, manucurer… épiler.

– Partout ?

Elle rit à nouveau.

– Je ne pensais pas avoir ce genre de discussion avec toi un jour, darling. Oui, partout !

J'adore…

– Gabriel ?

La façon dont elle susurre mon prénom augmente mon érection.

Il faut que je la voie.

– Tu es là ? Tu as entendu ce que je t'ai dit ?

Oh que oui…

– J'ai envie de toi, Trésor, lâché-je.

Je regarde ma montre.

Putain, je n'ai pas le temps ! Saloperies de réunions !

Je me retourne, capte le regard de mon meilleur ami qui visiblement ne loupe pas le moindre mot de mon échange avec la femme qui est en passe de me rendre marteau. Autant que sa présence me serve à quelque chose.

– Maintenant ! ajouté-je.

Son rire s'égrène à nouveau. S'enroule autour de mon bas-ventre, y fout le feu.

– Je ne suis pas libre, darling. Dommage !

Je n'ai que ce que je mérite, j'ai refusé son invitation à déjeuner après tout, mais c'est mal me connaître que de croire qu'elle peut se mettre entre moi et mon désir.

– D'ailleurs je dois te laisser, enchaîne-t-elle. J'entre dans la boutique. À ce soir, darling. Dix-huit heures. J'ai hâte.

Et elle raccroche.

Bordel de Dieu.

Je suis prêt à balancer mon portable à travers la pièce lorsqu'il vibre dans ma main. Elle m'a envoyé un texto :

[Si tu es sage et bien élevé,
je te permettrai peut-être
de me baiser sur mon bureau !
Bonne après-midi, darling !]

Je ne réponds pas, la laissant dans l'expectative. Je rejoins mon fauteuil, pose mes chevilles sur le bureau, bascule en arrière et ferme les yeux. Plusieurs vibrations m'indiquent qu'elle continue de m'écrire.

– Tu ne réponds pas ?

– Non.

– Pourquoi ?

Je garde les yeux fermés, puis, n'y tenant plus, je me redresse, me passe les mains dans les cheveux. J'inspire profondément.

Putain, rien n'y fait.

Je tape, sous l'œil goguenard de Stef à qui je n'ai toujours pas répondu mais qui sait parfaitement ce qui se passe dans ma tête. Je n'ai pas besoin de lui faire un dessin, il me connaît mieux que moi-même :

[Pourquoi pas maintenant ?]

Alors que mon meilleur ami se fout de ma gueule, je lis les messages précédents de ma belle brune :

[Moi aussi j'ai envie de toi.]

[Viens.]
[Je t'attends.]

Je tape frénétiquement :

[Tu es dans ton bureau ?]

[Non !]

[Où alors ?]

Trois points d'interrogation me répondent.

Bordel...

J'appelle Bradford, qui décroche instantanément.

– Monsieur ?

– Je veux savoir où se trouve Sophia Rinaldi. Tout de suite !

– Bien, monsieur. Je vous envoie l'adresse par texto.

Je raccroche, puis tape un autre message pour Bruce :

[Devant les locaux
Dans deux minutes !]

Je me lève.

– Tu vois quand tu veux ! lâche Stef, tout sourire.

– Ta gueule ! Apprête-toi plutôt à me remplacer à la prochaine réunion qui commence dans très exactement... cinq minutes, lui dis-je après avoir regardé ma montre.

– Tout ce que vous voudrez, boss. Je suis à vos ordres.

Je suis déjà près de la porte lorsque mon portable vibre à nouveau.

Bradford.

Je le lis.

Parfait !

– Ça me fait plaisir de te voir heureux, Gab !

Heureux ?

Sa remarque me prend au dépourvu.

Suis-je heureux ?

– Qu'est-ce qui te fait penser que c'est le cas ?

– Parce que tu passes ton temps à sourire comme un con depuis quelques minutes. J'ai remarqué tes regards, les siens. Tu es accro, mon pote.

– Arrête avec ça ! C'est mon coup du moment, rien de plus !

– Non, et tu le sais ! Tu n'emmènes pas tes coups au restaurant, encore moins au manoir. Tu ne leur présentes pas les personnes qui comptent le plus au monde pour toi, enchaîne-t-il, en se levant et en se dirigeant vers moi.

Il pose sa main sur mon épaule.

– Tu as le droit d'être heureux, Gab. Personne ne te demande de souffrir jusqu'à la fin de tes jours. Tes parents auraient voulu que tu rencontres une femme, que tu te maries, que tu aies des enfants. Ils auraient voulu le meilleur pour toi.

Je n'arrive pas à prononcer le moindre mot. Ce con m'a réduit au silence. Après quelques secondes pendant lesquelles j'ai dû rester la bouche ouverte et les yeux exorbités, je reprends un semblant de vie.

– Ils ne sont plus là, Stef, alors on peut leur faire dire ce que l'on veut ! Et je ne te l'ai pas présentée, cela s'est passé sans mon autorisation.

Il se met à rire.

– Qu'est-ce que ça peut foutre ? Les faits sont là, mec. Je sais ce que j'ai vu.

Je lui serre l'épaule.

– Commence par faire le ménage devant ta porte avant de me donner des conseils, tu veux ?

Il lève les mains.

– Quoi ? Je n'ai fait que dire que je te trouvais un air heureux, c'est tout ! Pas de quoi te foutre en rogne. À moins que…

Putain, quand il a un truc en tête… c'est bon, j'en ai assez entendu, je me casse.

Je lui tourne subitement le dos et franchis le pas de la porte.

– Je vois clair dans ton jeu, mec ! entends-je derrière moi.

Putain, il m'énerve !

Je reviens sur mes pas en caressant l'idée lui faire avaler sa cravate.

– Laisse tomber, Stef. Occupe-toi de tes propres merdes !

Un grand sourire me répond.

Il est irrécupérable. Il peut dire ce qu'il veut, me sermonner, me faire la morale, il n'est pas plus prêt que moi à s'attacher à une femme, bien que je le soupçonne de s'en empêcher, pour… ne pas me laisser seul, peut-être. Pour faire comme moi, prendre modèle sur moi, dans une forme de mimétisme. Mais je ne suis pas un modèle, putain, et il n'a pas à me tenir la main. Il n'a pas à m'accompagner dans les merdes de ma vie, je ne le lui demande pas. Je ne le lui ai jamais demandé. Mais pour la première fois, je comprends que j'ai peut-être une responsabilité dans sa solitude.

Qui sait ?

Je devrais lui poser la question et éclaircir le truc : s'il veut mon bonheur, je veux également le sien.

Cette question de l'avenir de Stef me poursuit lorsque je prends place dans la berline, après avoir donné l'adresse de notre destination à Bruce.

– Combien de temps pour arriver à la boutique, Bruce ?

– Une bonne demi-heure, monsieur.

C'est long… trop long…

Ma conscience quitte mon meilleur ami pour se concentrer sur Sophia. Décidément, je ne peux rester longtemps sans penser à elle. Dans quelques minutes, son corps magnifique sera dans mes bras ; je vais la surprendre dans la cabine d'essayage de cette boutique, virer la vendeuse, la prendre fiévreusement contre le mur, en face du miroir ; qu'elle me voie entrer et sortir de son sexe, qu'elle me voie la posséder, lui donner du plaisir. Qu'elle observe son visage, puis le mien, au moment de la jouissance.

Je souris.

– Pouvez-vous aller plus vite, Bruce, s'il vous plaît ? Je suis pressé.

– Je ne le pense pas, monsieur. D'après le GPS, il y a des ralentissements.

Merde… On va mettre des plombes à cette allure !

– Arrêtez-vous !

Il s'exécute aussitôt.

– Je continue à pied, j'irai plus vite. Retrouvez-moi devant la boutique, ordonné-je en ouvrant la portière.

Je préfère encore courir qu'être coincé dans la berline à fantasmer sur ma belle brune qui va finir par m'échapper.

Je regarde ma montre.

Combien de temps vais-je mettre pour parcourir les cinq kilomètres restants ?

– Mais, monsieur…

Je jette ma veste sur la banquette arrière puis m'élance.

Ouais, je sais, il me faudra un moment pour rejoindre son quartier.

Je cours comme un dératé, slalome entre les passants. Les femmes se retournent sur mon passage, étonnées par ce type, costard, chemise blanche et cravate, qui court comme s'il avait le diable au corps. Après quelques minutes, je détache ma cravate, pour la foutre dans une poubelle. Je crache mes clopes, mais le feu du désir grandit dans mes veines en me rapprochant du but.

Allez… plus qu'un petit effort…

Je n'en peux plus.

Je m'arrête pour reprendre mon souffle, enclenche le navigateur de mon smart, tape l'adresse de la boutique.

Encore un quart d'heure !

Je reprends ma course. Je suis bon pour changer de sous-vêtements… et de vêtements. L'effort me fait du bien et a l'avantage de me vider la tête. Sans pour autant faire baisser mon envie. Bien au contraire, je ne cesse de l'imaginer. De m'imaginer en elle.

Enfin, j'y suis !

J'inspire profondément, puis je pousse la porte. Je regarde autour de moi. Jolie boutique ! Mais rien de transcendant. J'aurais dû lui faire livrer une robe ! Pourquoi n'y ai-je pas pensé plus tôt ? Peut-être parce qu'elle ne m'en a pas laissé le temps ! Je suis obsédé par son cul ! Incapable de me focaliser sur autre chose que sur sa merveilleuse chatte.

– Monsieur ? Puis-je vous être utile ?

Je me retourne, surpris.

– Je suis venu retrouver ma femme, Sophia Rinaldi.

Je sors un billet de vingt dollars de la poche de mon pantalon.

– Tenez. Laissez-nous !

La vendeuse regarde le billet, puis lève les yeux. Un léger sourire étire ses lèvres.

– Elle n'est plus là, monsieur.

– Pardon ?

– Elle était pressée. Elle avait rendez-vous.

– Où ça ?

– Je ne sais pas, monsieur. Je suis désolée.

Bordel...

Je remballe mon billet, sort de la boutique sans un mot de plus. Je prends mon portable, appelle Bradford. Qui, après plusieurs sonneries, ne répond toujours pas.

Il va m'entendre !

Je dois pouvoir le joindre à tout moment. Même lorsqu'il va pisser. C'est quoi, ce bordel ? Les éléments se liguent contre moi, ou quoi ?

Je fais les cent pas, retente mon appel. Toujours pas de réponse. Je lui envoie un texto le sommant de m'appeler. Lorsque Bruce s'arrête devant mes yeux, je suis résolu à ne pas poursuivre Sophia dans toute la ville. Tant pis ! Nos retrouvailles n'en seront que meilleures. Et je vais lui faire livrer une robe. J'aime l'idée qu'elle ne porte que ce que j'ai choisi pour elle.

Je m'engouffre dans la Jaguar.

– Au bureau, Bruce, s'il vous plaît, soupiré-je.

Bruce redémarre aussitôt.

Je passe ma commande en ligne. Dans la boutique de prêt-à-porter de luxe où j'avais commandé mes précédents achats ; ils ont les mensurations exactes de Sophia, et je sais que ce sera parfait ! Je jette mon dévolu sur une robe de cocktail, rouge, évidemment. Très ajustée au niveau du buste, échancrée, au décolleté pigeonnant. Vaporeuse. À la coupe irréprochable. Je l'imagine déjà… Divine, bandante, terriblement excitante. J'ajoute les chaussures. Quelques bijoux.

Puis tape :

[Je t'ai fait envoyer une robe.
Fais-moi le plaisir
et l'honneur de l'accepter
et de la porter ce soir, Trésor.
Je bande déjà à l'idée
de te l'enlever !]

Sa réponse ne tarde pas et me réconcilie avec la vie.

[D'accord ! Il me tarde aussi, darling !]

Je pensais devoir batailler, je constate avec plaisir qu'il n'en est rien, et qu'elle peut parfois se montrer raisonnable et docile.

Ce n'est que plusieurs heures plus tard, en fin d'après-midi, alors que j'étais encore en réunion, que son message me parvient. Je l'ouvre :

[Elle est magnifique.
Il ne fallait pas !]

Elle a joint plusieurs photos. Mon cœur s'affole. Je lui ai couru après, j'ai été obligé de changer de fringues, j'ai pris du retard dans mes dossiers – retard que je dois maintenant rattraper car certaines décisions commerciales ne peuvent attendre ; je me suis comporté comme le dernier des puceaux lors d'un premier rendez-vous galant ; la louper m'a rendu fou, ce que, heureusement, elle ne saura jamais, mais je ne regrette rien. Je ferais mille fois pire, je sillonnerais la ville à genoux s'il le fallait.

***

Je quitte mon écran d'ordinateur des yeux, regarde ma montre. Je suis en retard. D'une bonne heure. Sophia doit se demander ce que je fabrique. Je devrais déjà être dans la place, à profiter de l'évènement, aux côtés de la femme qui n'a pas quitté une seule seconde mes pensées, me mettant au supplice. Je n'ai cessé de l'imaginer dans sa robe rouge, comme la première fois que je l'ai contemplée sur cette photo, au bras de son salopard de père. Ce que j'ai ressenti, l'intérêt qu'elle a éveillé, jusqu'à ce que le modèle en chair et en os ne la supplante en intensité. Me faisant quasiment perdre le sommeil et me balader avec une trique que rien n'assouvit, hormis la vue de la principale concernée. Et lorsque je suis enfoui en elle.

Je m'imagine déjà plonger les mains sous sa robe, la caresser, lui remonter le tissu sur les hanches, la coucher sur son bureau, et la baiser. La baiser jusqu'à la faire crier et jouir. Comme j'aime l'entendre. Lorsque des cris d'extase s'échappent de ses jolies lèvres, j'ai le sentiment de toucher le paradis et d'être le roi du monde.

Je me frotte les yeux, allonge mon siège de bureau, les ferme, laissant le calme m'envahir. Tout le personnel a quitté les locaux, et Stef est allé rejoindre sa nouvelle conquête. Il ne rentrera pas. Je pose mes chevilles sur le bureau, les croise, en même temps que mes mains sur ma poitrine. J'inspire profondément. Avec l'espoir de m'assoupir. Il le faut, je suis cramé ! Il y a quelques années, j'ai appris la technique des microsiestes, et j'avoue que c'est royal, idéal pour les hommes d'affaires surbookés, ce que je suis. Comme je dors peu la nuit, il fallait que je compense, que je trouve une solution pour ne pas être trop fatigué : dormir seulement quelques minutes, mais d'un sommeil si profond et si réparateur qu'il remplace plusieurs heures de sommeil nocturne.

J'inspire… expire…

Ma dernière pensée consciente est une certitude : quand elle saura que j'ai renforcé la sécurité de la galerie ainsi que la sienne en embauchant des gardes du corps supplémentaires, sans lui en avoir parlé au préalable, ni lui en avoir donné les raisons, elle sera certainement en colère et se refusera à moi.

Je vais devoir batailler dur pour qu'elle me cède, et ça n'en sera que plus jouissif, car, je ne peux plus en douter, ce jeu me plaît. Infiniment !

Le sommeil me cueille, presque par surprise.

La voix de maman me réveille en sursaut.

Je retire mon pouce de ma bouche, et j'ouvre péniblement les yeux. Pourquoi ma maman crie ? Je ne comprends pas. Maman ne crie jamais. Elle est douce, gentille, et elle sent bon. Elle sent toujours bon. J'ai la plus belle des mamans ! C'est même papa qui le dit. Il dit qu'elle est encore plus belle depuis qu'elle a mon petit frère dans son ventre.

– Attention ! Max, freine !

J'ai peur.

J'essaie de bouger mais je ne peux pas, je suis attaché dans mon siège.

Je prends mon doudou contre moi.

– Accrochez-vous, hurle mon père.

– Mon Dieu… crie encore maman.

Mamie, assise à côté de moi, saisit ma main, la serre tellement qu'elle me fait mal. J'empêche mes larmes de couler. Je suis fort maintenant, je suis presque un homme. Un homme ne pleure pas ! La voiture est brutalement secouée, et prend de la vitesse. Maman hurle. Mamie parle avec Dieu, comme elle le fait souvent, pour qu'il nous protège. Pour qu'il me protège. Moi, son unique petit-fils. Maman se tourne vers moi.

– Ça va aller, bonhomme. N'aie pas peur. Je t'aime, Gabriel, dit-elle en me touchant la jambe.

La voiture va vite, de plus en plus vite. Tout le monde crie. Et moi, je me mets à pleurer parce que j'ai de plus en plus peur. J'ai mal partout à cause des ceintures qui me maintiennent à mon siège. Ma tête ballotte dans tous les sens.

Je hurle, en pleurs :

– Maman ! Arrête la voiture, s'il te plaît.

Je voudrais que ça s'arrête. J'ai trop mal ! Trop mal à la tête. Et surtout, j'ai trop peur.

Puis soudain, la voiture tombe dans un trou. Un

trou immense. Elle n'arrête pas de tomber. Elle tombe pendant longtemps. Je mets mes mains sur mes oreilles pour ne plus entendre les cris, le bruit. Je serre les dents pour ne pas hurler moi aussi. Maman essaie de me toucher encore, mais elle ne peut pas, elle est secouée trop fort, comme lorsque l'on monte dans le manège que j'aime tant. Elle tient son ventre, me regarde, n'arrête pas de pleurer. Quelque chose dans ses yeux fixés sur moi me fait si peur que je ferme les miens.

Puis on fait des roulés-boulés. Ma tête tape fort contre mon siège. Je ne vois plus rien. Et soudain, dans ma tête, ça fait bizarre.

Quand je me réveille, il fait presque nuit. J'ai perdu mon doudou. Je regarde partout autour de moi. Je ne comprends pas ce qu'il se passe : il y a de la fumée, des branches dans la voiture. Ma mamie a la tête contre la fenêtre, du sang partout sur son visage. J'ai les yeux qui piquent. Tellement, qu'ils coulent. Comme mon nez. Je me mets à tousser. Et j'ai froid. J'ai tellement froid. Je tends les bras vers ma maman. Je l'appelle, je pleure, mais elle ne me répond pas, alors qu'elle a les yeux grands ouverts.

Pourquoi ? Pourquoi elle ne répond pas ? Pourquoi elle ne vient pas me détacher pour me prendre dans ses bras ? Pour me rassurer, m'embrasser, comme elle le fait toujours lorsque j'ai un gros chagrin ?

J'appelle encore : « maman, réveille-toi ! C'est Gabriel, viens me chercher ». Elle a la tête bizarre, ses yeux aussi sont bizarres. Je crie « papa », mais il ne répond pas non plus. J'appuie sur le bouton pour ouvrir mes sangles.

J'appuie de toutes mes forces, mais je n'y arrive pas, je ne suis pas assez fort.

J'essuie mon nez qui coule.

Pourquoi il n'y a personne pour s'occuper de moi ? Pourquoi je peux bouger et pas les autres ?

J'ai faim. J'ai mal au ventre. Je pleure, j'appelle, mais maman, papa, et mamie sont endormis. Ils ne me répondent pas. Je voudrais parler à mon petit frère. Maman et papa ont dit qu'il s'appelle William, qu'il sera bientôt là. C'est quand, bientôt ? J'aimerais déjà qu'il sorte du ventre de ma maman pour lui montrer mon circuit de voiture, mes avions. Tous mes jouets. Pour pouvoir jouer avec lui. J'ai toujours voulu avoir un petit frère ! Je serai « son grand frère », je lui montrerai tout. Je le protégerai. J'ai promis à maman d'être gentil avec lui, de l'aimer.

Je tends la main pour prendre mon doudou mais il est trop loin. J'ai sommeil, je bâille. Mes yeux se ferment tout seuls, même si j'ai froid, et même si j'ai faim, j'ai quand même envie de dormir.

J'ouvre les yeux en entendant des voix, des bruits, puis mon nom. Il fait jour. Quelqu'un tape contre la porte de la voiture. Il y a tellement de bruit que j'ai peur. Je me mets à pleurer. Des messieurs découpent la voiture avec des machines, et soudain, des mains se tendent vers moi.

« Viens, Gabriel, n'ai pas peur… » J'appelle encore ma maman, mais la dame me dit que mon papy est ici, qu'il m'attend, alors j'arrête de pleurer. Quand elle me prend contre elle, je mets mon nez dans son cou. Elle sent bon, comme ma maman, mais ce n'est pas ma maman. Je

regarde partout. Et soudain, je vois mon papy. Je lui tends les bras.

– Papy !

La dame m'emmène vers lui. Il me serre contre lui. Fort. Il pleure lui aussi, il me caresse la tête, m'appelle son tout-petit.

– Nous ne sommes plus que tous les deux, Gabriel. Je n'ai plus que toi aujourd'hui. Ta maman, ton papa, et mamie sont montés au ciel.

Pourquoi au ciel ? Il y a quoi dans le ciel ?

Je regarde au-dessus de nous, les arbres, les nuages, loin… ils sont là… ils ne sont pas au ciel ! Certainement que je comprendrai quand je serai plus grand, c'est ce que papa me dit toujours.

– Et William ? je demande, à travers mes larmes. Je veux voir mon petit frère avant qu'il monte au ciel, papy, s'il te plaît. Pour me faire plaisir. Parce que j'ai été gentil, j'ai attendu sagement. Je suis grand maintenant, tu sais.

– Oui, Gabi, tu es grand, et tu es un très gentil garçon. Le plus gentil petit garçon du monde, et je t'aime plus que tout.

Je sèche mes larmes, je regarde autour de moi.

Je montre du doigt des messieurs qui emmènent ma maman sur un lit à roulettes.

– Papy ? Ils l'emmènent où, les messieurs, maman ?

– À l'hôpital.

– Alors elle va guérir ? Elle va me parler ? Me prendre dans ses bras ?

– Non, Gabi. Ta maman ne te prendra plus jamais dans ses bras.

Mais… je ne comprends pas !

Il met sa main sur ma tête, m'emmène jusqu'à une grosse voiture rouge avec une lumière qui clignote. Je tends à nouveau les bras vers maman, vers mon petit frère qui est dans son ventre.

Pourquoi elle ne me répond toujours pas ?

Je veux descendre des bras de papy. Je pleure, je crie, j'appelle ma maman. Je bats des pieds, je veux qu'il me lâche, je veux courir vers elle, lui faire des câlins. Je veux faire des bisous sur son ventre, parler avec mon petit frère.

– Laisse-moi descendre, papy, s'il te plaît. Je veux voir ma maman. Je veux parler à William. S'il te plaît, s'il te plaît…

Je me débats, jusqu'à ce qu'un monsieur me fasse une piqûre. J'ai les yeux qui se ferment. J'entends mon papy pleurer.

Pleure pas, papy, je suis là…

Je sursaute lorsqu'une main me secoue.

– Nous avons un problème, monsieur, dit doucement Bruce.

Je retombe sur mes pieds, frotte mon visage énergiquement pour chasser les dernières images du cauchemar de mon enfance, regarde mon chauffeur.

– Quel genre de problème ?

– Il y a une alerte à la bombe. À la galerie !

Putain…

Je saute du fauteuil. J'empoigne ma veste, l'enfile, récupère mon portable. Bruce me suit dans les couloirs.

– Elle a explosé ?

– Je ne sais pas, monsieur. J'ai perdu contact avec mes gars.

Je cours pour atteindre l'ascenseur, Bruce toujours sur mes talons.

M'engouffre à l'intérieur.

– Comment avez-vous su, pour la bombe ?

– Mademoiselle Rinaldi a reçu un appel anonyme. Elle a aussitôt fait ce qu'il fallait.

– Comment va-t-elle ? Vous avez pu l'avoir en ligne ?

– Non, monsieur. Elle ne répond pas à mes appels.

– Prévenez Livingstone. Qu'il nous rejoigne là-bas.

Il obtempère, empoigne aussitôt son portable.

Bordel de merde ! Qu'allons-nous trouver ?

25

Gabriel

Nous arrivons à proximité de la galerie. C'est le bordel ! De la fumée s'échappe du bâtiment, que les pompiers sont en train d'arroser copieusement. Des sirènes de police résonnent, des voitures stationnées n'importe comment, ainsi qu'une bande de curieux massée devant les cordons de sécurité, nous empêchent d'aller plus loin. Bruce se gare sur le trottoir, et sans nous concerter, nous sautons de la berline, qu'il verrouille après quelques mètres de course.

Après avoir traversé la foule en jouant des coudes, je me dirige droit vers un policier, lui présente mon *Identity Card* américaine.

– Gabriel Monteiro. Je suis un proche de Mlle Rinaldi, la propriétaire de la galerie. Le commandant Livingstone doit également m'attendre à l'intérieur.

Il ouvre le cordon sans poser de questions – le nom de Livingstone vaut tous les sésames et il a certainement donné des consignes me concernant –, et nous reprenons notre élan. J'aurais dû lui demander s'il y avait des blessés, ou pire… mais je n'en ai pas eu le temps. Je dois voir Sophia au plus vite, être sûr qu'elle va bien ; être auprès d'elle, la soutenir. Elle est mon unique priorité.

J'entre dans la galerie à l'entrée éventrée, ralentis le pas, tout en regardant partout autour de moi pour tenter de la repérer, mais je ne la vois nulle part.

Où est-elle ?

Mon cœur se serre.

Je saisis le bras d'un type, demande :

– Vous savez où est Sophia Rinaldi ? La propriétaire ?

Il me désigne le fond de la galerie.

– Dans son bureau, je crois.

– Elle va bien ? ne puis-je m'empêcher de prononcer.

– Pour ce que j'en sais, oui.

– Elle n'a pas été blessée ?

– Non, monsieur. Vous permettez ?

Je le relâche avec un mot d'excuse, soupire de soulagement.

Elle va bien…

L'étau autour de ma poitrine se relâche un peu.

Nous traversons l'enfilade de pièces. Des gens sont assis au sol contre les murs, ou sur les banquettes, les membres des équipes médicales agenouillés près d'eux. Les blessures ont l'air superficielles. Visiblement, il y a eu plus de peur que de mal. Seule la première pièce, celle des œuvres mineures, a été saccagée, mais les dégâts sont considérables.

Putain, je le savais !

J'ai fait renforcer la sécurité, mais ce n'était encore pas assez. Ce connard a réussi son coup, et des personnes auraient pu être tuées. Sophia aurait pu être tuée. Je vais faire de sa vie un enfer. Forza est un homme mort !

Nous allons lui régler son compte. Il ne peut pas s'en prendre inopinément à ce qui m'appartient, et Sophia m'appartient désormais. Ce mec est hors-jeu. Nous n'avons pu prouver qu'il avait lui-même saccagé l'appartement de Sophia, mais je sais qu'il en est le commanditaire. Il n'a laissé aucune trace, il n'est pas si con ! Il est même très intelligent si j'en crois son parcours, mais tout brillant qu'il soit, je le suis plus que lui, et j'ai une longueur d'avance, des appuis haut placés, alors qu'il n'est qu'un petit cravateux d'avocat de merde. Ouais, il a fait faire le sale boulot par d'autres. Et je savais qu'il verrait d'un mauvais œil le fait d'être interrogé par la NYPD et gardé à vue. C'est clair que ça va faire tache sur son CV ! Il est grillé, il n'a plus qu'à changer d'État. Plus qu'à dégager le plancher et nous foutre la paix. S'il s'en prend physiquement à Sophia, je jure que je le tue.

Je parcours les derniers mètres qui me séparent de son bureau avec la rage et la peur tapies dans mes entrailles. Je m'encastre dans l'ouverture de la porte, fais quelques pas à l'intérieur de la pièce.

Nos yeux se rencontrent.

Il y a un tel soulagement dans les siens que mon cœur fait un bond dans ma poitrine. Elle court pour se jeter contre moi. Je referme mes bras sur elle. La berce de longues minutes alors qu'elle éclate en sanglots. Je glisse ma main dans son dos, le long de sa nuque découverte, si fine, si vulnérable. Il me suffirait de replier les doigts, juste un tout petit peu, pour entendre ses os craquer. Je n'en ai aucune envie, bien au contraire. Je me contente de la serrer contre moi. Je veux la protéger, la réconforter, et je me fais violence pour ne pas hurler à tous ces gens de se barrer pour nous laisser seuls, que je puisse prendre soin d'elle comme je le désire. En nous faisant oublier les réalités. Nos réalités.

Livingstone vient me rejoindre.

– Vous avez des pistes ?

– Nous essayons de remonter jusqu'à l'origine de l'appel, mais pour l'instant, nous n'avons rien de concret.

– Sur son portable personnel ?

– Non, sur le fixe.

– Forza ?

– Comment savoir ? Attendons les retours des équipes.

– Des blessés ? demandé-je encore.

– Légers.

– Très bien. Je vais l'emmener loin d'ici quelque temps. Je serai en Irlande et joignable sur mon portable.

– Vous faites bien, Gabriel. Nous ne savons pas de quoi cette personne est capable, mais si c'est Forza, il ne nous échappera pas, je vous en donne ma parole. Je vous appelle dès que j'ai du nouveau.

Nous nous serrons la main, et il retourne vers ses équipes.

– Bruce, faites préparer le jet. Prévenez le manoir que nous arrivons. Nous partons sur-le-champ.

– Bien, monsieur.

Il s'éloigne pour passer ses appels et planifier notre voyage. Nous avons neuf heures de vol, cinq heures de décalage avec l'Irlande, nous arriverons à cinq heures du matin à Belfast et dormirons dans l'avion.

Sophia redresse la tête, essuie ses larmes, le visage complètement hagard. Je passe les mains sur ses joues, repousse ses cheveux de son front, sur lequel je pose mes lèvres. Je crois même que j'ai fermé les yeux. Lorsque je les ouvre, je croise ceux de Matthew.

Il me fait un petit signe de tête.

– Ça va ?

– Oui, depuis que tu es là. J'ai cru que tu ne viendrais jamais.

– Je suis désolé. J'avais du boulot et je n'ai pas vu le temps passer.

C'est la deuxième fois de ma vie que je m'excuse. La première étant lorsque je l'ai laissée seule à la soirée pour répondre à mes obligations professionnelles et qu'elle m'a filé entre les doigts. J'ai cru devenir enragé ! Elle est la première femme à m'avoir fait ce coup-là ! Que de chemin parcouru depuis : j'ai réussi à la foutre dans mon lit.

Elle caresse ma joue.

– J'ai cru que tu avais changé d'avis.

– Jamais, Trésor. Rappelle-toi ce que j'ai dit à propos de cette petite robe qui épouse ton corps à merveille.

– Tu ne regrettes pas ton choix ?

– Pas le moins du monde.

– Même si tu as dans l'idée de la bousiller ?

– Tu crois que le bustier est solide ?

– Je ne le pense pas, sourit-elle face à mon regard vorace.

D'un sourire si empreint de tristesse qu'une fois de plus mon cœur se serre.

– Le tissu est ultraléger, continue-t-elle.

Je replace une mèche derrière son oreille, perdu au fond de ses yeux.

– Laissons cela pour le moment. Tu m'as entendu ?

– Oui.

– Tu es d'accord ?

– Oui, Gabriel. Je suis d'accord. Même si j'ai le sentiment de fuir les problèmes, de ne pas assumer.

– Je m'occuperai de tout, ne t'inquiète pas. Prends tes papiers importants. De quoi prévenir ta compagnie d'assurances.

– Je l'ai déjà fait, tout est planifié, et Matt gérera le reste.

Je tourne la tête en même temps qu'elle, pour voir son meilleur ami et collègue en grande conversation avec Amaury Chang. Je cherche le père de celui-ci dans la pièce.

– Monsieur Chang père n'est pas là ?

– Non, il a été retenu, mais il avait prévu de passer demain. Je l'ai prévenu lui aussi, avant qu'il ne l'apprenne par les médias. Fort heureusement, sa collection est intacte, et il a été compréhensif. L'important pour lui était qu'il n'y ait pas de victimes.

– Tu crois que c'est ton ex qui a fait le coup ?

– J'en ai peur. Mon Dieu, Gab, je vais mettre des semaines à tout reconstruire, et je… je ne sais pas si j'en aurai le courage. Mon appartement, et puis maintenant, ça…

Elle a un mouvement du bras ; sa détresse me poignarde le cœur.

– J'ai peur, Gabriel.

Je la serre contre moi, englobe sa nuque.

– Je ne le laisserai jamais te faire du mal, je t'en donne ma parole. Tu veux dire quelque chose à Matthew avant de partir ?

Elle se détache de moi, me fait un baiser sur les lèvres.

– Oui. Je reviens.

Je la regarde rejoindre son meilleur ami, lui parler, l'embrasser. Elle en fait de même avec Amaury, après l'avoir chaleureusement remercié. Elle se saisit de son manteau, de son sac, revient vers moi, des larmes plein les yeux.

– Je m'en veux de partir, mais Matt pense comme toi que c'est mieux pour ma sécurité. J'ai confiance en lui, il fera au mieux pour ma galerie, comme si c'était la sienne. Je m'en remets à toi, Gabriel. Mon avenir est entre tes mains.

Putain… ouais !

Sans un mot de plus, j'embrasse sa tempe, glisse ma main sur ses reins, pour l'inviter à sortir de la pièce, puis j'entrelace nos doigts. Nous avançons, silencieusement. Je regarde ce qui m'entoure, en sentant Sophia se tendre et tressaillir à mes côtés. Une fois de plus, je comprends son désarroi, participe à sa détresse. Si l'on devait s'attaquer à ma distillerie, la détruire, je deviendrais dingue. Dans la première pièce donnant sur la rue, la fumée noire a abîmé certaines toiles, et les lances à incendie ont saccagé le reste. Soudain, dans un coin, j'aperçois une toile, miraculeusement intacte. Ses tons rouges attirent mon regard. J'entraîne Sophia vers elle, et plus je me rapproche, plus mes yeux s'agrandissent de surprise : Sophia, sublime dans une petite robe d'été rouge me fait face. Environnée de coquelicots, un immense sourire aux lèvres. Radieuse. Aérienne. Enchanteresse. Il s'agit d'une huile. Très belle. Magnifiquement exécutée. Chaque détail est minutieusement reproduit, chaque brin d'herbe, chaque fleur, rouge sur rouge, vert sur rouge ; le ciel, les nuages. J'ai l'impression qu'elle danse. Il se dégage de ce tableau une harmonie, une douceur, une beauté qui m'émeuvent.

– C'est toi qui l'as fait ? demandé-je, après avoir toussoté pour cacher mon trouble.

– Non. C'est une œuvre de Matt.

Je comprends mieux : je perçois l'attachement, l'amour même, du peintre pour son modèle.

Je détourne mon regard du tableau, demande :

– Tu as tout ce qu'il te faut ?

Elle écarte les bras, a une moue triste, désabusée, que je trouve adorable.

– Je n'ai que ça !

Je la serre à nouveau contre moi pour tenter de lui transmettre un peu de chaleur et de réconfort, prêt à tout pour alléger sa peine. Pour la première fois de ma vie, le sort d'une autre personne que mes proches m'importe. Pour la première fois de ma vie, j'ai envie de prendre soin de quelqu'un. Pour la première fois de ma vie, j'ai envie de m'occuper du bien-être d'une femme.

C'est Sophia Rinaldi, mec ! hurle ma conscience que je me force à ignorer et que je muselle aussitôt dans un coin de mon esprit.

– Ça me suffit amplement. Je te ferai livrer une garde-robe au manoir. Maintenant, viens.

Un bras en travers de ses reins, je cherche à l'entraîner vers la sortie. Elle résiste, me fait face, les sourcils froncés. Ses yeux, rendus brillants par les larmes, scintillent ; des mèches folles encadrent son visage, des ombres noires auréolent son regard déjà intense, comme si elle avait passé une nuit à baiser. Elle est merveilleuse et une bouffée de désir m'embrase, alors que sa voix me parvient, me faisant sortir de ma transe érotique. Je me rends compte, perplexe, que je suis incapable d'être proche d'elle sans bander et avoir envie de la baiser. Et que le reste m'importe peu. Que le monde, mon monde, s'arrête de tourner pour ne se centrer que sur elle, sur ce qu'elle m'inspire.

– Je peux parfaitement me payer mes vêtements, tu sais.

– C'est comme ça, et tu n'as pas à décider ce que je fais de mon argent. Si je veux le dépenser pour toi, je le ferai.

– Je ne voudrais pas que tu te retrouves sur la paille à cause de moi, réplique-t-elle avec un petit sourire, qui fait s'envoler mon cœur.

Enfin, je la retrouve.

– J'ai les moyens de mes ambitions, Trésor.

Elle se love contre moi, entoure mes hanches de ses bras, semblant chercher du réconfort à mon contact. Tout mon corps se couvre de frissons. Elle lève son beau visage vers moi.

– Je n'en doute pas une seule seconde, darling. C'est juste que la liste de mes dettes s'allonge.

– Qui parle de dette, Trésor ?

– Moi ! Je te rembourserai jusqu'au dernier dollar, Gabriel. J'y tiens.

Hélas, Trésor, si tu savais… Ma dette est immense, et surtout elle ne te concerne pas, même si je fais de toi mon instrument pour atteindre ton père et l'empêcher de me nuire, de me prendre tout ce que j'ai.

– Nous réglerons ce litige plus tard, si tu veux bien. Partons d'ici.

Elle hoche lentement la tête, à nouveau perdue.

Je caresse sa joue.

– Je sais que c'est dur pour toi de t'éloigner, Sophia, mais nous reviendrons lorsqu'il n'y aura plus de danger et que la galerie sera comme neuve. Je m'occupe de tout. Cela te convient ?

– Oui, Gabriel. Ça me va.

Cette fois-ci, elle se laisse faire lorsque je la pousse doucement vers la sortie. Je sais comment lui faire oublier ce qu'elle vient de vivre : la mettre en colère, ou la mener sur le chemin du désir. Qu'elle ait envie de moi autant que j'ai envie d'elle. Si ça ne tenait qu'à moi, je la baiserais sitôt la porte de la galerie franchie. Tout en ayant conscience que plus je possède son corps, plus je m'attache à elle.

26

Sophia

C'est le cœur lourd que je m'éloigne de la galerie, soutenue par Gabriel. Il a enroulé son bras autour de ma taille, car sans son appui, je me serais écroulée. Il l'a parfaitement compris. Grâce à cette intime connexion qu'il semble avoir avec tout ce qui me concerne, avec le moindre de mes états d'âme.

Je me retourne plusieurs fois, en étouffant un sanglot. Je sais que c'est pour mon bien, qu'il le faut, mais m'éloigner est un vrai déchirement ; ma galerie est mon bébé, l'endroit où je passe mes journées, le plus clair de mon temps. Là où je me sens le mieux, entourée de mes œuvres d'art et de mon meilleur ami. Elle fait partie de ma vie depuis plus de deux ans. C'est elle qui m'a fait tenir le coup lorsque je me suis séparée de Silvio. C'est à elle que je me suis raccrochée, ainsi qu'à Matt et à son amitié indéfectible.

J'ai le sentiment que l'on m'arrache le cœur.

Je souffre. Énormément. Je suis complètement paumée.

Et encore, avec Matt à mes côtés, Amaury, surtout Gabriel, je me sens soutenue, et je crois que je ne réalise pas encore vraiment l'ampleur des dégâts. Ni du manque.

Demain, au réveil, ce sera terrible.

Mais pour le moment, je suis en colère ! Pourquoi vouloir me faire du mal ? Saborder mon travail ? Ça aurait pu être dramatique ! Quelqu'un aurait pu être blessé, voire pire.

L'envie de pleurer se fait plus pressante, m'étouffe. Une fois de plus, je me sens dépossédée, et… je ne sais pas, vulnérable, à terre, en danger, comme lorsque mon appartement a été saccagé. Un bras passé autour de la taille de Gabriel, je m'accroche désespérément à lui, faisant fi de toute pudeur, de tout réflexe de conservation. Comme je le lui ai dit, je m'en remets à lui, je place mon avenir entre ses mains, je le laisse me protéger et prendre soin de moi comme il semble vouloir le faire depuis le début, depuis notre rencontre, avec cet instinct de protection et de possession qui le caractérise.

C'est tellement réconfortant.

Il resserre son étreinte. Sa chaleur, sa présence, sa solidité, me font du bien, me réconfortent. Je lève les yeux vers son profil. Mes larmes coulent sans vouloir s'arrêter. Sentant mon regard insistant, il baisse le sien, m'observe intensément. Si intensément, de façon si indéfinissable, que mon cœur fait un bond. Une fois de plus, j'ai le sentiment qu'il souffre.

De ce qu'il vient de m'arriver ?

De ce qui est né entre nous ? Peut-être même malgré nous ?

Je ne sais pas. Et j'avoue que là, maintenant, je n'ai pas envie de me poser mille questions sur son comportement ou ses états d'âme. Qu'il soit près de moi me suffit. Je vacille, me tords légèrement la cheville. Je pousse un faible cri lorsqu'il m'élève dans les airs pour me prendre dans ses bras.

– Tiens-toi à moi, Trésor.

J'enroule aussitôt les miens autour de son cou, me presse contre lui. Je ferme les yeux. Me laisse pénétrer par son incroyable aura, sa robustesse. Je suis étonnée qu'après le drame de son enfance, il soit si ancré, si bien dans ses pompes. Sans doute est-il très fort pour cacher ce qui le torture réellement. En tout cas, je suis bien dans ses bras. Je me sens bien. Je n'ai jamais été aussi bien dans les bras d'un homme.

Sans même m'en rendre compte, le sommeil me gagne.

***

Ce n'est que plusieurs heures plus tard que je reprends pied dans la réalité. Couchée dans un lit, dans une chambre que je ne connais pas. Le jet de Gabriel, si j'en crois mes yeux, et mes sensations.

Seule.

J'aurais voulu me réveiller entre ses bras. Le laisser me faire l'amour. J'ai besoin de son corps, de ses bras, de sa peau. C'est plus fort que moi. J'ai besoin de lui, besoin d'être près de lui. Je saute du lit, puis, après une douche rapide, je délaisse le sac de voyage qu'il m'a fait préparer par Bruce contenant quelques effets de ma nouvelle garde-robe ainsi que mon nécessaire de toilette, pour fouiller les multiples tiroirs, ainsi que la penderie, à la recherche de quelque chose lui appartenant. Si c'est sa chambre, il doit bien y avoir quelques-uns de ses vêtements. J'ouvre l'un des tiroirs. Bingo ! Je m'empare d'un boxer noir, frémis en le faisant glisser le long de mes cuisses. Ça me fait carrément bizarre d'enfiler un sous-vêtement d'homme, qui plus est l'un de ses sous-vêtements. Bizarre, mais terriblement excitant. J'ai l'impression de lui ravir quelque chose d'intime, de me fondre dans son essence, et ça me plaît. Au plus haut point. Comme lorsque j'ai pénétré dans son dressing et touché ses fringues. Ou vu sa chambre pour la première fois.

J'appuie sur l'une des portes de l'immense penderie murale, qui s'ouvre aussitôt avec un petit clic. Je suis vraiment en veine : je me saisis d'une chemise blanche, l'enfile, attache les boutons sans la fermer entièrement, roule les manches sur mes avant-bras.

Je m'inspecte dans le miroir couvrant une autre des portes.

Parfait !

J'ouvre un bouton de plus. Le tissu, incroyablement doux, agréable comme une caresse, excite les pointes de mes seins. J'imagine aussitôt les mains de Gabriel sur ma peau.

Je sors de la chambre, pour partir à sa recherche. Je monte l'escalier en colimaçon. C'est fou, je me souviens des bras de Gabriel, de leur chaleur autour de moi, d'en avoir tiré un extrême réconfort, m'être laissée aller contre lui, avoir fermé les yeux, puis plus rien. Je ne me souviens pas être montée dans le jet, ni avoir décollé.

J'arrive en haut, et aussitôt, je le vois, attablé devant un ordinateur portable, concentré, les sourcils froncés, beau comme ce n'est pas permis. Comme à chaque fois que je le contemple, je suis séduite. Encore et toujours. Séduite et envoûtée. Il lève les yeux, se sentant très certainement observé. Nos regards se croisent. S'aimantent. Se possèdent. Se désirent.

Il fait pivoter son fauteuil.

Je fais un pas, puis un autre.

Il se cale contre son dossier, laisse glisser son regard maintenant brûlant sur mon corps, que je lui livre sans pudeur. Nous sommes seuls dans cette partie du jet. Seulement lui et moi. Rien ne s'oppose à notre désir mutuel. Je l'observe me contempler. Ses yeux longent mes cuisses, remontent sur mon ventre, s'attardent un instant. Ses mâchoires se serrent. J'ai le sentiment qu'il me déguste en pensée, avant de me déguster véritablement, qu'il me fait l'amour virtuellement, et c'est… d'un érotisme insoutenable. Je me fais violence pour ne pas lui montrer que j'ai envie de lui à en crever. Que j'ai besoin de le sentir en moi. Son regard quitte mon sexe, maintenant trempé, pour remonter jusqu'à ma poitrine, qui se tend, une fois de plus, sous l'attente. Un léger sourire ourle ses lèvres, sur lesquelles il passe une langue impatiente. Son souffle me paraît aussi altéré que le mien.

Enfin, il vient prendre possession de mon propre regard.

Il se redresse subitement, pour saisir mes hanches et m'attirer à lui. Il me fait asseoir sur ses cuisses, plonge aussitôt son nez dans mon cou en me serrant fortement contre sa poitrine. Il me respire, glisse son nez sur ma peau, semble emplir ses poumons de mon odeur. Je le laisse faire, je le laisse me humer, faire le plein de mon essence comme je le fais de la sienne dès que je le peux. Son odeur est devenue pour moi comme la plus forte des drogues.

Pourquoi ? Comment ? Cela reste à mes yeux un grand mystère, mais c'est ce que je ressens. Lui aussi, visiblement.

Je ne crois pas me tromper en disant qu'aujourd'hui, il a autant besoin de mon odeur, de ma présence, que moi de la sienne. Mais qu'il continue de lutter.

Pourquoi bon Dieu ?

Je devrais le lui demander ! Au lieu de me torturer la tête. Au moins, je saurais à quoi m'en tenir. Mais j'avoue que j'ai peur. La poitrine serrée, je le laisse faire, tout en caressant son dos, sa nuque. De longues minutes. Nos respirations se calment, apaisées par le contact de l'autre. C'est doux, sensuel, sans être sexuel. Un moment d'intime partage.

Il redresse la tête.

– Ça va, Trésor ?

Il a un sourire en coin. Visiblement, il a retrouvé une totale maîtrise de lui-même, ce qui est loin d'être mon cas.

Je pose ma main sur sa joue.

– Oui. Et toi ? Tu as réussi à dormir un peu ?

Il soupire, ferme les yeux, et à ma grande surprise, il appuie son visage contre ma paume, sans cesser une seule seconde de m'observer, comme s'il me découvrait, ou me redécouvrait.

– Quelques minutes seulement. Mais ça me suffit.

Sa voix rauque, ses iris incandescents mettent instantanément le feu à mon corps. À peine a-t-il terminé sa phrase que ses mains s'aventurent sur mes cuisses, puis englobent mes fesses pour me presser contre lui. Le souffle me manque, tant le désir me submerge. J'aimerais lui crier de me faire l'amour, là, maintenant, mais il m'en empêche en me serrant de toutes ses forces et en plongeant à nouveau son nez dans mon cou. Ce moment est d'une douceur infinie ; si doux que des frissons me parcourent.

– Ne t'en va pas. Reste contre moi.

Il y a tant de douleur dans sa voix, tant de détresse que mon cœur se serre jusqu'à me faire mal. Je le laisse puiser du réconfort à mon contact encore de très longues minutes, puis je me recule, lui caresse la joue tendrement, et cette fois-ci, j'ose :

– Quelque chose ne va pas ? Tu veux m'en parler ?

Ses iris me fouillent. Me dévoilent son âme : tortueuse, hantée, douloureuse. Puis soudain, la lueur fugitive s'évanouit, pour laisser place à la froideur, au contrôle.

– J'ai fait des choix. Je me dois de les assumer, mais je... je n'en suis pas forcément très fier.

Je lève un sourcil, étonnée qu'il se livre si... facilement.

Tu vois, il suffisait de demander, dit l'une de mes jumelles. Laquelle ? Je n'en sais rien !

Si c'était si simple !

Mais peut-être me fait-il suffisamment confiance maintenant pour se livrer.

– Tu parles des affaires ? Si c'est le cas, on n'arrive pas dans les sphères dans lesquelles tu gravites sans casser des œufs. Veille pourtant à... à ne pas y laisser ton âme.

Il a un instant d'étonnement, mais là encore, il se reprend bien vite, se frotte le visage énergiquement, son moment de faiblesse définitivement passé. Il récupère une totale emprise sur ses émotions, comme à son habitude, retrouve son sourire en coin torride. Ses commissures s'étirent.

– Oui, ce sont les affaires, laisse-t-il tomber froidement. Parle-moi de toi. Tu vas mieux ?

– Je ne sais pas, soufflé-je. Je crois que je ne réalise pas ce qu'il s'est passé. Quelqu'un a saccagé mon appartement, maintenant ma galerie. Je me demande ce qui m'attend demain, et je ne peux m'empêcher d'être morte de trouille.

Il entoure ma nuque de ses doigts, pose son front sur le mien. Son haleine caresse mes lèvres. L'odeur du whisky m'enivre.

– Je suis là, Trésor. Je te protégerai.

Je lui rends son sourire, empreint d'une certaine gravité.

– Je sais. Et je t'en remercie.

– Merci à toi de m'ouvrir ton cœur. Ça me touche. Et me prouve que tu me fais confiance.

– Oui, je te fais confiance, Gabriel. Maintenant, oui.

– Ce n'était pas le cas avant ?

– Non. J'ai… j'ai été trahie, et…

Putain, c'est dur de se dévoiler.

Je ne veux pas de sa pitié. Mais qu'au contraire il m'apprécie parce que je suis forte, téméraire, enjouée, marrante, récréative ; je ne veux pas lui donner l'image d'une femme acculée, ou déprimée, ou encore désabusée. Je ne crois pas que ce type de femme le séduise. Bien qu'il semble vouloir jouer les protecteurs avec moi depuis notre rencontre… Alors c'est que ma prétendue vulnérabilité l'attire. Cela doit flatter son ego, aller dans le sens de son instinct dominant.

Suis-je la seule avec laquelle il se comporte de la sorte ?

J'aurais dû questionner Stefan sur le sujet.

Il caresse ma lèvre inférieure avec la pulpe de son pouce. J'ouvre aussitôt la bouche pour poser mes lèvres autour et le sucer avec gourmandise. Ses yeux ne quittent pas les miens, tandis que je le lèche avec avidité comme s'il s'agissait de sa queue.

– Sophia…

Sa voix est comme une supplique.

Je libère son pouce sur une dernière aspiration, et descends doucement de ses genoux pour m'installer entre ses jambes. Je déboucle sa ceinture, défais les boutons de son pantalon de businessman, et libère son sexe. Les yeux rivés aux siens, je laisse glisser ma langue tout du long. Puis sur son scrotum, que je lèche, aspire. Je m'amuse quelques secondes avec son frein, pour ensuite le prendre dans ma bouche. Les doigts plongés dans mes cheveux, qu'il a détachés et empoignés, il me regarde glisser mes lèvres sur sa queue gonflée à bloc, se faisant visiblement violence pour ne pas bloquer ma tête et venir buter au fond de ma gorge. Il me laisse les commandes, se soumet à moi, à ce que je lui fais, au plaisir que je lui donne. Avec délectation. Il ne peut que se rendre compte du plaisir que j'éprouve moi-même à le sucer, à lui offrir son propre plaisir. Ses halètements m'incitent à continuer, à le prendre encore plus profondément. Ma main suit ma bouche, le branle, ma salive me coule sur les doigts. Il est tout près, je le sens. Tout près de jouir.

– Oui, Trésor. Oui, c'est ça, putain !

Après quelques secondes, un long râle lui échappe mais avant d'éjaculer dans ma gorge, il se redresse.

– Enlève ta culotte, ordonne-t-il.

Je laisse glisser son boxer le long de mes jambes, lentement, faisant grimper notre désir, le lui montre.

– *Ta* culotte !

– Tu n'as pas fait ça ?

– Si !

– Putain, qu'est-ce que tu me fais, Trésor ?

– Pourquoi ? Tu n'aimes pas que je touche à tes petites affaires ?

Avec un grondement, il saute de son siège, me tourne dos à lui, me fait pencher sur la table, et s'enfonce en moi. Je ne résiste pas le moins du monde, tant je suis excitée. C'est ce que je voulais, moi aussi, ce que j'attendais depuis que je l'ai rejoint. Je le voulais en moi. Plus que tout. J'ai tout le temps ce besoin de lui dans mon ventre, tout contre ma peau.

Lui également.

Ce sera rapide, brutal, passionné.

Comme bien souvent entre nous, dans cette communion, cette entente physique surréaliste qui semble nous définir. Son membre aux mensurations parfaites m'étire diaboliquement. Il bute au fond de mon ventre. Si fort. Si puissamment. En quelques coups de reins, Gabriel m'amène aux portes de l'orgasme. Il en faudrait peu pour que j'explose mais je serre mes chairs de toutes mes forces pour le retenir, pour que notre plaisir dure, et dure… indéfiniment.

Il se couche sur moi, souffle à mon oreille.

– Tu peux crier, Trésor, nous sommes seuls.

– Tu aimes lorsque je crie ?

Je retiens un gémissement étranglé lorsque son sexe vient cogner encore plus durement au fond de mon vagin.

– Je n'aime pas. J'adore !

Nouveau coup de reins.

– Tu es à moi, Sophia. À moi, tu entends !

Nouveau coup de reins appuyant ses propos, me faisant décoller.

– Dis-le-moi, Sophia ! assène-t-il encore.

Jamais il ne m'a dit ce genre de choses, avec autant de passion, ni emmenée aussi haut, aussi loin.

A-t-il compris que j'en ai besoin ? Que j'ai besoin de me reconnecter à quelque chose pour ne pas sombrer ? À ce qui est né entre nous ? Peut-être malgré nous ? Pour retrouver confiance en l'amour, en un homme, en la vie, et ne pas me laisser entraîner vers le fond par mes idées noires ? Que j'ai besoin de lui ? Que j'ai besoin qu'il me montre enfin qu'il tient à moi, et que je suis devenue importante.

Des larmes emplissent mes yeux, heureusement invisibles pour lui. Une lame de fond irrépressible monte du fond de mon ventre. Malgré moi, en cet instant magique entre tous où Gabriel me possède pleinement, m'impose sa toute-puissance, je le laisse toucher mon âme.

– Oui, Gabriel, je suis à toi, soufflé-je.

Nouveau coup de reins.

Bordel…

Je me tends. Perdue.

– Plus fort !

Alors, je le crie, parce que je le pense, de toute mon âme.

27

Sophia

Le reste du voyage se passe comme dans un rêve. Gabriel est charmant. Il est prévenant, aux petits soins, gentil, attentionné. Un amour ! Je pourrais le croire… amoureux, si je me laissais aller à espérer. Il ne cesse de me toucher, de m'embrasser, de se coller à moi, de me tenter – en un mot, de me séduire. Comme si je n'étais pas déjà irrémédiablement conquise ! Il se met en quatre pour me faire oublier les évènements récents et le fait que d'ici quelques minutes, je ferai la connaissance de son grand-père et de Fiona, la femme qui l'a élevé, qui compte tellement pour lui que lorsqu'il en parle, ses yeux débordent d'amour. Et, chose rare pour être signalée : il est détendu. Enfin, il semble l'être.

Il s'est passé quelque chose entre nous dans l'avion.

Je ne sais pas quoi exactement, mais je sais que nous avons franchi une étape dans notre relation. Il m'a revendiquée, tout en me possédant intimement, et je l'ai accepté. Je lui ai hurlé que j'étais à lui. Rien qu'à lui. Non parce qu'il me le demandait, mais parce que c'était bel et bien ce que je ressentais, au plus profond de mon âme.

Cet homme est en train de me marquer. De marquer mon corps, mon âme. D'y apposer son empreinte indélébile. Je l'ai laissé entrer. Et j'espère ne jamais avoir à le regretter.

Mon regard se perd dans la contemplation de la campagne luxuriante d'Irlande du Nord. Ma main dans celle de Gabriel, qu'il n'a pas lâchée depuis notre descente d'avion, comme s'il avait peur que je m'envole, je suis décidée à tout voir, tout connaître. À entrer dans son univers, tant je suis heureuse qu'il m'en laisse la possibilité.

Cela veut dire que je compte pour lui.

Que je peux lui apporter autant qu'il m'apporte.

L'homme en passe de voler mon cœur embrasse le bout de mes doigts.

– Nous arrivons.

En effet.

La berline de luxe qui nous attendait à l'aéroport privé en périphérie de Glasgow, avec Bruce au volant, ralentit, puis effectue un virage à quatre-vingt-dix degrés, pour pénétrer sous une arche de verdure.

– Tout va bien se passer, Trésor, me dit Gabriel, en sentant mes doigts trembler légèrement. Ils vont t'adorer.

Il laisse ses lèvres sur mes phalanges, m'observe longuement. Son regard intense, bien qu'énigmatique, comme souvent, fait tressauter mon cœur.

J'ai soudain la bouche sèche.

– Nous restons combien de temps ?

– Le temps que les choses se calment, que les flics enquêtent, que ta galerie soit restaurée.

– Et ensuite ?

– Comment cela, ensuite ?

– Je vais pouvoir regagner mon appartement ?

Il a repris sa place au fond de la banquette.

– C'est ce que tu souhaites ?

– Qu'est-ce que tu veux, toi ?

Il daigne me regarder enfin.

– Tu serais étonnée si je te disais réellement ce que je désire, Trésor.

Trop tard ! En une fraction de seconde, il a ouvert la porte et sauté de la voiture. J'en sors à mon tour, après que Bruce m'a ouvert la portière, ne pouvant détacher mon regard de Gabriel, qui, après quelques pas, tombe dans les bras de son grand-père et de Fiona, sortis pour nous accueillir. Gabriel, en parfait gentleman et me sentant certainement dans mes petits souliers, revient vers moi pour prendre ma main. Il noue ses doigts aux miens, m'entraîne vers sa famille, qui me regarde venir à eux avec un sourire engageant.

– Duncan, Fiona, je vous présente ma petite amie, Sophia. Sophia, laisse-moi te présenter les deux personnes qui comptent le plus dans ma vie, Duncan, mon grand-père que tu as très certainement aperçu à la soirée d'inauguration, et sa sœur, Fiona, la femme qui m'a élevé.

Mon cœur tressaute dans ma poitrine lorsque je m'avance vers Duncan MacAllen en lui tendant la main, après que mon beau brun m'a rendu ma liberté.

– Monsieur MacAllen, c'est un honneur pour moi de faire votre connaissance. Gabriel m'a beaucoup parlé de vous.

Ce qui est entièrement faux ! Ce que je sais de lui, je l'ai appris sur le Net.

Duncan s'empare de ma main, me surprend en m'attirant à lui pour m'embrasser. Après un instant d'étonnement, je réponds à ses effusions, à sa bonne humeur communicative.

– Le plaisir est partagé, Sophia. Gabriel a mis du temps, mais j'avoue que cela valait le coup d'attendre car son choix me ravit. Hein, Fio, que cette jeune femme est…

Une vilaine toux l'empêche de continuer. Il porte la main à sa poitrine, rapidement à bout de souffle, le visage empourpré. Gabriel, les sourcils froncés, s'avance aussitôt pour le soutenir, après avoir échangé un regard soucieux avec Fiona.

– Ça va, Dunc ?

– Oui, oui, Gab. Il faudra bien, répond ce dernier après avoir repris un peu contenance.

– C'est bien un truc débile, ça, « il faudra bien ! » ronchonne sa sœur. Ne vous inquiétez pas pour mon imbécile de frère, ma chère petite, il s'y entend pour se faire plaindre. Venez que je vous embrasse.

Son sourire contredit pourtant la causticité de ses dires.

Fiona me prend à son tour dans ses bras, me serre contre elle. À la chaleur de son accolade, je sais que j'ai passé le premier test, et que visiblement, je suis acceptée.

Duncan et Gabriel se sont éloignés de quelques pas pour discuter de leur côté, mon beau brun visiblement inquiet quant à l'état de santé de son grand-père. Je le vois mettre la main sur son épaule, le gronder gentiment. Comme je l'avais remarqué à la soirée, il entoure son grand-père d'une prévenance toute filiale, semblant faire preuve avec lui d'une patience d'ange.

– Venez, laissons-les à leur discussion qui ne doit tourner qu'autour de leur sacro-saint whisky, et allons boire un thé. J'ai préparé des *scones*, vous en voulez ?

– Bien sûr, Fiona, avec plaisir.

Elle s'empare de mon bras, m'entraîne vers le manoir, que je découvre, car jusque-là, toute aux présentations, ainsi qu'à l'angoisse qu'a fait naître cette vilaine toux sur le visage de Gabriel, je ne me suis pas rendu compte de ce qui m'entourait.

La vache…

Cette demeure est digne d'un conte de fées. Un perron en rotonde, que nous gravissons, mène à la bâtisse, immense, dont la façade est ornée d'innombrables fenêtres blanches, à petits carreaux. Quatre colonnes en marbre soutiennent un plafond voûté. J'ai l'impression d'entrer dans une cathédrale, et non dans une demeure privée. Nous franchissons la porte monumentale, pénétrons dans un vestibule gigantesque avec une cheminée ainsi qu'un escalier, tout aussi imposants. Je détaille discrètement le mobilier d'un petit salon, au-delà de doubles portes ouvertes. De ce que je peux en voir, il est cossu, de style Empire, si je ne m'abuse, avec une prédominance de bois d'acajou. Les banquettes et fauteuils cohabitent avec des bronzes, des bibelots de toute sorte. Cela m'a tout l'air d'être éclectique, mais extrêmement chaleureux.

Je pousse un petit cri en sentant des bras me ceinturer, des lèvres dans mon cou, étonnée d'une telle démonstration de tendresse. Je me laisse bercer, le sourire aux lèvres, par son grand corps qu'il a enroulé autour de moi. Fiona nous observe, les yeux débordants d'amour – et d'autre chose ; de soulagement peut-être, de savoir Gabriel enfin avec une femme. Une femme qui prendra soin de lui.

– Je te l'emprunte, Fiona, dit mon amant, en me collant une bise sur la joue. Juste le temps de lui montrer notre chambre, et nous redescendons très vite. Viens, Trésor.

– Pas de problèmes, les enfants, nous avons tout notre temps, nous répond la principale intéressée.

Je lui adresse un petit signe d'excuse, tandis que Gabriel, après s'être saisi de ma main, m'entraîne au pas de course dans l'escalier. Il s'arrête devant une porte blanche au bout du couloir, sans que j'aie pu ne serait-ce que jeter quelques coups d'œil curieux aux différents portraits ornant les murs, de chaque côté. Certainement des membres de sa famille. J'ai hâte qu'il me laisse découvrir son univers dans lequel il semble si à l'aise. Depuis que nous sommes arrivés, il paraît heureux, si ce n'est cette zone d'inquiétude entre ses sourcils, très certainement due aux soucis qu'il se fait pour la santé de son grand-père.

Oui, il est différent, et ça me plaît.

Subitement, il me soulève dans les airs, puis il ouvre la porte. Je ris comme une débile en m'accrochant à lui, avec le sentiment d'être une jeune mariée. Il referme d'un coup de pied, traverse la pièce, pour me jeter sur un lit, que j'imagine être le sien.

Mais… ce n'est pas comme ça que l'on traite une jeune mariée !

Il fond sur moi, parsème mon visage de baisers impatients.

Quoi que…

Je m'enflamme, tout en résistant mollement :

– Fiona va nous attendre, darling. Tu lui as dit que nous redescendions très vite. Que va-t-elle penser ?

Il s'immobilise.

– Tu n'en as pas envie ?

– Si, bien sûr, mais nous avons tout le temps pour ça, non ?

Il m'observe longuement.

– Qu'est-ce que tu as ? demandé-je, soudain anxieuse.

Lorsque son regard est soucieux, comme maintenant, j'ai le sentiment qu'il va me dévoiler quelque chose d'intime. Qu'il va enfin se confier à moi. J'aimerais tellement qu'il le fasse. Qu'il me parle des ombres de son passé, qu'il me laisse entrer dans son histoire. Mais la plupart du temps, il se contente de me regarder gravement, sans rien dire. Et c'est… déstabilisant au possible. Alors je refoule mes questions sans réponses, faisant taire mes angoisses, pour le laisser venir de lui-même. Sans doute un jour le fera-t-il. Lorsqu'il se sentira prêt. J'espère seulement qu'il me gardera auprès de lui jusqu'à ce que ce jour arrive. C'est mon vœu le plus cher : rester avec lui. Faire partie de sa vie.

Je caresse son visage penché sur moi, effleure ses lèvres.

– Tu peux tout me dire, Gabriel.

Au lieu de ça, il se ferme comme une huître, saute du lit, me tend une main, que je saisis, en dissimulant un soupir de frustration. Cette fois-ci, j'ai bien cru qu'il allait se confier sur ce qui le perturbe. En vérité, il traîne cet air de chien battu depuis notre première rencontre.

Il m'attire à lui, plonge son nez dans mon cou. Inspire. Comme il aime à le faire, semblant trouver réconfort à mon contact.

Bah… si ça peut lui faire plaisir, je suis d'accord. À mille pour cent !

– Tu me rends fou, tu sais ça ?

– Oui, je sais.

Mon cœur bat douloureusement. J'aime l'idée qu'il ait autant besoin de moi que moi de lui.

Il se racle la gorge, ouvre la bouche, mais la referme. Je me retiens pour ne pas crier de frustration.

Parle-moi, Gabriel...

Je ne veux pas le brusquer, de peur de le mettre en colère, mais je déteste ce climat de suspicion qu'il laisse planer entre nous. Visiblement conscient de ce qu'il m'impose, il caresse ma joue, s'empare de ma main, noue nos doigts.

– Viens. Je vais te montrer quelque chose.

Il nous fait traverser la pièce, ouvre la porte-fenêtre. D'une main dans mon dos, il m'invite à sortir sur un petit balcon, surplombant un jardin à la française. À quelques dizaines de mètres, au bout du parc, de l'eau. Je m'appuie contre la balustrade en ciment, complètement sous le charme. Gabriel vient se coller dans mon dos.

– C'est beau, non ?

Mes yeux se perdent sur l'horizon, sur la pergola aménagée au bord de l'eau, près d'un petit ponton ; sur le voilier, majestueux, qui oscille au gré des petites vagues. C'est superbe. J'aimerais rester ici toute ma vie.

– C'est plus que beau, Gab, m'extasié-je. C'est paradisiaque !

Je tente de me remémorer la carte de l'Irlande du Nord.

– C'est la mer ? Où sommes-nous, déjà ?

– Dans le comté de Down, Trésor. Près de Newtownards. Et ce que tu vois, là, c'est le Strangford Lough, un bras de la mer d'Irlande.

– Le bateau est à toi ?

Je le sens sourire.

– Oui, Trésor. Si tu veux, je t'emmènerai voir des phoques.

– Sérieux ?

Un petit rire lui échappe.

– Oui. La faune ici est incroyable. À moins que tu ne

veuilles faire un tour de moto, ou de décapotable. Je te laisse choisir.

Je lui fais face, noue mes bras derrière sa nuque. Ses mains emprisonnent mes hanches, me collent contre lui.

– Tu es tout à moi alors ? Pendant des jours ?

– Oui, Trésor. Des jours et des nuits.

– Alors je veux tout. Je veux tout faire avec toi.

– Tu m'en vois ravi, Trésor.

– C'est moi qui suis ravie. Que tu me consacres du temps. De ton temps, qui doit être précieux.

– La boîte tournera sans moi. Ça fait des années que je n'ai pas pris ne serait-ce qu'une semaine de congé. Stef va gérer pendant mon absence, il me doit bien ça.

– Combien de temps ?

– Le temps qu'il faudra.

– Pour ?

– Pour que… pour que tout rentre dans l'ordre.

– Pour moi, tu veux dire ?

– Oui, Sophia. Pour toi.

Je me laisse bercer quelques secondes. Même si mon univers vient de sombrer dans le chaos, même si j'ai dû m'éloigner de ma galerie, de Matthew, de mon pays, je suis heureuse à l'idée de partager des moments avec lui, et de l'avoir tout à moi plusieurs jours.

Je capte son regard, demande, d'une voix douce :

– Comment va ton grand-père ?

Une ombre d'inquiétude modifie ses traits.

– Il est parti se reposer. Demain matin, d'ailleurs, je te laisserai un peu seule pour le conduire chez son médecin.

– Tu veux que je t'accompagne ?

– Non, Trésor. Tu pourras en profiter pour faire la grasse matinée.

– Avec ces derniers évènements, je ne sais pas si je réussirai à dormir.

– Oh si ! Avec les nuits que nous allons passer, fais-moi confiance, tu auras du sommeil à rattraper.

– Encore des promesses ?

Il me serre contre lui, appuie sur mes fesses pour que mon entrejambe vienne au contact de sa queue si tentante. Il a envie de moi.

– Toujours, Trésor !

Je m'éclaircis la voix.

– De quoi souffre-t-il au juste ? demandé-je, pour changer de sujet avant de lui sauter dessus, de lui arracher ses vêtements, de le supplier de me faire l'amour là, maintenant, et ne pas attendre cette nuit.

Il a un sourire en coin, nullement dupe de mon manège. Il sait que ce n'est que partie remise, que cette attente exacerbera nos sens, nous rendra complètement dingues et avides de l'autre. Et que ce n'en sera que meilleur.

– Il a cette vilaine toux qui l'épuise. Il devrait surtout arrêter de travailler, de fumer des cigares et de boire son whisky, mais il dit préférer mourir que cesser ce qu'il aime.

– Je le comprends. Une vie de frustration n'est pas drôle. Que refuserais-tu d'arrêter, même si c'était une question de survie ?

Il reprend ma main, m'attire dans la chambre, peut-être pour se donner le temps de réfléchir à sa réponse. Je parierais pour les sorties entre potes, les aventures, les voitures de course. La porte-fenêtre franchie, il se tourne vers moi.

Putain, à chaque fois que mes yeux se posent sur lui, je le

trouve encore plus beau, encore plus mystérieux. Dans ce décor de luxe d'un autre siècle, il a tout de Casanova. Mon Casanova. Du moins pour quelques heures, que j'espère interminables.

– Les courses de NASCAR, et…

Il embrasse mes doigts.

– Faire l'amour avec toi.

Oh…

Il me pousse sans ménagement contre le mur, ponctue mon cou de baisers voraces.

– Je ne connais rien de meilleur que me perdre en toi, Trésor. J'ai tout le temps envie de toi.

Sa voix est rauque, hachée. Elle s'insinue entre mes cuisses, dans mon ventre qui le désire, de façon irraisonnée. Il se jette sur mes lèvres, m'embrasse passionnément. Je tire sur ses cheveux, réponds de la même façon, prête à lui céder s'il veut de moi. Nos corps s'enflamment. Je vois très bien ce qu'il veut dire : je ne peux être dans la même pièce que lui sans avoir envie de le mettre nu et de le sentir à l'intérieur de moi. Et c'est… aussi addictif que déstabilisant.

Est-ce cela la passion ? Cette sensation d'être incomplète sans lui ? De manquer d'air, de suffoquer quand il est dans mes bras, et davantage lorsqu'il est loin de moi ?

Il se détache de ma bouche, gémit douloureusement.

– Qu'est-ce que tu me fais, putain ?

Encore cette souffrance dans sa voix…

– Ce que tu me fais toi-même, Gabriel, je te l'ai déjà dit.

– Je te torture ?

Je le torture ?

Pourquoi ?

– Les enfants ? Vous venez ? crie Fiona depuis le hall.

Bordel de merde...

– On devrait redescendre, dit aussitôt Gabriel, en se détournant, son moment de faiblesse passé. Je retiens sa main.

– Attends ! Pourquoi dis-tu que je te torture ?

Je prends son visage entre mes mains, plonge mon regard dans le sien. Je veux le sonder, comprendre, lire dans son âme ce qu'il me cache. Bien décidée cette fois-ci, à obtenir les explications que je suis en droit d'avoir. La souffrance tapie au fond de ses prunelles fait accélérer mon cœur.

– Pourquoi ai-je toujours l'impression qu'être avec moi te fait souffrir ? Dis-moi ? Si j'ai fait quelque chose de mal, dis-le-moi, parce que je suis perdue.

Il m'échappe, me tourne le dos, pose ses deux mains à plat contre le mur.

– Parce que... Parce que j'avais 5 ans lorsque ma vie s'est arrêtée, et que depuis, je me sens comme un mort en sursis.

Sa voix, infiniment triste, me crucifie.

– Parce que je...

J'attends fébrilement la suite. Qui tarde à venir. Pour l'inciter à se confier à moi, je glisse une main apaisante dans son dos, entre ses omoplates. Puis je caresse sa nuque.

– Je suis là, Gabriel. Je suis avec toi. Je peux tout entendre. Dis-moi ce qu'il se passe. Regarde-moi !

Il tourne enfin son visage vers moi. Ses yeux sont brillants.

Il ouvre la bouche...

– Les enfants ? Gabriel ? Sophia ?

Des coups résonnent contre notre porte. Une petite tête aux cheveux gris apparaît dans l'entrebâillement.

– Tout va bien, les enfants ?

Fiona a l'air d'une vieille dame charmante, gentille, mais en cet instant, je crois que je la déteste.

– Gab ? Ça va, mon grand ? demande-t-elle, visiblement alarmée.

Gabriel se redresse, se compose un visage impassible, ayant retrouvé une totale maîtrise de lui-même et de ses émotions. Alors que mon cœur, à moi, continue de pulser dans ma cage thoracique, comme un fou.

– Tout va bien, Fio. Je suis juste un peu fatigué.

Fiona place son bras sous le sien, l'entraîne vers la porte. Gabriel, sans un regard vers moi, se laisse emmener.

– Tu dors mal en ce moment ? entends-je, alors que je reste plantée au milieu de la chambre. Tu pourrais profiter de la consultation de Duncan pour demander à son médecin de te donner des tranquillisants.

– Je n'aime pas ces merdes, Fio. Tu le sais. Ça va aller. Ne t'inquiète pas pour moi.

– Je m'inquiète toujours pour toi, mon grand.

Je les suis à distance, un peu déroutée par la tournure des évènements.

28

Gabriel

J'écoute Bradford. J'attendais son appel depuis des jours, tout en le redoutant, car il signe le début des hostilités.

– Quand ?

– Cette nuit, monsieur. La pièce des serveurs est HS.

– Vous êtes sûr que c'est lui ?

– Oui, monsieur. Son visage apparaît nettement sur les vidéos de surveillance, dont il ne s'est d'ailleurs pas caché.

Putain, ce connard de Forza me nargue !

– Vous avez mis Livingstone sur le coup ?

– Bien sûr, mais pour le moment, il se cache. Vous devriez venir, monsieur.

Je regarde ma montre, puis Sophia, qui me fait « non » de la tête. Elle a compris et elle ne veut pas que je parte, que je la laisse seule. Je ne le veux pas non plus ! Je n'ai aucune envie de m'éloigner. Je suis bien ici, chez moi, dans ma famille. Ça fait longtemps que je n'ai pas été aussi bien, et je le lui dois.

Putain, elle est tout ce que j'aime. Et mon cœur se serre à la pensée du mal que je vais lui faire. Un cœur que je muselle pour ne pas qu'il hurle à l'agonie.

Le plan, putain !

Je m'éclaircis la voix, coupe Bradford dans ses démonstrations techniques pour que je rapplique au plus vite.

– Et pour ce qui est de notre autre projet, où en sommes-nous ?

– Vos services financiers ont fait le nécessaire. Ils attendent votre feu vert, monsieur, pour l'attaque contre Rinaldi. Quant à lui, pour l'instant, RAS.

Putain, que trame-t-il ?

Pourquoi a-t-il autant besoin de ma boîte ? Alors qu'il peut s'en payer des milliers d'autres. Ce type est un pourri, un macrophage, un parasite ! Qui ne pense qu'au fric ! Il rachète des boîtes cotées en bourse, licencie à tour de bras en se moquant de laisser des salariés sur le carreau, les suce jusqu'à la moelle, prend les tunes, et les bazarde.

Moi vivant, jamais il ne mettra la main sur MacAllen !

– OK ! Alors on fait comme on a dit ! Et prévenez-moi pour que je lui envoie l'estocade finale.

– D'accord, monsieur. Je les en avise.

Parfait ! Qu'on en finisse !

Même si cette fin signe certainement celle de tas d'autres choses.

– Je serai à New York demain en fin de journée. Je ne peux pas partir aujourd'hui.

Je capte le regard de Sophia.

– J'ai encore des choses importantes à faire aujourd'hui, puis demain matin. Je vous tiens au courant de mon arrivée.

Je raccroche, le merveilleux sourire de Sophia en ligne de mire. Elle fait un pas, passe les bras autour de ma taille.

– J'apprécie que tu ne t'envoles pas une nouvelle fois en me laissant derrière toi. C'est grave ?

– Forza est entré dans mes locaux de New York et a foutu le bordel. Livingstone est à sa recherche, mais pour le moment, ils n'ont pas réussi à mettre la main sur lui.

– Oh, je suis désolée, Gabriel. C'est de ma faute.

Je caresse sa joue, puis plaque son bassin contre le mien.

– Tu n'as rien à te reprocher, Trésor. Tu as fait ce qu'il fallait en le quittant. Ce type est un fou dangereux. Un forcené.

Putain… non ! Je ne suis pas comme lui.

Nous sommes différents, nos buts sont différents, les causes de nos actes également, et je refuse de me comparer à ce type. Mes actes ne sont pas dictés par une espèce de délire de possession envers une femme, mais par la nécessité.

Et la fin justifie les moyens !

Une fin que je vais devoir mettre en branle pour ne pas me faire bouffer. Avant qu'il ne soit trop tard…

Je ne peux plus ignorer mon désir au contact du corps de Sophia, de son parfum intime sous celui, plus capiteux, de son eau de parfum. Autrement plus entêtant, plus attractif. J'inspire profondément.

– Tu promets de m'attendre bien sagement ?

Elle a une moue adorable, exacerbant mon désir déjà insoutenable.

– Tu pars longtemps ?

– Seulement quelques jours.

– Je peux venir avec toi ? Je vais m'ennuyer toute seule.

– Tu peindras, feras plus ample connaissance avec Fiona.

Vous allez merveilleusement vous entendre, j'en suis persuadé.

– Tu pars quand ?

– Demain, après le rendez-vous de Dunc.

– Directement après ? Tu ne repasseras pas ici ?

– Pour ?

– Pour me dire au revoir comme il se doit.

– Comme il se doit, cela veut dire te faire l'amour une dernière fois avant de partir ?

– Puisque c'est proposé si gentiment, j'accepte.

Je ris.

Cette femme me mène par le bout de la bite !

– OK ! Je viendrai.

Je la serre davantage, fais glisser ma queue tendue sur son ventre, comme si j'étais déjà en elle.

– Je te pousserai délicatement sur le dos. Tu seras encore endormie. Je t'embrasserai, partout, tout doucement, jusqu'à…

Je place ma main en coupe sur son mont de Vénus.

Elle est si chaude… si bandante.

Son souffle s'accélère.

– Jusqu'à ton sexe, que je lécherai, pénétrerai avec ma langue.

Elle gémit, les yeux fermés, tendue de désir, déjà transportée. Son visage, confiant, soumis, magnifié par le plaisir que mes paroles suscitent, m'arrache un soupçon de culpabilité.

Je suis un monstre.

Je refoule cette désagréable sensation dans un petit coin de ma tête, pour profiter d'elle et de ce qu'elle m'offre encore. Tout en sachant que je me brûle les ailes à son contact, en la possédant, jour après jour. Chaque fois étant encore plus merveilleuse que la précédente. Les ailes et le cœur.

– Je veux te faire jouir, Trésor. Maintenant.

Elle pousse un petit cri, puis rit comme une enfant lorsque je noue mes doigts aux siens pour l'entraîner dans le manoir, puis dans ma chambre, dont je ferme la porte à clé. Puis lorsque je la pousse sans ménagement sur mon lit. Elle résiste, se débat, exacerbant mon désir. Pour me punir de ce que je lui impose. Mais finalement, aussi excitée que moi, sinon plus, elle me donne son corps et la passion nous emmène. Toujours plus haut. Si haut que j'aimerais ne jamais redescendre sur terre.

29

Sophia

– Je dois y aller, Trésor.

Gabriel me fait un baiser sur le nez et échappe à mes bras. Il se lève, enfile ses vêtements qu'il a laissé tomber au sol sitôt la porte de sa chambre franchie.

– Déjà ?

– Oui.

– Tu n'as pas le temps d'une petite douche ?

Tout en boutonnant sa chemise, il contourne le lit et se penche pour m'embrasser.

– C'est tentant, mais je dois refuser. Ou je ne sortirai jamais de cette chambre.

Je noue mes doigts sur sa nuque.

– Tu dois vraiment partir ? Tu ne peux pas gérer d'ici ?

– Je dois constater les dégâts, rencontrer les experts. J'en profiterai pour passer me rendre compte de l'avancée des travaux dans ton appartement.

– J'aimerais changer la couleur des enduits. Pour quelque

chose de plus lumineux, plus moderne. Tu pourras dire aux peintres de se mettre en contact avec moi, s'il te plaît.

Il a une grimace.

– Ne me dis pas que tu as choisi les coloris ? Sans m'en parler ?

– Non ! Je te fais marcher ! Je te laisserai gérer. J'ai compris la leçon, Trésor. Nous en discutons, communiquons, puis nous prenons une décision conjointe. C'est comme ça que fonctionnent les vrais couples, non ?

– Oui, Gabriel ! Qu'est-ce que ça te fait d'être raisonnable et de t'en remettre à moi ?

– Ça me plaît. Infiniment.

Il s'arrache à mes bras. Mes mains retombent dans le vide. Je m'assois, pour le regarder finir de se vêtir. Ses gestes sont élégants, gracieux. Ce type a une classe folle et mon cœur succombe. Encore.

– Tu vas me manquer.

J'ai les larmes aux yeux. Les siens se voilent lorsqu'il les reporte sur moi. Il enfile sa veste, tire sur ses poignets de chemise, se passe la main dans les cheveux. Puis il avance vers le lit, glisse sa main sur ma nuque. Il embrasse mes lèvres fiévreusement.

– Je reviens vite, je te le promets.

Je suis incapable de lui répondre. Je ne peux que le regarder s'éloigner, le cœur en déroute. Il m'envoie un dernier baiser du bout des doigts, puis passe la porte. Lorsqu'elle se referme, mes larmes coulent silencieusement sur mes joues, sans même que je comprenne pourquoi.

Il m'a dit qu'il revenait vite, qu'il m'appellerait. Nous allons garder contact, nous parler régulièrement. Le temps va passer vite.

Ou pas…

Je me laisse tomber sur le dos, les bras en croix. Il va horriblement me manquer, il me manque déjà. Je repense à notre soirée, notre nuit, puis encore à ce matin. J'aurais voulu que ces moments dans ses bras durent éternellement.

Je pense que lorsque l'on donne son cœur, son corps, à un homme, on a peur qu'il ne le broie, qu'il en fasse de la charpie. Car oui, je ne peux plus l'ignorer : Gabriel a ravi mon cœur.

Je l'aime !

Et ça me terrifie. Je suis passée par là, je sais ce que c'est de souffrir par amour, même si le vieil adage veut que « plaie d'amour n'est pas mortelle ». Moi, je crois, au contraire, que l'on peut mourir d'amour.

Alors, je l'aime, c'est vrai, mais il n'en saura rien. Je garderai ce sentiment pour moi, au fond de mon cœur.

Je repousse la couette du pied, saute du lit pour filer sous la douche. Je ne vais pas rester à broyer du noir toute la journée.

Tout en laissant les jets d'eau chaude se répandre sur mon corps douloureux d'avoir été tant aimé, apaiser mes muscles, me réconforter, je fais des plans pour la journée. Je vais m'enquérir de la santé de Duncan, leur demander si Fiona et lui n'ont besoin de rien, même s'ils vont certainement me rétorquer que non, ayant du personnel à leur service ; peut-être prendre un petit déjeuner avec eux, et ensuite, j'irai faire un tour en ville, à Newtownards, trouver de quoi peindre le tableau que j'ai promis à Fiona et déjà en tête : le jardin, la mer, un bouquet de roses sur une table, abandonné. Quelques pétales au sol. La vie qui s'étiole au fil des jours. Les jeux de lumière, les couleurs vives, le mouvement de la mer, le rouge des pétales de roses, amèneront de la gaieté, de l'énergie à cette nature morte quelque peu mélancolique.

Qui traite de la fin de toute chose. Du côté éphémère de l'existence, de ce que nous vivons. Ce qui n'enlève en rien la beauté, la saveur, bien au contraire.

J'enfile un jean noir, un tee-shirt blanc, une petite veste noire cintrée, des baskets, je récupère mon sac à main posé sur l'un des fauteuils de la chambre, et je sors de la chambre. Je déambule dans le long couloir, m'arrête devant un portrait familial, certainement fait à partir d'une photo par un artiste de talent : Duncan, sa femme, leur fille, à la sortie de l'adolescence, très belle, brune, élancée, élégante, au visage souriant. Gabriel a ses yeux, ses traits fins, son menton. Je ne sais même pas à quel âge elle est morte.

Je tourne la tête, traverse le couloir, m'approche. Un autre tableau, lui faisant face, m'attire. Une photographie, cette fois-ci, cerclée d'un immense cadre doré : Gabriel, petit, entre ses parents. Le couple est souriant, visiblement heureux. L'image de la famille parfaite. On ressent l'amour qui les lie, ainsi qu'à leur petit garçon. Plusieurs autres photographies le montrent à différents âges, entre Duncan et Fiona, le regard triste, tourmenté. Puis d'autres encore sur lesquelles il y a tant de rage dans ses iris semblant crever l'image, que mon cœur se serre douloureusement.

Savoir qu'il a passé sa vie à souffrir m'est intolérable.

Pourtant, il avait une vie confortable, un grand-père et une grand-tante aimants, il n'était pas seul. Il a été élevé dans l'amour, il me l'a dit lui-même, mais il avait perdu l'essentiel : ses racines.

Je jette quelques coups d'œil aux autres portraits, finalement sans grand intérêt puisque Gabriel n'y est pas, puis dévale l'escalier. Je trouve Fiona attablée sur la terrasse accessible depuis la cuisine, immense, relativement moderne, avec une vue sur la mer. Elle feuillette un magazine de décoration, tout en sirotant son café.

– Bonjour, Fiona.

Elle se redresse, me fait un charmant sourire.

– Oh, Sophia, bonjour. Installez-vous, je vous en prie, dit-elle en me désignant le fauteuil à côté d'elle. Que désirez-vous prendre pour votre petit déjeuner ? Mary a fait du pain perdu, mais il y a tout ce que vous voulez, thé, café, toast, confiture, œuf, salade de fruits, pain brioché, pancakes…

Je lui rends son sourire, m'installe.

– Un café, quelques toasts et une salade de fruits, ce sera parfait. Merci, Fiona.

Elle agite une petite clochette.

Quelques secondes plus tard, arrive une dame d'un âge certain.

– Sophia, je vous présente Mary, qui est à notre service, enfin à celui de mon frère, depuis plus de quarante ans. Comme ses parents avant elle, qui étaient dans la famille de feu ma belle-sœur. Mary, je te présente Sophia, la petite amie de Gabriel.

Elle me tend la main, que je serre.

– N'hésitez pas à faire appel à moi si vous avez le moindre besoin, mademoiselle. Je m'occupe également de l'intendance de cette maison.

– Merci infiniment, Mary.

– Sophia désire un café, des toasts avec des confitures, je suppose, ainsi qu'une salade de fruits, s'il te plaît, Mary.

– Tout de suite, madame.

Elle s'éclipse, après un hochement de tête, revient quelques minutes plus tard avec un immense plateau en argent sur lequel sont disposés tasse, sous-tasse, cuillère, serviettes en papier de couleur, sucres variés, cafetière, assiette de toasts, beurre et petits pots de marmelade. Ainsi qu'une très belle coupe en verre, avec ma salade de fruits. Elle a même ajouté un verre de jus d'orange fraîchement pressé.

Après l'avoir vivement remerciée, je verse le café dans la tasse, m'attaque à mes toasts. Fiona rit de bon cœur en entendant mon ventre grogner.

– Eh bien, ma chère, vous êtes affamée.

J'avale ma bouchée.

– C'est l'air du large ! Je crois même qu'hier, j'ai pris quelques couleurs.

– Vous avez beaucoup de chance : contrairement aux Irlandaises, votre peau mate ne craint pas les coups de soleil. Vous êtes radieuse, ma chère. Le bonheur vous va bien.

Cela se voit tant que ça que je suis amoureuse ? Sauf que l'homme de toutes mes pensées et de tous mes désirs est absent et que je ne sais même pas pour combien de temps.

– C'est que…

Je crois que je rougis, effroyablement gênée.

Nous n'allons quand même pas parler cul ? Ou de ce que j'éprouve pour Gabriel ? Suis-je si transparente ? M'a-t-elle percé à jour ? Matthew, qui me connaît bien, dirait que oui. Mes émotions sont marquées sur mon visage. Et si c'était le cas, s'en réjouirait-elle ? Trouve-t-elle que je suis une femme pour lui ?

– Je… euh… je compte aller faire quelques achats pour ce tableau dont je vous ai parlé, éludé-je. Aurez-vous besoin de quelque chose ?

Si elle n'est pas dupe, elle n'en montre rien.

– Merci, Sophia, je pense que nous avons ce qu'il nous faut. Je dirai au chauffeur de Duncan de passer vous chercher. Gabriel a expressément spécifié que vous ne deviez pas sortir seule, sous aucun prétexte.

Je ne peux pas empêcher un sourire de s'épanouir sur mon visage à la pensée que, même loin, il continue à veiller sur moi.

– Il vous a aussi demandé de me surveiller ?

Elle rit.

– Non, plutôt de vous occuper pour que vous ne vous ennuyiez pas pendant son absence. J'ai cru comprendre que vous avez un travail prenant.

– Effectivement, je possède une galerie d'art à New York, que je dirige avec mon meilleur ami, mais ne vous inquiétez pas, je sais parfaitement m'occuper. J'aime peindre, lire, me promener, nager, visiter. Je serais ravie de découvrir avec vous les promenades à faire dans le coin, si vous voulez bien me faire l'honneur de votre présence.

– J'en serais ravie, mon enfant.

Son sourire, chaleureux, me fait comprendre qu'elle commence à m'apprécier. Ou du moins à me tolérer dans l'entourage de Gabriel.

– Est-ce que je peux me permettre de vous demander des nouvelles de la santé de M. MacAllen ? demandé-je après quelques secondes de silence pendant lesquelles je me nourris du fantastique panorama face à moi.

– Le médecin les a visiblement rassurés, la bronchite est en passe de guérir, et il l'a trouvé en relative bonne forme. Je ne suis pas d'accord du tout, mais bref, je ne suis pas médecin. En tout cas, sitôt Gabriel parti, qui lui a pourtant dit de se reposer un maximum, il s'est rendu à son bureau.

Nous ne le verrons certainement pas réapparaître de la journée. Vous aimeriez visiter les distilleries ?

– Oui, bien sûr, j'en serais enchantée.

– Duncan pourra vous y conduire demain, et vous montrer comment l'on fabrique le whisky. Vous verrez, c'est très intéressant.

– Je crois que ça va me plaire. Gabriel m'a parlé de la « part des anges », il m'a appris à déguster le whisky et j'avoue que j'ai été subjuguée.

Ce que je tais, c'est que j'étais autrement plus subjuguée et séduite par lui que par le verre de whisky, même si c'était du très bon whisky.

Je bois une gorgée de café pour me donner contenance face à son regard quelque peu intrusif. Cette femme a des yeux perçants, à qui rien n'échappe.

– Vous l'aimez, n'est-ce pas ?

J'avale ma gorgée de travers.

– Cela vous rassurerait, Fiona, si je vous répondais que oui ?

– Oui. Lui aussi tient à vous, si tant est que vous vous posiez encore la question.

Oh…

– Vous êtes sûre ? ne puis-je m'empêcher de demander, alors que mon cœur bat la *Symphonie pastorale*. Il est si… secret, si inaccessible parfois.

– Ses regards ne trompent pas, mon enfant. Enfin, moi qui le connais bien, je peux vous assurer que je ne l'ai jamais vu regarder une femme de cette façon, et je suppose que vous n'êtes pas sans savoir qu'il ne nous a jamais présenté quelqu'un. C'est un réel bonheur pour nous de savoir qu'il a enfin une femme dans sa vie, Sophia. Une femme qui prendra soin de lui lorsque nous ne serons plus là, Duncan et moi.

– Il me l'a dit, c'est vrai, et je... je souhaite de tout cœur être cette personne, Fiona. Je tiens énormément à Gabriel. Je voudrais le rendre heureux, s'il le veut, évidemment.

– Pourquoi ne le voudrait-il pas ? Vous êtes parfaite, et vous faites un très joli couple. Vous êtes parfaitement assortis. Duncan me le disait encore hier soir alors que nous dînions avant votre retour. Mon frère est complètement conquis, Sophia.

– Oh, alors, je suis comblée. Vous voulez bien me parler de ses parents, de l'accident ? osé-je demander, n'y tenant plus. Enfin, si cela ne vous contrarie pas trop, si ce n'est pas trop douloureux pour vous.

Elle tapote ma main.

– Ça ira, mon petit. De toute façon, il n'y a pas grand-chose à en dire. Les routes étaient verglacées et Max, le père de Gabriel, a dérapé dans un virage. La voiture a dévalé au fond d'un ravin. Il a fallu des heures pour les retrouver après que Duncan a donné l'alerte, ne les voyant pas revenir. Ils étaient allés faire les dernières emplettes de Noël. Mon frère a été anéanti. J'ai bien cru qu'il ne survivrait pas au drame. Heureusement qu'il avait Gabriel. Il s'est occupé de lui, et a continué, pour lui. Il ne voulait pas que Gabriel perde la seule famille qu'il lui restait, excepté moi, évidemment.

Elle essuie ses yeux. Je serre ses doigts pour la réconforter.

– Je suis désolée, je n'aurais pas dû vous poser cette question, pardonnez-moi.

– C'est pour mon petit Gabriel que mon cœur saigne. Il est resté une nuit entière enfermé dans ce tas de ferraille, seul, certainement affamé, frigorifié. Mon Dieu, lorsque j'y pense, j'en suis malade. Je suppose que ses cauchemars viennent de là. Vous avez déjà assisté à l'un d'eux ?

– Non. Je… je ne crois pas, ou alors je ne l'entends pas.

– Oh que si, vous l'entendriez, et vous ne pourriez pas passer à côté. Ils sont si… désespérés, si terribles. Il lutte contre lui-même. On croirait qu'il veut s'arracher la peau. Il a commencé à en faire vers l'âge de 6 ans, un an après l'accident, presque jour pour jour. J'étais obligée de lui tenir les mains, toutes les nuits, pour ne pas qu'il se fasse du mal. Ensuite, je ne fermais pas l'œil. Je dormais la journée pour le veiller la nuit. Ça a duré des années, sans que personne n'y puisse rien. Puis ils se sont calmés à l'adolescence. Je ne crois pas qu'il en fasse encore, enfin, il ne m'en parle pas, alors je suppose qu'il les domine, les apprivoise, qu'il les sent peut-être venir.

– Il m'a dit qu'il dormait peu.

– Ceci explique certainement cela… bien, si nous allions nous promener ? Je vous appelle le chauffeur pour quatorze heures ?

– Avec plaisir, Fiona. Oui, quatorze heures, cela me convient parfaitement.

***

Plusieurs heures plus tard, après avoir déambulé dans les rues de Newtownards, accompagnée de mon chauffeur et garde du corps, un homme de l'âge de Duncan ou peu s'en faut, après avoir fureté, être entrée dans de nombreuses échoppes d'antiquités et avoir enfin trouvé de quoi peindre, je m'arrête devant la devanture d'un bijoutier.

Que pourrais-je lui offrir pour son anniversaire ? Qu'est-ce qui lui ferait plaisir ? Il a tout ! Je souris comme une bécasse en pensant qu'il m'aura, moi ! Que je suis toute prête à m'offrir en cadeau, corps et âme. Encore faut-il, comme je l'ai confié à Fiona, qu'il veuille de moi.

Je me saisis de mon portable. J'ai plusieurs appels en absence.

Malgré moi, une angoisse me tord le bide.

Et j'ai soudain l'envie d'entendre la voix de Gabriel, de lui parler. J'appuie sur son contact, laisse sonner, de longues minutes.

Où est-il ?

S'il était avec une autre femme ?

Putain, je suis jalouse comme une teigne !

Je raccroche, tape :

[Tu me manques.
Appelle-moi !]

Le portable vibre dans ma main. Je décroche immédiatement, sans regarder de qui provient l'appel. C'est forcément Gabriel.

– Allô ?

Il y a un moment de silence.

– Salut, Trésor.

– Gabriel ? Tu m'as fait peur. Ça va ?

– Oui. J'étais juste endormi.

– Je regarde ma montre.

Merde…

Aux US, il est quatre heures du mat.

– J'ai attendu une partie de la nuit que tu me rappelles, et j'ai fini par m'endormir devant la télé.

– Je suis désolée, Gabriel, je n'ai pas entendu mon portable vibrer. Tu ne t'es pas trop inquiété, j'espère ?

– Non, ça va ! Je sais que tu es en sécurité au manoir.

Autant le lui avouer.

– En fait, euh… je suis à Newtownards, avec le chauffeur de ton grand-père, ajouté-je, pour tuer dans l'œuf tout sentiment d'insécurité chez lui.

– J'aurais voulu que tu m'en parles avant, mais maintenant que c'est fait… tu restes encore longtemps en ville ?

– Je vais rentrer. J'ai trouvé mon bonheur.

Je regarde une nouvelle fois la devanture du bijoutier, ces trois anneaux de Cartier qui me font de l'œil depuis tout à l'heure. En trois ors. J'ai toujours aimé cette bague. Je la trouve hyper sexy sur un homme. Gabriel, avec ses mains parfaites, aux longs doigts soignés, la portera à merveille. Je lui ferai un gâteau et je lui offrirai cette bague. Plus moi. J'espère que cela lui fera plaisir.

– Je pensais, bien naïvement, que ton bonheur, c'était moi.

Sa voix rauque descend sur moi comme un voile douillet, m'enveloppe de bien-être. Pourquoi faut-il qu'il soit à des milliers de kilomètres ? Pourquoi ne peut-il pas me dire ce genre de chose lorsqu'il est près de moi ? Peut-être parce que, tout comme moi, il manque de courage pour dévoiler ses sentiments, son attachement.

– Oui, Gab. Tu y contribues. Tu le sais bien.

La mienne est sourde, chargée d'angoisse.

– Je voudrais que tu sois près de moi. Tu me manques.

– Toi aussi, tu me manques.

Je l'entends respirer plus fort. Si j'étais au manoir, je lui aurais demandé de me faire l'amour par téléphone. Mais je suis en pleine rue ! Ce n'est ni le lieu, ni le moment.

– Je te rappelle demain soir, OK ?

– OK ! À demain, alors.

– Fais de beaux rêves. Moi, je vais rêver de toi.

– Je rêverai certainement de toi aussi, darling.

– Bonne nuit, beauté.

Beauté…

30

Sophia

Je sors discrètement du manoir, descends en direction de l'eau. Je m'installe dans un grand fauteuil en rotin sous la pergola, un peu abritée du vent et de la fraîcheur de l'aube, et démarre l'esquisse du tableau que je veux faire pour Fiona. J'ai à ma gauche le manoir, à ma droite le ponton et le magnifique voilier de Gabriel, le *lough* à perte de vue ; devant, des arbres, des massifs de fleurs ; un peu plus loin la roseraie.

Je sursaute en entendant une voix près de moi.

– Bonjour, Sophia.

Je récupère mon fusain que j'avais laissé s'échapper, me redresse.

– Monsieur MacAllen… pardonnez-moi, j'ai été surprise.

– J'ai vu ça.

Il tire sur son cigare.

L'odeur douceâtre, légèrement écœurante arrive jusqu'à moi. Heureusement que Gabriel fume des cigarettes et non ce genre de merde, et encore, que très occasionnellement, sinon, je crois que je ne le supporterais pas. Ce n'est surtout pas très bon pour lui. Ce que je me garde bien de lui dire.

Il me montre mon esquisse.

– Vous êtes douée.

– Merci.

J'ai le sentiment, soudain, qu'il a des choses à me demander.

– J'ai l'impression de vous avoir déjà vue.

– J'étais à votre soirée d'inauguration, à New York, monsieur.

– Je vous en prie, appelez-moi Duncan. Monsieur, ça fait vieux schnock !

Nous nous sourions.

– D'accord, Duncan, avec plaisir.

Il semble perdu dans ses pensées.

– Non, c'est autre chose. Comme un souvenir… Comment dites-vous que vous vous appelez ?

– Rinaldi, Duncan. Sophia Rinaldi.

– Rinaldi, comme…

Il se tait, visiblement surpris. Pire que ça, devrais-je dire : atterré.

Pourquoi, que…

Soudain, il porte la main à son cœur, ouvre la bouche, la referme, comme s'il manquait d'air, puis, il laisse échapper son cigare, tend la main dans ma direction, alors que l'autre se resserre sur sa poitrine.

– Duncan ? Est-ce que…

Je crie son prénom en le voyant s'effondrer. J'ai juste le temps de me jeter sur lui et de retenir sa tête avant qu'elle ne frappe violemment le sol. Complètement perdue, je regarde tout autour de moi, mais nous sommes seuls. Les petits bateaux sur le *lough* sont trop éloignés. Personne ne m'entendra.

Pourtant, je crie !

Comme une folle. Je crie « à l'aide ! », « au secours ! ». Tout en tapotant doucement sa joue pour le faire revenir à lui.

– Duncan… Duncan… Répondez-moi ! Au secours ! S'il vous plaît ! Quelqu'un ? Est-ce que quelqu'un m'entend ? J'ai besoin d'aide, s'il vous plaît…

Je hurle à m'en décrocher les cordes vocales. Je hurle mais je suis désespérément seule.

– Duncan… mon Dieu, Duncan…

Putain, Sophia, réagis !

Je place mes mains dans les siennes, demande :

– Si vous m'entendez, serrez mes doigts.

Rien…

Je bascule sa tête en arrière, très prudemment, pour libérer les voies aériennes supérieures, et j'approche ma joue de sa bouche. Je compte jusqu'à dix. Il ne respire pas. N'a aucune réaction.

Il est en arrêt cardio-respiratoire, j'ai appris ça en cours de secourisme !

Il faut que je démarre un massage cardiaque au plus vite, mais auparavant, je dois appeler les secours. Mais je n'ai aucun numéro. De personne. Même pas de Fiona. Je ne sais pas, non plus, comment prévenir les secours !

Je dénude la poitrine de Duncan, m'empare de mon portable que je place près de moi, pour appeler la seule personne qui m'aidera, même si elle est à des milliers de kilomètres. Gabriel, lui, saura quoi faire ! J'allais appuyer sur son contact, lorsqu'une petite barque de pêcheurs accoste. Trois hommes sautent sur le ponton et accourent dans ma direction. L'un d'eux a le téléphone à l'oreille. Sans perdre une seconde, je démarre la réanimation cardio-pulmonaire, le talon d'une main au centre de son thorax, dans la partie inférieure, à l'aplomb du cœur, l'autre par-dessus, je croise mes doigts, verrouille les coudes et compte.

Jusqu'à trente.

Trente pressions, de haut en bas, sans m'arrêter. Assez rapides. Ensuite, je bouche son nez, positionne sa tête en arrière, insuffle de l'air dans sa bouche. Deux fois, de façon lente et progressive. L'un des pécheurs s'est agenouillé près de moi tandis que les deux autres remontent l'allée, très certainement pour guider l'ambulance jusqu'à nous.

– Ça va aller, mademoiselle ?

Je hoche la tête, pour ne pas perdre le fil.

– Les secours ne vont plus tarder.

J'acquiesce à nouveau, tout en reprenant les manœuvres sur le thorax de Duncan.

Un, deux, trois…

Les minutes me semblent interminables. Sous la pression, j'ai peur de faire une bêtise, de lui casser une côte ou de provoquer un pneumothorax. Je ne me le pardonnerai pas, j'ai une trouille bleue qu'il ne survive pas. Quand, enfin, des sirènes se font entendre, je me fais violence pour maintenir le rythme. Mes bras sont douloureux, mes jambes, mon dos. Je pousse un soupir de soulagement lorsqu'un homme court vers nous avec plusieurs mallettes qu'il pose au sol, alors que d'autres glissent une civière hors du fourgon.

– Bonjour, mademoiselle, je suis le docteur Brian O'Connor. Depuis combien de temps avez-vous débuté le massage cardiaque ? demande-t-il, tout en sortant un défibrillateur de sa trousse d'urgence.

– Je ne sais pas. Vingt minutes, peut-être un peu plus.

– Vous allez pouvoir cesser, nous prenons le relais. Vous avez fait ce qu'il fallait. Si M. MacAllen s'en sort, ce sera très certainement grâce à vous.

Tout en me parlant, il colle des électrodes sur la cage thoracique, les branche, charge, puis me demande de reculer. Assise sur les talons, mon propre cœur battant à un rythme infernal, je regarde la poitrine de Duncan se soulever. Plusieurs fois.

Faites que ça marche… qu'il revienne à lui…

Au bout de longues minutes, pendant lesquelles le médecin reprend le massage cardiaque, l'infirmier s'écrie :

– C'est bon, j'ai un pouls. Il repart !

Je suis si soulagée que j'en pleurerais. Tandis que le médecin lui place un inhalateur englobant la bouche et le nez, une perfusion, puis que les infirmiers le hissent sur la civière, je saute sur mes pieds en entendant le cri de Fiona, qui se jette ensuite, en larmes, sur son frère.

Je la prends aux épaules, la retiens.

– Tout va bien, Fiona, le cœur est reparti.

Elle me regarde, complètement perdue.

– Que lui est-il arrivé ?

– Il a fait un malaise, j'ai débuté un massage cardiaque, puis les secours sont arrivés.

– Madame, voulez-vous l'accompagner ?

Fiona m'interroge du regard.

– Bien sûr, allez. Je me débrouillerai, je viendrai vous rejoindre dans la matinée.

Je l'enlace.

– Gardez confiance, Fiona. Tout va bien se passer.

Elle me serre la main avec effusion, sans un mot, mais elle n'en a pas besoin, ses yeux parlent pour elle, puis elle emboîte le pas au médecin, qui l'aide ensuite à monter dans l'ambulance.

Tout en suivant des yeux le véhicule qui remonte l'allée gravillonnée, je ne pense qu'à Gabriel. À sa peine, sa détresse, son désarroi, lorsqu'il saura. Il faut que je le prévienne. Je m'empare de mon portable, inspire profondément, en me préparant mentalement à lui porter un coup fatal. J'appuie sur son contact.

Il décroche aussitôt.

– Salut, Trésor. J'allais justement t'appeler.

Cette voix…

Elle me chamboule, plus que je ne saurais le dire, et soudain, les digues se rompent, et j'éclate en sanglots. Je vais lui faire du mal, devenir l'oiseau de mauvais augure. Va-t-il me pardonner de lui annoncer une si mauvaise nouvelle ? J'ai voulu paraître sereine face à Fiona, mais je suis loin d'être confiante. Duncan va-t-il s'en sortir ? Comment lui dire ?

– Sophia ? Tu es là ? demande-t-il encore, alarmé. Qu'est-ce que tu as ? Il s'est passé quelque chose ?

– C'est Duncan. Il… il a eu un malaise, réussis-je à articuler. Tu devrais venir, Gabriel.

Je l'entends parler avec Nick, son assistant, planifier son retour.

– Je suis désolée, Gabriel, si tu savais. Nous discutions tranquillement au bord de l'eau, et…

Je lui raconte mon massage cardiaque, l'angoisse, puis mon soulagement lorsque ce médecin et ces infirmiers sont venus me prêter main-forte.

Je pleure de plus belle lorsqu'il me réconforte avec des mots apaisants, emplis de tendresse.

– Tu n'y es pour rien, Sophia, ajoute-t-il. Tu étais près de lui, tu as fait ce qu'il fallait. Il… il avait repris conscience lorsque l'ambulance l'a emmené ?

– Non, mais son cœur était reparti.

– Et Fiona ?

– Elle l'a accompagné.

– OK ! J'arrive, bébé. Je pars du bureau. Je vais appeler pour avoir de ses nouvelles et je te tiens au courant.

– Je t'appelle aussitôt si j'ai du nouveau de mon côté. Je… je veillerai sur Fiona, ajouté-je, la voix éraillée.

Ce ne sont pas du tout les mots que je voulais prononcer, mais lui avouer que je l'aime n'est peut-être pas ce qu'il a envie ou besoin d'entendre.

– Merci, Trésor. Pour ce que tu fais pour nous… Je t'appelle très vite.

Je raccroche, cours jusqu'au manoir, puis vais dans ma chambre prendre mon sac. Je pars ensuite à la recherche de Jan, le chauffeur de Duncan, pour qu'il me conduise à l'hôpital. Je veux être près d'eux, et surtout près de Fiona, pour lui apporter tout mon soutien si elle a besoin de moi.

31

Sophia

L'attente est interminable. À mon arrivée, les infirmières m'ont rassurée : Duncan a été pris en charge par l'équipe d'urgentistes. Et nous ne pouvons rien faire d'autre que patienter. Après être allée chercher des cafés pour Fiona, Jan et moi, tout en sirotant ma boisson brûlante à petite gorgée pour me réchauffer et me réconforter, et en écoutant d'une oreille distraite Fiona et Jan discuter, j'envoie un petit message à Gabriel :

[Pas de nouvelles pour
le moment. Et toi ?]

Sa réponse me parvient vingt secondes plus tard :

[J'ai appelé le service.
Son cœur est stabilisé,
mais il a fait un petit AVC
dans l'ambulance.]

Merde…

[Tu arrives à quelle heure ?]

[Dès que possible, Trésor !]

[Je ne bouge pas, je t'attends !]

Mon portable vibre dans ma main.

C'est lui…

– Oui ?

– J'avais envie d'entendre ta voix.

La sienne est si empreinte de tristesse que mon petit cœur n'y résiste pas. Je perçois sa détresse, ses peurs, comme si elles étaient miennes.

– Oh, Gab… Ça va ? Tu n'es pas trop inquiet ?

– Si, bien sûr. Que s'est-il passé au juste ?

Je me lève, termine mon gobelet puis je fais signe à Fiona et Jan que je sors. Je prends une grande inspiration, encore sous le coup d'une vive émotion.

– J'ai décidé d'aller chasser l'aube, pour faire des esquisses du tableau que j'ai promis à Fiona. Duncan m'a rejointe. Il m'a félicitée, m'a demandé mon nom, et là…

– Pardon ?

– Quoi ?

Quel dialogue de sourds !

– Pourquoi t'a-t-il demandé ton nom de famille ?

Je dessine des cercles avec mon pied droit, me remémorant la scène. Oui, c'est vrai ! Qu'il me l'ait demandé, soit ! C'est tout à fait logique et normal, il veut savoir qui je suis, mais ce qui en a résulté me bouleverse de nouveau, tout en m'intriguant.

– Je lui rappelais quelqu'un, paraît-il ? Il semblait perturbé. Sans doute une femme qu'il a connue par le passé.

– Sans doute. Et ?

Je perçois de l'inquiétude dans sa voix, et je m'en veux de lui faire vivre cette scène par procuration. Il va laisser son esprit l'imaginer et ce sera pire que tout. Il ne peut qu'angoisser en visualisant son grand-père terrassé et gisant au sol.

– Sophia ?

Mon ventre se serre d'appréhension.

– Je… j'ai peur de te faire du mal inutilement, Gabriel.

– Je peux tout entendre, ma belle. Et j'ai besoin de savoir. Je m'en veux d'être parti. J'aurais dû rester près de lui, près de toi, ajoute-t-il après quelques secondes de silence, où nous sommes plongés dans nos pensées respectives.

– Cela n'aurait certainement rien changé, soupiré-je. Et tu avais à faire. Duncan est lui-même un homme d'affaires, il comprend les obligations.

– Je le sais. Il ne me reproche jamais quoi que ce soit, ou très rarement, il est habitué à mes visites éclair, non, c'est… c'est moi qui culpabilise.

Je l'imagine passer la main dans ses cheveux, son regard soucieux, voilé d'anxiété. J'imagine la fragilité dévoilée sur ses traits, pour l'avoir déjà contemplée. Je voudrais être près de lui, le prendre dans mes bras, le câliner. Lui faire oublier ce nouveau coup du sort.

– Que s'est-il passé ensuite ?

C'est à mon tour de me passer la main dans les cheveux. Je m'assois sur le banc, revivant la scène, et les questions qu'elle soulève.

– Quand je lui ai dit que je m'appelais Rinaldi, il… il a porté la main à sa poitrine, puis il est tombé. Je ne vois pas pourquoi apprendre mon patronyme l'aurait perturbé au point de faire un malaise.

Un silence me répond. Qui s'éternise.

– Gabriel ? Tu es là ?

– Oui, Sophia, je t'entends.

– Tu as une drôle de voix. Qu'est-ce que tu as ?

– Rien, c'est… Tout va bien. Il y a sans doute une autre explication à son malaise.

Il pousse un profond soupir.

– J'ai hâte d'être dans tes bras. Tu me manques.

Mon cœur bondit. C'est si bon d'entendre ces petites phrases tendres sortir de sa bouche.

– Tu me manques aussi, Gabriel. Je pense que tu n'auras pas vraiment la tête à ça, mais sache que je serai toute à toi si tu as besoin de moi.

– J'ai toujours besoin de toi, Sophia. À plus, Trésor.

C'est sur ces derniers mots qu'il raccroche. Je me lève, rebrousse chemin, en ne pensant évidemment qu'à lui. Je suis étonnée de la façon dont il maîtrise l'évènement ; il doit être mort de trouille, désemparé, pourtant, il n'en montre rien, reste sûr de lui, inébranlable, avec, comme seul témoin de sa détresse, ce petit soupçon de retenue dans la voix. Je suppose qu'il est habitué à ce que la vie lui joue des tours, qu'il est prêt à parer les coups, car il est passé par là, il en a fait les frais, et il a dû réfléchir à la question. Il sait que notre univers, tout ce que nous avons, ou espérons, peut voler en éclat d'une minute à l'autre. Il ne serait pas ce qu'il est, ni devenu cet homme d'affaires intransigeant, pointilleux, exigeant, il ne serait pas dans de si hautes sphères s'il n'avait pas une totale maîtrise de ses émotions, s'il ne savait pas gérer le stress.

Oui, mais là, c'est différent !

Nous ne parlons pas de business, de rachats d'entreprise qui capotent, ou de marchés qui s'effondrent, non, là, il s'agit de sa famille, de son unique famille, de ses tripes, son cœur.

Comment va-t-il réagir lorsqu'il verra son grand-père branché à tout un tas de machines ?

Je me le demande.

Je remonte lentement le couloir menant à la salle d'attente des urgences, avec la surprise de ne plus y trouver Fiona et Jan.

Où sont-ils ?

Ils ne seraient pas partis sans me le dire. Il s'est forcément passé quelque chose pendant mon absence.

Bordel, pourvu que…

32

Sophia

Je sors de la salle d'attente, angoissée. En repérant, au bout du couloir, une infirmière sortir d'une des chambres pour entrer dans une autre avec une desserte bourrée de boîtes de médicaments et de dossiers, je cours vers elle.

– Bonjour, madame.

Elle me fait face.

– Mademoiselle ? répond-elle gentiment, comprenant très certainement mon inquiétude. Que puis-je pour vous ?

– Je suis une amie de Duncan MacAllen, qui a été pris en charge il y a plusieurs heures pour un arrêt cardiaque. Puis-je avoir de ses nouvelles, s'il vous plaît ? Et peut-être pourriez-vous me dire également où se trouve sa sœur.

Elle a un sourire que j'estime rassurant.

– Parfaitement ! C'est moi qui suis allée les prévenir que M. MacAllen a été transféré dans l'une des chambres du service de soins intensifs. De l'autre côté du couloir. Vous devrez sonner et attendre que l'on vous ouvre. Vous devrez également vous équiper avant d'entrer dans sa chambre mais ma collègue vous expliquera tout ça.

Je triture mon téléphone nerveusement.

Il faut que je glane le maximum d'informations pour pouvoir rassurer Gabriel.

– Comment va-t-il ? demandé-je, la boule au ventre.

Je l'ai réanimé. Je me sens… je ne sais pas, lié à cet homme, comme s'il faisait partie de ma propre famille. Je le connais peu, mais ce que j'ai aperçu de lui m'a séduite. Il me semble être quelqu'un de bon, d'humain. Qu'il soit le grand-père de l'homme que j'aime, que je sache l'attachement, le lien qui les unit, me le rend, évidemment, encore plus précieux.

– Il est stable. Mais je ne vous cache pas que l'équipe a eu très peur. Il a fait un autre arrêt cardiaque pendant un examen, qu'ils ont, heureusement, pu maîtriser. Quant à l'accident vasculaire cérébral, il n'a été que transitoire. Certainement dû à un embole généré par le cœur, mais il faudra attendre qu'il se réveille complètement pour que les médecins puissent bilanter les séquelles éventuelles, qui seront certainement elles aussi transitoires.

Heureusement pour moi, les formations que j'ai suivies dans le cadre du foyer me rendent ce jargon compréhensible.

– Merci infiniment, madame, pour toutes ces informations. Je vais pouvoir rassurer son petit-fils. Qui sera là, je l'espère, en fin de journée.

– Oh… Gabriel va venir ?

– Oui, bien sûr. Vous le connaissez ?

Je crois la voir rougir.

Ouais, je sais, il me fait cet effet-là à moi aussi !

– Euh… Pas vraiment, non, articule-t-elle, visiblement

émue. Nous nous sommes croisés à quelques fêtes, lorsque… lorsque nous étions étudiants. J'étais dans la même université que lui. Tout le monde le connaît ici, il est le célibataire le plus convoité du coin. D'ailleurs, nous pensons qu'il ne peut épouser qu'une Irlandaise, une fille de son sang.

Comment ça de son sang ? C'est quoi, ces conneries ? Une nana de la haute société, c'est bien ce que je dois comprendre ?

Tout à coup, cette jeune femme me semble beaucoup moins sympathique.

– Comment va-t-il ? demande-t-elle d'une voix mielleuse, que je déteste aussitôt.

Qu'est-ce que ça peut te foutre ?

Je suis bien élevée, gentille, patiente, mais je suis aussi jalouse et possessive. Et là, je ne sais pas pourquoi, mais j'ai envie de faire comprendre à cette femme que Gabriel est désormais à moi.

– Je le lui demanderai lorsque je me retrouverai dans ses bras. Je vous souhaite une très bonne fin de journée, madame.

Je retiens un sourire en voyant son visage se transformer sous le coup de la surprise, puis je lui tourne le dos, ravie de mon petit effet.

Et ouais, minette, Gabriel n'est plus un cœur à prendre !

Tout en avançant en direction du service des soins intensifs, j'appelle l'homme de mon cœur. Comme à chaque fois, en entendant sa voix, il a une embardée.

– Oui, chérie ?

Chérie…

Cette fois-ci, c'est sûr, il va se décrocher ! Je m'adosse contre le mur, murmure discrètement, en sentant le regard des gens sur moi, ainsi que celui de l'infirmière au bout du couloir.

Je suis heureuse, j'ai le droit, non ?

Même si les circonstances ne s'y prêtent guère, ce que je vis avec Gabriel balaie toutes autres considérations. Je suis à lui, et il est à moi.

– C'est la première fois que tu m'appelles comme ça. Ça me touche, et ce qui me touche encore plus, c'est que tu te dévoiles.

Sous-entendu : que tu dévoiles tes sentiments, et ton attachement à mon égard.

– Je t'ai dévoilé énormément de moi, Sophia, bien plus qu'à n'importe qui d'autre. Tu as des nouvelles ?

– Duncan a été placé en soins intensifs, sous surveillance, mais son état est stabilisé.

Je passe sous silence le nouvel arrêt cardiaque, les séquelles éventuelles de l'AVC, je ne le lui dirai que plus tard, lorsqu'il sera dans mes bras et que je pourrai le rassurer. Et non lui balancer que son grand-père a failli une fois de plus mourir loin de lui.

Je l'entends pousser un profond soupir.

– Et toi, ça va ?

– Oui, Trésor.

– Tu as pu faire tout ce que tu voulais ? Tu as des nouvelles de Silvio ?

Il lâche un petit rire.

– Oui et non, toujours pas. Mais Livingstone dit que l'étau se resserre. Nous serons bientôt débarrassés de lui. Ce type ne sera bientôt plus qu'un mauvais souvenir, ajoute-t-il encore.

– Je serais rassurée s'il était sous les verrous. Malgré ce que j'ai pu te dire, je ne suis pas tranquille. J'ai même eu peur qu'il sache où me trouver et ne vienne jusqu'ici pour me faire du mal.

– C'est pour cette raison que je ne veux pas que tu sois seule. Tu m'entends, Sophia ?

– Oui, darling. Je vais faire ce que tu me dis.

– Je ne supporterais pas qu'il t'arrive quoi que ce soit. Tu me crois ?

Encore cette sorte de souffrance dans sa voix.

– Tu es à moi, Trésor !

Cette fois-ci, il y a autre chose : plus de dureté. Un frisson court sur mon échine. Instinct de possession ? Peur de me perdre ?

Putain, je l'aime. Comme jamais je n'ai aimé un homme. Avec mes tripes, ma tête, mon cœur, mon âme.

– Sophia ? À quoi penses-tu ? Tu te fais du souci pour ton ex ? Tu as encore des sentiments pour ce connard ?

– Non ! Bien sûr que non ! Je le hais ! Il m'a fait du mal, Gabriel. Beaucoup de mal. J'aurais pu ne jamais m'en remettre.

Je marche de long en large dans le couloir pour tromper ma nervosité, vais me poster devant une baie vitrée. Je laisse mon regard dériver sur le paysage, s'accrocher aux nuages. Ce ciel est si beau, si bleu. Je n'ai jamais vu un ciel si bleu. Presque marine. Ni des nuages si blancs. Le contraste est fabuleux.

– Raconte-moi, Trésor, j'ai tout mon temps.

Veut-il lui aussi ne se consacrer qu'à nous ? Qu'à moi ? Pour oublier son angoisse ?

– Ce n'est pas facile par téléphone, Gabriel. Je préférerais te le dire de vive voix.

– Il t'a frappée, c'est ça ? Ce connard a levé la main sur toi ? C'est pour cette raison que tu fais du bénévolat dans un foyer pour femmes battues ?

Mes yeux s'emplissent de larmes.

C'est fou ! Le temps a passé, mais la rage est toujours là, moins intense, mais là tout de même. La rage, et… la culpabilité de m'être fait malmener, de ne rien avoir vu venir, alors qu'il y avait des signes évidents de son caractère dominant. De penser que c'était peut-être ma faute, que je n'avais pas su me protéger, ou l'aider, le sécuriser. Ma psy a passé des heures à me dire que ce n'était pas ma faute. Je sais aujourd'hui qu'elle a raison. Qu'aimer n'est pas synonyme d'attacher. Personne n'a le droit de le faire, de nous transformer.

Je réfléchis.

Non ! Gabriel n'est pas comme ça ! Il est bienveillant. Il me protège, c'est différent. Il m'aime comme je suis, ne cherche pas à me façonner. C'est paradoxal, car j'aime aussi l'idée qu'il me revendique comme sienne ; l'idée de lui appartenir corps et âme.

Putain, il y a de quoi devenir tarée ! Les relations humaines, encore plus amoureuses, ont de quoi dérouter.

– Sophia ? demande une nouvelle fois Gabriel, visiblement inquiet de mon mutisme.

– Excuse-moi. Ta question a ravivé de mauvais souvenirs. Oui, Gabriel. Il m'a frappé. Une seule et unique fois. Mais avant ça, il… Enfin, j'ai mis des mois à me retrouver. À me reconstruire. Je crois que j'en garderai les séquelles toute ma vie.

Je redresse les épaules, mon moment de peine envolé. Je ne veux pas que le souvenir de Silvio me gâche la vie. Il est bien où il est ! Loin de moi ! Loin de mon esprit. Je ne veux plus penser à lui. C'est une histoire ancienne, qui m'a fait évoluer, certainement mûrir, même si c'était dans la douleur. Je sais aujourd'hui ce que je veux.

Et qui je veux !

– Je suis une autre personne aujourd'hui, lui avoué-je. Et toi? Tu as déjà souffert à cause d'une femme?

C'est à son tour de se plonger dans ses souvenirs. Il m'a dit qu'il n'avait jamais eu de relation suivie, cela ne veut pas dire qu'une femme ne l'a jamais fait souffrir. Il a pu, dans l'adolescence, être amoureux d'une fille et que ça se soit mal passé.

– Oui.

Merde…

J'arrête de marcher sous le coup de la surprise. Un homme me percute, puis s'excuse. Je lui rends son sourire, par automatisme. Qu'est-ce que je ressens ? Là, maintenant ? Désillusion ? Déception ? Jalousie ? Tout ça à la fois ? Il y a eu une femme dans son cœur. Peut-être même encore. Cela expliquerait son comportement à mon égard. Peut-être a-t-il peur de donner sa confiance, son cœur à nouveau. Tout comme moi.

Putain ! Pourquoi ai-je posé cette question ?

– Il y a… il y a longtemps ?

– Non. C'est tout récent.

Putain de merde… j'ai besoin d'en savoir plus. Même si ce n'est pas franchement le lieu, ni véritablement le moment. Mais après tout, c'est lui qui a lancé le débat.

– Et ? Tu veux en parler ? Je peux peut-être t'aider à… à y voir plus clair.

– Je ne crois pas, Trésor, soupire-t-il.

– Mais pourquoi ? Tu le fais bien, toi. Tu me soutiens, tu prends soin de moi.

– Tu ne peux rien pour moi, Sophia.

Merde ! C'est si grave que ça ?

– Mais pourquoi ? réitéré-je. Dis-moi pourquoi ?

Nouveau silence.

– Laisse-moi au moins essayer. S'il te plaît…

Je l'imagine, calé dans son siège, sa cheville reposant sur le genou opposé, sa veste ouverte, sa chemise blanche ajustée mettant en valeur son buste parfait sur lequel j'ai instantanément envie de poser les doigts, les lèvres.

– Je te la ferai oublier, je te le promets, m'entends-je prononcer, presque malgré moi, avant de raccrocher.

Je mettrai le temps qu'il faut, mais bientôt cette femme ne sera plus qu'un mauvais souvenir. Je m'y engage. Je vais tellement l'aimer, tellement le chérir qu'il ne pourra bientôt plus se passer de moi.

33

Sophia

Je prends une grande inspiration et sonne à la porte des soins intensifs.

Une infirmière vient à ma rencontre. Je me présente comme une amie de la famille, demande à voir Duncan. Elle me conduit aussitôt jusqu'à un petit sas donnant sur trois chambres. Duncan est là, dans celle de droite. Sous haute surveillance. Elle me montre les blouses jetables, les masques, les surchausses. Les visites sont autorisées, mais deux personnes à la fois, et comme Fiona et Jan sont près de lui, je vais devoir attendre que l'un d'eux sorte. Je les regarde par la baie vitrée donnant sur la chambre, de part et d'autre du lit. Fiona tient la main de son frère entre les siennes, qui lui, a les yeux fermés.

– Il a dit quelque chose ?

– Non, mademoiselle. Pas à ma connaissance. Nous lui avons donné des tranquillisants et il s'est endormi avant d'être transféré dans cette chambre.

– Son cerveau a souffert ? Vous pensez qu'il aura des séquelles de son AVC ? Ou de son arrêt cardiaque ?

– Pour l'AVC, il faudra attendre qu'il se réveille. Quant à son cœur, si tout va bien, il sera envoyé dans un centre de rééducation cardiaque.

– Comment ça ?

– Son cathétérisme a révélé que les deux artères coronaires étaient en partie bouchées. Le chirurgien a aussitôt posé des stents actifs.

– Des quoi ?

– Des sortes de petits tubes métalliques qui maintiennent l'artère ouverte, et rétablissent le flux sanguin. Dans le cas de M. MacAllen, ils diffuseront des médicaments empêchant que le tuyau ne se collabe à nouveau.

– Se referme, vous voulez dire ?

– Oui, c'est cela.

Appuyée d'une épaule contre la cloison, près de la fenêtre donnant sur la chambre, je regarde à nouveau le visage de Duncan, blanc comme un linge, les petits tuyaux qui lui entrent dans le nez pour l'oxygéner. La perfusion dans son bras.

– Vous êtes passés par la fémorale pour le cathétérisme ?

– Oui. Vous êtes infirmière ?

– Non, mais j'ai suivi une formation, aux États-Unis, avant de faire du bénévolat dans un dispensaire, puis dans un foyer pour femmes.

– Oh… c'est donc vous qui lui avez prodigué les premiers secours ? Vous êtes proche de lui ?

– Je suis la petite amie de son petit-fils.

À la façon dont elle m'examine, je comprends qu'elle aussi connaît le fameux Gabriel Monteiro-MacAllen. Mais contrairement à sa collègue, elle reste professionnelle, et ne s'étend pas sur le sujet.

– Savez-vous ce qui aurait pu provoquer cet infarctus ? demandé-je encore.

Autant en avoir le cœur net !

– Je ne saurais me prononcer, et je… il y a le secret médical, vous comprenez. Je vous laisserai en discuter avec le médecin, si vous le désirez. Je vais devoir vous laisser, mademoiselle. Attendez bien qu'une personne sorte pour entrer à votre tour.

– Ne vous inquiétez pas, je le ferai. Mais…

Je la retiens alors qu'elle fait demi-tour et s'éloigne.

– Est-ce qu'un choc émotionnel pourrait provoquer une telle crise ?

– Oui, bien sûr. Certains patients arrivent ici après un infarctus, alors qu'ils n'ont jamais eu de problèmes particuliers, qu'ils n'ont pas de plaques d'athérome, de… de dépôts de cholestérol, ni de facteurs de risques cardio-vasculaires, encore moins de signes avant-coureurs. Alors oui, là, nous pouvons dire que c'est purement émotionnel, lié au stress, ou au surmenage. Sous l'action du mental, les fibres nerveuses autour des coronaires font se resserrer l'artère, bloquant en partie le sang. Le cœur manque de nourriture et c'est l'infarctus.

– Vous ne pouvez pas me dire si c'est réellement ce qu'il s'est passé pour M. MacAllen.

– Non, mademoiselle, je vous dis seulement que c'est possible, mais aucunement que c'est l'unique raison. Bien souvent, les risques de faire un infarctus sont plurifactoriels, c'est-à-dire, qu'ils ont plusieurs causes. Je vous laisse en discuter avec le docteur, il vous donnera certainement plus d'explications que moi.

– En tout cas, c'est très aimable à vous de m'avoir accordé du temps. Je vous remercie, madame.

– Je vous en prie. Il a eu beaucoup de chance de vous avoir à ses côtés. Certaines personnes ne l'ont pas et décèdent, faute de soins.

Sur ces derniers mots, elle s'éloigne.

Beaucoup de chance ?

Sauf si je suis l'instigatrice de son malaise. J'ai hâte qu'il reprenne connaissance pour qu'il nous en explique les causes. Ce qu'il a ressenti.

S'il s'en souvient.

Je frappe légèrement à la vitre. Fiona lève la tête. Je lui désigne Duncan du menton et elle me répond d'un petit hochement négatif, me faisant comprendre qu'il n'a pas repris connaissance. Puis elle s'adresse à Jan qui, aussitôt, quitte son siège et sort me retrouver dans le couloir. Il retire son masque, m'invite à entrer prendre sa place.

– Je vous remercie, Jan.

Je fais un pas pour saisir la blouse blanche jetable, tandis qu'il retire la sienne. Tourne la tête dans sa direction.

– Comment va-t-elle ?

Il a un profond soupir.

– Pas très bien, j'en ai peur. Elle ne le dira pas, car tout comme Duncan, elle n'est pas démonstrative, mais je sais, moi, qu'elle est morte de peur. Sans lui, je ne sais pas ce qu'elle deviendrait.

À travers ses mots, l'intonation de sa voix, je comprends qu'il est attaché à eux, qu'il n'est pas qu'un simple employé, mais un ami.

– Vous devriez la reconduire au manoir, l'attente semble l'avoir épuisée.

– Je le lui ai dit. Mais elle ne veut pas. Peut-être arriverez-vous à lui faire entendre raison.

Je finis de m'équiper : surchausses, charlotte.

– Je vais essayer, réponds-je, tout en nouant le masque derrière ma tête. Je resterai près de lui jusqu'à l'arrivée de Gabriel. À plus tard, Jan.

– Dites-lui que je l'attends devant l'hôpital, j'ai besoin de prendre l'air.

– Bien sûr.

Il me sourit, et s'éloigne, le dos légèrement voûté, semblant très affecté par la situation.

Je finis de nouer le masque, puis entre. Je referme doucement la porte derrière moi, m'approche de Fiona. Je pose la main sur son épaule. Elle me regarde, ses yeux gorgés d'angoisse.

– Vous devriez rentrer vous reposer un peu, Fiona. Je vais rester près de lui.

Elle pose sa main sur la mienne, la tapote, a un soupir à fendre l'âme.

– Vous avez raison. Cette attente me torture et, finalement, que je sois là ou non ne change pas grand-chose. Je lui parle, mais il n'a aucune réaction. Je suis très inquiète.

Je me veux rassurante.

– Je suis sûre qu'il perçoit votre voix, votre présence, et que ça le rassure. Avez-vous vu un médecin ?

– Oui, il y a une petite heure environ, je ne sais plus.

Elle penche la tête, et soudain, éclate en sanglots.

– Dire que je passais mon temps à le disputer, hoquète-t-elle. J'étais tellement en colère qu'il ne fasse pas plus attention à lui, qu'il continue de fumer son satané cigare, qu'il se tue à la tâche. Quelle bourrique ! Il n'écoute jamais rien ! Et maintenant, voilà où il en est, dit-elle encore, après avoir essuyé rageusement ses larmes.

Je m'agenouille devant elle, prends ses mains entre les miennes.

– Gardez confiance, Fiona. Il va s'en sortir.

Elle secoue la tête, renifle.

– Oui, c'est un dur à cuire. Il va s'accrocher. Pour Gabriel. Comme il l'a toujours fait.

– J'en suis sûre, Fiona. Et pour vous aussi.

– Vous avez pu le joindre ? Je voulais l'appeler, mais j'ai laissé mon portable au manoir. De toute façon, je n'arrive pas à m'y faire, à ces trucs.

Un sourire m'échappe. Cette femme est géniale : attendrissante, débordante d'énergie, avenante, drôle. Il me serait facile de m'attacher à elle. Comme à Duncan.

S'ils veulent de moi et me tolèrent comme petite amie de Gabriel.

– Oui, il est en route.

Je me redresse, regarde ma montre.

– Il devrait être là dans deux heures.

Elle se lève à son tour, me surprend en m'enlaçant. Serrées l'une contre l'autre, nous nous réconfortons mutuellement.

– Merci, ma petite. Merci pour tout.

– Je vous en prie, Fiona, c'est bien normal. Nous vous tiendrons au courant s'il y a du nouveau.

– On se voit demain, alors, pour le petit déjeuner, car je crois que je vais aller retrouver mon lit, sitôt arrivée. Je suis fourbue. Mais réveillez-moi s'il y a quoi que ce soit.

– Nous n'y manquerons pas. Vous pouvez compter sur nous, Fiona. Dormez tranquille.

Elle serre ma main, puis sort de la chambre.

Je contourne le lit, prends place sur le fauteuil un peu en retrait, regarde Duncan, gisant, le visage détendu, la respiration ample, calme. Les bips de surveillance résonnent dans la pièce. De temps à autre, le brassard autour de son bras se gonfle pour prendre la tension. Je ne connais pas grand-chose aux moniteurs cardiaques, je sais seulement qu'il bipera s'il y a le moindre problème. J'espère de tout cœur que ce ne sera pas le cas, alors que je suis seule avec lui.

Je ferme les yeux, la nervosité, la fatigue accumulée, ma mauvaise nuit ayant raison de moi.

34

Gabriel

Je regarde à travers la vitre donnant sur la chambre de mon grand-père, pour le voir, allongé sur ce lit, branché à tout un tas d'appareils de surveillance. D'une pâleur qui fait accélérer mon cœur.

Il aurait pu mourir, putain !

Loin de moi. Cette pensée m'est intolérable. Je sais que ma présence n'aurait rien changé, que si son heure avait sonné, il serait parti en me laissant seul à son tour. J'ai conscience que c'est dans l'ordre des choses, et qu'un jour il s'en ira. Et cette idée m'est également intolérable. Il a toujours été là. Fort comme un roc, à me montrer le chemin, à devenir un homme. Respectable. À son image. Quelqu'un de bien.

Suis-je quelqu'un de bien ?

Je le pensais jusque-là. Aujourd'hui, je ne sais plus.

Puis mon regard se porte sur elle. Endormie près du lit. Dans une posture certainement inconfortable, ses longues jambes croisées, la main sous sa joue. Le sac à patates autour de son corps ne cache rien de ses courbes voluptueuses que je connais par cœur, que je pourrais dessiner les yeux fermés. Ses seins lourds, son ventre un peu bombé… des rondeurs où il faut, juste ce qu'il faut. Un corps pour recevoir et donner de l'amour. Lorsqu'elle me serre dans ses bras, putain, j'ai l'impression d'être dans un autre monde. Dans un monde créé pour moi. Juste pour moi. Elle porte un jean, des baskets type Converse, comme ce jour où je l'ai sauvée de ces tarés qui lui voulaient du mal. Dans ce genre de fringues, avec ses yeux fermés, ces longs cils ombrant ses joues, elle ressemble à une gamine, à mille lieues de la femme d'affaires. Une gamine confiante, innocente. Ce qu'elle n'est pas, Dieu merci. Non ! Elle est passionnée, enfiévrée, une merveilleuse amante. Son corps tout entier m'obsède.

Putain, que suis-je en train de lui faire ?

Je devrais tout arrêter pendant qu'il en est encore temps.

Impossible !

C'est trop tard !

Le mécanisme de destruction est en marche et se fera, même si je renonce, ce qui n'est pas le cas. Et ne sera jamais le cas ! Quand je suis déterminé, je ne lâche rien, il en a toujours été ainsi. Même s'il doit y avoir des dommages collatéraux, même si je dois y laisser une partie de moi. Petit à petit, ma société off-shore grignote l'empire Rinaldi. J'aurai bientôt tout ce qui appartient à ce connard. Y compris les dix pour cent pour avoir le contrôle absolu. Grâce à sa fille.

Sophia gigote. Elle frissonne. Ses paupières papillonnent.

Que vais-je bien pouvoir te faire, Sophia, pour te punir de ce que je ressens par ta faute ? Pourquoi vouloir te punir de quelque chose dont tu n'es pas responsable ? C'est complètement débile ! Et pourtant, j'en ai besoin, il le faut, je n'ai pas le choix si je veux aller jusqu'au bout.

Ma colère doit alimenter ma cause, sinon c'est mort !

Elle s'agite. Comme si elle percevait mon regard sur elle, la teneur de mes pensées. Alors qu'elle ne le peut, elle dort.

Elle s'agite de plus en plus, visiblement mal à l'aise. Est-elle en proie à un cauchemar ? Pense-t-elle à son ex ? Qui sera bientôt sous les verrous ? Est-elle encore bouleversée par ce qui est arrivé à Duncan ?

Putain, elle lui a sans doute sauvé la vie !

Maintenant, j'ai une dette envers elle.

Ce qui n'arrange pas mon cas, bordel de merde !

Là encore, je vais devoir passer outre. Il le faut, et je n'ai pas le choix. Une petite voix dans ma tête n'arrête pas de me seriner depuis quelque temps que l'on a toujours le choix !

Non ! Pas moi !

Sois réaliste, mec ! dit encore la petite voix.

C'est vrai, je suis pris à la gorge par ce que j'ai moi-même provoqué. Parce que, je le répète, je n'ai pas le choix ; c'est la dure loi des affaires, la loi du talion : tué ou être tué. Alors je préfère encore souffrir, que périr. Et sauver ce qui est à nous. Même si je dois être malheureux à en crever. Je ne pouvais pas laisser Rinaldi nous anéantir sans réagir, Duncan en serait mort.

Je me frotte énergiquement le visage, pour en chasser la fatigue, ainsi que les réflexions qui n'ont pas lieu d'être. Je suis cramé. Je ne dors quasiment plus. Quand je suis avec Sophia, je ne pense qu'à me perdre dans son corps, et loin d'elle, j'ai le sentiment d'être un poisson hors de son bocal.

Je retire mes mains. Regarde à nouveau dans la chambre.

Sophia a retiré son masque, l'espèce de truc qu'elle a sur la tête. Certainement par réflexe pendant son sommeil. Ses joues sont rouges, ses lèvres humides, sa queue de cheval de travers, d'où s'échappent quelques mèches folles. Avec sa nuque découverte, si fine que je pourrais la briser d'une seule main, elle est sublime. Et je ne souhaite qu'y poser mes lèvres.

Ses yeux sont fixés sur moi.

Alors les miens deviennent intraitables. Je redresse les épaules, et entre.

Nous nous observons. Mon connard de cœur accélère. Je crois que le sien ne vaut guère mieux. Elle est étonnée, mais en même temps soulagée de me revoir.

Soudain, elle se lève et court vers moi pour se jeter dans mes bras.

Je les referme sur elle. Et j'enfouis mon nez dans son cou.

Elle sent bon, putain !

En percevant ses sanglots, des larmes mouillent mes yeux alors que je ne pleure jamais, bordel ! En tout cas, pas que je me souvienne. C'était un autre point d'étonnement, d'angoisse et de questionnement de Fiona, de mon grand-père et de mes psys : l'absence d'émotions visibles. Alors qu'il n'en était rien. Je ressentais des choses, mais j'étais incapable de pleurer. Même lorsque je me faisais mal. Je n'ai plus jamais pleuré depuis ce jour. Ce jour où ils sont partis sur des civières et que je ne les ai jamais revus. Duncan m'a dit qu'ils allaient ensuite être mis dans des cercueils, puis enterrés. J'ai assisté à leur enterrement, paraît-il, car honnêtement, je ne m'en souviens pas. Je crois que j'ai fait un blocage, puis une amnésie sur les jours qui ont suivi l'accident. J'ai dit à Duncan, là encore selon ses propres dires, que je ne voyais pas pourquoi ils seraient dans des boîtes, ce n'était pas logique, puisqu'il m'avait dit qu'ils étaient au ciel. Je me suis détourné des fosses, et je suis parti un peu plus loin jouer avec des petites voitures que j'avais dans les poches. Duncan m'a laissé faire. Ne m'a pas imposé de rester au bord du trou dans lequel mes parents étaient descendus.

D'ailleurs, il ne m'a jamais rien imposé.

Il s'est contenté de me donner l'exemple.

Nous restons, un long moment, enlacés. Nos cœurs enfiévrés battant à l'unisson, mais pour des raisons différentes. Sophia parce que je lui ai certainement manqué, parce que ses nerfs craquent et que la pression redescend d'un coup ; moi, parce que je suis perturbé par la vision de mon grand-père dans ce lit d'hôpital et parce que… putain… elle m'a manqué aussi.

Plus que je ne saurais le dire.

Et trop pour ma tranquillité.

35

Sophia

Lorsque j'ai ouvert les yeux, ceux de Gabriel étaient braqués sur moi et animés d'une lumière intense. Son visage était marqué, visiblement fatigué, une barbe lui mangeait les joues, ajoutant à son charme déjà dévastateur. Comme à chaque fois que je le contemple, j'ai craqué, conquise, encore et encore.

Il s'est redressé, puis a franchi la porte.

Nous nous sommes observés, visiblement aussi embarrassés l'un que l'autre. Puis son expression a changé. Une brèche s'est ouverte dans son âme, où je me suis engouffrée. Mes digues se sont rompues d'un coup, des larmes ont coulé sur mes joues. Je me suis élancée, j'ai couru vers lui pour me jeter contre son corps si réconfortant, qui m'a tellement manqué. Il m'a manqué. Lui. Maintenant qu'il est entre mes bras, je me rends compte à quel point. J'ai agi par réflexe, sans réfléchir, sans me poser de questions, encore terrorisée par ce qui aurait pu se passer si ça avait voulu mal tourner.

Je sanglote doucement, collée à lui. Le nez dans mon cou,

il me laisse faire. Un frisson le parcourt, puis s'apaise. Au bout de très longues minutes, mes larmes se calment, mon cœur reprend un rythme normal.

Je me détache de lui.

Ne voulant visiblement pas me laisser m'éloigner, il glisse ses mains le long de ma nuque, l'emprisonne, pose son front contre le mien. Et reste là, sans plus faire le moindre geste. Je pose les miennes sur ses avant-bras, ferme les yeux. Nous restons ainsi, nos souffles mêlés, nos bouches si proches qu'il suffirait de peu pour qu'elles s'embrassent. Mais ce moment est encore plus intime, plus fort qu'un baiser.

Je serre ses avant-bras, pour lui faire comprendre qu'il a tout mon soutien. Que je suis près de lui, avec lui, et ne l'abandonnerai pas.

Il laisse exhaler un profond soupir, pose un léger baiser sur mes lèvres.

– Merci.

Sa voix, grave, me transporte, résonne dans tout mon être. Ses iris, au plus profond des miens, inquiets et tourmentés, me bouleversent. J'allais lui répondre, l'assurer de mon soutien, lorsque j'en suis empêchée par l'arrivée d'un médecin, que j'imagine être le cardiologue, chef du service. Il me donne une poignée de main, puis salue Gabriel.

– Gabriel, comment allez-vous ?

– Je suis soulagé que Duncan soit encore en vie.

– C'est vous, n'est-ce pas, qui avez débuté le massage cardiaque ? me demande-t-il, en se tournant vers moi.

– Oui, docteur.

– Alors c'est elle que vous devez remercier, Gabriel. Cette jeune femme lui a certainement sauvé la vie.

Gabriel plonge ses yeux dans les miens, un léger sourire aux lèvres. Le feu me monte aux joues face aux promesses de son regard.

– Je n'y manquerai pas, et je la remercierai comme il se doit. Aura-t-il des séquelles ?

– Nous allons lui faire des examens afin d'évaluer ses capacités. Compte tenu de l'anesthésie qui lui a été prodiguée, il ne devrait plus tarder à se réveiller.

Gabriel avance vers le lit. Se penche pour embrasser son grand-père sur la joue. Celui-ci frémit.

– Vous avez vu ? Il a bougé, s'exclame-t-il, en se tournant vers nous.

Je vais glisser ma main dans la sienne.

– Il a senti ta présence, Gabriel.

– Vous pouvez lui parler, ajoute le chirurgien. Je vais vous laisser. Vous pourrez partir quand vous le désirez. J'ai donné des consignes pour que vous puissiez rester auprès de lui autant que vous le souhaitez, mais vous devriez aller vous reposer. Soyez tranquille, Gabriel, nous veillons sur lui.

Celui-ci lui répond d'un signe de tête, visiblement trop ému pour parler.

Après que le chirurgien a quitté la chambre, Gabriel s'assoit près du lit, pose sa main sur celle de son grand-père, qu'il serre. Je me place derrière lui, pose les miennes sur ses épaules.

– Tu veux que je te laisse seul ?

– Non. Reste, répond-il, sans se retourner.

Il se penche.

– C'est moi, grand-père. Je suis là. Près de toi.

Il y a tant de désespoir dans sa voix, que mon cœur souffre de le voir si malheureux.

– Tu n'es plus seul, ajoute-t-il, la voix éraillée.

Je presse ses épaules.

Lui, ma main, sur laquelle il a posé la sienne. Il tire dessus, me fait le contourner pour que je m'asseye sur ses genoux. Il passe son bras autour de ma taille. Lève son visage vers moi.

– Toi, ça va ? s'enquiert-il.

– Oui, Gabriel. Maintenant que tu es là, je vais bien. Ne pars plus jamais.

C'est un véritable cri du cœur.

Que je ne regrette pas. J'ai décidé de me dévoiler, de lui avouer mes sentiments. Il en fera ce qu'il voudra, mais au moins, je serai honnête avec moi-même. Avec lui. Et peut-être aura-t-il envie de faire la même chose. J'ai besoin qu'il me dise qu'il m'aime.

Il a un petit rire.

– Je verrai ce que je peux faire, Trésor.

Il a repris son ton caustique. Caché son trouble dans le dédain.

Car oui, je le trouble. Je le vois. Je le sens. Son corps, ses yeux parlent pour lui. Pour me révéler ce qu'il ressent, ce qu'il me cache, dans ce langage du corps qui vaut tous les mots. Et je crois que je vais devoir m'en contenter.

Je glisse mes mains sur ses joues, emprisonne son visage, pour embrasser délicatement ses lèvres.

– Gabriel, je…

Je m'interromps en entendant Duncan gémir. Je saute des genoux de Gabriel, le laisse s'approcher de son grand-père. Il avance le fauteuil pour être au plus près de son visage, serre à nouveau sa main.

– Je suis là, Dunc. Avec Sophia.

Ses paupières frémissent. Il a entendu, j'en suis persuadée. Puis il les entrouvre, très légèrement. Nous sommes suspendus au moindre de ses mouvements, et attendons, fébriles, qu'il ouvre complètement les yeux, nous voie et nous reconnaisse.

Il claque de la langue. Tandis que ses iris font le tour de la pièce, pour se poser sur nous. Il nous observe, à tour de rôle, semblant complètement perdu.

– C'est Gabriel, Dunc. Tu me reconnais ? Serre ma main si tu m'entends… Il a serré, s'exclame-t-il après quelques secondes d'attente oppressante, en levant un visage radieux vers moi.

– Tu sais qui je suis ?

Duncan cligne des yeux.

Oui…

– Tu reconnais Sophia ?

Nouveau clignement de paupières.

Oui…

– Elle t'a sauvé la vie, Dunc.

Ses yeux s'emplissent de larmes.

Il ouvre la bouche, la referme. Puis recommence, comme s'il voulait nous dire quelque chose.

Des larmes, maintenant, s'écoulent sur ses joues. Un faible son s'échappe de ses lèvres. Visiblement, il fait de gros efforts pour communiquer. Des efforts surhumains.

Nous le regardons, impuissants, s'agiter. Son expression est si poignante, il a l'air de tellement souffrir, moralement, qu'elle me fend le cœur.

Je capte le regard de Gabriel.

Nous pensons la même chose : l'AVC a certainement endommagé les fonctions supérieures, et Duncan est maintenant incapable de parler.

36

Sophia

Notre retour au manoir se fait dans le plus grand silence. Depuis que nous sommes sortis de l'hôpital, après que Gabriel s'est entretenu avec le médecin de garde, il n'a pas lâché ma main, semblant complètement perdu. Perdu et en colère. On le serait à moins. Le médecin n'a évidemment pas pu répondre à ses interrogations, il est trop tôt pour se prononcer, ils vont devoir dès demain procéder à toute une batterie d'examens pour voir l'étendue des lésions cérébrales, si tant est qu'elles soient visibles.

Encore une fois, il faut attendre.

Et ça le rend dingue.

Il est plus de minuit lorsque nous réintégrons notre chambre. Gabriel s'assoit sur le lit, la tête entre les mains, complètement abattu.

Je m'agenouille devant lui, pose mes mains sur ses cuisses, attendant qu'il se livre.

– Il n'acceptera jamais d'être diminué. Il préférera se

tirer une balle dans la tête.

Putain…

– Ne pense pas des choses pareilles, Gabriel. Tu te fais du mal pour rien. Attends de voir ce que diront les médecins.

– Je le connais. Il ne tiendra pas le coup.

– Si, il le fera. Pour toi. Comme il l'a toujours fait.

Il lève vers moi un visage surpris.

– C'est… hum… c'est ce que m'a dit Fiona. Que Duncan se battra pour toi. Parce c'est ce qu'il a fait toute sa vie.

Je bafouille.

Lorsqu'il me regarde de cette façon, il m'intimide tellement que je perds tous mes moyens. Et là, maintenant, je serais bien incapable de lui dire que je l'aime, même si c'était le bon moment.

– Fiona parle toujours trop ! Que t'a-t-elle confié d'autre ?

– Rien. Pourquoi ?

Il ne répond rien, se contentant de m'observer. Avec une expression indéfinissable plaquée sur le visage. Un visage que j'ai appris à aimer. Au-delà de tout.

De quoi a-t-il peur, à la fin ?

– Je vais prendre une douche.

Je capitule. Ce n'est pas maintenant que nous lèverons le voile.

Après une longue douche, pendant laquelle je tente désespérément de me détendre, j'enfile ma nuisette. Lorsque je pénètre dans la chambre, Gabriel a éteint les lumières, pour ne laisser que celle de son chevet. Il est en boxer, près du lit.

Il m'attend.

Mon cœur fait des embardées.

Menace de s'arrêter lorsqu'il fait un pas dans ma direction.

Puis un autre. Il passe à côté de moi, effleure mon bras, dépose un baiser sur ma tempe. Je crois que j'ai même arrêté de respirer quelques instants.

– Je vais prendre une douche moi aussi.

Je relâche mon souffle seulement lorsque j'entends l'eau couler.

Je me couche. Sur le dos. Remonte la couette sous mon menton. Mon souffle s'altère à nouveau lorsqu'il entre dans la chambre, et retire la serviette qu'il a autour de la taille. Il soulève la couette, s'allonge. Complètement nu. Sur le dos, comme moi.

Il tend le bras, éteint la lumière.

Pour la première fois depuis notre rencontre, le silence devient pesant.

L'envie de le prendre dans mes bras pour le réconforter se fait de plus en plus intense, mais je n'en fais rien, ne sachant pas s'il a réellement besoin de moi. N'y tenant plus, je me colle contre lui, sans prononcer le moindre mot, tant ma gorge est nouée. Après quelques secondes qui me semblent durer une éternité, il referme son bras sur moi, me soude plus intimement à lui. C'est dans cette position que nous nous endormons, blottis dans les bras l'un de l'autre.

Des gémissements pénètrent ma conscience. De plus en plus forts. J'ouvre péniblement les yeux en sentant un corps gesticuler à côté de moi. Je cherche le fil de ma lampe de chevet, allume, me tourne pour regarder Gabriel, le corps parcouru de tremblements.

Mon Dieu…

Sa tête part dans tous les sens. Des plaintes déchirantes, comme des pleurs, sortent de ses lèvres, qui deviennent blanches tant il les serre, semblant lutter contre des forces invisibles. Je pose une main sur son épaule, tout doucement, pour ne pas l'effrayer, tandis que des larmes naissent aux coins de mes paupières.

Je me penche, embrasse son épaule doucement.

– Calme-toi, Gabriel, osé-je. Tu es en sécurité, tu n'as rien à craindre. Je suis là.

Je me recule pour observer ses réactions au son de ma voix.

Il ne m'entend pas.

Bien au contraire, il continue, avec encore plus de rage, de se débattre contre quelque chose ou quelqu'un. Et soudain, il porte les mains à sa poitrine, se griffe comme s'il voulait s'arracher la peau. Et je comprends mieux les raisons de ces quelques stries marbrant son thorax. Que j'avais repérées en y glissant mes doigts, et dont je voulais lui en demander la cause, sans l'avoir osé.

Mon cœur se serre douloureusement en le voyant souffrir de la sorte. En entendant ses plaintes devenir de plus en plus intenses, presque inhumaines, en voyant son corps parcouru de spasmes, de grosses larmes rouler sur ses joues.

C'est d'autant plus poignant que ses dents sont serrées, et qu'il ne prononce aucun mot.

Je ne peux plus m'empêcher de réagir. Ce n'est peut-être pas ce qu'il faut faire, je n'en ai aucune idée, mais je dois tenter quelque chose ; je ne peux pas lui permettre de se faire du mal.

Je retiens ses mains pour qu'il cesse de se mutiler, tout en lui parlant avec douceur. Je prononce son nom, plusieurs fois, lui demandant de se calmer. Lui répétant que je suis là, près de lui. Qu'il n'est pas seul. Qu'il ne sera plus jamais seul.

Je ne sais pas s'il m'entend, ou même si c'est ce qu'il souhaite entendre.

Ce que je sais, c'est que le spectacle de cet homme dans la pleine force de l'âge, en proie visiblement à son cauchemar d'enfant, certainement provoqué par le stress et l'angoisse de ces dernières heures, me poignarde le cœur. Me fait atrocement souffrir.

Son souffle s'accélère, devient erratique, désespéré. Sans doute doit-il aller au bout du processus, ne se calmera-t-il que quand il sera terminé, et je prie pour que la fin de son cauchemar arrive vite. Je ne supporte pas de le voir souffrir, de voir son magnifique visage déformé par la terreur.

Sa souffrance et sa vulnérabilité sont si intenses que mon âme n'y résiste pas.

Je glisse mes doigts dans ses cheveux pour retenir sa tête qui part dans tous les sens, puis mes lèvres sur ses joues. J'embrasse ses pommettes, sa bouche, mouillée par ses larmes. Mes baisers ont le goût de sa détresse, de ses peurs intimes.

Je frissonne en même temps que lui, en percevant sa souffrance au plus profond de mon être.

J'ai mal pour lui.

Ce qu'il a vécu enfant et que visiblement il revit sans cesse, l'accident, une nuit et une partie du jour passés auprès de sa famille morte autour de lui, me crucifie.

Comment ne pas en être meurtri à tout jamais ?

Lorsque Fiona m'a parlé de ses cauchemars, j'étais loin de me douter qu'ils avaient une telle intensité, une telle violence, ni qu'il luttait de cette façon. Jusqu'à se blesser.

Au bout d'interminables minutes pendant lesquelles je me bats contre lui, contre ses démons, il semble m'entendre enfin. Son corps se détend, bien que sa respiration reste saccadée. Je continue de lui parler, de caresser son visage, ses cheveux, de l'embrasser doucement, comme je le ferais avec un enfant.

Enfin il revient à lui.

Et soudain, il saisit ma nuque, m'attire brusquement pour prendre mes lèvres.

Son baiser, auquel je réponds timidement est violent, passionné, ne me laisse aucune seconde de répit.

Toujours soudé à mes lèvres, il me pousse sur le dos, se couche sur moi. Son regard, noir comme de l'encre, fouille le mien. Prend possession de moi. De mon âme. De mon cœur. Me révèle sa souffrance, le besoin qu'il a de moi et de se perdre en moi.

Il ne dit rien. Ses yeux parlent pour lui. Me désirent, me font l'amour avant son corps.

Je pousse un petit cri lorsqu'il déchire ma nuisette.

Avec un gémissement rauque, il s'empare à nouveau de mes lèvres, puis entre en moi d'une poussée. Je me cambre sous l'assaut, laisse échapper un râle de jouissance. Il me regarde intensément, puis commence à bouger. Après quelques va-et-vient passionnés, il ralentit, pour me pénétrer plus lentement, plus tendrement, m'arrachant de larmes de volupté. Il se couche complètement sur moi, m'écrase divinement, me possède. Pleinement. Son sexe entre et sort de moi, et à chaque fois, j'ai le sentiment de mourir, pour renaître.

Soudain, en entendant ses mots, mon corps se tend, mes terminaisons nerveuses flambent toutes en même temps, puis m'échappent.

– Quoi ? balbutié-je.

Il revient capter mon regard, plonge dans mon âme comme il le fait dans mon corps. Avec une puissance foudroyante.

– Épouse-moi !

Il reprend ses assauts de plus en plus intensément, pour m'amener à la reddition. Pour que je lui cède.

– Réponds-moi !

Il ordonne.

– Épouse-moi ! Accepte de devenir ma femme ! Je te veux, Sophia ! Je ne veux que toi !

Il n'est pas sérieux ?

Quand il va reprendre une totale maîtrise de lui-même, je suis persuadée qu'il regrettera ces paroles et n'en parlera sans doute plus.

En quelques coups de reins supplémentaires, il me fait basculer.

Je hurle un immense « oui », ne sachant pas véritablement si c'est mon corps qui parle en se libérant, ou si j'accepte sa proposition.

Gabriel jouit à son tour, puis s'effondre sur moi.

Nous restons de longues minutes, enlacés, jusqu'à ce qu'il sorte de mon corps doucement.

Il se redresse, prend mes lèvres.

Tendrement.

Puis un magnifique sourire étire les siennes.

Il caresse mon visage, tandis que des larmes, que je ne peux retenir, glissent le long de mes tempes, se perdent dans mes cheveux.

– Alors c'est oui ?

Je suis tellement chamboulée que je vais me fracturer de l'intérieur.

Je pose mes mains sur mes yeux, laisse exploser mes sanglots.

C'est trop fort.

Mille fois trop fort.

J'aurais pu imaginer n'importe quoi, mais pas ça.

Pas une demande en mariage.

Il tire sur mes poignets, m'embrasse, boit mes larmes, mon chagrin, mes peurs.

– Regarde-moi, Sophia.

Sa voix est chargée de tendresse.

J'ouvre difficilement les paupières.

– Tu n'es pas sérieux ! Dis-moi que j'ai mal entendu, réussis-je à prononcer.

– Je suis on ne peut plus sérieux, Trésor.

– Enfin, Gabriel, nous nous connaissons à peine ! Et la façon dont tu m'as arraché mon consentement est quelque peu déloyale.

Il rit.

– Ouais, j'avoue ! Mais tu as accepté, Trésor, tu ne peux plus faire marche arrière.

– Je n'ai encore rien signé !

Son regard change.

– Soyons fous ! Partons pour Las Vegas nous marier, dès aujourd'hui. La vie est courte, pleine de surprise. Des surprises pas toujours bonnes. Je te veux, Sophia. Je veux que nous soyons liés, toi et moi. Je l'ai voulu dès que je t'ai vue.

Une partie de moi a envie d'accepter, même si c'est de la folie ; cette partie qui trouve sa demande en mariage surprenante, mais incroyablement romantique.

Je suis tentée de me laisser entraîner dans sa folie, car comme il le dit, on ne vit qu'une fois, et la vie est courte.

– Mon père va me tuer si je me marie à la sauvette.

Il parsème des baisers sur mon visage, mon cou, puis enroule ses lèvres sur l'un de mes tétons, qu'il mordille, aspire, suce.

– Nous irons lui annoncer notre mariage ensuite, susurre-t-il, en longeant mon ventre, jusqu'à mon sexe, auquel il donne un coup de langue.

J'ai un réflexe de crispation.

– Putain, Gab, nous parlons de mon père !

Il lève les yeux, plonge dans les miens, tout en glissant sa langue dans mon sexe encore trempé de nos ébats.

– Et alors ? Il n'est pas dans cette chambre ! Laisse-toi aller, Trésor. Et accepte de te rendre à Las Vegas. Accepte de faire de moi le plus heureux des hommes.

***

Plusieurs minutes plus tard, je repose au creux de son épaule, terrassée par le plaisir qu'il vient encore de me donner.

– Gabriel ?

Il resserre son bras sur moi.

– Oui, Trésor ?

Je me redresse sur un coude, capte son regard.

– Pourquoi tant de précipitation ?

Ses yeux deviennent ombrageux.

– Tu reviens sur ta décision ?

– Non ! m'écrié-je. Mais je… j'aimerais prendre le temps de réfléchir. Ne pas me lancer sur un coup de tête, tu vois. Tu ne m'as même pas dit que tu m'aimais !

Il enroule sa main sur ma nuque, dans ce geste qu'il semble apprécier plus que tout autre.

– Alors, je te le dis. Et je veux que tu sois à moi.

– Mais tu… tu ne veux pas que Fiona et ton grand-père assistent à notre mariage, ainsi que mes parents ? Qu'ils participent à notre bonheur ?

– Je n'ai besoin que de toi, Sophia. Le reste m'importe peu.

– Comment ça, le reste ? Il s'agit de notre famille. Des gens que nous aimons, et…

Il m'attire à lui, me coupe la parole de baisers, puis il me pousse sur le dos pour se loger au-dessus de moi, pensant certainement résoudre nos différends dans le sexe.

– Tu crois que je m'amuse avec toi ?

Je me perds dans son regard.

– Non, ce n'est pas ça, mais…

– Tu veux du temps pour pouvoir réfléchir à ma proposition ?

Mes cils papillonnent.

– Oui. Mais je ne veux pas te perdre. Je ne le supporterai pas, ajouté-je, en caressant sa joue.

– Tu veux une vraie demande en mariage ? demande-t-il encore.

Cette fois-ci, des larmes glissent sur mes joues.

– Oui, Gabriel, je veux une vraie demande en mariage. Et je veux pouvoir l'annoncer à mes parents avant.

Je vois son regard se troubler.

– Quoi ? Qu'est-ce que j'ai dit ?

Il se repositionne sur le dos. La distance qu'il nous impose me fait froid dans le dos. Je me colle contre lui, pose ma main sur son torse.

– Tu es fâché ?

– Non, Sophia. Simplement déçu.

– Je suis consciente que tu as eu peur de perdre ton

grand-père, dis-je doucement. Et que ça t'a très certainement remis face au drame de la mort de tes parents.

Son cœur accélère sous mes doigts.

– Je sais tout, Gabriel, murmuré-je.

– Comment ça, tout ?

Les bruits de son cœur augmentent en intensité.

Je trace des petits cercles sur sa poitrine.

– La mort de tes parents, ce que tu as vécu. Je viens d'assister à l'un de tes cauchemars, et…

Il se redresse aussitôt, échappe à mon contact pour s'asseoir au bord du lit.

– Je ne veux pas de ta pitié, assène-t-il durement.

Je m'assois à mon tour, derrière lui, en remontant le drap sur ma poitrine, soudain transie jusqu'à la moelle. Je ne voulais pas en arriver là.

Je pose ma main sur son épaule. Il se tourne lentement, le visage ravagé. Un visage marqué par la souffrance qu'il vient de vivre à nouveau pendant son sommeil, et qui me fait mal. Il a déjà tellement souffert.

Pourquoi rajouter à sa souffrance ? Pourquoi ne pas l'épouser et le rendre heureux, puisqu'il le souhaite ?

– Ce n'est pas de la pitié que je ressens pour toi, Gabriel. Mais de l'amour.

Ses yeux se noient de larmes et je crois rêver en les voyant dévaler ses joues.

Il se met à genoux sur le lit, prend ma main, embrasse chacun de mes doigts.

– De combien de temps as-tu besoin ?

– Je ne sais pas.

– Tu ne changeras pas d'avis ?

– Non. Je veux juste que ce soit un vrai oui.

– Tu ne le pensais pas ?

– Si, je… je crois.

Putain, il m'embrouille avec ses yeux de braise, sa nudité alléchante. Cet homme magnifique veut être à moi.

Qu'est-ce que j'attends, putain ?!

Il a une petite moue adorable qui me fait fondre. Et je fonds, comme toujours, incapable de rien lui refuser. Je me mords la langue, refrène l'envie de lui crier encore une fois « oui », mais cette fois-ci, du fond du cœur.

Je lui ai demandé du temps.

Je veux du temps !

37

Sophia

– Fiona, il faut que je te dise quelque chose, dit tout à coup Gabriel, à la table du petit déjeuner.

Je lui mets un coup de coude. Il aurait pu me prévenir. Je ne suis pas prête !

– Oui, mon Gabriel ?

Il enlace nos doigts, en embrasse les extrémités, m'adresse un petit sourire victorieux.

Sale gosse…

J'ouvre la bouche lorsqu'il me devance :

– Sophia et moi avons décidé de nous marier.

Mise devant le fait accompli, je ne peux que sourire comme une bécasse. Mon cœur tambourine d'appréhension quant à sa réaction.

Va-t-elle penser que c'est précipité ? Que j'attends un enfant ?

Nom de Dieu…

– Je sais ce que tu penses, entends-je mon traître de petit ami ajouter. C'est un peu rapide, mais tu sais ce que c'est, lorsque les sentiments s'en mêlent.

Fiona pousse un cri de joie et se lève. Gabriel en fait de même. Sous mes yeux mouillés de larmes, je les regarde, attendrie, s'enlacer.

– Mon chéri, j'avais tellement peur que ce jour n'arrive jamais. Duncan va être si content. Tu le lui as dit ?

– Nous le ferons aujourd'hui. N'est-ce pas, Sophia ?

– Oui, Gabriel, bien sûr. Comme tu voudras.

– Venez, mon enfant, que je vous embrasse.

Je me mets debout à mon tour, laisse Fiona m'enlacer.

– Je suis tellement heureuse si vous saviez. Rien ne me ferait plus plaisir. Je suis persuadée qu'en apprenant la nouvelle, Duncan va être encore plus motivé de guérir, de profiter du bonheur que vous nous apportez. De la joie de connaître les enfants que vous aurez sans doute bientôt.

En sentant le regard de Gabriel sur moi, je lève les yeux. Ce que je lis dans les siens me transporte. Il paraît si heureux, si intensément satisfait, qu'une bouffée d'amour me traverse. Je lui souris. Il répond à mon sourire, vient s'emparer de ma main, dépose un léger baiser sur ma tempe, puis il regarde sa montre.

– Veux-tu que nous te déposions à l'hôpital, Fio ?

Pourquoi ? Où compte-t-il aller ?

– Oui, bien sûr. Je monte m'habiller et je vous rejoins, dit-elle en s'éloignant.

Gabriel serre ma main.

– On descend jusqu'à l'eau ?

– Si tu veux.

Je marche à ses côtés, silencieuse, mes pensées n'arrêtant pas de tourbillonner dans ma tête.

Est-ce que je regrette ce qu'il vient de se passer ?

Non !

Je veux épouser Gabriel.

Je ne veux même que ça ! C'est mon plus cher désir désormais.

– Quelque chose ne va pas ? s'enquiert-il lorsque nous atteignons le rivage.

– Non, tout va bien.

Ma voix me trahit.

Sentant très certainement mon désarroi, il me prend contre lui, embrasse le haut de ma tête. Il laisse entendre un profond soupir.

– J'aurais dû t'en parler depuis longtemps, mais… Non, ne bouge pas, laisse-moi finir, dit-il, en m'emprisonnant, alors que je voulais le regarder. C'est plus facile comme ça.

Quoi ? Que va-t-il m'annoncer ? Renonce-t-il à se marier ? Pas après l'avoir annoncé à sa tante.

– Lorsque j'ai vu Duncan dans ce lit, j'ai flippé. Je revoyais mes parents sur leurs civières, ma grand-mère. Morts. Je me souviens de peu de choses du moment où les secours m'ont sorti de la carcasse de la voiture, mais de ça, je me souviens. Parfois aussi, je pense à ce que Duncan a dû ressentir en nous pensant tous morts à l'intérieur, puis lorsqu'il a compris que j'étais vivant. Le seul survivant. J'ai des flashs aussi, de l'accident, j'entends leurs voix, je ressens les choses, je revis le truc dans des cauchemars horribles, comme tu as pu le constater.

Mon cœur bat à un rythme infernal, tandis que sa voix altérée, ses paroles me pénètrent. Je le serre à mon tour dans mes bras.

– Je crois que j'ai alors voulu me raccrocher à toi. Te perdre m'est intolérable, Sophia. J'ai besoin de toi. Besoin de toi pour continuer à vivre.

Je lève la tête, mets mes mains autour de son visage.

– Et tu m'as. Je suis avec toi, Gab. Je ne te laisserai jamais.

Avec un gémissement proche du sanglot, il s'empare de mes lèvres. Notre baiser dure de longues minutes. Lorsqu'il quitte mes lèvres, se recule, plonge au fond de mes yeux, j'ai le sentiment qu'il va réitérer sa demande, avec plus de sérieux, et pas pendant qu'il est en train de me faire jouir, m'extorquant un « oui » sous les sensations intenses de son sexe à l'intérieur du mien, mais il n'en fait rien.

Il a visiblement retrouvé toute sa bonne humeur.

– On va annoncer la bonne nouvelle à Dunc, puis j'ai besoin de rouler.

– Pour évacuer le stress ?

– Parfaitement ! Tu m'accompagnes ?

– Bien sûr !

– Tu seras mon copilote ?

– Si tu veux !

– Je te préviens, l'autre fois, c'était de la rigolade.

– Pardon ?

– Je me suis renseigné, cette nuit, il y a une course.

Je crois me souvenir que Duncan était contre ! Est-ce qu'il profite du fait qu'il ne peut pas l'en empêcher ?

J'enroule mes bras autour de sa taille.

– Est-ce bien raisonnable ? Tu as vécu un grand stress hier.

– J'aime flirter avec le danger, Trésor. C'est ce qui nous rend vivants. J'ai échappé deux fois à la mort, elle ne veut pas de moi.

Pardon ?

– Tu penses me rassurer en me sortant des trucs de ce genre ?

– Tu ferais mieux de m'épouser avant. On ne sait jamais !

Sale gosse !

– Tu n'es pas drôle, Gab !

– Je sais, Soph !

– Je…

Il me fait taire d'un baiser.

– Tais-toi, femme !

Je fronce les sourcils.

– D'accord !

– Pardon ?

– J'ai dit d'accord !

– Pour m'épouser ?

– Non ! Pour me taire ! Et t'obéir. Enfin, selon mon bon plaisir !

Je m'éloigne, très fière de moi. Me retourne en me rendant compte qu'il ne me suit pas.

– Bon, tu viens ? demandé-je, avec un grand sourire, en le voyant planté comme une statue au milieu du chemin.

Il me rejoint à grandes enjambées, me soude à lui brutalement.

– Je ne sais pas ce qui me retient de te coller contre un tronc d'arbre, et de te baiser jusqu'à ce que tu me demandes grâce.

– Que je te demande grâce ? Te crois-tu au siècle dernier ? Parfois, j'ai le sentiment que tu n'es pas de notre monde, Gabriel.

Il glisse sa main le long de ma nuque, me soude à lui d'un bras passé dans mon dos.

– Tu voudrais que je te prenne, là, maintenant ? Bestialement ?

Ma bouche s'assèche aussitôt.

– Je ne suis qu'une faible femme entre vos mains, Monseigneur. Faites de moi ce que bon vous semble.

Il me colle un baiser sur les lèvres. Relève la tête en entendant un « youhou » ; Fiona agite le bras dans notre direction.

– Plus tard, vorace ! Nous sommes attendus.

Il prend ma main, m'entraîne vers le manoir.

38

Gabriel

– Tu veux que j'aille te chercher un café ? demande ma tentatrice.

La femme qui occupe maintenant toutes mes pensées, mes rêves les plus fous. Celle qui me rend dingue, alors que je pensais la ferrer facilement. Je me rends compte que ce n'en est que plus attractif, plus jouissif. Qu'elle répond à toutes mes attentes, même celles dont je ne soupçonnais pas l'existence.

J'embrasse ses doigts, qui traînaient dans mes cheveux. Elle est aussi tactile que je le suis, pour mon plus grand bonheur, moi qui ai constamment envie d'être collé à elle. Je passerais ma vie au pieu avec elle.

– Je veux bien, Trésor. Merci.

– Fiona ?

– Je vous accompagne, Sophia. J'ai besoin de prendre l'air.

Je les regarde s'éloigner. En pleine conversation. Je ne sais pas de quoi elles parlent, mais Fiona sourit. Sophia a ce dont : rendre les gens autour d'elle heureux.

En entendant Duncan bouger, je reporte mon attention sur lui, ce qui m'évite de penser. Et c'est très bien comme ça ! Penser ne m'apportera rien de bon, je le sais déjà, hormis foutre encore plus la merde dans ma tête.

Je serre sa main, regarde son visage frémir, ses paupières s'entrouvrir. Il a une sorte de rictus en posant ses yeux sur moi. Il ouvre la bouche. Comme hier, j'ai le sentiment qu'il veut me dire quelque chose d'important, mais il ne le peut pas.

– C'est moi qui vais parler, grand-père, OK ?

Il cligne des paupières en signe d'assentiment.

– Tu vas t'en sortir ! Je ne veux pas me passer de toi. J'ai trop besoin de toi. Je ne te l'ai jamais dit, mais je t'aime. Je t'aime plus que tout ! Et je te remercie. Pour tout. Pour tout ce que tu as fait pour moi, ce que tu fais encore.

Une larme glisse sur sa joue. Il serre faiblement ma main. Ferme les paupières, m'indiquant qu'il comprend. Il comprend tout. Et il doit souffrir le martyre d'être dans ce lit.

– Nous avons vu le médecin. Tu as eu beaucoup de chance, Sophia a fait ce qu'il fallait avant l'arrivée des secours, ton cœur est stabilisé, et avec une prise en charge adaptée, tu retrouveras vite tes fonctions. J'ai fait une demande pour le meilleur centre d'Irlande du Nord. Fiona prendra un appartement à côté et restera près de toi. Ça te va ?

Il cligne à nouveau des paupières, celle de gauche restant en partie ouverte.

– Il faut que je te parle de Sophia, Dunc.

Il serre ma main. Plus fort. Ouvre la bouche.

– Je vais l'épouser.

Voilà, c'est dit !

Il va croire que c'est un mariage d'amour, être content

pour moi, se réjouir que j'aie enfin trouvé une compagne, une femme à ma mesure, qui m'aime et que j'aime.

S'il savait, putain…

Il essaie de parler, s'agite.

– Tu veux me dire quelque chose à son propos ?

Nouveau clignement de paupières.

– Putain, il faut que je te trouve un système pour communiquer. Tu pourrais écrire ?

Il acquiesce.

– Je vais trouver ce qu'il faut !

Je sors mon stylo, une note de mon portefeuille. Je redresse sa tête de lit, place la desserte au plus près. Il s'empare du stylo. Écrit lentement, tandis que je tiens la petite note pour l'aider.

Je lis :

Je sais qui est Sophia !

Quoi ?

– Comment ça, qui elle est ? m'alarmé-je.

Sophia Rinaldi ! Je sais ce que son père…

Il s'essouffle, met un temps infini à écrire. J'ai peur qu'il ne puisse aller jusqu'au bout.

Les mots se dessinent sous mes yeux.

Putain…

… ce que son père veut faire à notre famille,
aux distilleries !

Nom de Dieu...

Alors... c'est à cause de moi qu'il est dans ce lit ?

Parce que je l'ai mis en présence de la fille de notre pire ennemi. Du mec qui veut nous abattre. Pourquoi ne m'a-t-il rien dit ?

Mon cœur devient douloureux, se déchire, la culpabilité m'étouffe.

– Dunc, je suis tellement désolé.

Sans même m'en rendre compte, une lame de fond m'envahit. Je place mon visage dans mes mains, le souffle coupé.

J'aurais pu le tuer, putain !

Je l'entends écrire.

Je lève la tête, lis.

Que vas-tu faire d'elle ?

– À elle, rien ! Mais lui, il ne faut plus qu'il soit une menace ! Tu me comprends, n'est-ce pas ?

Il ouvre encore la bouche, fait visiblement des efforts surhumains pour me dire encore quelque chose, mais, épuisé, il se laisse retomber sur ses coussins.

– Nous en reparlerons plus tard.

Il retient ma main, les yeux fiévreux. Il veut encore me dire quelque chose, mais il en est incapable.

Putain, que suis-je en train de lui faire, à lui aussi ?

– Je sais ce que je fais, où je vais. J'ai tout planifié. Et ce sera bientôt fini. Je...

Je m'interromps en entendant les femmes entrer dans la pièce. Je m'empare du gobelet de café que me tend Sophia, réponds à son baiser, tout en sentant les yeux de Duncan sur nous. Lorsque je les croise, il y a tant de souffrance, tant de peine dans les siens, que je frémis. Et cette peine m'est intégralement destinée.

Oui, il a peur pour moi.

Je m'avance vers lui. Me penche pour lui souffler à l'oreille.

– Ne t'inquiète pas pour moi. Tout va bien se passer, je te le promets.

En sondant son regard, je me demande jusqu'à quel point je gère la situation, et combien de temps il me reste avant que ça ne m'explose à la gueule.

39

Sophia

Depuis que Gabriel a pris le volant d'un de ses bolides, sur le circuit privé où il a ses habitudes, mon angoisse ne cesse d'augmenter.

Ce type aura ma peau !

Plus que quelques minutes de chauffe, et ce sera la course.

Une course non officielle, d'après ce que j'ai compris !

Je tape du pied en le suivant sur les écrans. Tout en écoutant les commentaires autour de moi. Les hommes l'ont accueilli à bras ouverts, les femmes également, mais pour d'autres raisons. Plus qu'évidentes. Avec la combinaison qui dessine son corps comme une seconde peau, ses yeux translucides, ses cheveux en bataille dans lesquels il ne cesse de passer la main, il a tout du mâle torride, sûr de lui.

J'ai cru m'évanouir lorsqu'il est sorti de son vestiaire, puis s'est dirigé vers moi, pour ensuite m'embrasser devant tout le monde. J'en ai été… chavirée. Et conquise, une fois de plus. Quelques minutes auparavant, il m'avait confiée à l'équipe constituant son staff, présente sur le circuit dès qu'il a besoin d'eux, à qui il m'a présentée comme sa femme.

Pourquoi changer les bonnes habitudes ?

Ses gars l'ont aussitôt félicité, lui ont tapé dans le dos, puis ils m'ont prise dans leur bras, serrée contre eux, embrassée sur les joues comme s'ils m'avaient toujours connue. Un grand sourire aux lèvres, heureuse et fière, je me suis prêtée de bonne grâce à ces démonstrations de gentillesse. Comme au Glen, j'ai pu me rendre compte que ces hommes aiment et respectent Gabriel. Ce n'est pas juste parce qu'il est leur patron, parce qu'il les paie, non, c'est parce qu'ils respectent ce qu'il est, et le coureur en lui.

Installée dans un petit salon VIP, avec écran géant, sièges ultra-confortables, boissons et victuailles à volonté, je ne peux quitter des yeux le spectacle qui se joue sur la piste. Les cris fusent çà et là ! Le nom de Gabriel est très souvent hurlé. Et très souvent, en le voyant doubler dans des endroits improbables, mon cœur se serre, et menace de s'arrêter pour de bon. Mes paupières brûlent à force d'être écarquillées.

– Putain, il a bouffé du lion, Monteiro ! Plus que deux places et il est en pole !

Les cris d'encouragement explosent lorsqu'il double le deuxième, pour ensuite coller au cul du leader. Il déboîte, se rabat au dernier moment, n'ayant pas réussi à se frayer un passage en tentant l'intérieur. Le mec en pole, voyant clair dans son jeu, a fermé la trajectoire au dernier moment, l'obligeant à freiner à mort.

Je suis morte de trouille.

Je croise les doigts, tout ce que je peux, pour ne pas m'effondrer.

– Il est fou ! hurle un type. Il prend trop de risques, il va finir dans le décor !

Je crois que je vais m'uriner dessus. Je n'ose imaginer ce que ce serait de voir un carton en direct. De le voir, lui, avoir un accident. Grandeur nature ! Putain, j'en mourrais !

Je ferme les yeux, une fraction de seconde, les ouvre en entendant hurler.

Je me retrouve debout, comme les autres, à tenter de distinguer quelque chose à travers la fumée apparaissant à l'écran. Son nom est prononcé. Ainsi que celui du leader, que je ne retiens pas, parce qu'il m'indiffère.

Je prends le bras de l'homme à mes côtés.

– Que s'est-il passé ?

– Le pilote de la pole a fait une erreur de pilotage. Certainement à cause de Monteiro qui lui collait au cul. Les voitures se sont télescopées, et l'une d'elles a volé dans les airs, mais nous ne savons pas encore laquelle. Faut attendre les retours des commissaires de courses, ma petite dame.

Putain… non !

Il est hors de question que j'attende sans rien faire, alors que Gabriel est peut-être blessé. Il faut que je sache ! Je cours hors du carré VIP, me dirige à l'extérieur jusqu'à sa *team*, dont j'ai repéré l'emplacement en arrivant.

Je touche le bras d'un des types.

– Il est blessé ? lui demandé-je après qu'il a retiré ses écouteurs.

Je n'en mène pas large. Je tremble, resserre les bras autour de mon corps. Je n'ai jamais ressenti ça de toute ma vie ; comme un… un déchirement de l'intérieur. Mon corps se disloque, hurle à l'agonie à l'idée qu'il lui soit arrivé quelque chose, à l'idée de le perdre. Ce que m'a fait vivre Duncan n'est rien en comparaison.

– Nous attendons, Sophia. Les équipes d'urgence sont sur le terrain.

Il paraît lui aussi bouleversé, inquiet, comme les quatre autres. Il me montre le grand écran où l'on voit des ombres se déplacer à travers le brouillard dense dû au carambolage.

« J'ai déjà échappé à la mort deux fois, Trésor. Il ne peut rien m'arriver ! » Ses dernières paroles ricochent dans ma boîte crânienne. Il n'a pas voulu me laisser monter avec lui pour quelques tours de chauffe, il y avait trop de tarés selon lui. Même pendant des tours qui ne comptent en rien, ils se tirent la bourre.

Les mecs et leur ego de merde !

Soudain, je vois très nettement une équipe de secours sortir du brouillard, deux des sauveteurs en soutiennent un troisième. Je crois reconnaître sa combinaison. Il est sur ses deux pieds. Il marche.

– C'est lui ? m'écrié-je.

– Il semblerait. Attendez, je me renseigne.

Il avance vers ses acolytes, et je lui emboîte le pas.

– Du nouveau, les mecs ?

– Il n'a rien ! Putain, il l'a échappé belle ! O'Malley, par contre, a eu moins de chance. Les secours attendent l'hélico. Apparemment, il est pété de partout.

Mon Dieu…

Je le vois enfin apparaître à l'écran, s'allonger sur une civière, que les sauveteurs font ensuite glisser dans une ambulance.

J'en ai les larmes aux yeux.

Une civière !

Quelques minutes plus tard, qui me semblent avoir duré de longues heures tant j'étais inquiète et impatiente de constater par moi-même qu'il allait bien, l'ambulance se gare devant les paddocks. Les portes s'ouvrent. La civière est tirée à l'extérieur. Gabriel s'assoit, retire son casque. Ses yeux fouillent la foule agglutinée devant lui, alors qu'il répond d'un air détaché aux félicitations, comme si tout ça, finalement, ne le concernait pas, comme s'il n'était pas un miraculé une fois de plus. Tandis que moi, je suis incapable de bouger. Je n'ai plus de jambes, plus de cerveau. Plus rien ! Je me rends compte que je ne serais plus rien sans lui. En un battement de cils, j'imagine ma vie sans lui, et j'ai l'impression que mon cœur se déchire. Je manque d'air, je crois étouffer. Gabriel m'est aujourd'hui aussi vital que l'air que je respire.

Son regard transparent s'arrête sur moi.

Il se lève lentement, marche jusqu'à moi, en claudiquant légèrement. Les gens s'écartent devant lui. Il semble ne voir que moi. Sans cesser de me fixer, il donne son casque à l'un de ses gars. J'ai l'impression que tout le monde a arrêté de respirer.

Tout comme moi.

Il se plante devant moi, son sourire de sale gosse épanoui sur son visage.

– Tu as eu peur, Trésor ?

Et là, je ne peux rien retenir.

Je lui balance une claque, à la mesure de la frayeur qu'il a déclenchée dans mon cœur. Dans ma tête. Avec l'envie de lui crier d'aller se faire voir. Au lieu de ça, j'éclate en sanglots. Des sanglots incontrôlables.

Ma claque a eu pour seul effet d'augmenter son sourire, ce qui me rend encore plus enragée.

– En plus, tu es content de toi ? fulminé-je entre deux sanglots.

Je résiste faiblement lorsqu'il me prend dans ses bras.

– Je suis désolé.

Je capitule, me serre contre lui.

– Ne me refais plus jamais ça, tu entends !

– Promis.

Il me berce, de longues minutes, puis il prend mon menton entre ses doigts, lève mon visage vers lui.

– Sophia, regarde-moi ! murmure-t-il tendrement.

J'ouvre péniblement les paupières. Suis des yeux Bruce venir à nous, lui remettre une petite boîte. Ma nervosité monte d'un cran.

Non… il n'a pas fait ça ?

Il se met à genoux. Un peu difficilement.

Bordel ! Je vais tomber dans les pommes !

Je regarde tout autour de moi. Les visages tournés vers nous. L'écran géant sur lequel mon propre visage s'affiche en gros plan.

Putain, il m'aura tout fait !

Des applaudissements fusent, des rires, des sifflets d'encouragement.

Je baisse la tête, rencontre ses yeux levés vers moi. Il est si beau. Même dans mes rêves les plus fous, mes rêves de gamine, je n'aurais pu imaginer si bel homme à mes pieds.

Il se racle la gorge, ouvre la boîte, tend la bague vers moi : un magnifique solitaire.

– Sophia ! Tu voulais une vraie déclaration, alors… voilà ! Je n'ai pas manigancé l'accident, je te le jure, mais le fait que tu aies eu peur pour moi, et que moi, j'ai cru ne jamais te revoir, m'ont fait comprendre plusieurs choses : je t'appartiens. Je suis à toi ! Je veux passer ma vie à tes côtés. Une vie qui peut s'arrêter en un claquement de doigts, je viens d'en faire encore l'expérience aujourd'hui. Sophia, réitère-t-il. Veux-tu m'épouser ?

Alors, devant des centaines d'yeux braqués sur nous, je saute dans ses bras, en criant un gigantesque « oui » !

Et cette fois-ci, il vient du fond de mon cœur, du plus profond de mon âme.

40

Sophia

Quelques jours seulement après la course qui aurait pu lui être fatale, des jours en tous points idylliques, nous nous envolons pour Las Vegas. Je sais, c'est complètement fou, nous nous connaissons depuis peu mais il est l'homme que j'aime et avec qui je veux passer le reste de ma vie. Nous avons réservé une suite dans le plus bel hôtel, pris notre petit déjeuner ensemble, puis après un long baiser enflammé – et une tape sur les fesses –, Gabriel est parti se préparer de son côté.

J'ai revêtu une robe fourreau ivoire, simple mais incroyablement élégante ; je me suis fait coiffer, maquiller, et le cœur battant, un bouquet à la main, je rejoins la chapelle où m'attend Gabriel.

C'est le moment…

J'avance, pas à pas, au rythme de la musique nuptiale, en me noyant dans la lumière intense de son regard fixé sur moi. Je suis seule, sans famille ni amis, mon père n'est pas à mes côtés pour me conduire à l'autel, ce n'est pas le mariage dont je rêvais petite, mais je n'ai besoin de rien d'autre, ni de personne puisque je l'ai, lui. Celui qui fait battre mon cœur, et me comble chaque jour un peu plus.

Gabriel me laisse venir à lui, puis me tend une main, dans laquelle je loge la mienne, tremblante et émue aux larmes. Ses yeux me dévorent, brillent intensément, me prouvent que je suis désirable, désirée, et celle qu'il attendait.

Comme il est celui que mon cœur espérait.

Non, ce n'est pas le mariage dont je rêvais, mais c'est encore mieux. Encore plus poignant que ce que j'ai pu imaginer petite. Sa demande en mariage n'avait rien de conventionnel, pourtant, elle a touché mon cœur. Il s'est mis à nu devant des centaines de personnes, il m'a prouvé qu'il m'aimait, qu'il avait eu peur de me perdre, tout comme moi j'ai eu peur de le perdre. J'ai compris à ce moment-là, que je ne pouvais vivre sans lui. Je le savais déjà, j'en avais conscience, mais pas avec autant de puissance.

Ce fut une révélation.

Alors parce que nous sommes, nous, deux écorchés par la vie, deux âmes perdues qui se sont trouvées, nous allons unir nos destinées.

– Je t'aime, dit-il, après avoir embrassé le bout de mes doigts.

– Je t'aime aussi, Gabriel.

Ma voix, chargée d'émotions, est si rauque que je la reconnais à peine. Nous nous tournons face au prêtre et, quelques minutes plus tard lorsque, après l'échange des vœux, il glisse une alliance à mon annulaire, mes larmes coulent, mon cœur explose de bonheur.

Ce jour est le plus beau, le plus intense que j'ai jamais vécu.

Enfin, Gabriel est à moi, il m'appartient, comme je lui appartiens, corps et âme, et je jure que rien ne nous séparera jamais.

41

Gabriel

J'exulte ! J'ai réussi ! Je suis là où je devais être, dans la chapelle du plus beau complexe de Las Vegas, devant le prêtre, ma main dans celle de Sophia. Grâce à ses parts de l'empire Rinaldi dont je vais pouvoir prendre le contrôle, je sauverai mon avenir ainsi que celui de mes centaines d'employés qui, sans les distilleries MacAllen, sombreraient dans la misère et la précarité.

J'ai fait ce qu'il fallait.

Je l'ai amenée où je voulais.

Je pensais bien naïvement la séduire sans m'attacher mais à la façon dont mon cœur a bondi dans ma poitrine lorsqu'elle s'est avancée vers moi, aussi belle qu'un ange, je comprends qu'il n'en est rien : je l'aime comme un fou.

Mes yeux, contre toute volonté, se sont emplis de larmes. Des larmes que j'ai refoulées. Ce n'était pas le moment de craquer : je m'étais fixé des objectifs et je me devais d'aller jusqu'au bout.

Oui, mais à quel prix ?

Un prix que je n'ai pas encore payé, mais dont j'appréhende déjà l'importance.

Nos regards se croisent, le sien irradiant de bonheur.

J'embrasse avec fièvre le bout de ses doigts.

Sophia mon amour, pourras-tu un jour me pardonner ce que je m'apprête à faire ?

Je verrouille mon cœur pour vivre intensément l'instant présent. Peu m'importe demain, aujourd'hui Sophia devient ma femme. Aujourd'hui je suis seulement Gabriel, pas un MacAllen mais un homme qui va épouser la femme de ses rêves, celle qui lui est destinée. Je ne veux penser à rien d'autre qu'à ça, mon cœur en a besoin pour ne pas se fissurer d'appréhension. J'ai droit à ces instants de félicité, je les ai mérités, moi, en tant qu'homme !

En tant qu'homme d'affaires, c'est une autre histoire et si ça doit mal tourner entre Sophia et moi, ce qui évidemment ne saurait tarder, ce sera entièrement ma faute et justifié.

En attendant, je profite en arrachant quelques minutes de bonheur intense à ma saloperie de destinée car si nous n'étions pas ceux que nous sommes, nous aurions pu nous aimer pour l'éternité, sans rien entre nous qui puisse nous séparer.

Mais c'est ainsi, et je ne vais pas refaire l'histoire.

Ma main dans celle de Sophia, je réponds d'une voix forte que « Oui ! je veux de cette femme pour épouse ! Je jure de la protéger, de l'honorer, la rendre heureuse, la soutenir dans l'adversité, la maladie, faire d'elle le pilier de mon foyer. Lui être fidèle. L'aimer, jusqu'à ce que la mort nous sépare. »

J'ai déjà eu, ces derniers temps, l'impression d'être un monstre. Lorsque je glisse l'alliance à l'annulaire de Sophia et que des larmes roulent sur son magnifique visage levé vers moi, j'ai le sentiment d'être pire que ça.

Je me dégoûte.

Et maintenant, je vais devoir vivre avec cette pierre dans mon cœur ; elle sera mon fardeau. Mais je la porterai, jusqu'à mon dernier souffle, comme témoin du mal que je m'apprête à lui faire.

Elle va souffrir, mais je n'en souffrirai pas moins.

À cette pensée, ma poitrine se serre douloureusement, mes yeux se noient à nouveau. J'ai atrocement mal, je vis à la fois le plus beau jour de ma vie et un calvaire, car il est basé sur un mensonge.

Oui, nos lendemains seront compliqués et je refuse d'y penser pour le moment, alors que cette femme merveilleuse est devenue mienne.

Alors, après l'échange des vœux et des alliances, je fais la seule chose que je désire en ce monde : je la serre contre mon cœur, je l'embrasse à en oublier de respirer, puis je lui prends la main pour l'entraîner en courant jusqu'à notre suite. Pour lui faire l'amour, encore et encore, jusqu'à en perdre la raison et la mémoire.

42

Sophia

Deux mois ont passé depuis que Gabriel et moi sommes devenus mari et femme. Nous faisons connaissance. Après nous être mariés, ce n'est pas commun ! Alors que la plupart des couples le font avant. Nous, non ! Avant, pris par notre passion naissante, nous n'avions qu'une seule envie : nous mettre nus et nous unir.

Depuis, elle ne cesse de croître.

Quant à moi, je passe mon temps à peindre, à discuter avec Matthew et Amaury, qui s'occupent de ma galerie. Ils sont ensemble, forment un vrai couple et ils ont l'air heureux, amoureux, autant que nous le sommes, Gabriel et moi. Je ne peux pas dire que mon bébé ne me manque pas, ce serait mentir, mais pour le moment, toute à mon nouveau bonheur, j'ai bien autre chose en tête que mes affaires. Je ne veux me consacrer qu'à Gabriel.

Autre motif de réjouissance et un sujet d'angoisse en moins : Silvio a été arrêté et incarcéré. J'ose croire qu'il ne sera plus jamais un problème. Sa carrière est fichue ! Lui-même est fini. J'espère qu'il comprendra ses erreurs, trouvera enfin la paix, qu'il ne me hait plus, ni ne cherchera à se venger.

Les jours défilent.

Je suis seule au manoir avec Bruce, Mary et Jan étant partis vivre avec Fiona dans une maison que Gabriel a louée pour eux près du centre où se repose Duncan, mais à aucun moment je ne souffre de solitude. Même si je ne vis que pour les moments où j'entends la berline entrer dans la cour, les pneus crisser sur les graviers.

De merveilleux moments.

Il entre, pose son attaché-case dans le vestibule, puis part à ma recherche.

J'aime ces minutes où mon cœur l'attend. Où il s'envole comme une feuille poussée par le vent. Où il s'élève haut, si haut qu'il met un temps infini à me revenir. Pour à nouveau s'échapper lorsque Gabriel pose ses lèvres sur ma nuque, et m'enlace.

Oui, je suis devenue Mme Gabriel Monteiro-MacAllen.

Et le jour où nous nous sommes mariés a été le plus beau de toute mon existence, même si notre mariage ne s'est pas déroulé pas dans la cathédrale de Syracuse et que nos familles n'étaient pas présentes. De mon côté, seuls Matthew et Amaury sont au courant. Mon meilleur ami, après m'avoir vertement disputée, s'est mis à rire comme un fou. Puis il a terminé notre conversation téléphonique par :

– Et tu ne l'as pas dit à ton père ? T'es dans la merde, ma belle ! Je n'aimerais pas être à ta place lorsqu'il l'apprendra !

S'il croit que je n'en ai pas conscience !

J'appelle mes parents régulièrement, ils savent que je vis avec quelqu'un, ils sont au courant également de ce qu'il s'est passé à la galerie et mon besoin de prendre du large après ce que Silvio m'a fait, mais étant eux-mêmes très accaparés par leurs propres affaires, ils ne s'occupent pas des miennes. Me savoir heureuse, en sécurité et épanouie, leur suffit.

J'observe l'alliance à mon annulaire gauche, à côté du solitaire, sertie de diamants elle aussi. Superbe ! Là encore, Gabriel a su combler tous mes vœux. Nous avons échangé nos consentements mutuels, ainsi que nos anneaux, le jour de ses 30 ans. Lorsque je lui ai donné celui que j'ai acheté lors de ma promenade à Newtownards (les trois anneaux de Cartier !), ses yeux se sont illuminés.

J'avais également fait le bon choix.

Souvent, pourtant, bien trop souvent à mon goût, lorsqu'il me contemple avec cette lueur indéfinissable dans le regard, il les fait tourner sur son doigt, semblant complètement perdu. Rongé par quelque chose qui me dépasse.

À quoi pense-t-il ? À qui ?

Duncan va mieux, il commence à recouvrer la parole, je suis devenue l'épouse de Gabriel, nous nous entendons à merveille, au lit et en dehors, alors qu'est-ce qu'il a ? Qu'est-ce qui cloche ?

Lorsque je lui pose la question, il élude, m'embrasse, et fait taire ma rébellion en me faisant l'amour passionnément.

Je pourrais dire que c'est la seule petite ombre au tableau : qu'il me reste, parfois, inaccessible. Fermé. Mystérieux.

Mais comme il me comble, je l'accepte, reléguant mes

appréhensions au fin fond de mon cerveau. À quoi servent les peurs sinon à entraver notre liberté ? Et à quoi bon ? Les évènements arrivent lorsqu'ils doivent arriver ! Nul besoin de les anticiper, de toujours imaginer le pire. Je crois qu'avec la maturité, l'équilibre enfin trouvé aux côtés de l'homme que j'aime tous les jours un peu plus et qui me le rend bien, je deviens philosophe, fataliste et tempérée.

En sentant mon portable vibrer dans la poche de mon jean, je m'en empare.

– Salut, maman.

– Bonjour, Sophia.

Sa voix est tellement grave que je pense aussitôt qu'il est arrivé quelque chose de grave.

– Que se passe-t-il ? Ça ne va pas ?

– C'est ton père, Sophia. Je pense, bien qu'il ne me dise rien, qu'il a de gros ennuis. Il ne voulait pas que je t'en informe, mais j'apprécierais que tu lui parles.

Comme souvent, son ton est grave, empreint de tristesse.

– Tu veux que je vienne ?

– Oui. Si cela t'est possible.

Je regarde ma montre.

– D'accord, j'appelle Gabriel et j'essaie de trouver un vol. Que se passe-t-il au juste ?

– Je ne sais pas exactement. Je crois qu'il a de gros soucis financiers. Peut-être a-t-il fait de mauvais choix d'investissements, de mauvais placements ? Peut-être qu'il y a autre chose ? Et il… il est de plus en plus violent, il boit trop. Je… j'ai peur Sophia. Je serais rassurée si tu étais près de moi.

Soudain, je comprends, j'ai reproduit avec Silvio le schéma

maternel, comme… comme une espèce de fatalité. Comme si je trouvais cela normal, parce que c'est ce que j'ai toujours connu : un père dominateur, violent, une mère passive.

Heureusement, moi, j'ai eu la force et le courage d'en sortir.

Alors, oui, je vais faire le déplacement. Pour elle. Pour la protéger.

– J'arrive, maman. Je fais au plus vite.

Je l'embrasse, raccroche. Pour aussitôt appeler Gabriel. Au son de sa voix, comme habituellement, mon cœur s'envole.

– Que se passe-t-il, Trésor ? Il y a un problème ?

– Non ! Enfin, oui, ma mère vient de m'appeler, mon père n'est pas au mieux de sa forme et elle est inquiète. Elle a besoin de moi. Tu pourrais m'accompagner ? Gabriel ? réitéré-je, n'obtenant qu'un silence en retour. Tu es là ?

– Je suis sur un dossier compliqué, répond-il enfin. Pars seule, je te rejoindrai dans quelques jours. Je dis à Bruce de planifier ton vol.

– D'accord, comme tu veux. Je peux passer te voir avant de décoller ?

– Je serai en réunion toute la journée, je suis désolé. Je t'appellerai.

– Tu ne peux pas te libérer cinq minutes ? demandé-je, déçue. C'est toi le boss, si je ne m'abuse !

Il rit, mais bizarrement, je trouve que son rire sonne faux.

Une petite sonnette d'alarme résonne dans un coin de ma tête que, là encore, je me force à ignorer. Je suis trop anxieuse ! Je pensais avoir changé, m'être, quelque part, sécurisée, avoir retrouvé confiance, je comprends qu'il n'en est rien. Mes angoisses ne sont jamais très loin : l'angoisse que mon bonheur tout neuf s'arrête, dans un claquement de doigts.

– Non, je ne peux pas, Sophia. Je dois te laisser, je t'appelle bientôt.

Il raccroche.

Je reste pétrifiée.

Pourquoi un tel comportement ?

Est-ce parce que je pars ? Parce que je le laisse seul ? Cela n'a pourtant pas l'air de le déranger plus que ça !

Je me secoue. J'ai des bagages à préparer, mais honnêtement, même si je suis heureuse de revoir ma mère, le cœur n'y est pas.

***

Une heure plus tard, sur le chemin de l'aéroport, l'angoisse ne m'a toujours pas quittée.

– Bruce ?

– Oui, Madame ?

– Pouvez-vous faire un détour par la distillerie, s'il vous plaît, j'aimerais voir Gabriel.

Il se racle la gorge, me jette un petit coup d'œil dans le rétroviseur.

– Je suis désolée, madame Monteiro, mais il est en rendez-vous extérieur.

– Il m'a parlé de réunion ?

– Oui. À l'extérieur.

J'ai soudain envie de pleurer. Et de plus en plus de mal à respirer.

Je tape fébrilement.

[J'aurais voulu te voir
avant mon départ.
Au moins te parler.
Entendre le son de ta voix.]

J'essaie de ne pas paraître alarmée, ni trop exigeante, mais j'ai besoin de lui. Je ne peux pas partir comme ça, sans même un baiser.

J'attends.

De longues minutes.

Mon angoisse augmente, et j'ai presque envie de renoncer à ce voyage. Ma mère comprendra. Mes yeux se noient. Si elle a besoin de moi, je me dois d'être présente. Ce n'est pas elle le problème, mais mon mari qui persiste à demeurer aux abonnés absents.

La berline s'arrête à proximité du jet M.A.G.

Bruce descend, récupère mon sac de voyage dans le coffre, ouvre ma portière. Je chausse mes lunettes solaires, m'en extrais à mon tour.

Il me tend mon bagage.

– Vous ne m'accompagnez pas ? demandé-je, surprise, en voyant ses mains vides.

– Non. M. Monteiro juge que, comme tout danger est écarté, vous ne risquez plus rien.

Au lieu d'être heureuse de cette liberté retrouvée, j'ai le sentiment d'être… abandonnée.

Je retire mes lunettes, capte son regard.

– Nous sommes amis, n'est-ce pas, Bruce ? Vous m'appréciez, comme je vous apprécie ?

– Oui, Madame, bien sûr.

– Vous me le diriez, s'il se passait quelque chose avec Gabriel ?

Il se racle à nouveau la gorge.

– Comme quoi ? demande-t-il enfin.

– Je ne sais pas. S'il avait des ennuis, s'il avait changé d'avis, à propos de… de lui et moi.

Mon cœur bondit à cette pensée.

– Je ne suis au courant de rien, Madame. J'en suis désolé. Et je pense que vous vous faites du souci pour rien.

Ouais… c'est ça !

– Vous n'êtes au courant de rien, ou vous ne voulez rien me dire ?

– Je suis désolé, je…

Je lève la main, le coupant dans son élan.

– C'est bon ! J'ai compris !

Je remets mes lunettes sur mon nez, me dirige vers la passerelle, au pied de laquelle m'attend une hôtesse, à qui je remets mon bagage, en retenant mes larmes. Je pleurerai lorsque je serai seule.

L'hôtesse m'invite à monter les marches de la passerelle.

– Madame Monteiro, je vous en prie.

– Sophia ?

Je me retourne, regarde Bruce, qui accourt vers moi.

– Prenez soin de vous.

Mon cœur tambourine dans ma poitrine. Pourquoi ai-je le sentiment qu'il veut me dire bien plus que ça ? Qu'est-ce qu'il me cache ? Que me cache Gabriel ? J'imagine aussitôt une autre femme.

Pitié…

Je lui fais un signe de tête en guise de réponse, reprends mon ascension.

Après avoir pris place, attaché ma ceinture, je me force à respirer lentement et ferme les yeux.

Je me fais certainement du souci pour rien. Mais à la souffrance tapie au fond de mon cœur, une souffrance doublée d'appréhension, je sais que ce n'est pas qu'une intuition, et que, peut-être, c'est la dernière fois que je vois le sol irlandais.

43

Gabriel

Putain…

Je me fais violence pour ne pas répondre, pour rester sourd à ses messages, alors qu'elle a besoin de moi. Il le faut, sinon, je vais craquer et faire une connerie.

J'ai envie de chialer.

J'inspire. Expire. Plusieurs fois. Le cœur au bord de l'explosion.

Il est temps !

Je reprends mon portable, que j'avais balancé sur le bureau, tape :

[Faites partir le colis.]

J'appuie sur « envoi ».

Nous y sommes ! Alea jacta est !

Je reste de longues minutes les yeux fermés, en m'efforçant de faire le vide, mais sans cesse, des images reviennent me torturer. Des images de notre bonheur, de notre passion, de son corps frémissant entre mes bras.

Je me lève, tourne comme un taré dans mon bureau.

J'ai envie de me taper la tête contre les murs pour oublier toute cette merde, pour m'empêcher de courir avouer mon secret à ma femme, et tenter de me faire pardonner.

Mais le mécanisme est en marche et je ne peux plus l'arrêter.

– Monsieur ?

Je me retourne, surpris.

– Oui, Jackson ?

– J'ai le labo de votre femme en ligne. Ils disent que c'est urgent.

Je regarde ma montre. Elle est en vol, elle ne peut effectivement pas répondre.

Un labo ? Pourquoi un labo ? Si elle est malade, elle ne m'en a rien dit.

– Passez-les-moi, soupiré-je.

Je retourne m'asseoir, appuie sur l'*intercom* lorsque le voyant s'allume.

– Je vous mets en relation avec le laboratoire d'analyse médical Aran, de Newtownards, monsieur.

– Merci, Jackson. Monteiro, j'écoute ?

– Pardonnez-moi, monsieur, je suis Lisbeth, du laboratoire Aran, nous cherchons à joindre votre femme depuis plusieurs heures, mais nos appels restent sans réponse.

– Pourquoi ? Il y a un problème ?

– C'est un peu particulier, monsieur. Pourriez-vous lui dire de nous appeler dans les plus brefs délais, s'il vous plaît ?

Pourquoi putain ? Qu'est-ce qu'elle a ?

Je m'exhorte au calme. La savoir en danger, ou même malade, m'est soudain intolérable.

– Elle est malade ?

– Ce n'est pas tout à fait ça, monsieur. Au contraire, dirais-je.

Elle a un petit rire.

Putain, elle est malade ou pas ?

– Écoutez, mademoiselle, ma patience a des limites. Dites-moi ce qu'il se passe avec ma femme. Tout de suite !

– C'est que… monsieur, le secret médical…

– Vous avez deux secondes !

– …

– Mademoiselle ?

– Votre femme attend un enfant, monsieur. Et elle n'est pas immunisée contre la toxoplasmose, elle doit prendre quelques mesures diététiques, faire attention à…

Le téléphone me glisse des mains.

Je n'entends pas la suite.

– Monsieur Monteiro… monsieur ?

J'ai l'impression d'avoir pris un mur en pleine tête.

Un enfant ?

Je me lève comme un boulet, pousse un cri de rage, et envoie valdinguer mon siège de bureau d'un grand coup de pied contre le mur. En entendant l'employée du laboratoire continuer de vociférer dans le téléphone, je raccroche. J'arpente mon bureau de long en large pendant de longues minutes, avec le sentiment de devenir dingue, que ma vie m'échappe.

Je ne maîtrise plus rien.

Je stoppe près du mur, appuie mes mains à plat, laisse retomber ma tête.

Un bébé…

Des sanglots m'étouffent. Des sanglots que je suis incapable de refouler.

Je perds pied.

Complètement.

Mes idées s'enfuient. Il n'y a plus que ça : je vais être père ! Je vais avoir un enfant ! Ce mot tourne en boucle dans ma tête, me rend complètement fou.

Un enfant !

Je me redresse, essuie mes yeux, saute sur mon téléphone, appuie sur le contact de Bradford.

– Allô ?

– N'envoyez pas le colis. J'ai changé d'avis.

Un silence gêné me répond.

– C'est trop tard, monsieur, le coursier vient de partir.

Je raccroche, compose le numéro de mon garde du corps.

– Faites préparer le jet, Bruce, nous partons.

– Pour quelle destination, monsieur ?

– New York !

44

Sophia

La dernière fois que je me suis rendue chez mes parents, j'étais dans un sale état. Je venais de rompre avec Silvio, j'étais anéantie, dévastée, mais j'avais pris la meilleure décision de toute ma vie en le quittant. Aujourd'hui, je souffre encore à cause d'un homme, mais davantage, parce que cet homme, je l'aime plus que tout. À l'angoisse se mêle l'incompréhension, et j'essaie de me rassurer en me disant qu'il finira par m'appeler, qu'il est juste débordé. Pourtant, habituellement, même s'il est en réunion, il a toujours du temps pour moi.

Dans le taxi qui me mène à la propriété de mon enfance, à une cinquantaine de kilomètres de New York, je ne cesse de regarder mon portable, désespérément muet. N'y tenant plus, j'appuie sur le numéro de Gabriel. Pour être immédiatement dirigée vers sa messagerie.

Je fais défiler mes contacts puis j'appelle son secrétaire.

J'attends de longues minutes.

Personne !

Je réitère mon appel.

Enfin, quelqu'un décroche, et je reconnais la voix de l'assistant de Gabriel.

– Bonjour Jackson. Ici Sophia Monteiro, pourrais-je parler à mon mari, s'il vous plaît ?

– Bonjour, madame Monteiro. Je suis désolé, mais M. Monteiro a quitté le bureau il y a déjà quelques heures.

– Il est rentré ?

– Je ne crois pas, madame, il a fait préparer un jet.

– Savez-vous pour quelle destination, Jackson ? Nous avions prévu de nous retrouver, mentis-je.

Mon cœur bat à tout va.

– Non, madame, je ne sais pas, désolé !

– Je vais essayer de le joindre sur son portable, merci. Je vous souhaite une bonne fin de journée, Jackson.

– Attendez, madame… crie-t-il soudain avant que je raccroche.

– Oui ?

– Un laboratoire d'analyse médicale a appelé il y a quelques heures, ils cherchaient à vous joindre.

– Très bien, je vous remercie, Jackson. Au revoir.

Je raccroche, prends mon bagage, sors du taxi.

Je contourne le bâtiment pour entrer, comme à mon habitude, par la porte vitrée de la cuisine, donnant sur la terrasse. J'allais en saisir la poignée, lorsque mon portable sonne dans ma main.

Gabriel… enfin !

Je regarde l'écran, avec un petit pincement au cœur.

Ce n'est pas lui !

Je décroche.

– Madame Monteiro ?

– Oui, bonjour.

– Ici le laboratoire de Newtownards, madame. L'analyse que vous avez effectuée pour votre fatigue passagère a révélé que vous êtes enceinte, madame. Toutes nos félicitations.

J'ai un moment d'absence.

– Mais, comment est-ce possible ? demandé-je, complètement sous le choc. J'ai un implant. Je ne peux pas être enceinte, vous devez vous tromper.

– Ce sont des choses qui arrivent, madame, aucun moyen de contraception n'est sûr à cent pour cent. Certains implants, au bout de quelques années, s'enkystent et ne libèrent plus les hormones nécessaires. Vous avez peut-être omis de le changer ?

Peut-être, en effet…

J'ai été négligente, mais avec tout ce qu'il s'est passé dans ma vie ces derniers mois, cet implant était le dernier de mes soucis.

Mon Dieu, il faut que je m'assoie, je vais m'écrouler.

Je pense à mon mari : comment lui annoncer ? Comment prendra-t-il la nouvelle de ma grossesse ?

En voyant ma mère ouvrir la baie vitrée et se diriger vers moi, j'arrête là mes réflexions, raccroche, après avoir remercié brièvement l'employée du laboratoire. Je serre ma maman contre mon cœur, mêlant nos larmes. Elle embrasse mon visage, glisse ses mains le long de mes joues, mes cheveux, et je finis par en rire. D'un rire nerveux, qui augmente mes larmes.

– Tu aurais pu me prévenir de ton arrivée, je serais allée te chercher à l'aéroport. Tu as fait bon voyage ?

– Oui, très bon, merci.

Elle m'observe attentivement.

– Tu as une drôle de tête, tout va bien ?

Je me compose un visage impassible, alors que je suis complètement à côté de mes pompes.

Je suis enceinte…

Cette petite phrase n'arrête pas de tourner en boucle dans ma tête. Je vis, je respire, je regarde ce qui m'entoure, avec les mêmes yeux que d'habitude, je suis moi, et pourtant, je ne suis plus tout à fait moi : un bébé grandit dans mon ventre.

Le bébé de Gabriel.

Je me remets à pleurer.

– Oh, mon ange. C'est le voyage ? Tu es fatiguée ? Viens, nous allons boire un verre, ça va nous remonter le moral, dit-elle, en m'entraînant à l'intérieur de la maison.

Apparemment, elle n'a pas perdu son penchant pour les alcools forts, qui certainement lui permettent d'oublier et d'accepter ce que mon père lui impose. Je pensais la trouver démoralisée et inquiète, je constate avec soulagement qu'il n'en est rien ; ainsi, elle va pouvoir remonter le mien, de moral.

– Pas d'alcool pour moi, maman. Je suis effectivement fatiguée, ça ne ferait que me donner mal à la tête.

Je pose mon sac sur la table de la cuisine. Regarde partout. Rien n'a changé ! Rien ne change jamais, ici. Tout est immuable. Figé. Hors du temps.

Je m'éclaircis la voix.

– Papa est là ?

– Oui. Dans son bureau.

– Comment va-t-il ?

– Plutôt bien. Je crois que je me suis alarmée pour rien. Ah, ben tiens, justement, le voilà !

La silhouette de mon père s'encastre dans l'ouverture de la porte. En m'apercevant, son expression change du tout au tout, et mon corps se crispe involontairement.

45

Sophia

Mon père me prend par le bras sans ménagement, me tire dans le couloir, alors que ma mère hurle après lui pour qu'il me lâche.

– Ce n'est rien, maman, ça va s'arranger, tenté-je, pour l'apaiser.

En entendant mon père grogner, je n'en suis plus tout à fait sûre. S'il vient d'apprendre mon mariage, je vais passer un sale quart d'heure.

Il me pousse dans son bureau, claque la porte au nez de ma mère.

Je lui fais face.

– Qu'est-ce que c'est que ces manières ! Je suis adulte, papa ! Et tu n'as pas honte de traiter maman de cette façon ?

Il avance, lève la main comme s'il allait me frapper, mais, au dernier moment, il se ravise.

Mon cœur battant à tout rompre, je le suis du regard alors qu'il contourne son bureau, pour s'affaler dans son fauteuil.

Je le regarde plus attentivement. Il a le visage marqué, comme s'il n'avait pas dormi depuis des jours.

– Maman m'a appelée, elle se fait du souci pour toi, dis-je d'une petite voix. Elle m'a aussi avoué que tu buvais trop, que…

Le regard qu'il me lance me fait instantanément ravaler mes paroles, et je repousse l'angoisse qui ne cesse de grandir dans mon ventre en voyant son visage se déformer sous le coup de la colère, puis de quelque chose d'autre.

De la peur, peut-être…

– Papa ?

Il se lève, desserre sa cravate.

– Papa ? Parle-moi ! Qu'est-ce que tu as ?

– Tu t'es mariée avec Gabriel Monteiro ? lâche-t-il enfin, la voix tranchante, qui a tout de l'accusation.

– Oui, je…

– Avec tous les hommes qu'il y a sur cette planète, il a fallu que tu l'épouses ? Lui ?

Son accent rocailleux rend ses mots lourds de menaces. Je cligne plusieurs fois des yeux en l'observant se déplacer dans la pièce à grand pas.

J'ai l'impression d'avoir un inconnu devant les yeux.

– Mais qu'est-ce que tu as à la fin ? Explique-toi !

N'obtenant pas de réponse, je m'avance vers son bureau. Mes yeux se posent sur des papiers éparpillés, alors que je l'entends encore marmonner : j'aurais dû m'en douter. C'est lui qui était derrière tout ça ! Il continue à se parler à lui-même, puis il se jette dans l'un de ses fauteuils, met la tête entre ses mains.

Je prends la première feuille. La repose, en saisis une autre, le geste lent, les pupilles brûlantes.

Les larmes viendront ensuite, avec la colère, je le sais. Une colère que je maintiens pour le moment tapie au fond de mon cœur.

Je m'assois, lis chaque document avec minutie. Chaque phrase lacère mon âme, entre dans ma chair, comme autant de coups de couteau meurtriers, me disloque, me terrasse.

Tout y est !

Mon contrat de mariage, ainsi qu'un document attestant que mes parts de la société de mon père sont allées à mon mari, Gabriel Monteiro-MacAllen, P.-D.G. de la société G.M.M., basée aux îles Caïman, faisant de lui le principal actionnaire, et le seul décisionnaire. Une société-écran qui a fini par avaler l'empire de mon père. Un document dont je ne me souviens absolument pas, mais à vrai dire, j'étais tellement heureuse de me marier que j'ai signé les papiers du mariage sans réellement les lire.

Une lettre de Gabriel, prouvant que dorénavant, tout lui appartient.

Alors… il m'a épousée pour le fric ? Pour m'extorquer mes parts et s'emparer de l'empire de mon père ? Pour lui prendre tout ce qu'il a ?

Mais… pourquoi ?

Je repose les papiers, mets mes mains sur les accoudoirs. Je me force à inspirer longuement, alors que j'ai envie de hurler. De hurler mon chagrin, ma révolte, mon incompréhension, mon indignation.

Il disait m'aimer ! Comment a-t-il pu me faire ça ? Me mentir, me manipuler de la sorte ?

Les yeux embués de larmes, je regarde mon père, qui lui, m'observe froidement, attendant certainement ma réaction.

– Tu ne vas quand même pas croire que je suis dans le coup ? Je ne savais pas. Je te le jure ! Pourquoi ? Pourquoi nous, papa ? Pourquoi toi ?

Il se redresse.

Ses yeux sont comme des lames de couteau. Implacables.

– Il y a six mois, j'ai fait le projet d'englober les whiskies MacAllen. La boîte est florissante, a un fort potentiel, je voulais…

– Faire comme d'habitude ! m'insurgé-je. La démanteler, pour qu'il n'en reste rien !

– Ce sont les affaires, Sophia ! Je ne te permets pas de me juger, assène-t-il durement.

Je me lève, la colère ayant remplacé les larmes.

– Je te juge parce que je suis concernée ! crié-je. Parce que sans le vouloir, j'ai été mêlée à cette merde de règlement de compte qui me dépasse. Ce que je dois comprendre, c'est que c'est toi qui as lancé l'offensive contre MacAllen ?

– Oui ! J'ai rencontré Monteiro. Il avait fait de gros investissements, il était en difficulté, certainement inexpérimenté, je lui ai mis un deal entre les mains, qu'il a refusé !

– Quel genre de deal ?

– Je gardais le vieux ! Il pouvait crever dans ses bureaux, je n'en avais rien à foutre ! Mais lui, il fallait qu'il gicle !

Mon Dieu… Comment peut-il s'exprimer de cette façon ?

L'argent a gangrené son cœur. L'a pourri jusqu'à la moelle. À croire que lorsqu'il n'a pas le joujou qu'il convoite, il est prêt à tout.

– Il a senti le vent tourner, et moi, je n'ai pas été assez réactif ! enchaîne-t-il, comme s'il se parlait encore à lui-même. Je l'ai mésestimé !

Il met sa tête entre ses mains.

– Comment une chose pareille a-t-elle pu arriver ? Je suis ruiné !

Moi, je n'ai qu'une seule pensée en tête : il a foutu ma vie en l'air avec ses désirs de toute-puissance ! Un autre également s'en est chargé. Que je hais tout autant. Mais pour le moment, c'est mon père que j'ai sous les yeux.

Je me lève. Lentement.

Je voudrais être loin, ne pas avoir vécu ce moment.

Je traverse la pièce, pour me poster devant lui. Son visage ravagé, ses yeux torturés m'émeuvent. Même s'il est acteur de sa ruine, le rôle que Gabriel m'a fait jouer me révulse.

Une pensée m'effleure : que va devenir ma mère ?

– Je suis vraiment désolée, papa. Tu ne peux rien faire ?

– Non ! C'est fini !

Il lève les yeux vers moi.

– Je ne veux plus jamais te revoir ! À mes yeux, tu es morte !

Mon cœur, déjà mortellement atteint, s'effondre à mes pieds, ma bouche s'assèche, m'empêchant d'émettre le moindre son.

Il se met debout, me désigne la porte de son bureau, et crache, furieux :

– Hors de ma vue ! Et hors de ma maison !

– Mais, papa, je…

– Dégage !

Je voudrais m'excuser, lui faire comprendre que je n'y suis pour rien, que je me suis fait piéger, mais je sais que non seulement il ne m'écoutera pas, mais que ça ne fera que renforcer sa colère à mon encontre. Quand il est dans cet état, rien ne l'atteint. Dans mon enfance, ses accès de fureur me faisaient trembler.

Mes larmes dévalent sur mes joues. Des larmes qui ne lui

font ni chaud, ni froid. D'un regard dénué de pitié, il m'observe quitter la pièce.

Je longe le couloir comme une somnambule, puis j'entre dans la cuisine.

J'éclate en sanglots en me jetant dans les bras de ma mère. Je lui raconte, entre deux crises de larmes, ce qu'il vient de se passer. Ce qu'a fait Gabriel, ce que mon père m'a dit. Dans ses yeux, contrairement à ceux de mon père, il y a de la pitié, mais elle ne prendra pas ma défense, elle ne fera rien pour moi. Elle n'a jamais été de taille à tenir tête à mon père, n'en a même peut-être jamais eu envie. Il la domine depuis toujours, la malmène, mais, d'aussi loin que je me souvienne, elle ne s'est jamais rebellée.

Le nez dans son cou, je laisse mon immense chagrin sortir de mon corps.

– Maman, c'est horrible. Que vais-je devenir ?

Je me détache de ses bras en entendant des pas.

En voyant les yeux emplis de fureur de mon père, tout mon corps se tend. La peur que cette fois-ci il me frappe me fait trembler.

– Papa, non ! S'il te plaît… hoqueté-je. Ce n'est pas ma faute. Je t'en prie, je…

Mais, sourd à ma détresse, il me saisit par le bras pour me jeter hors de la maison.

– Hors de ma vue, j'ai dit !

Le cœur déchiré, je regarde ma mère, qui baisse les yeux, face au regard, intense, que mon père lui lance, la sommant de se taire. Elle bat en retraite, le retient pourtant lorsqu'il s'avance à nouveau vers moi, pensant que cette fois-ci, il va s'en prendre à moi physiquement. Je pose mes mains sur mon ventre, tente de puiser dans cette petite vie un peu de courage, et pour la protéger des coups.

Mais si mon père s'avance, c'est pour balancer mes sacs à mes pieds.

Je recule sous l'affront. Me redresse. Serre les poings pour l'affronter, mais c'est inutile.

Que dire pour ma défense ?

Pour lui, je suis coupable d'avance, et il n'entendra pas mes explications, ni mes excuses, ni mes remords.

La douleur est intense, inhumaine. M'étouffe. En l'espace d'un quart d'heure, j'ai perdu ma seule famille et l'homme que j'aime. En seulement quelques minutes, mon monde s'est écroulé et cette souffrance m'est intolérable.

46

Gabriel

– Où est-elle ? Vous êtes allé à son appartement ? hurlé-je à Bradford. Débrouillez-vous comme vous voulez, mais retrouvez-la !

Je saute du taxi, Bruce sur mes talons. Je frappe à la porte de la demeure Rinaldi comme un sourd, en regardant ma montre ; il est plus de vingt-trois heures, mais je m'en tape !

Après quelques minutes, une femme d'un certain âge, habillée de noir avec un petit tablier blanc, ouvre la porte. Elle a un moment de stupeur en nous voyant.

Elle baragouine quelque chose, que je ne comprends pas.

– Je veux voir Enzo Rinaldi !

Elle a un petit mouvement de la tête, nous demande de patienter.

Visiblement, elle a compris.

Mon cœur bat comme un dingue dans ma cage thoracique. Et plutôt que d'attendre que ce connard vienne à ma rencontre, je la suis.

D'ailleurs, tout ici m'appartient !

Je leur donnerai un mois pour déguerpir !

La vieille pousse une porte, et j'en profite pour entrer sans y être invité. Rinaldi est à son bureau, un verre à la main.

Je jette un coup d'œil à Bruce qui, comprenant immédiatement ce que j'attends de lui, prend la vieille au visage ridé comme une vieille pomme par les épaules, et la fait sortir.

Il referme la porte, puis se stationne devant, face à moi.

En attente.

– Vous êtes fier de vous ? attaque aussitôt Rinaldi.

Je reste muet, attendant de voir où il veut en venir. Qu'il me déballe ce qu'il a sur les tripes.

Il se lève, et prend son verre avec lui. Ses yeux sont ceux d'un animal aux abois. Il est à terre. Fini. Vaincu. Et c'est exactement ce que je voulais.

J'ai réussi !

J'ai sauvé mon entreprise. J'ai pérennisé mon héritage, sauver des emplois, protégé ce qui appartient à notre famille depuis plusieurs générations.

– J'ai peut-être perdu ma fille, Monteiro. Mais vous aussi ! dit-il encore, avec un rire mauvais.

Je fais un pas, le prends par sa chemise, colle mon visage contre le sien.

– Je vous interdis de parler de ma femme !

Il part dans un grand éclat de rire, me nargue ouvertement.

Ce type est très fort, certainement très intelligent. Comme me l'a dit Sophia un jour, on n'arrive pas dans les hautes sphères, qu'elles soient politiques ou financières, sans casser des œufs, ni écraser les gêneurs. Si mon grand-père a réussi à sauvegarder son honneur, Rinaldi, lui, a très clairement vendu son âme au diable, et j'ai le sentiment de faire justice. De venger tous ces pauvres gars ruinés à cause de lui, ou virés avec perte et fracas, n'ayant plus que leurs yeux pour pleurer.

Ce type est un immonde charognard et il ne mérite pas ma mansuétude, car il nous aurait écrasés d'un coup de talon si je ne m'étais mis en travers de son chemin.

– Tu es amoureux de ma fille, Monteiro ! persifle-t-il d'un air mauvais. Alors laisse-moi te dire que le perdant n'est peut-être pas celui que tu crois !

Je l'envoie au tapis d'une droite.

Putain, ça fait du bien !

Il se roule au sol, mais continue de rire comme un dément.

– Vous avez deux semaines pour déguerpir de ma maison ! asséné-je. Tout ce que vous avez aujourd'hui est à moi, Rinaldi !

Au moment où je franchis la porte, j'entends dans mon dos :

– Tout sauf ma fille ! Elle va te haïr, Monteiro !

Ça, je ne le sais que trop !

***

Bruce pose le journal local près de ma main gauche. Je lève les yeux.

– Ils parlent de Rinaldi ?

– Oui. Il s'est tiré une balle dans la tête après notre départ.

Je laisse échapper ma tasse à café, qui se renverse sur mon jean.

Bordel de merde…

Ce connard m'a bien eu ! Il va me narguer, par-delà la mort ! Jamais Sophia ne me pardonnera.

Je me mets debout, tourne sur moi-même alors que mes

pensées s'embrouillent. Elle va me maudire. Ne plus vouloir entendre parler de moi. Je ne verrai pas grandir mon enfant.

– Et votre femme est rentrée chez elle !

Je me détourne, qu'il ne voie mes yeux s'emplir de larmes.

Pourras-tu me pardonner un jour, mon amour ?

47

Sophia

En entendant la sonnette de la porte d'entrée, mon cœur fait un bond dans ma poitrine.

Je resserre mon châle autour de mes épaules, me dirige d'un pas lent vers la porte. Je regarde par le Judas.

Matt...

J'ouvre.

Et j'éclate en sanglots. Incontrôlables. Une lame de fond me pulvérise et Matt a juste le temps de me prendre contre lui avant que je ne m'effondre. Il me berce un moment, attendant que la crise passe. Lorsque mes larmes diminuent d'intensité, il m'entraîne vers la table de la cuisine, me fait asseoir, puis nous prépare un café, tout en regardant tout autour de lui.

Je sais, c'est beau !

Les ouvriers de Gabriel ont fait un travail remarquable. Lorsque hier, j'ai poussé la porte, je suis restée un moment sur le seuil. J'avais l'impression d'entrer ailleurs que chez moi et qu'une fée, d'un coup de baguette magique, avait tout transformé, comme dans ces émissions télévisées où des équipes de décorateurs transforment un taudis en une magnifique demeure. Mon appart était loin d'être un taudis, ma déco était déjà pas mal, je m'y plaisais infiniment, il y avait beaucoup de moi, mais là, je dois dire que ça dépasse tout ce que j'ai pu, un jour, imaginer. Il a même fait ajouter des meubles, des bibelots, des coussins sur les canapés, des tapis, des trucs hors de prix. Les enduits clairs, les contrastes de couleurs, les modifications de volume donnent une autre perspective de l'espace, le font paraître plus grand.

J'ai lâché mes sacs, traversé la pièce à vivre, pour aller me jeter sur le canapé, d'où je n'ai plus bougé.

Jusqu'à cette nuit.

Mon Dieu… je ne réalise toujours pas…

Matthew pose nos tasses à café sur la table, prend place en face de moi. Il saisit mes doigts tremblants entre les siens, les serre.

– Dès que j'ai appris la nouvelle, je suis venu. J'espérais te trouver ici. Sinon, je serais allé sonner chez Monteiro.

Je lève les yeux.

– Je ne reverrai plus jamais mon mari, Matt. Je vais demander le divorce.

– Mais… pourquoi ?

– Il m'a trahie !

En prononçant ses mots, mes larmes s'écoulent à nouveau. Matt vient aussitôt me prendre dans ses bras.

Mon Matt… Que ferais-je sans toi…

Je m'accroche à son cou comme une naufragée, en tentant, tant bien que mal, de répondre à ses questions.

Il veut comprendre.

– Putain de merde ! Je vais le tuer ! dit-il, après avoir entendu la triste vérité.

Je me redresse, lui souris.

– Non ! Parce que je le ferai en premier ! Si je le revois un jour. Car je doute qu'il reprenne contact. Il a eu ce qu'il voulait.

– Putain ! Je ne le pensais pas capable d'une telle chose. Je ne vous ai pas beaucoup vus ensemble, mais quand il est venu à la galerie après l'alerte à la bombe et qu'il te tenait dans ses bras, j'ai vu le regard qu'il posait sur toi. Il t'aime, Sophia, il tient à toi.

– Je ne le crois pas, sinon, il ne m'aurait jamais imposé ça. Comment… comment a-t-il pu…

Encore une fois, les mots m'étouffent.

– Viens t'allonger.

Matt me prend aux épaules et me conduit lentement vers le canapé. Il me fait asseoir, prend place lui aussi, puis soulève son bras pour que je me cale contre lui.

– Qu'as-tu ressenti lorsque tu as su pour ton père ? demande-t-il doucement après un long moment de silence, où il semble plongé dans ses pensées.

Je pousse un profond soupir, essuie mes joues.

– Il m'a virée de chez lui. Il a été odieux ! Je lui en veux pour ce qu'il m'a fait, mais je… je ne pensais pas qu'il mettrait fin à ses jours. Je ne voulais pas ça, Matt, je te le jure…

Matt prend mon visage entre ses mains.

– Il a fait son choix, Soph. Tu n'y es pour rien ! OK ?

Ses yeux me sondent.

Peut-être qu'il a choisi de se donner la mort, plutôt que de se voir ruiné, mais je ne peux m'empêcher de culpabiliser. Sans moi, sans ma naïveté, ma crédulité, mon père serait encore en vie.

– OK ? insiste-t-il.

Je secoue la tête, incapable du moindre mot.

– Que vas-tu faire, maintenant ? demande-t-il, en caressant mes cheveux.

– Je vais retourner à la galerie, réussis-je à articuler.

– Prends ton temps, rien ne presse. Là aussi, Monteiro a fait faire du bon boulot. Elle est magnifique ! Et nous avons au moins triplé le nombre de visiteurs par jour. Elle ne désemplit pas. En revanche, les caisses, elles, se remplissent.

Je souris malgré mes larmes.

– Tu vends ?

– Oui. Beaucoup.

– Et avec Amaury, ça va ?

– Oui. Je suis heureux, Soph.

Je lève les yeux vers lui.

– Alors, je suis heureuse aussi.

Je me cale à nouveau contre lui. Son bras autour de moi me réconforte, me transmet la chaleur dont j'ai besoin.

– Matt ? dis-je encore, après un long moment de silence pendant lequel je me laisse bercer par son rythme cardiaque.

– Mmm ?

– Je suis enceinte.

– Ben merde…

– Ouais, comme tu dis, c'est la merde !

– Tu vas le garder ?

– Oui.

Oui, je veux ce bébé.

Et je l'aimerai. Comme j'ai aimé son père. De tout mon cœur. De toute mon âme.

48

Gabriel

Je n'ai jamais couru après une femme. Je n'en ai jamais eu le désir, ni éprouvé la nécessité : je n'ai jamais eu besoin de l'amour d'une femme.

Sophia a bouleversé tout ça !

Elle habite chacune de mes pensées. Sans elle, je me meurs.

J'ai passé mon temps à réfléchir. J'ai tourné la situation dans tous les sens, pendant des heures. Jusqu'à m'en rendre malade.

Maintenant, elle sait tout ! Et j'imagine aisément ce qu'elle ressent.

Je m'en veux ! J'aurais dû tout arrêter pendant qu'il en était encore temps, lorsque j'ai compris mes sentiments pour elle, mais je ne le pouvais pas. J'étais coincé ! Fait comme un rat !

Alors, encore une fois, j'ai couru à travers la ville parce que les embouteillages nous empêchaient d'avancer. J'ai couru comme un dératé, jusqu'à avoir envie de gerber. Et parce que j'avais peur qu'elle soit partie de la galerie.

Il faut que je la voie.

Que l'on parle !

Je me suis fait violence pour ne pas entrer dès que je l'ai vue discuter avec des visiteurs. Je l'ai longuement observée. Même si elle a les traits tirés, marqués par le chagrin, elle reste digne, forte… Elle est la femme la plus courageuse que je connaisse. Elle m'a tant aidé après ce qui est arrivé à Duncan. Sa présence, ses paroles de réconfort m'ont permis de tenir, de ne pas me laisser aller au désespoir, car le savoir en danger a ouvert d'anciennes blessures qui ne seront jamais véritablement cicatrisées.

J'aurais dû tout lui avouer !

Et peut-être qu'elle m'aurait aidé ? Face à son père ?

Parce que je suis sa nouvelle famille.

Je ne le saurai jamais.

Je frotte mon visage, allume une clope.

Enfin…

Je regarde Sophia raccompagner Amaury Chang et Matthew, les embrasser. Souriante. Chacun de ses sourires marque mon cœur, me fait atrocement souffrir, car je sais que plus aucun d'eux ne me sera destiné. Je devrais partir. La laisser seule. Ne pas rajouter à sa souffrance, mais j'en suis incapable.

Il faut… il faut que je lui parle… que je tente de lui faire comprendre mes motivations.

J'ai été pris de court, putain… je devais faire vite. Il en allait de notre survie.

Le comprendra-t-elle ?

Les lumières de la galerie s'éteignent. Elle franchit la porte.

Ferme à clé, puis actionne un mécanisme qui fait descendre un rideau de fer. Elle resserre son manteau autour d'elle. Fait quelques pas sur le trottoir.

Elle ne m'a pas vu.

Elle regarde devant elle. Je termine ma clope, la suis à distance. Je me souviens lorsque je la faisais surveiller, parce que j'avais peur pour elle. À cause de ce taré de Forza. Elle avance toujours d'un pas lent, semblant perdue dans ses pensées, ignorant ce qu'il se passe autour d'elle. Elle entre dans une petite épicerie. Je me rallume une clope. Attends qu'elle ressorte, puis reprends ma filature.

Quand vais-je trouver le courage de l'aborder ?

Avant qu'elle n'entre chez elle ?

Est-ce que j'ai envie de me prendre une baffe en pleine rue ?

Car c'est ce qu'il va se passer. Elle va me coller une beigne, et elle aura bien raison.

J'allonge les foulées.

Me rapproche.

Allez, Gab... un peu de courage !

Je l'appelle avant qu'elle n'entre dans son bâtiment.

– Sophia !

Elle n'entend pas.

J'insiste.

Elle se retourne enfin.

En voyant sur son magnifique visage les stigmates de son chagrin, ses yeux voilés de détresse, je me prends un coup en pleine gueule et une main impitoyable comprime mon cœur.

C'est ma faute, putain !

Je n'ai qu'une envie : me jeter à ses pieds pour lui demander pardon à genoux. Me traîner sur le sol pour qu'elle daigne au moins écouter ce que j'ai à lui dire.

Je fais un pas, tends la main pour la toucher. Mais en la voyant mettre la sienne sur son ventre, le regard apeuré, comme si j'étais une putain de menace pour mon propre enfant, qu'elle voulait le protéger de moi, je suspends mon geste.

Sans un mot, mais le regard assassin, enfermant une lueur de combativité, de détermination que je ne lui connaissais pas, et semblant avoir repris une totale maîtrise d'elle-même, elle pousse la porte de son bâtiment.

Je la suis dans le hall.

Je manque lui rentrer dedans lorsqu'elle se retourne brusquement.

– Qu'est-ce que tu veux ? Pourquoi es-tu là ?

– Je… je…

Putain… je n'ai jamais bafouillé de ma vie. Les mots sont bloqués dans ma trachée.

Elle hausse un sourcil.

– Je veux te ramener à la maison.

Ce n'est pas du tout ce que j'avais prévu de dire.

– Tu plaisantes, j'espère ? Tu… tu crois que je pourrais… que je pourrais vouloir vivre à nouveau avec toi… suffoque-t-elle, déjà au bord des larmes. Après ce que tu as fait ?

Je tente un geste d'apaisement. Un geste désespéré.

Et parce que je ne peux m'empêcher de la toucher.

– Ne me touche pas ! fulmine-t-elle, ravalant visiblement ses larmes. Plus jamais !

J'ouvre la bouche, mais que pourrais-je dire pour ma défense ?

Que je l'aime !

Comme je n'ai jamais aimé de toute ma vie.

Qu'elle est la lumière dans mon obscurité, le phare dans ma nuit, l'espérance dans mon errance.

En voulant me protéger de son père, je l'ai trouvée, elle, la femme de ma vie. Pour maintenant la perdre ?

Putain, non ! Il n'en est pas question !

Je vais me battre !

Pour elle ! Pour nous !

Je fais un pas.

J'aimerais tant la prendre dans mes bras. L'apaiser. Apaiser son cœur, pour qu'elle apaise le mien.

– Sophia…

Ma voix est suppliante.

Elle fait un pas en arrière, s'éloigne de moi. Les mains serrées sur son manteau au niveau de son ventre, alors qu'en ce début septembre, il ne fait pas froid. Le temps est juste gris, morose… comme mon cœur. Mon âme. Sans elle.

– Comment as-tu pu me faire une chose pareille ? reprend-elle, alors que je suis toujours incapable de sortir un mot. Me mentir de cette manière. Jouer avec mes sentiments. Jusqu'à me demander de devenir ta femme, putain ! Tu es vraiment un grand malade ! Et tu crois que je vais rester avec un taré dans ton genre ?

Elle reprend son souffle, visiblement à bout.

– Tu es venu pour me torturer ? crie-t-elle, alors que de grosses larmes dévalent ses joues, me mettant au supplice. Tu n'en as pas eu assez ? Mon père est mort ! Que veux-tu de plus ?

Elle vacille.

Je fais aussitôt un pas, l'enlace de force avant qu'elle ne cherche à me fuir, et pour qu'elle m'écoute.

– Je suis désolé. Je ne voulais pas ça se termine comme ça, je te le jure.

Elle bourre mon torse de coups de poing, semblant à bout de nerfs.

– Qu'est-ce que tu veux que ça me fasse ?! Je n'en ai rien à foutre de tes remords !

Nous luttons l'un contre l'autre de longues minutes, sans que je cesse de lui répéter à quel point je suis désolé.

Elle finit par craquer, et s'effondre contre moi, en larmes.

– Il m'a virée de chez eux, hoquète-t-elle, dans un sanglot. Il ne m'aurait jamais pardonné. Ma mère non plus ne me le pardonnera jamais. Et tout ça, c'est ta faute ! termine-t-elle en me repoussant, son moment de faiblesse à mon encontre passé.

– Je sais que tu m'en veux et tu as raison, tenté-je, le cœur agonisant de la voir s'éloigner. Je me suis servi de toi pour empêcher ton père de nous détruire. D'anéantir tout le travail de mon grand-père, l'entreprise qui est dans sa famille depuis des générations, mais… je… je suis tombé amoureux de toi, Sophia.

Ses épaules s'affaissent.

– Je t'aime.

Elle se redresse, passe ses mains sur ses joues pour essuyer ses larmes.

– Tu crois que ça change quelque chose ? Tu penses qu'il te suffit de dire que tu m'aimes pour que tout soit effacé comme par magie ?

– Non, bien sûr que non ! Mais je n'ai fait que me défendre, Sophia.

J'avance, lui prends le bras.

– Je sais que ce n'est pas bien de dire du mal d'un mort, mais ton père était un pourri. Après avoir jeté son dévolu sur une boîte, il la fout en l'air, pour qu'il n'en reste que des ruines.

Elle relève la tête. Me regarde. Elle sait ! Elle sait comment était son père. Car je suppose qu'à la maison, il devait également se comporter comme un crevard.

– Je ne pouvais pas laisser faire ça, Sophia. Il allait… il allait entraîner des milliers de gens dans la misère, en faire des chômeurs. Duncan en serait mort. Il fallait que je sauve la boîte de mon grand-père, parce que lui en était incapable, il n'aurait jamais pu lutter contre lui.

Je vois sa résolution faiblir. Elle s'est attachée à Duncan, je le sais, ainsi qu'à Fiona.

– Je ne pouvais pas le laisser nous déposséder.

– On ne peut pas non plus baser un mariage sur un mensonge, murmure-t-elle.

Où veut-elle en venir ?

– Mais enfin, puisque je te dis que je regrette !

Elle recule.

– Tu m'as trahie, abandonnée, détruite. Tu t'es servi de moi, sans tenir compte de ce que j'allais ressentir. Tu as foutu ma vie en l'air !

– Tu es ma femme !

Elle me lance un regard mauvais.

– Plus pour longtemps ! Je vais demander le divorce !

Putain… non !

Je cherche à la prendre dans mes bras, mais elle me repousse, prend de la distance.

– Ne me laisse pas, supplié-je, la voix cassée par l'émotion. Je ne peux pas vivre sans toi.

– Il fallait y penser avant ! Je ne crois plus en toi, ni en tes paroles, ni en notre amour.

– Et notre bébé ?

Elle reste interdite quelques secondes, se reprend instantanément, sans même chercher à savoir comment je suis au courant. C'est visiblement le cadet de ses soucis.

– Je l'élèverai seule. Je n'ai pas besoin de toi !

Non, putain !

J'ai envie de hurler. Ou de chialer comme un gamin.

– Tu ne peux pas faire ça, tu n'en as pas le droit ! Je veux faire partie de la vie de mon enfant !

– J'ai tous les droits, Gabriel ! Et toi, tu n'en as plus aucun !

– Je ne supporterai pas d'être loin de vous ! Sophia, je t'en supplie, écoute-moi.

Je prends son visage entre mes mains, plonge au fond de ses yeux, en tentant de maîtriser ma voix que j'ai peur d'entendre trembler.

– Je n'ai jamais voulu d'histoire d'amour, de femme ou même d'enfant, puis tu es entrée dans ma vie. Dès que je t'ai vue sur cette photo, au bras de ton père, je suis tombé amoureux de toi, je le sais maintenant. J'ai ignoré mes sentiments, j'ai lutté, je les ai refoulés, mais tu as su conquérir mon cœur. Toi ! insisté-je. Quand je t'ai demandée en mariage, je ne mentais pas, Sophia. Je ne jouais pas la comédie. Je te voulais. Je t'aime. Je n'aime que toi, et je t'aimerai toute ma vie.

Elle cligne plusieurs fois des yeux.

– S'il te plaît, laisse-moi prendre soin de toi, continué-je, croyant voir une petite lueur de doute dans ses yeux. Je saurai te rendre heureuse, je te le promets. Ne laisse pas ton père nous séparer.

Elle s'échappe à mon contact, le regard dur.

– Je veux que tu assistes à ses obsèques.

Quoi ? Bordel ! Ce n'est pas du tout la réponse que j'attendais.

Je me racle la gorge. Ce sera sans doute étrange, mais peu de gens sauront le rôle que j'ai joué dans cette tragédie, alors…

– D'accord, j'accepte.

– Je veux également que tu laisses la maison à ma mère. Que tu subviennes à ses besoins.

– D'accord ! accepté-je aussitôt. Je n'ai rien contre elle, je lui donnerai ce qu'elle veut, en… en réparation. Je n'ai pas voulu la mort de ton père, je te le jure. Je voulais juste qu'il cesse de s'en prendre à nous. Je ne pouvais pas faire que me défendre, il fallait que je l'empêche de nous nuire, tu comprends. J'aurais pu m'y prendre autrement, je suis allé trop loin et je le regrette, mais sur le moment, j'ai paré au plus pressé. Je pensais ne pas avoir d'autre choix, Sophia. Il faut que tu me croies.

Elle reste froide et distante.

– Je sais ce que tu penses. On a toujours le choix. Mais moi, je ne l'avais pas. Trop de gens dépendaient de moi. Encore une fois, je n'ai fait que me défendre ! C'est lui qui a attaqué le premier. Il n'a eu que ce qu'il méritait !

Putain… Là, c'était le truc qu'il ne fallait pas dire !

Même moi, je me fais l'effet d'être un gosse qui se cherche des excuses.

– Je t'aiderai à oublier, tenté-je, en m'approchant. Tu sais ce que nous allons faire ?

Comme elle ne répond toujours rien, je profite de mon avantage.

– Nous allons divorcer, puis nous remarier dans la cathédrale de Syracuse. Comme dans ton rêve de petite fille.

Elle semble surprise que je m'en souvienne.

– C'est trop tard, Gabriel ! se rebiffe-t-elle. C'est terminé entre nous. Je ne veux plus jamais te revoir.

– Je t'en prie, supplié-je encore, avec la peur au ventre de ne pas réussir à la convaincre. Donne-nous une autre chance. S'il te plaît, prenons le temps de discuter de tout cela calmement.

Elle se raidit, s'enflamme, alors que je cherche à la prendre dans mes bras.

Je suis trop con !

Je m'y prends mal, je vais la braquer en la forçant de la sorte, mais putain, je ne sais pas comment m'y prendre. Si je n'ai jamais couru après une femme, j'ai encore moins été dans la situation du quémandeur, de celui qui doit se faire pardonner, faire amende honorable.

– Je te dis que tout est fini entre nous, que je ne veux plus jamais te revoir, et tu me proposes de discuter calmement ? s'énerve-t-elle. Comme s'il s'agissait de papoter autour d'un verre de la dernière sortie ciné ou d'un concert ? Putain, Gabriel, mon père est mort ! Par ta faute ! Il était ce qu'il était, mais tu l'as poussé au suicide. Comment veux-tu que je te pardonne tout ce mal ?

Elle éclate en sanglots, cache son visage avec ses mains.

Je saisis ses poignets.

– Non, ce n'est pas ma faute ! répliqué-je, le cœur à l'agonie. Je n'ai pas voulu ça, je te le répète. Ton père a choisi son destin ! Lui seul a appuyé sur la gâchette. Il avait le choix de ne pas le faire ! Pense à nous, Sophia, rien qu'à nous ! Pense à ce que nous sommes l'un pour l'autre, à ce que nous avons construit. À notre amour ! À notre bébé !

– Je ne peux pas ! Je suis désolée. Adieu, Gabriel !

Elle m'échappe, fait un pas pour s'éloigner.

Je tends la main, saisis son bras pour la retenir, la voix gorgée de larmes car, si elle part maintenant, si je la laisse m'échapper, je suis persuadé de l'avoir perdue pour toujours.

– Je t'en supplie. Ne tire pas un trait sur nous de cette façon.

– C'est trop tard ! Je ne veux plus de toi. Lâche-moi !

Ne voulant pas rajouter à sa souffrance, je la libère.

Elle se détourne, s'enfuit en courant dans l'escalier.

Je m'avance vers le mur, m'appuie d'une main, la poitrine douloureuse, si douloureuse que j'ai l'impression de crever.

49

Gabriel

Je n'ai pas parlé à Sophia depuis plus de trois semaines.

J'ai fait tout ce qu'elle m'a demandé, j'ai légué la propriété à sa mère et assisté aux obsèques de son père. J'aurais voulu être à mille lieues sous terre plutôt que dans la chapelle de ce petit village près de Syracuse, dont j'ai oublié le nom, berceau de sa famille.

Ne sachant pas qui j'étais, et comme je me tenais à côté de Sophia, pour l'épauler si elle flanchait, les gens m'ont serré la main, et exprimé leurs plus sincères condoléances.

Putain, c'était horrible !

J'avais l'impression d'être un être immonde. Un monstre. Je soupçonne Sophia d'en avoir été parfaitement consciente, d'avoir voulu que ce moment pèse sur ma conscience.

Eh bien, laissez-moi vous dire, madame Monteiro, que c'est chose faite !

Putain, les remords m'étouffaient. Pourtant, ce n'est

absolument pas dans ma nature et je crois n'avoir jamais rien ressenti de tel.

J'étais pris à mon propre piège, fait à mon tour comme un rat, prisonnier de ma tentatrice. Qui, habillée de noir de la tête aux pieds, avec foulard et lunettes foncées, était devenue aussi inaccessible qu'une diva des années cinquante. Je ne voyais que son front plissé, ses joues mouillées de larmes, sa bouche frémissante.

Et elle a préféré le bras de sa mère au mien.

Ça m'a rendu fou !

Je me suis fait violence, à plusieurs reprises, pour ne pas la prendre par le bras, l'entraîner hors de la chapelle, la coller contre le mur et l'embrasser à pleine bouche. Pour qu'elle me revienne, qu'elle cesse ce petit jeu qui me faisait vivre le martyre. Car depuis notre explication, elle ne m'avait pas donné signe de vie, sauf pour me dire où et quand avait lieu la cérémonie.

Sophia a réintégré son appartement, moi le mien, après un voyage de retour, chacun de notre côté. Et depuis, c'est silence radio. Je lui ai écrit, j'ai fait envoyer des fleurs, des chocolats. Je lui ai tout raconté, le drame de mon enfance, mes parents morts, ma grand-mère, mon petit frère qui n'a jamais vu le jour, le rôle de Duncan… les psys, les cauchemars… l'impression de crever, lorsque j'étais enfant, en pensant à ma maman. La peur de tout perdre encore une fois. Qui m'a certainement fait prendre des décisions hâtives, et discutables. Je me suis mis à nu, j'ai livré mon âme. Je me suis offert sur un plateau, j'ai remis ma vie et mes espoirs entre ses mains, et elle, qu'est-ce qu'elle en fait ?

Rien, putain !

Pas un petit mot, pas un signe !

Et mes cadeaux me reviennent.

Je suis complètement paumé ! Je ne veux pas la brusquer. Lui donner au contraire le temps de réfléchir, de faire le point, de prendre les bonnes décisions. Et maintenant, je ne sais plus.

Putain, pourquoi rien ne marche ?

Pourquoi ne répond-elle pas à mes tentatives de réconciliation ? Je deviens dingue. Je tourne en rond. Je bois trop, je fume encore plus, j'ai l'impression de crever la gueule ouverte.

Jusqu'à quand va-t-elle m'ignorer de la sorte ? Me torturer ? Elle ne peut pas tirer un trait sur notre histoire de cette façon. Comme si… comme si nous n'avions pas été si heureux, si amoureux.

Combien de temps lui faudra-t-il pour comprendre que son père était un être mauvais ? Pour comprendre qu'en se donnant la mort, il a voulu se venger de ce que je lui ai fait ? Nous séparer. De comprendre également que je lui manque, qu'elle ne peut vivre sans moi ? Comme je ne peux vivre sans elle.

Je fais tourner lentement mon whisky dans mon verre, avachi dans l'un des fauteuils du bureau de Duncan, plongé jusqu'au cou dans mes idées noires, dans la grosse merde qu'est devenue ma vie. Depuis trois semaines, je me comporte comme un étudiant : je bosse la semaine, et je rentre au bercail le week-end. Je suis incapable de rester à New York. Elle a récupéré ses affaires, mais son empreinte est partout, y compris sur mon corps.

Je pense à elle chaque putain de seconde de ma morne existence.

Je ne sais même pas comment elle va, merde !

Comme j'ai besoin de la voir, je passe devant sa galerie, juste pour l'apercevoir, et tous les soirs, à la même heure, je fais un petit détour par Le Select, le bar où je l'ai vue pour la première fois. Le lieu où tout a commencé. Je m'installe à la table à laquelle elle était assise ce soir-là, commande un whisky que je sirote lentement, sans quitter des yeux une seule seconde la porte d'entrée, en espérant, de façon irrationnelle, sa venue. Puis je passe devant son appartement. Je ne suis rassuré qu'en voyant la lumière à ses fenêtres. Je reste là, de longues minutes, jusqu'à ce que je donne l'ordre à Bruce de rentrer.

Une fois dans mon appartement, je m'affale dans le canapé, et je descends une bouteille, parfois plus, laissant à Stef, qui est maintenant au courant de tout et habite avec moi, le soin de me coucher.

Je crois qu'il en a ras le cul de moi ! Mais qu'y puis-je ?

Elle me manque. Je vis un enfer. Stef ne cesse de me rabâcher de prendre le taureau par les cornes, de provoquer une nouvelle confrontation, mais je crève de trouille. J'ai peur de faire quelque chose qui lui déplaise et qu'elle m'envoie chier.

Même la maison de mon enfance n'arrive plus à me calmer.

Je fais le tour de la pièce des yeux. Ce mobilier plusieurs fois centenaire, héritage de ma grand-mère, les livres de l'immense bibliothèque, l'odeur de cigare de Duncan (il ne fume plus, mais l'odeur est incrustée dans les murs !), ne suffisent plus à m'apaiser, ni à me réconforter.

Je veux ma femme !

Je veux embrasser son ventre où grandit mon enfant.

Je veux la tenir dans mes bras, lui faire l'amour, l'entourer de toutes les attentions du monde, la soutenir, l'aimer de toutes mes forces, la rendre heureuse, et je prie, tous les jours, pour qu'il en soit ainsi.

Pour qu'elle me revienne.

Je n'ai jamais rien désiré d'aussi fort de toute ma vie.

Je me redresse en voyant Duncan entrer dans la pièce. Il pose sa veste sur le dossier du fauteuil me faisant face, puis s'assoit. Il est sorti du centre de rééducation la semaine passée, et je le trouve plutôt en forme. Il a bonne mine. Il marche mieux, bien qu'il ait encore besoin d'une canne, il a récupéré l'usage de sa main, et il arrive maintenant à communiquer.

Il me regarde longuement.

Nous ouvrons la bouche en même temps. Je fais un mouvement de la main.

– Je t'en prie.

Il soupire.

– J'aurais dû te dire que j'étais au courant pour Rinaldi. Et ne pas te laisser te battre seul, mon petit. Je suis désolé. Ce que tu vis est entièrement ma faute. Je…

– Mais non ! le coupé-je. Je suis le seul responsable ! J'ai utilisé Sophia. Elle a raison, je l'ai trompée, dupée… Je n'ai que ce que je mérite.

Putain, mon cœur va exploser.

Parler de Sophia est toujours aussi difficile. Penser à elle, à ce que j'ai perdu, me crucifie.

Duncan se lève, les yeux brillants.

J'en fais de même, me jette contre lui. Il me serre fort dans ses bras, met sa main sur ma nuque, dans un geste de protection.

Je sais qu'il prendrait une partie de ma peine s'il le pouvait.

– Tu es quelqu'un de bien, Gabriel. N'en doute jamais. Je suis très fier de toi, fier de ce que tu as accompli. Tu as été mon moteur, mon soutien, ma seule motivation pendant toutes ces années. Et si je n'ai pas craqué, si j'ai tenu, si la vie m'a semblé moins lourde à porter, c'est uniquement grâce à toi. Je sais que tu as fait tout ça pour moi. J'irai parler à Sophia. Elle comprendra. Te pardonnera.

Il me dit qu'il m'aime de tout son cœur, comme si j'étais son propre fils, et je chiale comme un gamin.

Nous restons de longues minutes soudés l'un à l'autre, puisant chacun en l'autre du réconfort, comme il en a toujours été.

Je me recule, essuie mes yeux.

– Dunc, je vais être papa. Sophia est enceinte, dis-je, la gorge si serrée que j'ai du mal à respirer.

Il porte la main à son cœur.

Et soudain, j'ai peur qu'il ne fasse une nouvelle attaque.

Il se laisse retomber dans son fauteuil.

– Ah ! Je vais pouvoir mourir heureux ! Tu en as parlé à Fiona ?

– Ne dis pas ce genre de choses ! le grondé-je. Tu nous as fait suffisamment peur comme ça ! Et non, je ne lui ai encore rien dit, je voulais que tu en sois le premier informé.

– Alors je vais faire comme si je n'étais pas au courant. Sinon, elle va m'en vouloir de l'avoir su avant elle ! Et va chercher ta femme. Ramène-la ! Il est plus que temps !

50

Sophia
Trois mois plus tard

– Fiona ? Mais que faites-vous là ? C'est Gabriel qui vous envoie ?

Elle m'embrasse sur les joues.

– Non. Bien sûr que non ! Il ne sait même pas que je suis à New York. J'ai besoin de vous parler, Sophia, auriez-vous un moment à m'accorder ?

– Évidemment ! Venez. Je suis très heureuse de vous voir, Fiona, ajouté-je, en la prenant sous le bras pour l'emmener dans notre pièce cuisine, où j'ai fait dernièrement installer un petit salon.

J'ai un petit geste en direction de Matt pour lui demander de gérer la galerie en mon absence.

Il me répond par une grimace, comme à son habitude.

J'invite Fiona à s'asseoir, lui propose un thé, qu'elle accepte. Je remplis nos tasses, les pose sur la table, puis je prends place près d'elle sur le petit sofa rouge vintage, l'une de mes dernières acquisitions.

Elle pose sa main sur mon genou.

– Comment allez-vous, mon petit ?

– Je… je vais bien.

Je détourne les yeux, les plonge dans ma tasse.

– Je n'en ai pas l'impression. Il vous manque, n'est-ce pas ? demande-t-elle en retirant doucement sa main, pour se saisir de sa tasse de thé.

C'est davantage une affirmation qu'une question.

Elle trempe délicatement ses lèvres dans sa boisson, alors que je serre les mâchoires pour rester digne et ne pas m'effondrer. Ce que je fais au moins une fois par jour, lorsque mon quotidien est trop dur à affronter, ma solitude trop pesante.

Je l'observe à la dérobée.

Dans son petit tailleur vieux rose, ses cheveux gris impeccablement coiffés, la silhouette si fluette qu'on la croirait fragile, je comprends qu'elle aussi m'a manqué, tout comme Duncan.

– Comment va Duncan ? éludé-je.

Elle a un geste agacé.

– Mon frère va bien ! Il ronchonne, alors c'est qu'il a retrouvé la forme. D'ailleurs, il m'a fait promettre de vous dire que vous lui manquez. Alors voilà ! Je vous le dis, vous manquez à Duncan !

Avant que j'aie le temps de répondre que lui aussi me manque, elle enchaîne, avec la vivacité qui la caractérise :

– Je suis venue vous parler de Gabriel !

Tout mon corps se tend en entendant son prénom.

– Vous savez qu'il passe tous les jours devant votre galerie, juste pour vous apercevoir ? Qu'il se rend au Select, qu'il reste de longues heures devant votre appartement, pour être sûr que vous êtes en sécurité ?

– Non… je… je ne le savais pas. C'est lui qui vous en a parlé ?

Elle rit.

– Lui ? Vous plaisantez ! Il est aussi fermé qu'une huître, et ne parle jamais de ses sentiments, de ce qu'il ressent. Il a toujours tout gardé pour lui. C'était un enfant si solitaire. Je me suis fait tellement de souci pour lui. Bref, je suis au courant par Stefan. D'ailleurs, je compte sur votre discrétion, Gabriel ne sait pas que Stef me raconte tout !

– Tout comme quoi ?

– Tout ! J'étais même au courant de votre existence avant de vous rencontrer. Mais ne vous inquiétez pas, il n'a dit que du bien de vous, ajoute-t-elle rapidement face à ma mine offusquée. Nous pensons, tous, que vous êtes ce qu'il pouvait arriver de mieux à Gabriel.

Je reste silencieuse. Attendant de voir où elle veut en venir exactement.

– Il souffre de votre séparation.

Tant mieux !

Elle pose à nouveau sa main sur la mienne.

– Je comprends vos raisons. Seulement, vous souffrez vous aussi, je le vois à votre regard, votre attitude, et dans votre état, ce n'est pas raisonnable. Vous vous faites du mal inutilement, mon petit.

Je soutiens son regard.

– C'est lui qui m'a fait du mal, Fiona. Il m'a séduite par intérêt. Allant même jusqu'à m'épouser pour refermer son piège sur mon père. Il s'est servi de moi ! Comment voulez-vous que je lui fasse confiance après ça ?

– Il vous aime !

– Je sais, il me l'a dit. Je sais aussi qu'il était pris à la gorge, qu'il n'a fait que se défendre pour ne pas se laisser engloutir par mon père qui ne l'aurait jamais laissé en paix. Qu'il avait l'impression de trahir la confiance de son grand-père s'il n'allait pas jusqu'au bout. J'aurais juste voulu que ça ne se fasse pas à mon détriment. Au détriment de mes sentiments, insisté-je.

– Je sais, Sophia. Il a été lui-même pris à son propre piège, et aujourd'hui, il en souffre tellement que c'est un crève-cœur de le voir dans cet état.

Je regarde ma montre.

– Vous allez quand même lui donner une nouvelle chance, non ?

– Je ne sais pas, Fiona. Je n'ai encore rien décidé, réponds-je, en me levant. Je ne veux pas paraître malpolie, mais j'ai un rendez-vous.

Je pose mes mains sur mon ventre.

– Pour le bébé ? remarque-t-elle très justement.

Son sourire est d'une tendresse toute maternelle. D'une telle tendresse que j'en suis émue.

– Est-ce que je peux venir avec vous ? supplie-t-elle en s'emparant de mes mains. Laissez-moi vous accompagner, Sophia. Cela me rendrait tellement heureuse. S'il vous plaît. C'est le bébé de Gabriel.

Le bébé de son bébé…

Sa voix est chevrotante, ses yeux se mouillent de larmes.

– S'il vous plaît, insiste-t-elle, me voyant hésiter. Je resterai dans un petit coin, je ne vous dérangerai pas.

– D'accord, Fiona, finis-je par dire, laissant parler mon bon cœur.

***

– Comment allez-vous ? s'enquiert la sage-femme après m'avoir demandé de m'installer sur son siège d'auscultation. Dormez-vous mieux ?

Fiona, assise à mes côtés, me lance un regard soucieux.

C'est vrai !

Je dors mal, j'ai des terreurs nocturnes, des angoisses, j'ai tout le temps envie de pleurer.

– Pas vraiment.

Elle prend un petit air apitoyé.

– Vous avez pris contact avec la psychologue dont je vous ai parlé ?

– Non, pas encore. Je… je m'en sors très bien toute seule.

J'espère qu'elle ne va pas étaler mes états d'âme devant Fiona. Je n'ai pas besoin de ça !

– Vous ne devez pas vivre votre grossesse seule, Sophia, je vous l'ai déjà dit. Ce n'est pas bon pour vous.

– Ai-je le choix ?

Mon ton est plus sec que je ne le voudrais, mais c'est sa faute après tout ! Elle me gave avec ses recommandations dont j'ai pleinement conscience, mais qu'y puis-je ? Cette solitude n'est pas de mon fait, je préférerais que le père de mon enfant soit à mes côtés.

Oh que oui !

Je sais aussi que je devrais permettre à Gabriel d'être présent, puisque je porte son bébé, mais j'en suis incapable.

Je lui en veux toujours !

Tellement que parfois, lorsque je suis seule, je me mets à hurler de désespoir. Sans pouvoir m'arrêter. Pour ensuite m'effondrer, en pleurs, et me traîner jusqu'à mon lit, où je hurle encore ma souffrance, recroquevillée autour de mon ventre. Qui me fait si mal.

J'ai parfois le sentiment que je suis prête à sombrer dans la folie.

Il me manque tant.

Mais je suis forte !

Je n'ai besoin de personne. Surtout pas d'un homme qui m'a trahi de la plus ignoble façon. Qui m'a fait plus de mal que n'importe qui d'autre dans ma vie. Je vais mener cette grossesse à terme. Faire naître mon enfant, prendre soin de lui, et pour son père, eh bien… je ne sais pas !

Je suis perdue.

Je voudrais le revoir, j'en rêve chaque nuit, mais en même temps, je crève de trouille.

– Sophia ?

– Oui, j'irai voir cette psychologue, capitulé-je devant son insistance, fermement décidée, pourtant, à n'en rien faire.

Je suis des yeux Fiona qui, occupée à tapoter sur son portable depuis au moins un quart d'heure, s'excuse et sort de la pièce, puis je me concentre sur l'écran.

Tandis que la sonde échographique se promène sur mon ventre, j'écoute la sage-femme, complètement captivée. Elle me montre plein de choses, mais honnêtement, je ne vois rien, sauf ce qui me semble être le petit visage de mon bébé.

Puis elle me fait entendre son cœur.

Et là, le mien n'y résiste pas : c'est le plus beau son que j'aie jamais entendu.

Mon tout-petit…

Quelqu'un entre dans la pièce et comme je suppose qu'il

s'agit de Fiona, je ne tourne même pas la tête, tant je suis émue. Et le cœur gonflé d'amour pour ce petit être qui grandit en moi et que j'espère tous les jours sentir enfin bouger.

– Mais, monsieur… entends-je vaguement.

Son parfum arrive jusqu'à moi.

Mon souffle s'arrête.

Puis je sens sa main sur la mienne. Un grand frisson parcourt mon corps. Pour finir dans ce petit endroit qui n'appartient qu'à lui depuis notre rencontre. Ce petit endroit qui semble n'avoir été créé que pour lui. Au plus profond de mon âme.

Ne pouvant retenir mes larmes, je tourne la tête. Lentement. Pour le regarder. Il est assis à la place de Fiona et a les yeux rivés sur l'écran, des larmes silencieuses roulent sur ses joues. Je crois mourir face à son regard émerveillé. Autant que tourmenté. Mourir, mais en même temps renaître. Ce moment est le plus intime, le plus fort de toute mon existence. Mon cœur est sur le point d'imploser sous la violence des sentiments que m'inspire cet homme.

Il m'a manqué !

Putain, comme il m'a manqué.

Mes larmes coulent sans discontinuer.

Je ne peux plus me détourner de la contemplation de son magnifique visage ravagé par l'émotion. Lorsqu'il tourne la tête vers moi, me regarde, moi, je suffoque ; ma main se crispe. Il y a tant d'amour, tant de désespoir, tant d'espoirs, également, dans ses yeux (des yeux qui m'ont tant manqué que j'ai le sentiment de revivre à leur contact) tant de choses qu'il ne m'a jamais dites, mais que je ressens, au plus profond de mon être.

Il m'aime !

Je ne peux plus en douter.

Il m'aime et il vient de tomber amoureux de son bébé.

Il se lève brusquement, faisant reculer sa chaise.

– Je… je sais que tu ne souhaites pas ma présence. Je… je vais te laisser. Merci, madame, pour ce moment, intense, dont je me souviendrai toute ma vie.

La sage-femme, encore sous le coup de l'apparition, ne sait visiblement pas quoi répondre.

Je m'empare de la main de Gabriel avant qu'il ne s'éloigne.

– Non ! Reste ! murmuré-je, mes larmes redoublant d'intensité.

Il me regarde longuement, s'approche, tout doucement, la peur tapie au fond de ses yeux.

– Tu es sûre ?

Sa voix est grave, chargée de tous les espoirs du monde.

J'ai son avenir entre les mains. Notre avenir. À tous les trois. C'est le moment de vérité ! Le moment le plus beau de toute ma vie. Le plus puissant. Celui que je rêvais de vivre un jour sans le savoir.

Jusqu'à cet ultime instant.

Mais aussi le plus douloureux, car c'est celui du choix.

Nos yeux ne se quittent plus.

– Oui, Gabriel.

– Je vais vous laisser, nous dit la sage-femme. Prenez votre temps, j'ai d'autres… hum… j'ai d'autres salles. Je reviens plus tard.

Je ne l'entends pas sortir. Je ne vois plus rien. Que cet homme, mon mari, l'homme que j'aime plus que tout au monde. L'homme à qui j'ai décidé de donner une nouvelle chance. Parce qu'il est le seul à me faire vibrer de cette façon. Le seul qui habite mes pensées. Le seul qui peut me guérir de mes souffrances, alors qu'il en est le principal responsable. Mais c'est comme ça ! Nous sommes liés, lui et moi.

Pour le meilleur et pour le pire.

Et le pire est maintenant derrière nous.

– Je prendrai soin de toi et de notre bébé, Sophia, je te le promets. Laisse-moi faire partie de ta vie, murmure-t-il, tout contre mes lèvres, qu'il n'a pourtant pas encore embrassées.

Il se contient. Visiblement, il est mort de trouille. De mal faire, d'aller trop vite, de me bousculer.

– Oui, Gabriel. Je le veux.

J'ai l'impression de réitérer mes vœux de mariage.

En voyant son visage s'illuminer, je sais que j'ai pris la bonne décision. Et qu'il sera le plus doux, le plus attentionné des pères et des maris.

Je glisse mes doigts sur sa nuque, l'attire à moi, pour poser mes lèvres sur les siennes, mêlant nos larmes.

– Tu n'auras jamais à le regretter, Trésor. Tu me crois ?

– Oui, Gabriel, je te crois.

– Tu ne me détestes plus ?

Il a ce petit sourire en coin qui me ferait faire les pires bêtises.

– Non. Je t'aime, Gabriel. Je t'aime plus que tout au monde.

– Tu me pardonnes ?

Sa voix tremble légèrement.

Je secoue la tête, incapable de proférer un son, tant je suis émue.

J'éclate en sanglots.

– Je ne veux plus jamais que nous soyons séparés. Tu m'as tellement manqué.

– Plus jamais ! Je te le promets.

Notre baiser, enflammé, passionné, nous fait renaître à la vie, scelle notre désir de nous aimer, et de nous appartenir pour l'éternité.

51

Gabriel

– Pousse, Trésor ! crié-je en soulevant les épaules de Sophia pour la soutenir.

J'aimerais prendre sa souffrance ! L'aider plus que je ne le fais. Même si elle m'a dit des centaines de fois depuis une dizaine d'heures que ma présence seule suffit à lui donner du courage. Je me sens tellement impuissant que j'ai envie de chialer. Voir la femme que j'aime se débattre contre la douleur, l'entendre gémir de souffrance, est un véritable supplice.

Elle est courageuse. Elle donne tout ce qu'elle a, mais elle n'en peut visiblement plus.

– Je ne veux plus jamais de bébé ! hurle-t-elle encore en poussant comme une malade.

J'ai un regard perdu.

– Ne vous inquiétez pas, me dit aussitôt la sage-femme. Elles disent toutes ça, mais n'en pensent pas un mot.

– Si, moi, je le pennnnnssseeeee ! Putain !

– Il arrive, madame Monteiro. Je vois sa petite tête. Poussez !

– Allez, Trésor, un dernier effort ! Il est là !

Elle pousse à mort, gueule encore plus, et je crois bien que je gueule avec elle.

Jusqu'à ce que, enfin, avec un cri de victoire, un « le voilà ! », la sage-femme fasse glisser mon bébé hors du corps de ma femme. Un vagissement lui répond, puis, après l'avoir vaguement essuyé, elle le pose sur son ventre.

Je suis tellement ému, ma vue est si brouillée par mes larmes qui coulent à flots sur mes joues, que j'entends à peine la sage-femme s'écrier, visiblement soulagée et aussi heureuse que nous.

– Toutes mes félicitations, vous avez un magnifique petit garçon !

Putain, j'ai un fils !

J'embrasse Sophia sur les lèvres, mêlant nos larmes. Je repousse ses cheveux de son visage trempé, pour l'apaiser, la réconforter.

Je l'embrasse, encore et encore. Je ne peux plus m'arrêter de l'embrasser.

Puis nous regardons, ensemble, notre petit Trésor.

Je pose la main sur sa petite tête.

– Salut, William.

Putain, je chiale comme un malade.

William…

Comme mon petit frère. Qui n'a jamais vu le jour. Mais qui va vivre à travers mon enfant. J'ai le sentiment que la boucle est bouclée.

Que mon bébé saura guérir l'enfant qui est en moi.

Sophia me regarde, puis regarde notre fils, les yeux emplis d'amour.

Un amour infini. L'amour d'une maman pour son enfant. Je sais, à cet ultime instant, que mon fils aura la plus aimante, la plus parfaite des mères. Qu'elle l'aimera d'un amour inconditionnel. Quant à moi, je fais le serment d'être toujours là pour veiller sur lui, pour guider chacun de ses pas. Lui montrer la vie. Lui apprendre la vie. Pour le relever s'il chute, le consoler s'il a mal. Le punir s'il le mérite.

Pour lui montrer le chemin.

Pour faire de lui un homme.

Sophia lui a donné la vie. Moi, je le ferai naître au monde.

C'est mon vœu le plus cher. Être présent pour mon petit William, et pour la femme que j'aime.

– Vous voulez le prendre dans vos bras, monsieur ? Avant qu'on le mette au sein ?

Hein ?

Sophia a un petit sourire encourageant.

– Oui, avec joie, m'entends-je répondre.

La sage-femme enroule mon fils dans un linge blanc, me le met dans les bras avec douceur.

– Tenez bien sa petite tête.

– Oui, OK…

Je me sens légèrement con.

En entendant Sophia rire doucement, je tourne la tête dans sa direction, pour constater, encore une fois, toute l'ampleur de l'amour qu'elle me porte. Qu'elle nous voue. J'avais peur, je l'avoue, que mon enfant usurpe ma place dans son cœur, je sais qu'il n'en est rien. Le cœur d'une femme est aussi vaste que l'univers.

Je me penche, embrasse ses lèvres.

– Merci, Trésor.

Je suis tellement ému que je ne peux en dire plus, mais je sais qu'elle comprend ce que je ressens, elle sait lire en moi. Percevoir ce que je suis incapable de mettre en mots.

Elle tend les bras, pour reprendre son fils, qui lui manque déjà, j'en suis sûr.

Je caresse la tête de William.

Putain, je n'en reviens toujours pas !

Il est parfait ! Si parfait. Serrer son petit corps tout chaud contre moi, admirer son petit visage, ses yeux fermés, ses petites mains, ses petits pieds, me rend… complètement raide dingue d'amour.

Tout comme je le suis de sa mère.

La sage-femme s'éclipse discrètement, nous laissant seuls.

Je dépose délicatement William dans les bras de Sophia. Et elle me fait une petite place pour que je m'allonge à ses côtés. Je quitte mes chaussures, me colle contre elle. Elle tourne son visage vers moi, m'embrasse.

Avec douceur.

Une douceur infinie.

– Je me suis trompée toute à l'heure. Je veux plein d'autres bébés de toi, mon amour, murmure-t-elle doucement.

– J'y compte bien, Trésor. Nous ferons une petite sœur à William dès que tu te sentiras prête. Je fais toujours tout ce que tu me demandes, non ? Surtout lorsqu'il y a du plaisir à la clé.

– Je te reconnais bien là ! Embrasse-moi !

En prenant ses lèvres, j'ai le sentiment d'être là où je dois être. Là où est ma place : auprès de ma femme et de mon enfant.

J'ai lutté, j'ai souffert, j'ai culpabilisé, j'ai chuté, je me suis relevé, je n'ai rien lâché, j'ai cru parfois devenir fou ; j'ai fait aussi des choix difficiles, discutables, condamnables, mais sans cela, je n'aurais jamais rencontré cette femme merveilleuse qui est aujourd'hui ma femme.

Alors si c'était à refaire, je le referai !

Je vivrais même mille fois pire, si c'était pour me retrouver ici, dans cette maternité. Dans ses bras. Et avoir assisté à la naissance de mon fils.

Oui, mille fois pire !

Aujourd'hui, je suis devenu père.

Je mets le nez dans le cou de Sophia, j'inspire, de longues secondes. Je fais le plein de son odeur. D'une odeur qui pour moi s'apparente au paradis.

Je ferme les yeux.

Oui, la boucle est bouclée.

Aujourd'hui, j'ai le sentiment que mon âme, enfin, est en paix, et que j'ai gagné ma place parmi les vivants.

FIN

Extrait

THE VIRGIN'S PRICE

Chloe Wilkox

1

PETITS MENSONGES ENTRE AMIS

– … alors je lui ai dit : « Les diamants sont éternels, chéri. Mais toi et moi, ne te fais pas d'illusions : c'était juste pour la nuit. »

Toute la tablée rit au récit de la dernière frasque de Vanessa. Cinq filles dont vous envieriez probablement le sort, si vous mettiez en cet instant les pieds au Rose Bar. Cinq amies de toujours qui, dès le berceau, se sont échangé les filles au pair, ont fréquenté les mêmes écoles privées, ont fait ensemble leur entrée dans le monde. Cinq jeunes femmes moulées dans des robes de grands couturiers, parées de bijoux de chez Van Cleef & Arpels, qui entrechoquent leur énième flûte de champagne pendant que les enceintes diffusent le dernier tube électro-pop à la mode.

– Heaven ! lance Vanessa en s'illuminant. C'est notre chanson. Viens, on va danser !

Ma meilleure amie depuis le jardin d'enfants se lève aux premières notes de Billie Eilish, trébuche sur ses Jimmy Choo, se rattrape à l'un des garçons qui nous tournent autour depuis le début de la soirée.

– Allez, McAdams ! s'écrie-t-elle, complètement ivre. Viens !

– Tu devrais peut-être dessaouler un peu, V., déclaré-je en masquant mal mon inquiétude.

– Dessaouler... Quelle bonne idée ! L'un d'entre vous, messieurs, aurait-il la bonté d'aller m'acheter de la cocaïne ? claironne-t-elle en sortant deux billets de cent dollars. C'est pour m'aider à redescendre d'un cran.

Tous mes muscles se raidissent. Vanessa, qui a posé sa main dans mon dos, semble s'en rendre compte.

– Oh, allons, Heavy[1], ne fais pas cette tête : je plai-san-tais. Tu sais bien que mon père me déshériterait illico si jamais il apprenait que j'ai repris mes mauvaises habitudes...

Pour mimer lesdites habitudes, V. se bouche une narine avec le pouce et renifle bruyamment. Je lui montre d'un regard blasé que ça ne me fait pas rire du tout. Ça fait seulement huit mois que Vanessa est clean. Huit mois, ce n'est pas bien long. Pourtant, ces deux cent cinquante jours m'ont semblé interminables étant donné que j'ai passé chaque minute à craindre que ma meilleure amie rechute.

Quand je pense que j'ai failli la perdre... Bon sang, je ne sais pas comment j'aurais survécu.

J'étais présente lorsque V. a fait un malaise cardiaque dans la suite du Four Seasons où son copain de l'époque organisait une fête. C'est même moi qui ai appelé le 911 – coup de fil

1. Jeu de mots sur le prénom Heaven. « Heavy » en est le diminutif, mais signifie également « lourd » ou « pénible ».

qui lui a valu de filer dès son réveil en cure de désintoxication, au fin fond de l'Utah. Depuis cette nuit affreuse, les choses ont changé entre nous. On a plus de mal à se confier l'une à l'autre, à se parler. Je crois qu'elle a vécu ma décision de prévenir les secours comme une trahison. Et moi…

… moi, j'ai vécu sa façon de prendre des risques inconsidérés de la même façon.

Je lui en ai voulu d'avoir failli m'abandonner, là, pour toujours, dans une suite d'hôtel. Même si j'ai depuis tout tenté pour étouffer ce sentiment égoïste et ne jamais le lui faire peser.

– Hey, *bitches*, beugle Annabelle par-dessus la musique en contournant notre table. On fait un selfie ?

Annabelle est l'autre grande amie de Vanessa. Une fêtarde notoire que nous connaissons depuis le collège et qui a tendance à être une vraie langue de vipère. Pour être honnête, je ne l'ai jamais beaucoup appréciée, même si elle n'a pas que des mauvais côtés. Et puis, on n'a plus 12 ans : je ne vais quand même pas me montrer possessive envers V. ! Lui reprocher ses fréquentations, surtout en ce moment alors qu'elle a besoin de se sentir entourée. C'est pour ça que, même si je ne sors quasiment plus depuis trois mois, j'ai tenu à passer du temps avec notre bande ce soir. En l'occurrence, V., Tamar, Penelope, Annabelle et moi.

V. et Anna se sont énormément rapprochées pendant leur dernière année de lycée. Moi, j'étais déjà entrée à la fac – l'inconvénient d'avoir un an d'avance. À présent, Tamar est en école de commerce. Penelope travaille comme rédactrice junior dans l'un des magazines que possède son père. Annabelle, V. et moi sommes toutes les trois étudiantes à Columbia. J'ai comme *major* les langues. Anna, elle, s'est tournée vers le droit. Quant à V., elle n'a toujours pas choisi sa voie. Elle pioche un peu partout : littérature anglaise, *gender studies*, histoire de la mode… Elle a le temps de se décider : à cause des soucis qu'elle a rencontrés cette année, elle va devoir redoubler de toute façon.

Mais je suis certaine qu'elle va se ressaisir.

Ma V. est une battante. Il faut juste qu'elle trouve ce qui la passionne vraiment.

Docilement, je me serre contre les deux autres pour prendre la pose. Vanessa, la déesse aux cheveux de jais. Annabelle, la blonde sculpturale. Je sais que je détonne un peu, avec ma tignasse rousse impossible à discipliner et mon maquillage moins sophistiqué. Je suis la « beauté naturelle » du groupe, ne manque jamais de me répéter Vanessa.

– Waouh, elle est géniale ! se réjouit Annabelle. Je la poste : mes *followers* vont adorer.

La blonde au physique de mannequin nous tague sur Insta, avant de relever la tête.

– Hey, mais ce ne serait pas Chloe Carter, là-bas ?

Je me tourne vers la direction qu'elle pointe, et reconnais effectivement Chloe, une de nos anciennes camarades de lycée. Chloe a toujours été le cauchemar d'Annabelle. Née à Brooklyn, elle est entrée à la Trinity School grâce à une bourse partielle. Dans notre lycée d'élite, elle a siégé à bon nombre de comités, décroché tous les prix d'excellence. Outre le score de 98,9 pour cent qu'elle a obtenu à ses SAT, c'est également une violoniste émérite… et désormais l'une des étudiantes les plus brillantes de Columbia, bien qu'elle doive travailler à temps partiel pour financer ses études. Pas de chance pour cette pauvre Chloe : elle a également choisi le droit comme spécialité. Ce qui en fait de facto la rivale d'Annabelle.

Et quand Anna vous a dans le collimateur, elle ne recule devant rien pour vous dégommer.

– Ils laissent vraiment entrer n'importe qui, ici, de nos jours, raille d'ailleurs l'héritière blonde. Oh, V., j'ai une idée géniale ! Tu as sur toi ces laxatifs dont tu te sers pour perdre du poids ? On pourrait en glisser deux ou trois dans le mojito de cette ringarde...

– Arrête, Anna, grincé-je entre les dents.

– Oh là là, ça va, c'est *drôle*. Et puis ça ne va pas la tuer, non plus !

Je plante mon regard gris clair, inflexible, dans celui de l'autre meilleure amie de ma meilleure amie.

– Si tu passais moins de temps à chercher comment saboter la moyenne de Chloe et un peu plus à essayer d'augmenter tes propres notes, tu saurais que faire prendre des médicaments à quelqu'un à son insu constitue un délit. Je crois même que c'est au programme de première année, la taclé-je.

V. pouffe, puis retrouve son sérieux en constatant la façon dont Annabelle me fusille du regard.

– Rentrez les griffes, les filles ! nous commande la pulpeuse brune en sentant la situation devenir explosive. On ne va pas s'engueuler à cause du petit peuple...

À ce moment, Chloe se retourne, son verre à la main. En reconnaissant le groupe de filles qui lui en fait baver depuis la troisième, elle se décompose. Ça m'encourage à lui faire un petit coucou : on a beau ne pas très bien se connaître, j'ai assez souvent pris sa défense pour qu'elle sache qu'en ma présence elle ne risque rien. L'air soulagé, elle me répond d'ailleurs par un signe de la main et un sourire timide.

– Dis donc, lance Anna en me tendant son verre vide, si tu

as envie de parler à ton âme sœur, ne te gêne surtout pas pour nous. Regarde, elle t'attend au bar ; elle a mis ses plus belles fripes en ton honneur. Oh ! Et profites-en pour me rapporter un autre verre, je commence à me déshydrater.

– Anna, arrête de faire ta garce, la coupe Vanessa. Mais c'est vrai que j'ai soif moi aussi. H., tu veux bien aller nous chercher une bouteille de Veuve Clicquot ? Et une Acquadeco ?

Une sueur froide mouille mon dos alors que je m'accroche à mon verre. Le seul que j'aie commandé de la soirée.

Le seul que j'ai les moyens de payer.

– Ça peut attendre ? tenté-je. Il y a une queue de dingue devant le comptoir… Et puis je n'ai pas encore fini le mien.

– Sérieux ? lance Annabelle en écarquillant les yeux. Tu plaisantes, j'espère ? Tu l'as commandé il y a genre mille ans !

– Tu ne nous caches rien, au moins ? me demande Vanessa d'un air inquiet. Tu n'es pas… Tu sais ? Enceinte ?

Annabelle éclate d'un rire sardonique.

– Et comment est-ce que ça serait arrivé, ça ? Par l'opération du Saint-Esprit ?

Pour une fois, Annabelle n'a pas tort.

Les vierges enceintes sont une denrée rare. Plus rares encore que les étudiantes de troisième année qui ne sont pas encore passées à l'acte.

– Je te jure, V., que si le Saint-Esprit se décide un jour à me féconder, tu seras la première au courant. Avant même le pape, les nouveaux Rois mages et ma gynéco, plaisanté-je. Et puis de toute façon, je ne sais pas si tu te souviens que…

Avec mon doigt, je commence à toucher mon visage, comme pour désigner mes taches de rousseur, mais V. voit très bien où je veux en venir : elle est la seule au courant que je prends la pilule depuis mes 14 ans. Pour cause d'acné inflammatoire.

Il y a peu encore, V. connaissait le moindre de mes vilains secrets.

Je prends un air contrit, puis lui glisse à l'oreille, pour me justifier :

– J'ai super mal au ventre. Mes saletés de règles… Je devrais peut-être rentrer.

– Mais il n'est que minuit et demi ! gémit ma meilleure amie. Et on planifie cette soirée depuis dix jours ! Allez, reste : la nuit ne fait que commencer…

– Comme la semaine, répliqué-je en tendant la joue pour lui faire la bise. Dois-je te rappeler qu'on n'est que lundi ? Et que j'ai un TD de grammaire française à huit heures trente demain ?

– Ma petite intello… me charrie tendrement Vanessa en jouant à décoiffer mes boucles plus encore qu'elles ne le sont déjà. Oh, avant de t'en aller, tu peux payer mes verres ? Si je les mets sur ma carte, mes parents vont se rendre compte que j'ai un peu forcé la dose. Et tu sais à quel point ils me fliquent en ce moment…

Je me mets à fouiller dans mon sac. Non dans l'espoir d'y trouver de l'argent : ça, je sais que c'est mission impossible. Mais dans celui d'y trouver, peut-être, une contenance.

Ou mieux : une excuse valable.

– Merde, grogné-je en feignant la panique. La poisse ! Je ne trouve plus mon portefeuille…

– Attends, tu es certaine ? s'affole Vanessa.

– Tu as vu la taille de mon Chanel ? dis-je en brandissant le petit modèle en guise de preuve.

Tout en me détestant de faire mon cinéma. De mentir ouvertement à ma meilleure amie.

D'être devenue aussi performante, lorsqu'il s'agit de lui faire avaler mes bobards.

– Mais tu l'avais en arrivant ici, pas vrai ? Hey ! Garçon ! lance Vanessa en claquant les doigts. Mon amie a perdu son portefeuille. Un Clémence de chez Vuitton. Vous pouvez vous activer pour le lui retrouver, s'il vous plaît ?

Pendant que trois employés interrompent leur travail afin de chercher ce qui est resté bien au chaud dans mon Chanel, je fais mine d'appeler ma banque et de faire opposition à ma carte Gold – déjà bloquée depuis trois mois, bien entendu. Puis je range mon téléphone et commence à me confondre en excuses.

– Arrête tes bêtises, rétorque Vanessa en m'enlaçant. Anna me doit plein de fric de toute façon.

– Ah bon ? D'où ? s'offusque la grande blonde.

– Qui a payé le spa, jeudi dernier ? Et le brunch au Carlton, hier ? rétorque mon amie. Allez, file, H. Va me soigner ce mal de ventre.

– Tu n'as pas retrouvé ton portefeuille, alors ? s'inquiète Penelope tandis que je lui dis au revoir.

– Non, réponds-je en la serrant contre moi pour ne pas être obligée de lui mentir yeux dans les yeux.

– Bon. Je préviens mon chauffeur, qu'il te dépose.

– Vraiment, Penelope, ce n'est pas la peine…

– Tu veux rire ? Tu viens de faire opposition sur tes comptes, tu ne peux même pas payer de Uber ! Je ne vais pas te laisser rentrer à pied : tu vas foutre en l'air tes Prada.

– Et choper des ampoules à trois jours du Bal en blanc, renchérit Tamar. Hors de question ! Ma mère ne me le pardonnerait pas.

Le Bal en blanc est un événement annuel organisé par la

famille de Tamar depuis dix ans, afin que toute la haute société new-yorkaise se mobilise pour la recherche médicale.

– Merci, les filles, soufflé-je en les embrassant encore une fois.

– Pas de souci, me rassure Penelope. Et préviens-moi si jamais tu as besoin d'une voiture pour venir te chercher demain.

– Oh, oui, à ce propos, rebondit Vanessa, j'ai réservé au Fulton pour vingt heures. Sois ponctuelle : avec toutes les demandes qu'ils ont, c'est déjà un miracle qu'on ait obtenu une table !

– D'accord, mens-je en sachant déjà que j'inventerai une excuse.

Une excuse pour ne pas tester le dernier restaurant à la mode. Pour ne pas taxer mes amies au moment de l'addition. Pour manger des nouilles de riz instantanées chez moi, à la place.

Le chauffeur de Penelope me laisse devant mon immeuble. Enfin… Mon *ancien* immeuble. 1132, 5e avenue. Je me cache dans l'entrée en attendant que la berline s'éloigne, tout en priant pour que le gardien ne m'aperçoive pas. Puis, au bout de trois minutes, je prends la direction de mon véritable domicile – 441 East 140e rue, dans le Bronx. J'attends le train de la ligne 6 du métro pendant près d'une heure, ce qui fait que, quand j'arrive en bas de chez moi, il est déjà deux heures et demie du matin. La bonne nouvelle ? C'est visiblement l'heure où même les consommateurs de crack dorment du sommeil du juste. Personne ne m'a abordée en chemin, malgré mes chaussures à talons et mon sac à main ostensiblement griffé.

Un coup de chance.

Je sais que je prends des risques à me pavaner dans le Bronx habillée comme ça. Que je devrais opter pour l'uniforme du quartier : chignon serré, *hoodie* de rigueur, baskets. Le souci, c'est que je serais instantanément démasquée par mes amis. Par toutes celles et tous ceux censés faire partie de ma « vraie » vie : celle d'une étudiante insouciante née dans l'Upper East Side.

Je referme les verrous de mon studio en soupirant de soulagement d'être enfin rentrée, saine et sauve en plus. Je me défais de mon *duster coat*, enlève mes escarpins, me laisse tomber sur le Clic-Clac grinçant qui trône au milieu de mon studio miteux. Devant moi, sur une table basse que j'ai miraculeusement réussi à sauver lors d'une saisie, s'empilent les factures. Loyer. Eau. Électricité. Crédit revolving. Et bien sûr, la plus angoissante de toutes : l'enveloppe encore fermée de Branden & Randolph. Je sais d'avance le montant que vont me réclamer les avocats de mon père, nous en avons déjà parlé lors de notre dernière entrevue : vingt-trois mille dollars. Rien que d'y penser, j'en ai des palpitations. Comment payer cette nouvelle échéance, qui ne couvre même pas la défense de mon père mais seulement les frais de dossier de sa future audition ? Jamais aucun organisme bancaire ne m'accordera un autre emprunt. Je pourrais vendre encore d'anciennes fringues… Mais même mon dressing n'est pas assez plein pour arriver à une telle somme !

Si je parviens à dégotter quelques milliers de dollars, peut-être qu'ils accepteront de patienter pour le reste ?

Afin de faire autre chose de mes dix doigts que de les ronger jusqu'au sang, je me lève, mets de l'eau à bouillir, reprends le sachet de tisane que j'avais mis de côté dans une coupelle après m'en être servi hier. Puis je vais frotter mon visage à l'eau et au savon, en me souvenant de l'époque où j'utilisais de la gelée nettoyante, des lingettes parfumées. De l'époque où, avant de me coucher, j'enduisais mon visage piqué de taches de rousseur de coûteuses crèmes aux extraits de perle ou de caviar. Tous ces petits rituels que m'avait transmis ma mère. Et qui étaient le signe de notre évidente sécurité.

De notre évidente supériorité.

Est-ce que je regrette ce qui s'est passé ces trois derniers mois ? Absolument pas. OK, je mentirais si je disais que mon matelas Amerisleep à mille deux cents dollars ne me manque pas. De même que la vue imprenable que j'avais sur la ville, depuis ma chambre dans le penthouse familial. Mais je ne peux pas regretter cette vie de mensonges – même si le mensonge était doux, cotonneux. Lorsque l'existence entière de ma famille a basculé, je me suis réveillée en sursaut : maintenant, j'ai peur de fermer les yeux et de me rendormir. D'oublier tout ce que j'ai vu ces dernières semaines. Tout ce que j'ai appris sur les autres, sur moi, sur ma famille. Sur la vie telle qu'elle est vraiment, une fois franchi le pont qui traverse l'East River.

Sur le monde tel qu'il est vraiment, quand on arrête de le contempler de derrière les vitres teintées d'une limousine.

addictives

Romans déjà parus et à paraître

Rose Becker
Le Bébé, mon milliardaire et moi (aussi en poche)
Torride, sexy & dangereux
Forever You – saisons 1 et 2
Dangerous

Phoebe Campbell
Tes ordres sont mes désirs – poche
Lui résister… ou pas – l'intégrale
You Again
Single Daddy. Try Me if You Can

Mia Carre
Bad for You
Teach Me Everything
Charmant connard!

Mélodie Chavin
Campus Rules

Olivia Dean
À lui, corps et âme – volumes 1 et 2 – poche

Ann Fox
Spring Break – l'intégrale

Emma Green
Toi + Moi : L'un contre l'autre (aussi en poche)
Toi + Moi : Envers et contre tout (aussi en poche)
Toi + Moi : Seuls contre tous (aussi en poche)
Call Me Baby – volumes 1 et 2
Call Me Bitch
Love Me if You Can
Kiss Me if You Can
Bliss. Le faux journal d'une vraie romantique – volumes 1 et 2
Jeux interdits
Jeux insolents
Jeux imprudents
Une toute dernière fois

Fallait pas me chercher! –volumes 1 et 2
Corps impatients (aussi en poche)
Cœurs insoumis
Âmes indociles
Cent facettes de Mr Diamonds –l'intégrale
Bliss. Le faux journal d'une vraie romantique –l'intégrale
(Im)parfait
Love Me if You Can –l'intégrale
Kiss Me if You Can –l'intégrale
It's Raining Love!
The Boy Next Room
Call Me Baby – l'intégrale
Call Me Bitch –l'intégrale
PS: Oublie-moi!
Fallait pas me chercher! –l'intégrale
Recherche coloc: emmerdeurs, râleurs, lovers… s'abstenir!
10 bonnes raisons de te détester !
Just 17

Kim Grey
Insolent Bastard

Megan Harold
Sublime-moi! –poche
Breaking the Rules
Initiation with my Boss

Amy Hopper
Gone Boy

Julie Huleux
Alpha Player

Kate Jacobson
Révèle-moi –volumes 1 et 2

Amber James
Contrôle-moi ! –poche

Lucy Jones
Perfect Lover. Envoûte-moi – poche

Charlie Lazlo
Mon insupportable boss

Sienna Lloyd
Mords-moi !

Nina Marx
Escort Girl. Diamonds Private Club – poche
Rock You – l'intégrale de la trilogie *Soumets-moi !*

Caroline Mongas
Mariage forcé. Un contrat indécent

June Moore
Étreinte – volumes 1 à 3

Zoé Murat
Stepbrother Love

Clara Oz
Arrogant
Te séduire, te trahir

Lise Robin
Infiltrée. Sex, Drugs & Danger
Love Scandal

Alex Roussel
The Casting

Ana Scott
Dark Ride
Last Ride
Vicious Ride
The Dominant

Camilla Simon
Le voisin parfait est un enfoiré

Ève Souliac
Sexy Mistake

Liv Stone
Love Lessons

Lisa Swann
Adore-moi ! – l'intégrale

Louise Valmont
Toi & moi, c'est compliqué!
Mine Again

Chloe Wilkox
Ordonne-moi ! – l'intégrale
Extreme Lover – l'intégrale
Immoral
Your Game, My Rules – poche
Dominant Boss. Apprends-moi
The Virgin's Price

Luv

Romans déjà parus et à paraître

Ana K. Anderson
Indompté
Scottish Bastard

Sophie Auger
Be with Me

Laura Black
Dark Initiation
Games of Desire
H.A.R.D. - Hot, Arrogant, Rebelle, Déterminé

Margot D. Bortoli
Too Young

Juliette Brunel
Delicious

Anne Cantore
On the Road with You
Promets-moi. Louise et Marco

Sarina Cassint
Avec toi… peut-être
Insolent Boss

Mary Ann Davis
Coach Me Love !

Nora Davy
Absolute Boss
Don't Resist

Gwen Delmas
Noël, toi & moi
Perfect Boss

Cléa Dorian & Ninon Vars
Dark Love

Laurie Eschard
Love Naked

Lil Evans
Savage Rider
Crash & Burn
Boss Affair

Alexandra Gonzalez
Shades of You

Erin Graham
Teach Me Love
The Boss
Secret Stepbrother

Joh Harper
Crazy Love

Iris Julliard
Prends-moi contre toi
Catch & Shoot

Lucie F. June
Fight with Darkness

Sara June
Rider in the Dark
Sexy Wild Rider

Lena Jung
Mon coloc, mes désirs & moi

Emily Jurius
Love to Hate You

Allie Krown
High School Challenge

Pauline Libersart
Tiger. Entre ses griffes

Ella Lores
Mariée par accident à un connard arrogant rencontré la veille…

Jessica Lumbroso
Emma X. Secrète et insoumise

Mila Mirelli
Dark Man in Love

Mag Maury
Fast Games
No Love, No Limits
My Hipster Christmas

Jeanne Pears
Insupportable coloc
Colocs & Sex Friends

Jeanne Périlhac
Only You… & Me

Sophie S. Pierucci
L'Inconnu de l'ascenseur & Moi (aussi en poche)
My Stepbrother. L'initiation

Silvia Reed
Darkest. La dernière heure
Too Close

Anita Rigins
No Rules

Avril Rose
Coffee, Sex & Law

Jana Rouze
Effet de vague – saisons 1, 2 et 3

Wendy Roy
Une seule fois (ou presque)

Ana Scott
À corps brisés

Léana Soal
Fight & Hope

Cara Solak
Perfect Obsession

Liv Stone
Initie-moi. Mes jours contre tes nuits

Lena K. Summers
Perfect Bad Boy

Kaly Swann
Austin. Breathe with Me

Lily Tortay
Dance for Me

Flore Valier
Ta peau contre la mienne

Anna Wendell
Arrogant Bad Boy
Apprends-moi le désir

H.A.R.D. - Hot, Arrogant, Rebelle, Déterminé
Laura Black

Ténébreux, dangereux, fascinant.
Tate est dangereux, violent, imprévisible. Il n'accorde sa loyauté qu'à son gang, les Styx Lions.
Arizona est têtue, déterminée et intrépide. Membre du FBI, elle s'associe aux Styx Lions pour démanteler une fondation qui s'adonnerait à du trafic d'êtres humains.
Forcés de travailler ensemble, Tate et Arizona s'opposent en tout, se repoussent et se désirent.
Elle n'a peur de rien, l'attire et le rend dingue, lui qui ne sait pas faire l'amour sans faire mal…
Et quand le moindre faux pas peut leur coûter la vie, le désir est plus dangereux que jamais.

Auteure : Ana Scott

Edisource – Éditions Addictives
100, rue Petit, 75019 Paris
Imprimé par FINIDR – Lipova cp. 1965 – 73701 Cesky Tesin,
République tchèque
Dépôt légal : décembre 2021 – Achevé d'imprimer : janvier 2021
ISBN : 978-2-37126-404-5
Réf. contrats : ZHIA_001